피플 붓다
· People · Buddha ·

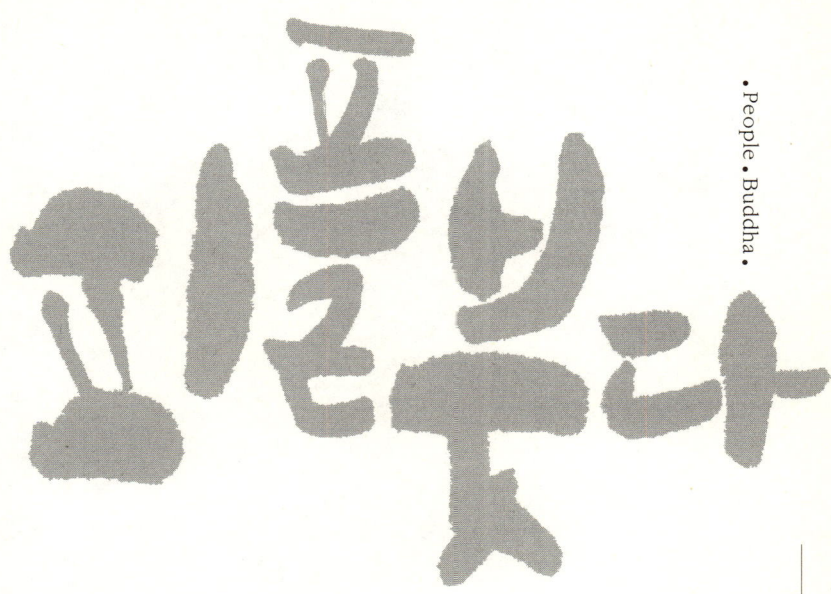

• People • Buddha •

한승원 장편소설

랜덤하우스

작가의 말

사랑 그리고 구원,
그 영원한 우리들의 화두

 내 눈빛이 하늘의 별을 만든다. 창조적인 눈으로 세상을 바라보아야 한다.
 미국 소설가 나다니엘 호손에게 《큰 바위 얼굴》이 있다면 나에게는 《억불바위(피플 붓다)》가 있다.

 고향에 빚을 갚는 심사로 이 소설을 썼다. 이 소설은 내 고향 장흥의 진산인 억불산(億佛山)의 꼭대기 부근에 우뚝 솟아 있는 억불바위에서 힘을 받아 쓴 것이다.

　억불은 '피플 붓다(People Buddha)'이고, 인민을 구제하는 부처라는 말이다.

　토굴에서 차를 타고 읍내엘 오갈 때마다 나는 차창 밖으로 보이는 억불을 쳐다본다. 어떤 때는 산의 밑뿌리에 있는 목탁골이나 목포 순천 간의 고속도로 안양 나들목에 내려서 그것을 쳐다보곤 한다. 나는 풀리지 않은 문제가 있을 때마다 억불에게 묻는다. 억불은 나에게 많은 것을 이야기해준다.

　세상을 그윽하게 내려다보는 억불은 숭엄하면서도 자비로운 관음상 그것이다. 어찌 보면 성자의 모습이기도 하다. 그 억불바위를 자비로운 관음상이나 성자로 인식하고 살아가는 것은 행운이다. 그 바위는 늘 나에게 희망의 미래를 암시해준다.

이 소설을 쓰기 위하여 나는 3년 전의 어느 가을 아침에, 아내와 더불어 억불산엘 올라가 삼각함수를 이용하여 그 바위의 높이를 실측했다.

이 소설은 두 개의 축으로 되어 있다.
베트남 전쟁에 참여한 한국 청년이 그곳 여자에게 뿌려놓은 씨가 처녀로 자라나서, 사업차 들어온 한 한국 청년과 혼인을 하여 아들을 낳았는데, 고등학생인 그 아들이 억불바위를 쳐다보며 살아가는 이야기가 한 개의 축이다. 독거노인들의 세상에 만연된 죽음이라는 병을 치유하려고 몸부림칠 뿐만 아니라 염꾼 노릇을 하는 늙은 퇴임 교장인 할아버지의 이야기가 또 하나의 축이다.

이 소설을 쓰는데 많은 사람들이 도움을 주었다. 장흥군으로부터 경제적인 후원을 받았고, 고등학교에 재직하는 소설가인 한 제자가 고등학교 교과서를 모두 구해 주었고, 또 한 제자는 요즘 광주 지방의 고등학교 학생들이 쓰는 은어를 수집해 주었다. 그것을 책의 부록으로 실었다.

원고가 완성될 때까지 참을성 있게 기다려준 출판사 랜덤하우스 코리아와 이 책을 읽어준 독자 여러분에게 감사한다.

2010년 9월
해산토굴에서 한승원

차례

작가의 말 : 사랑 그리고 구원, 그 영원한 우리들의 화두 · · · 6

똥침 · · 13
프로쿠르테스의 침대 · · 19
창해 · · 23
장흥 무득이 · · 27
왕따 · · 30
야만 · · 34
누리장나무 꽃 · · 36
머리카락 · · 40
자기 혼자만의 길 · · 43
교장의 울음 · · 48
품바 · · 52

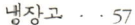

냉장고 ·· 57
향물 ·· 60
도둑 ·· 66
연불바위 ·· 70
자라지 않는 나무 ·· 74
억불 가두기 ·· 86
미녀 ·· 97
죽데기 판 ·· 102
싸움닭 ·· 106
정원사 ·· 110
뺑뺑이 ·· 116
그림자 ·· 125
마녀(魔女) ·· 128
달빛 ·· 139
김정순영 ·· 141
그 가시내의 집 ·· 144
이팔 처녀의 방 ·· 148
고물 자전거 ·· 157
사랑의 힘 ·· 165
합수 ·· 169
나 아직 짱짱하네 ·· 177
마고할미 ·· 185
생병연습 ·· 192

몸 단련 ‥ 195

역기 ‥ 198

비안개 ‥ 200

소나기 ‥ 204

무지개 ‥ 207

대문 나서자 길을 잃은 사람 ‥ 209

유한의 갈매기들 ‥ 215

노망 ‥ 220

할아버지와 손자 ‥ 223

중성 ‥ 228

미친 코끼리 ‥ 235

인간의 유희 ‥ 238

배꼽 ‥ 242

등반 장구 ‥ 248

수능시험 ‥ 253

여신(女神) ‥ 257

화장 ‥ 261

실측 ‥ 267

화강암 ‥ 271

억불 꼭대기 ‥ 275

졸업과 입학 ‥ 280

법구(法鼓) ‥ 285

열매 ‥ 291

물거미 ‥ 294
괴물 트럭 ‥ 296
탐진강 ‥ 301
새내기 ‥ 307
신은 안다 ‥ 309
마지막 한문 선생의 졸업 ‥ 315
허무 가르치기 ‥ 318
죽음의 성(城) ‥ 323
눈송이 ‥ 330
실성한 여자 ‥ 334
여자의 방 ‥ 337
세 식구 ‥ 341
외계 ‥ 356
잉태 ‥ 362
송곳니 ‥ 365
찬바람을 짊어지고 ‥ 373
가파른 오솔길 ‥ 378
풍경 ‥ 381
소문 ‥ 386
깸 ‥ 397
맞장 ‥ 405

색인 : 청소년 비속어, 은어, 인터넷 용어 ‥ 419

• People • Buddha •

똥침

까맣게 포장된 차도 위에 호도만한 돌멩이 하나가 온몸에 희끗희끗한 상처를 입은 채 엎드려 있었다. 서쪽에서 날아온 사각의 노르스름한 빛을 받고 동쪽으로 길쭉한 그림자를 투영시키고 있는 그 돌멩이는 많은 자동차의 바퀴들로부터 거듭 박해를 받아온 터여서 얼이 빠져 있고 주눅이 들어 있었다.

'왜 길바닥 위로 올라와 있으면서 그렇게 밟히고 갈린 거야.'

고3인 상호는 '이런 까리한 좁밥!' 하면서 그놈의 몸통 한가운데를 그의 성한 다리의 발끝으로 모질게 걷어찼다. 까리하다는 것은 어수룩하고 멍청하다는 뜻이고, 좁밥이란 것은, 자기에게 상대가 안 될 뿐만 아니라 동무들로부터 따돌림 받은 약자를 말하는 청소년들의 은어이다.

상호는 수능시험을 앞두고 있음에도 불구하고, 야자를 걷어차 버

13

리고 집으로 돌아가고 있었다. 야자는 야간자율학습을 말한다. 그는 진즉부터 수능시험을 보지 않고도 들어가는 한 대학을 선택해 놓았다.

발끝에 채인 돌멩이는 그를 앞장서가고 있는 그의 거무스레한 그림자의 몸통으로 날아갔다. 해거름의 비낀 빛살로 인해 장대처럼 길어진 그림자는 납작 엎드린 채 한쪽 다리를 약간씩 절름거리며 나아가고 있었다.

'바보, 멍청이, 까리한 왕영은따!'

그림자가 그에게 약을 올렸다. 왕영은따는 '완전하고 영원하고 은근한 왕따'라는 말이다. 그의 모든 행위를 늘 흉내 내면서 빈정거리곤 하는 그림자 놈의 머리통을 밟아 짓이겨주고 싶은데, 해질 무렵에는 발끝이 그놈의 머리통에 닿지 않았다. 그는 그림자를 향해 말했다.

"찌질이 새끼."

찌질이는 공부도 못하고 힘도 없는 아이를 말한다.

이날 상호는 똥침을 먹었다.

아이들 예닐곱이 책상에 엎드려 자고 있고, 서넛이 둘러앉아 동전치기를 하고, 둘이가 고개 처박은 채 책을 파고 있는, 점심시간 뒤끝이었다. 창틀에 두 팔을 올려놓고, 묽은 보랏빛의 이내에 묻혀 있는 앞산 정상의 억불바위를 바라보며 할아버지를 생각하고 있는데, 똥침이 날아들었다.

그의 엉덩이 뒤로 살금살금 다가와 한쪽 무릎을 꿇고 앉은 짝과 뭉치가, 칼 같이 뻗어 마주 댄 두 손끝으로, 어느 한쪽이 그의 항문을 정곡으로 호되게 찌른 것이었다.

상호는 아픔을 참느라고 얼굴을 일그러뜨리면서 몸을 모로 외틀었다. 똥침을 먹은 항문의 괄약근과 직장이 아리면서 뒤틀렸다. 그 아픔이 온몸으로 부챗살처럼 번져갔다. 머리털들이 곤두서고 눈앞이 어질어질했다.

아픔을 참으며 뒤로 돌아서자, 몸매 호리호리하고 얼굴이 빨아버린 대추씨처럼 오종종하고 콧대가 찌그러진 짝과, 덩치가 크고 어깨가 떡 벌어지고 얼굴이 펑퍼짐한 뭉치는, 똥침 먹이고 난 자세를 그대로 유지한 채 고통스러워하는 그를 향해 콧구멍을 벌름거리며 웃었다. 동물왕국에서 본 자라의 콧구멍 그것이었다.

"야, 새끼들아!"

하고 그들에게 소리쳐 주어야 하고, 주먹으로 한 방씩 쥐어지르기라도 해야 하지만, 상호는 그냥 입을 굳게 다물고 얼굴을 찡그리기만 했다. 순간적으로 그는 혼란에 빠져 들었다. 발끈 화를 낼 뿐만 아니라, 그들을 응징해야 해야 함에도 불구하고 그렇게 하지 않는 것은 스스로의 자존에 대한 배반이었다. 만일 응징을 한다면, 그것 또한, 선의로 장난을 걸고 있는 그들에 대한, 같은 반의 친구로서의 배반이었다.

얼굴 살갗의 땀구멍들이 거뭇거뭇한 뭉치가 무르춤해진 채 고통을 참고 있는 그를 향해 느물댔다.

"누구 손이 그랬는지 알아맞히면 돈만 '안' 주께!"

옆의 아이들이 상호의 표정을 살폈다. 상호가 모욕과 고통을 참으면서, 자기에게 똥침을 먹인 손이 뭉치의 것임을 알아맞힌 다음 뭉치에게서 돈 만 원을 받아낼까.

'돈만 안 주께'라고 한 뭉치의 말이, 설사 알아맞히더라도 '만 원을 안 주께'란 뜻이라는 것을 아이들은 이미 알고 있었다.

상호는 이를 악문 채 그들을 외면하고 몸을 창밖 쪽으로 돌려버렸다. 만만한 상대에게 온몸이 뒤틀리는 아픔을 주입하고, 상대가 고통스러워하는 것을 즐기는 가학(加虐) 놀이꾼들을 상대로, 울며 겨자 먹듯 그들의 내기에 응하다니 말이 되기나 하는 것인가.

상호가 그들을 상대하려 하지 않음에도 불구하고, 아이들은 실망하지 않고 상호의 일그러진 얼굴과 뭉치와 짝의 느물거리는 표정을 번갈아 보며 그 상황을 즐기고 있었다. 더 재미있는 상황이 벌어지기를 기대하고 있었다.

뭉치는 재빨리 자기들이 건 내기에 호응하지 않은 상호를 응징했다.

"야아, 이 찌질이 새끼, 그런다고 삐쳐 버리냐! 친하게 지내려고 노력하고 있는 선의의 동무들 무참하게 말이여!"

상호의 목을 한 팔로 무작스럽게 감아 젖혀 비틀었다. 짝은 상호의 정수리에 알밤을 먹였다. 도둑이 매를 들어 치고 있었다.

상호는 뭉치를 뿌리쳐버리고 얼굴을 일그러뜨린 채 복도로 나갔다.

그에게 똥침을 먹이는 것은 뭉치와 짝만이 아니었다. 아이들 세계에서 은근한 권력자들인 두 가학 놀이꾼들이 없을 때는 다른 아이들이 그랬다.

상호는 집에 있는 과일칼을 떠올렸다. 그것을 들고 그들을 향해 휘둘러대는 그의 모습, 옆구리를 부여안은 채 피를 흘리며 쓰러지는 뭉치와 짝의 모습도 떠올렸다. 근엄한 할아버지의 얼굴을 떠올리며 도리질을 했다.

뒤뜰로 나갔다. 교사의 동남쪽 모퉁이에서 앞산을 바라보았다. 동남쪽의 짙푸른 하늘을 머리에 인 보랏빛 억불산의 정상 부근에 억불이 앉아 있었다. 그 억불과 눈길을 맞추었다. 억불이 말했다.

'참아라, 그것들 상대하지 마라.'

일 학년 때 처음 그들에게서 똥침을 먹었을 때, 상호는 그들에게 덤벼들어 치고받고 싸웠었다. 하지만 한쪽 다리가 부실할 뿐만 아니라 체구가 작은 그는 그들의 맞수가 될 수 없었다. 그는 그들의 주먹과 발길질에 입술이 터지고 코피를 흘리고 이마가 찢겨지고 땅바닥에 거꾸러졌다.

반에서 그를 구해주려 드는 것은 김영수뿐이었다.
"야, 상호, 당하고만 있으면 안 돼! 누군가가 이유 없이 때리면 그 자식을 확 발라버려."

'발라버린다'는 말은 죽도록 패버리라는 말이다. 영수는 상호의 반응을 살피고 나서 말을 이었다.

"너에게도 주먹이 있음을 보여주란 말이야! 거기에도 '기브 앤 테이크'라는 거래 원리는 똑 같이 적용되어야 하는 거야. 알겠니? 받은 만큼 반드시 확실하게 되돌려 주는 거야."

상호는 영수의 말대로 실천할 수 없으므로, 그 이후 자기를 희롱하는 그들과 대거리하려 하지 않고, 그냥 참고 피해버리는 방법으로 우울하게 살아오고 있었다.

프로쿠르테스의 침대

상호는 학교가 싫었다. 학교는, 아침 이슬 머금은 연꽃들이 향기 풍기면서 방긋 웃고 있는 방죽처럼 겉으로 아름답고 그윽한 공간인 듯싶지만, 사실은 그 속에 흡혈하는 잠자리애벌레, 거머리, 까치 개구리, 황소개구리, 꽃뱀들이 우글거렸다. 피라미처럼 아무런 무장도 하지 않은 순한 아이들이 안심하고 살아갈 수 있는 곳이 아니었다.

상호에게 있어서 학교는 이해할 수 없는 시공이었다. 영어 단어나 숙어를 보약처럼 씹어 삼키고, 수학 공식을 고아먹고, 화학 기호를 알약처럼 삼키고, 역사 연대기를 찜해 먹는 공부벌레로 만들려 하는 학교는, 주인이 뿌려주는 호르몬제와 항생제 섞인 사료를 부지런히 쪼아 먹고 자라서, 시장으로 팔려가는 삼계탕용 영계들의 양계장 같은 세상이었다.

일차원적인 동어 반복 수련의 시공인 학교 안으로 들어서면, 허공에서 숯검정처럼 까만 절망의 가루가 쏟아졌다. 그 절망의 가루는 무방비 상태에서 갑자기 맞는 우박 섞인 소낙비처럼 차갑게 그의 오관을 통해 몸속으로 스며들었다. 꺼끌꺼끌한 까만 앙금이 되어 뼛속까지 기어들었고, 그는 진저리를 치면서 죽음 같은 무력증에 빠져들었다.

반짝거리는 순은색의 안경테와 투명한 알이 냉담해 보이는 생물 담당인 깡마른 말상의 담순이(여성 담임교사)는 애초에, 그를 스카이반(SKY: 서울대, 고대, 연대) 기숙사에 넣으려 했었다. 그의 보호자인 할아버지도 그것을 기대하는 듯싶었었다.
그런데 상호는 그것을 걷어차 버렸다. 그 과정에서 담순이와 상호는 오랫동안 갈등하고 대립했다. 당근으로 제시하는 진로를 걷어차 버리는 상호와 왜 순응하지 않느냐고 따지는 담순이. 그를 양순한 노예적인 새끼돼지로 기르려는 담순이와 자유를 희구하는 그의 사이에는 드높고 두꺼운 장벽이 가로막혀 있었다. 기어이 스카이반에 들어가지 않겠다고 하고, 수능시험을 보지 않겠다고 하는 그를 향해 담순이는 마침내 한심한 눈길을 보냈다.

'많은 나사들이 헐거워진 상태로 부실하게 조립된 조악한 상품 같은 자식. 가지와 줄기가 알 수 없는 쪽으로 비틀린 채 도장해버려서 그 어떤 방법으로든지 바로잡을 대책이 서지 않는 싹수 노란 작

물의 덩굴 같은 튀기 인간.'

담순이가 어떤 눈으로 그를 바라보든지 그는 상관하지 않았다. 그에게 있어서 학교는 아이들을 자기의 침대 위에 눕혀 죽이는 프로크루테스의 침대이다 싶었다. 학교 교장실에는 학생들의 영혼의 키를 재는 프로크루테스의 침대가 놓여 있었다. 선생들은 그 침대의 길이와 그것의 신화적인 원리를 달달 외우고, 그것에 따라 학습을 운용하고 있었다. 때문에 학교 안에는 영혼의 길이가 그 침대의 길이와 똑같은 학생들만 살아남고, 그 침대의 길이보다 영혼이 짧거나 긴 학생들은 알게 모르게 죽어나가야 하는 것이었다.

상호의 영혼은 그 침대보다 길이가 표나게 길었다. 담순이가 그 침대의 길이에 맞추어 잘라 죽이려 하는데 상호는 그 침대 위에 올라가려 하지 않아 죽음을 면하고 간신히 살아, 그 무서운 시공에서 배돌면서 유영하고 있는 것이었다.

어느 누구도 그의 슬프고 쓰라린 속을 알아주는 사람이 없어, 그는 소리쳐 울어버리고 싶은 것을 이 악물어 참곤 했다. 말로써 심사를 표현할 길이 없는 그는 절망과 무력증으로 늘어진 어깻죽지를 치켜 올리고, 심호흡을 하면서 억불바위를 바라보곤 했다.

오래 전에 먼 나라로 떠나간 할머니가 그 억불 이야기를 해주었었다.

"서른 살이 되도록 아기를 낳지 못한 한 아낙은 꼭두새벽녘이면

금빛으로 빛나는 샛별을 머리에 이고 있는 억불바위를 향해 정화수를 떠놓고 빌었단다. 제발, 아들이든지 딸이든지 하나만 낳게 해달라고……. 그랬는데, 열 달 뒤에 아들을 낳았단다. 어머니가 된 그 아낙은 이때부터 그 아들이 아무 탈 없이 건강하게 자라서 장차 당신처럼 듬직하고 자비로운 사람이 되게 해달라고 억불에게 빌었단다. 그랬더니, 신통하게도 억불바위의 정령이 그 아들의 방문을 그림자처럼 바람처럼 어릿거리다가 가곤 했고, 아들은 철이 들면서, 억불바위와 마음으로 이야기를 나누곤 했는데, 장차 그 바위처럼 듬직하고 자비로운 사람이 되었단다."

억불산의 정상 근처에 걸터앉아 세상을 내려다보고 있는 억불.
할아버지는 억불산(億佛山)을 '마운틴 피플 붓다(People Buddha)'라고 말했다. 億(억)자는 '인민(人民)'이라는 뜻을 가지고 있으므로 억불은 '인민을 구제하는 부처님'이란 것이었다.
할머니의 이야기와 할아버지의 말을 들은 뒤부터 억불바위가 숭엄해 보이고, 자비스러워 보이고 정다워 보였다. 억불은 그와 눈이 마주칠 때면 알 수 없는 웃음을 웃어주었다. 또한 그 억불은 짙푸른 하늘을 머리에 이고 있었다.
억불이 머리에 이고 있는 하늘을 보면 앙당그러진 마음이 풀렸다. 어디론가 떠나가 버린 어머니와 아버지가 그리울 때도 억불산과 하늘을 바라보았다. 마을 입구에 사는 한 가시내의 얼굴이 가슴을 아리게 할 때도 억불산과 하늘을 쳐다보았다.

창해

그가 거듭 절망하게 하는 지긋지긋한 학고를 걷어차 버리지 않고 꾸준히 다니는 것은 두 사람 때문이었다. 한 여학생과 한 남학생이 희망을 가지게 하고 있었다. 여학생은 김정순영이고 남학생은 같은 반의 범생이 김영수였다.

김정순영은 고1이었고, 그녀의 얼굴은 치자나무의 꽃처럼 희고, 갸름하고 탐스러웠다. 그녀에게서 번져오는 다사롭고 향기로운 분위기가 상호의 가슴에 훈훈한 힘을 솟아나게 했다.

영수는 ㅅ대를 가겠다는 범생이지만 오만하지 않았고, 그에게 왕따 극복하는 방도를 말해주곤 했다.

그렇지만 그들 둘이가 구세주일 수는 없었다. 그의 절망이 희망으로 바꾸어지도록 도와줄 사람은 이 세상에 아무도 없다고 그는 생각했다.

'자기에게 닥친 어려움은 오직 자기가 혼자서 이겨내야 한다.' 하고 할아버지가 말한 바 있었다.

할아버지가 오래 전에 그 학교의 교장을 지냈었지만, 할아버지의 존재는 상호에게 아무런 도움도 되지 못했다. 할아버지는 퇴임한 뒤 손자 상호가 다니는 학교에 한 번도 얼굴을 내밀지 않았다.

상호가 아이들에게 놀림을 받고 코피 터지게 맞고 이마가 찢겨 돌아와도, 할아버지는 분노하지 않고 바위처럼 무덤덤했고, 그 어떤 대책도 강구하려 하지 않았다. 할아버지는 상호의 상체기에 연고를 발라주면서 "너를 구해줄 수 있는 사람은 너밖에 없다." 하고 말했을 뿐이었다.

할아버지는 상호에게 도움이 되기는커녕 오히려 멸시의 빌미를 주는 존재였다. 고된 농사로 인해 몸이 상한 노인들에게 침을 놓고 뜸을 떠주거나, 이 병원 저 병원, 이 마을 저 마을의 염장이 노릇을 하고 다님으로써 반 아이들이 상호를 궂긴 냄새나는 더러운 존재로 인식하게까지 하는 것이었다.

"할아버지, 염장이 노릇 안하고는 살 수 없어요?"

이 말이 목구멍으로 넘어오려는 것을 이 악물며 참았다. 할아버지는 상호의 속마음을 알아차린 듯 "어흠, 어흠." 헛기침을 하다가 말했다.

"창해라는 분이 계셨는데, 내 아저씨뻘 되는 어른이셨다. 창해 어른은 체구가 크고 얼굴이 구릿빛으로 검으면서 기름하고, 눈이 부리부리한데다가 코가 주먹처럼 큰 어른이었는데, 행동거지가 아주 느리고 굼떴다. 무슨 말을 해도 알아들었는지 어쨌는지 반응을 재빠르게 보이지 않곤 하지만 아주 호인이었다. 어린 나를 대할 때는 늘 '어허허허…….' 하고 웃었다."

창해, 그 양반이 화내시는 모습을 한 번도 볼 수가 없었다. 누구한테든지 적을 살 만한 말이나 행실을 하지 않은 그 양반은 장흥장 강진장의 우시장에서 거간 노릇을 했다. 뿐만 아니라 논밭이나 집을 사고파는 데도 거간 노릇을 했다.

어떤 소 한 마리를 앞에 놓고, 그 양반이 가령 '4백만 원'이라는 가격을 놓으면, 팔려는 사람이나 사려는 사람이 더 실랑이질을 하려 하지 않고 당장에 그것을 팔고사고 해버렸다. 그만큼 그 양반이 소를 기막히게 잘 보는 것이었다. 소의 겉모양을 살펴보고, 코뚜레를 잡고 입을 한번 벌려보고 나서는, 이 소는 몇 살이다, 뱃속에 송아지가 들어 있다, 이 암소는 돌계집이다, 쟁기질을 잘 하겠다, 이 황소는 수레를 잘 끌겠다, 가슴팍과 다리와 궁둥이를 보니 힘깨나 쓰겠다, 고기가 몇 근이나 나가겠다, 눈빛과 뿔을 보니 성질이 만만하지 않겠다…….

그런데 거간 노릇을 하다보면, 옆의 다른 누군가의 농간으로 인해서 묘하게 흥정이 깨져 싸움이 벌어지기도 했다. 그런 때에 그 양반은 절대로 먼저 성질을 내거나 목청을 높이는 법이 없었다. 상대가 멱살을 잡으면 잡혀주고, 밀어붙이면 밀려나가고, 그러면서도 얼굴을 붉히거나 성질을 내지 않고, 낮은 목소리로 차근차근 조리 있게 따지고 가리기만 했다.

거간꾼 노릇을 하면서도 그 양반은, 언제든지 바지저고리 위에 두루마기를 차려입고 갓을 반듯하게 쓰고 곰방대를 들고 다녔다.

만일, 상대편이 잘못을 저질렀음에도 불구하고 잘못을 인정하지 않고 벅벅 우기면서 생떼를 쓰면, 처음에는 두루마기를 벗어 던지고 따지고, 그래도 안 되면 갓을 벗어놓고 가리고, 그래도 안 되면 저고리를 벗어 던진 다음 가닥을 추리고, 최후에는 웃통까지 벗어 던지고 담판을 지었다. 물론 그 양반은 끝까지 언성을 높이지도 않고, 혹시 상대가 주먹다짐을 하려 들어도 응대하지 않았다. 상대가 멱살을 잡을지라도, 놓고 말로 하자고 달랜 다음 새로이 처음부터 가닥을 잡아 따지고 가렸다. 그렇게 따지고 가리는 데 있어서 창해 양반을 이기는 사람은 장흥 강진 완도 보성 일대에는 없었다. 왜 그러냐 하면, 그 양반은 역지사지(易地思之)로, 상대 쪽의 처지가 되어 생각하고, 상대 쪽이 옳다고 우길 수밖에 없음을 수긍하여 준 다음에, 그렇지만 자기가 그보다는 더 옳음을 설득시키곤 했던 때문이었다.

장흥 무득이

할아버지는 잠시 말을 끊었다가 말을 이었다.

"예전에 박치기 잘하는 평안도 사람하고 전라도 장흥 무득이 씨름꾼하고 싸움을 했는데, 결국 이긴 사람이 전라도 장흥 무득이였다는 이야기가 있다. '무득이'란 말은 아무런 기술도 습득하지 못하고 힘만으로 덤비는 씨름꾼을 말한다……. 싸움이 막 시작되는 순간, 평안도 박치기가 장흥 무득이의 얼굴을 이마로 받아버렸는데, 무득이는 코피를 흘리면서 주저앉았어. 그런데 나중에 보니, 무득이는 평안도 박치기의 허리춤을 두 손으로 움켜잡고 있었어. 그리고는 '너 이 자식, 나한테 한번 죽어봐라' 하고 소리쳤구나! 평안도 박치기가 다시 이마로 받으려고 하는데, 장흥 무득이는 그 사람 뒤로 돌아가서 허리를 보듬고 늘어졌지. 평안도 박치기가 사력을 다해 뒷발로 차면서 뿌리치려고 했지만, 늘어주지를 않고 끝까지 보듣고 나대니까 결국에는 평안도 박치기가 '야, 야, 내가 졌다, 미안하다!' 하고 손을 들었다는구나."

할아버지가 결론을 말했다.

"장흥 사람의 기질이라는 것이 무엇이냐 하면은……어떤 경우에도 먼저 상대를 공격하지 않고, 이론 다툼을 하는데 있어서도, 먼저 성질을 내지 않고 끝까지 따지고 가려서 이기고 마는 것이야. 너도 그렇게 뒷심이 끈질기게 센 성질을 배워야 한다. 아니 사실은 네 속에 이미 그 기질이 들어 있을 것이다. 너는 장흥의 억불산 밑에서 태어나 저 억불을 바라보며 자란 사람이니까."

할아버지는 잠시 생각에 잠겨 있다가 덧붙여 말했다.

"지금부터 백십오 년쯤 전(1894년), 장흥에 동학군이 벌떼같이 일어났더란다. 관료라는 사람들이 인민들의 재물을 착취하려고만 하는, 썩어 문드러지고 있는 세상을, 살아갈 만한 가치가 있는 세상으로 바꾸자는 것이었지. 서울로 진격했다가 공주 우금치에서 관군을 도운 일본군 기관총 소사에 거의 죽거나 도망치고 남은 동학군들이 우리 장흥에 집결을 했는데, 한 3만 명이었더란다. 동학군을 이끌던 전봉준 장군은 체포되어 나주에 갇혀 있는데, 장흥에 운집한 동학군들은 그 양반을 구출하고 다시 서울로 진격하자고 하면서, 장흥성 안에 있는 관아를 접수하고 강진성까지 다 접수를 했는데, 또 결국 일본군들의 기관총에 모두 전멸을 했더란다. 나나 너는 그 동학군의 후손이다……. 그런데, 장흥에 왜 세상을 바꾸자는 동학군이 그렇게 성했는지 아냐? 나는 저 억불바위 때문이라고 생각한다. 저 바위가, 나 혼자서만 살면 안 되고, 못 먹고 헐벗은 사람들하고 다 함께 잘 살아야 한다는 자비로움과 의기를 가르치고 있기 때문일 것이다."

그리고 한동안 뜸을 들이고 있다가 덧붙였다.

"관군에게 저항을 한다는 것, 따지고 보면 무식한 무득이 짓이었지. 무득이는 잔꾀가 없는 만큼 그야말로 순수하기만 한 거야. 그래서들 다 죽었어. 흰 옷 입은 대창 든 사람들이 감히 총칼 든 나라의 군인들을 상대로 싸워 이기려고 들었으니……. 이제 우리는 저 억불바위에서 순수하고 자비로운 정신과 자기를 이유 없이 학대하고 박해하는 대상을 자기의 힘으로 이겨내려는 의기를 배워야 한다. 그것이 장흥 무득이 정신이다."

왕따

상호는 산 위의 억불을 쳐다보았다. 나에게도 장흥 무득이 기질이 들어 있다니, 그게 사실일까. 그 기질로써 왕따를 벗어날 수 있을까.
그는 절망했다.
한쪽 다리를 약간씩 절름거리는데다 얼굴이 거무접접하고 눈썹 발이 넓고 까만 상호는, 반 아이들에게 있어 한 마리의 이국적인 짐승 새끼였다. 반 아이들은 그를 한쪽 구석으로 몰아놓고 놀리며 즐기는 몰이꾼들이었다.
"야아, 베트남 절름발이 새꺄, 냄새 난다, 저리 가!"
염장이 노릇을 하러 다니는 할아버지의 냄새가 손자인 그에게 배어 있다는 것이었다.
그의 짝은 그의 책상에 붙어 있는 자기 책상을 이십 센티쯤 떼어냈다. 식당에서 점심을 먹을 때는 더욱 노골적으로 따돌렸다. 쟁반에 밥과 국을 받아든 아이들은 상호가 앉아 있는 자리를 피해 멀리 떨어져 앉아 먹곤 했다.

점심시간 끝날 즈음에 상호를 뒤뜰로 불러낸 영수가 말했다.
"야, 상호, 너 당하고 있지만 말고 덤벼버려! 너를 따돌리는 놈들 가운데서 어느 놈 하나를 점찍고, 그 놈을 공격하는 거야. 선빵으로, 그 한 놈을 아주 발라버려!……사람도 동물이거든."
선빵이란 선제공격을 말한다.
눈썹이 까맣고 눈동자가 맑은 영수는 공부만 파는 여느 범생이와 달랐다. 태권도 초단인 영수는 키가 작달막하고 호리호리하지만, 늘 당당하고 약자 편을 들곤 했다.
"돼지들도 만만한 어느 한 놈을 왕따 시키고 물어뜯으며 즐긴단다."

한 양돈가가 돼지들을 운동시키기 위해 사방에 철망 울타리를 친 운동장으로 내몰아 놓았는데, 돼지들이 한 돼지를 왕따 시키고 공격을 했다. 모든 돼지의 꼬리는 오른쪽으로 꼬부라졌는데, 공격당하고 있는 그 돼지의 꼬리는 왼쪽으로 꼬부라진 것이고, 꼬리 끝에 흰 털 몇 오라기가 돋아 있었다.
처음 어느 한 돼지가 만만한 돼지의 왼쪽으로 꼬부라진 꼬리를 신기하게 여기면서 장난삼아 물어뜯었다. 꼬리를 물리고 뜯긴 돼지는 "왜 이래!" 하면서 달아났다.
옆에서 보고 있던 다른 돼지가 "거 참 희한하네," 하며, 달아나는

31

돼지를 뒤쫓아 가서, 왼쪽으로 꼬부라진 꼬리를 다시 물어뜯었다. 그 꼬리에서는 피가 삐죽삐죽 배어났다.

만만한 돼지의 기이한 꼬리에서 피가 흐르자, 주위의 모든 돼지들이 그 피를 또한 신기해하면서, 너도나도 다투어 그 비정상적인 꼬리를 공격하며 즐겼다. 꼬리를 물어뜯긴 그 돼지는 "정말 왜 이러는 거야!?" 하고 비명을 지르면서 달아났다.

돼지들은 경쟁적으로 달아나는 그 돼지를 쫓아다니면서 기이한 꼬리를 물어뜯었다. 그 돼지의 기이한 꼬리 근처에서는 마침내 새빨간 핏방울들이 줄줄 흘러내렸다. 다른 돼지들은 피 쏟아지는 것을 즐기면서 쫓아가 물어뜯었다. 꽁무니에 상처를 입은 그 돼지는 결국 피를 쏟으면서 주저앉았다.

영수는 또 하나의 예를 들어 말했다.
"암탉들을 놔먹이는 한 양계장에서도 그런 일이 있었다는 거야."

주인은 암탉들을 놔먹임으로써, 단단하고 진한 황금색 노른자위 들어 있는 달걀을 얻으려 했다.

어느 날 초가을 한낮에, 황갈색 털의 처녀 닭 한 마리가 다른 닭들에게 쫓겨 다니고 있었다.

처녀 닭은 생애 첫 번째의 알을 낳으려 하는데, 항문이 기형이어서 크게 열리지 않았고, 그 항문은 빨갛게 부풀어 올랐다. 닭의 항문은 자궁의 통로이기도 하다. 처녀 닭은 항문이 아파서, 둥지에 더 앉아 있을 수 없어 밖으로 나왔다. 그 처녀 닭의 빨갛게 부푼 항문을 본 우중충한 된장색깔의 닭 한 마리가 한동안 고개를 갸웃거리다가, 부리로 그 처녀 닭의 부풀어 오른 항문 가장자리를 쪼아보았다. 황갈색 처녀 닭의 항문에 상처가 났다. 처녀 닭은 통증을 주체 하지 못한 채 재빨리 몸을 피했다.

　우중충한 된장색깔의 닭이 하는 짓을 본 다른 닭들이, 산통을 겪고 있는 처녀 닭에게로 쫓아가서 항문을 거듭 쪼았다.

　처녀 닭의 항문에서 핏방울이 떨어졌다. 피를 본 닭들이 앞을 다투어 처녀 닭의 항문을 쪼았다. 처녀 닭의 항문에서는 피가 줄줄 흘렀다. 처녀 닭은 사력을 다해 도망을 다녔지만, 닭들은 흥미로워하면서 처녀 닭을 뒤쫓아 다니며 항문을 쪼아댔다. 처녀 닭은 "왜 이래? 정말 왜 이래!" 하고 악을 써대면서 이리 피해가고 저리 피해갔지만, 다른 닭들은 그녀를 가만 놔두지 않았다. 드디어 항문 안에 들어 있던 알과 함께 새빨간 창자가 흘러 나왔다. 처녀 닭은 창자를 꼬리처럼 질질 끌면서 도망 다녔다. 주위의 닭들은 서로 경쟁적으로, 도망 다니는 처녀 닭의 창자와 항문을 쪼아댔다. 처녀 닭은 운동장 한가운데서 쓰러졌다. 닭들은 몰려들어 쓰러져 누운 처녀 닭의 항문과 창자를 쪼아 먹었다.

야만

  영수가 까만 두 눈을 빛내면서 상호를 설득하려 들었다.
  "사람도 돼지나 닭들하고 똑같단 말이야. 사람들은, 자기들이 왕따 시킨 놈이 피해 도망을 가면 뒤쫓아 가서 때리고 발길로 걷어차면서 즐기는 거야. 왕따 당한 사람이 그들로부터 희생되지 않으려면, 자기를 성가시게 괴롭히는 놈들 가운데 어느 한 놈을 점 찍어가지고, 선빵을 때리고, 사정없이 발라버리는 수밖에 없어. 야, 세상에서 가장 무서운 것이 무엇인지 아냐? 겁 많은 찌질이가 뽑아든 칼이야. 겁 많은 찌질이가 용기를 내게 되면, 눈앞이 캄캄해져서 살인도 불사하게 되는 거야."
  영수는 스카이반 기숙사로 가면서 상호의 등을 툭 쳐주었다. 그것은 내 말대로 실천하여 왕따로부터 벗어나느냐 못 벗어나느냐 하는 것은 어디까지나 네 몫이라는 뜻이었다.

상호는 억불을 쳐다보면서 영수의 말을 곱씹었다.

"이 세상에서 가장 무서운 것이 무엇인지 아냐? 겁 많은 찌질이가 뽑아든 칼이야. 겁 많은 찌질이가 용기를 내게 되면 눈앞이 캄캄해져서 살인도 불사하는 거야."

누구를 점찍을까. 짝은 날쌘데다가 태권도가 4급이고, 뭉치는 햄버거를 한꺼번에 삼 인분씩이나 먹는 거구에다가 힘이 무지하게 센 놈이다. 아무래도 호리호리한 짝을 점찍어야 할 듯싶다. 짝은 초등학교 때 육상을 했다. 운동신경이 예민하고 동작이 빠르다. 그럴지라도 짝을 점찍어야 한다. 그놈을 공격해서 거꾸러뜨려야 한다.

누리장나무 꽃

 창문에 알 수 없는 그림자가 어른거렸다. 누군가가 마당 안을 기웃거리고 있었다. 지나가는 구름이나 매의 그림자일 수도 있고, 그의 착각일 수도 있었다.
 문을 열쳤다. 마당이 살아 있는 것처럼 몸을 웅크리고 있었다. 그것이 얼핏 기우뚱거리고 출렁거리는 듯싶었다. 누군가의 기웃거리는 눈빛이 모든 것을 살아나게 하고 있었다.
 바람이 달려왔다. 그 바람결이 얼굴의 솜털들과 눈썹을 건드렸다. 상호는 오소소 진저리를 쳤다. 정수리와 등줄기와 겨드랑이에서 시작된 전율이 전신의 털구멍으로 퍼져나갔다.
 누리장나무 잎사귀들이 고개를 저었다. 눈이 시렸다. 할머니가 떠나갈 때 흐드러져 있던 꽃들이 눈에 보이는 듯했다. 진한 보라색의 마름모꼴 꽃받침을 뚫고 나온 흰 꽃송이들.

'아, 할머니가 다녀간 것이다.'

내내 앓던 할머니가 배를 붙안은 채 밖으로 나와 상호의 손을 잡고 누리장나무의 꽃 앞으로 갔었다. 상호는 할머니를 부축해주었다. 할머니가 꽃을 향해 말했다.

"꽃아, 꽃아! 니년 얼굴이 얼마나 예쁜지 한번 봐라. 내 눈에 비치는 니 얼굴을 자세히 봐."

꽃송이들이 저녁의 비낀 햇살을 되쏘고 있었다. 꽃송이의 속살, 그것은 이해할 수 없는 우주의 한 모양새였다. '이해할 수 없는 것'을 그는 그냥 오묘함이라고 생각해버렸다. 오묘함은 가슴을 저리게 하는 쾌감이었다. 그 오묘함을 감지할 수 있는 자기는 행운을 타고난 거라고 생각했다.

할아버지는 툇마루에 걸터앉아 할머니가 하는 양을 말없이 지켜보고만 있었다.

할머니는 떨리는 손으로 상호의 손목을 부여잡고 중얼거리듯 말했다.

"사람의 눈동자는 거울하고 똑같은 것이란다. 사람이 꽃을 예뻐하면 예뻐하는 마음이 그 사람의 눈동자에 나타나는 법이다. 꽃은 자기를 예뻐하는 사람의 눈동자에 비친 자기 모습을 보고 즐거워한다. 꽃이 웃는 소리, 꽃이 뿜는 향기소리가 귀에 들린다."

할머니의 신음 섞인 말을 들으면서, 향기를 뿜는 하얀 꽃을 보니 눈물이 나왔다.

할머니는 아픔을 견디지 못하고 툇마루 쪽으로 몸을 돌렸다. 툇마루에 앉아 있던 할아버지가 와서 할머니를 부축하고 안으로 들어갔다.

할머니가 안으로 들어간 다음 상호는 그 꽃을 향해 물었다.
'우리 할머니 가시려 하는 데가 어디니?'
누리장나무 꽃이 대답했다.
'저기 저 하늘나라!'

그는 하늘을 쳐다보았다. 꽃사슴처럼 생긴 구름 한 장이 떠가고 있었다. 하늘이 어찌하여 꽃사슴 모양을 보여주고 있을까. 떠나간 할머니가 장차 꽃사슴이 될 모양인가.

할머니의 제사가 한 달 앞으로 다가오고 있었다. 할아버지는 그 제삿날, 할머니의 영정 앞에 참외, 딸기, 포도, 떡 한 접시, 밥 한 그릇, 국 한 그릇, 술 한 잔을 놓아두고 상호에게 절을 하라고 시킬 터이다.

할머니는 췌장에 생긴 암으로 인하여 죽어갔다. 병원에 입원해 있던 할머니는 죽음을 예감하고, 할아버지에게 집으로 가고 싶다고 말했다. 할아버지는 할머니가 병원에서 운명하게 하고 싶었지만, 집으로 돌아가자는 할머니의 청을 거절하지 못했다.

집으로 돌아온 할머니는 고통을 이기지 못하고 앓으면서 몸부림쳤다. 할아버지가 진통제를 거듭 복용시키고 주사도 놔 주었지만, 고통을 가시게 하지 못했다.

할머니는 아픔을 견디지 못한 채, 고개를 회회 젓기도 하고, 방바닥에 엎드려보기도 하고, 모로 누워보기도 하고, 일어나 앉아 있어 보기도 하고, 앉은걸음을 쳐보기도 하그, 돌아앉아 다시 드러누워 이쪽저쪽으로 몸을 굴려보기도 했다. 그러면서 허공을 향해 하소연하곤 했다.

"아이고, 하느님……부처님!……조상님네! 나 이렇게 놔두지 말고, 어서, 빨리 데려가주십시오."

상호는 고통스러워하는 할머니의 모습이 안타까웠다. 안절부절 못하고 눈물을 줄줄 흘렸다. 옆에 앉아 있는 할아버지는 목석처럼 굳어진 채 말없이 할머니를 내려다보고만 있었다.

상호는 훌쩍훌쩍 울면서 할아버지의 소맷자락을 잡아 흔들며 애원했다.

"할아버지, 할머니 좀 어떻게 해줘요."

할아버지가 그의 손을 이끌고 밖으로 나와서, 깊이 가라앉은 목소리로 말했다.

"저 일은 오직 네 할머니 혼자서 해야 한다. 어느 누구도 도와줄 수가 없다. 하느님도 부처님도 도와주지 못한다."

'저 일'이란 것은 죽어가는 일이다. 어떤 사람이 죽어가는 일을 도와줄 수 있는 사람은 아무도 없다. 신도 부처님도 도와줄 수 없다.

상호는 산 위의 억불을 향해 돌아서면서 눈물을 훔쳤다.

머리카락

할아버지는 별채의 처마 끝 안쪽에 매달려 있는, 탁구공만한 할머니의 머리카락 뭉치를 떼어내더니 상호에게 주면서 말했다.
"저기 목탁골 탱자나무 가지에 걸어놓고, 할머니 아프지 않게 해 달라고 억불님한테 빌고 오너라."
할머니는 목탁골의 늙은 탱자나무와 억불을 신앙했다. 이른 아침과 저녁의 산책길에 남들이 혹시 볼까 부끄러워 두리번두리번하면서 그 나무 가지에 자기 머리카락 한 오락을 걸어놓고, 억불을 쳐다보며 합장을 하고 중얼중얼 소원을 말하곤 했었다.
……구름같이 떠도는 그 불쌍한 삼시랑들, 한사코 감기 한 번도 앓지 않게 하시고, 끼니 거르지 않게 하시고, 찬이슬 맞고 살지 않도록 하시고……부디 그윽한 원력을 일으켜 주십시오.
상호는 할머니의 뭉쳐진 머리카락을 움켜쥐고 달렸다. 머리카락은 할머니의 살결처럼 말랑말랑하고 매끄러웠다.

목탁골 안쪽 구석의 지석묘들 옆에 키 작은 늙은 탱자나무 한 그루가 몸을 외틀고 있었다. 밑동에는 크고 작은 돌멩이들이 쌓여 있었다. 그 탱자나무 가지에는 지푸라기나 머리카락들이 걸려 있었다.

산 위의 억불이 그를 내려다보았다.

그가 움켜쥐고 간 머리카락 뭉치는, 손바닥에서 배나온 땀으로 인해 축축하게 젖어 있었다. 머리카락들을 풀어서 뾰쪽뾰쪽한 가시들 위에 걸쳤다. 소나무 숲속에서 바람이 불어왔고, 반백의 머리카락들이 하늘거렸다.

돌아서서 탱자나무와 산 위의 억불을 향해 합장하고 머리를 깊이 조아렸다. 억불은 가엾어 하는 얼굴로 그를 내려다보고 있었다.

'우리 할머니 아프지 않게 해주십시오.'

그 말을 세 번 거듭하고 집을 향해 뛰었다. 바람이 그의 귓결과 얼굴 살갗을 스치고 지나갔다. 바람은 뱀이 숲에 벗어놓은 허물의 혼이 되어 그의 솜털들을 곤두서게 하고 있었다.

집에 돌아왔을 때, 할머니의 고통스러운 몸부림은 멈추어 있었다. 깊이 잠들어 있었다. 하얀 치마저고리를 입은 채였다. 할머니의 머리맡에 할아버지가 산 위의 억불바위처럼 앉아 있었다. 할아버지의 눈길은 멀고 먼 허공을 향하고 있었다 집안의 모든 시간이 정지해 있었다.

화장장의 흰 가운을 입은 화부가 할머니의 관을 화구 속으로 밀어 넣었다. 할아버지는 눈을 감은 채 합장한 두 손을 앙가슴에 대고 고개를 깊이 숙이고 있었다. 상호도 할아버지처럼 합장했다. 할아버지가 한 말이 귀에서 되살아났다.
"저 일은 오직 네 할머니 혼자서 해야 한다. 어느 누구도 도와줄 수가 없다."

자기 혼자만의 길

가지산 밑의 보림사에서 할머니의 49제를 지내고 돌아온 할아버지가 상호를 앞에 앉혀놓고 말했다.
"이제 너도 자랄 만큼 자랐으니 네 길을 네가 혼자 헤쳐 나가야 할 때가 되었다. 나와 네 할머니가 이때껏 미루어 왔던 그 이야기를 이제 너에게 모두 해주어야겠구나."
상호는 가슴이 두근거렸다. 그게 어떤 이야기일까. 이를 단단히 물고 고개를 숙였다. 할아버지의 존재가 산 위의 억불바위처럼 거대하면서도 차갑게 느껴졌다. 할아버지의 가슴 속은 탐진강 박림소의 물처럼 시퍼럴 것 같았다.
할아버지가 "어흠," 하고 목을 가다듬은 다음 말했다.
"네 할머니는 참 불행한 여자였느니라."
할아버지의 말은 여느 때와 달리 무거웠다. 이어 뱉어낼 말이 더욱 무거워서인지 할아버지는 그 말을 얼른 내뱉지 못했다. 한동안 입을 다물고 허공을 향해 숨을 고르고 있었다. 방안을 맴도는 침묵이 상호의 가슴을 답답하게 했다. 할아버지가 다시 "어흠" 하고나서 말을 이었다.

"네 할머니……. 평생 동안 아들딸을 하나도 낳아보질 못하셨느니라."

상호의 가슴 속으로 쏴아 뜨거운 바람이 밀려들었다. 그 바람으로 인해 몸이 가뿐해지고 있었다. 새털처럼 둥둥 뜨고 있었다.

아, 그렇다면, 내 아버지를 낳은 여자는 할머니가 아니라는 것이다. 그렇다면 나는 누구의 손자인가.

할아버지는 상호의 손 하나를 끌어다가 잡았다. 커다랗고 따스한 한 개의 손으로 그의 손바닥을 받치고, 다른 한 손으로 손등을 덮어 어루만지기도 하고 다독거리기도 했다. 산 위의 억불처럼 거대하고 차갑게 느껴지던 할아버지의 손의 따사로움이 가슴으로 전류처럼 밀려들었다. 그것은 뭉클한 멍울이 되고 있었다.

"자궁 밖……."

이렇게 말하고 나서 할아버지는 잠시 뜸을 들였다. 심호흡을 했다. 어디선가 닭의 울음소리가 들려왔다. 그 소리가 어디론가 사위어갔을 때 할아버지가 말을 이었다.

"난소 쪽에서 임신이 된 까닭으로……그 부분을 수술해버린 다음에는 아기를 가지지 못하신 거야. 그 결과 네 할머니는 우울증에 걸려, 방 안에 들어앉아 밥도 잡수시지를 않고 자꾸 울기만 하고 죽어 버리겠다고 하고……. 그래서 이 할아버지가 네 할머니를 보듬고 달래고 또 볼과 손을 어루만져 주었다. 어디서 착한 남자아이나 여자아이 하나를 데려다가 입양을 하자고 하면서……. 그 결과로 얻은 것이 네 아버지이다."

할아버지는 상호의 손을 쥐인 손아귀에 힘을 주었다.

상호의 가슴 벽이 쇳덩이처럼 딱딱해지고, 속에 뭉쳐진 뜨거운 덩어리가 더욱 커지면서 목구멍으로 올라오고 있었다.

"광주에서 살 때인데, 이 할아버지와 네 할머니의 속사정을 안 누구인가가 한겨울 새벽녘에 우리 집 문 앞에다가 아기를 두고 갔지."

상호는 가슴 속의 뜨거운 덩어리가 목구멍으로 넘어오는 것을 막기 위해서 이를 악물었다. 그렇지만 그것은 울음이 되어 "어흑!" 하고 터지고 말았다.

할아버지가 한쪽 팔로 상호의 윗몸을 안아주고 등을 다독거리며 말했다.

"울지 말고, 내 말을 잘 들어라. 사람은 어느 누구든지 다 자기의 출신 내력……깊은 뿌리를 제대로 알아야 굳세고 올바르게 잘 살아갈 수 있는 것이다. 세상은 참으로 잔인하고 혹독하다. 이 세상에서는 어느 누구도 '나'라는 존재를, 나 스스로처럼 사랑하고 아끼면서 도와주지 않는다. 나를 참으로 나답게 건설할 사람은 오직 나뿐이야."

상호는 혀를 아릿하게 아프도록 깨물었다. 혀의 아픔이 전신으로 퍼졌다.

할아버지가 상호를 안은 채 말을 이었다. 목소리가 축축하게 젖어 있었다.

"네 아버지가 너만큼 자랐을 때, 이 할아버지가 네 아버지에게 네 아버지의 출신 내력을 다 이야기해주었다. 그것이 충격이었던지, 네 아버지는 여기저기 떠돌다가 베트남으로 가 사업을 하면서 네 어머니를 만났고……그래서 네가 태어났다. 네 아버지와 네 어머니는 참 묘한 인연이다. 네 어머니는 베트남 전쟁에 참전한 한국 병사와 베트남 여인 사이에서 태어난 여자였어."

상호는 흐느껴 울었다. 할아버지가 그의 등을 토닥거렸다.

"상호, 네가 생래적으로 어찌할 수 없이 지니고 있는 약간 검은 피부색, 다른 사람에 비하여 왜소한 듯싶은 체구, 새까만 눈썹, 남다르게 잘 돌아가는 영리한 머리는 네 운명이다. 그 운명을, 너 대신 짊어지고 나아가 줄 사람은 아무도 없다. 그것은 너 혼자서 짊어지고, 바위덩이를 굴리고 올라가는 시시포스처럼 가파른 가시밭길을 혼자서 올라가야 하는 것이다."

할아버지의 그 말로 미루어본다면, 할아버지는 모순된 삶을 살고 있다. 할아버지는 아버지가 자기의 사업을 자기 혼자서 해결하게 했어야 하는데, 그렇지 않았다. 할아버지가 가지고 있는 모든 돈을 떨어서 아버지를 도와준 것이다.

이국땅을 떠돌다가 귀국한 아버지는 할아버지의 돈을 가져다가 재기를 해보려 들었다. 회진 덕도 남쪽 연안 바다에서 광어 양식을 했는데, 해마다 거듭되는 이상기후와 적조현상으로 인하여 거덜이 났다. 그는 수협과 농협에서 돈을 내오고, 여기저기에서 사채를 끌어다가 다시 일어서보려고 했지만, 또 다시 거덜이 났다. 결국 어디론가 도망을 가버렸다. 감당할 수 없는 빚 때문이었다. 빚쟁이들 등살에 어머니도 잠적했다.

아버지 어머니가 버리고 간 상호를 할아버지가 떠안았다. 할아버지는 상호의 아버지 어머니 노릇, 가정교사 노릇을 다 했다. 초등학교 6학년 때부터 밥을 지어 먹이고, 아침이면 깨워 학교에 보내고, 빨래 해주고, 방 청소하고, 뒤떨어진 학과 공부를 도와주고, 태권도를 가르쳐주고, 해수욕장으로 데리고 가서 수영을 가르쳐주고.

묽은 안개 너울을 쓴 앞산 위의 억불이 그를 보며 웃고 있었다. 억불이 할아버지의 모습하고 닮았다고 그는 생각했다. 아이들이 '염장이'라고 부르는 할아버지.

할아버지는 내 아버지의 실패로 인하여 염장이 노릇을 하지 않으면 살아갈 수 없게 되었다. 전직이 교장이었음에도 불구하고, 저 산 위의 억불처럼 고고하고 숭엄하고 깨끗하게 살아가지 못한다.

누리장나무의 어두운 보라색 그늘이 그의 눈으로 날아들었다. 그는 얼굴을 일그러뜨렸다. 아버지와 어머니는 어디에 있을까. 할아버지가 가엾다. 어떤 면에서는 할아버지가 바보스럽게 느껴지기도 한다.

교장의 울음

상호와 나란히 툇마루에 걸터앉은 할머니가 억불을 쳐다보면서 말했었다.
"네 할아버지는 참으로 알 수 없는 구석이 있으신 분이다."
장흥서중학교 출신인 할아버지는 교육위원회에서 장학사와 장학관을 거듭 지냈으면서도, 하필 시골의 모교인 장흥서중학교 근무를 자청했다.

안인호 교장은 장흥서중에 부임하자마자 후배인 장흥북중학교의 교장과 만나, 해마다 봄가을이면 학교 대항 친선 축구 경기를 치르기로 했다. 가장 순수하고 남성적이고 원초적인 축구 경기를 치름으로써, 두 학교 학생들의 고향 사랑과 우의와 애교 정신과 남성으로서의 기상과 투지를 심어주자는 것이었다.

봄에 치른 첫 경기에서, 장흥서중학교 선수들은 경기하는 동안 내내 주도권을 잡았으면서도, 골 결정력 부족으로 장흥북중 선수들에게 3대 1로 졌다.

그날 밤 술이 얼근해져서 집에 들어온 안 교장은 80세인 노모에게 학교에 다녀왔다는 인사를 하고 나서, 자기의 방으로 들어가 웃옷을 벗어 던지고 안쪽 구석에 등을 들이민 채 고개를 숙이고 "어흑, 엉엉……." 하고 슬프고 억울하다는 듯 울어댔다.

안 교장의 아내는 깜짝 놀라 밖에서 무슨 일이 있었느냐고 물었다. 안 교장은 대답을 하지 않고 울기만 했다. 울음이 격렬해지자 안방의 노모가 안 교장의 방으로 가서

"아니, 왜 그렇게 우시는가! 무슨 못 당할 일을 당했는데? 이 에미가 좀 알면 안 되겠는가?" 하고 근엄하게 물었다.

안 교장은 노모에게 죄송해 하며, 울음을 그치고 눈물을 훔치더니

"우리 학교가 북중하고 축구 시합을 했는데요……." 하고 나서 두 손으로 얼굴을 가리며 더 큰소리로 "어흑! 어흑……!" 하고 울었다.

답답해진 노모가

"그랬는데, 어쨌단 말인가?" 하고 물었다.

간신히 울음을 그친 안 교장이

"져버렸어요." 하고 말했다.

노모가 입을 벌리고 허공을 쳐다보며 어처구니없어 하다가, 안 교장에게 볼멘소리를 했다.

"원 세상에! 아이고, 아이고……. 사람이 어쩌면 그렇게 작고 조

잔할꼬! 쯧쯧쯧……. 아이고! 기가 차네, 기가 차! 이 세상천지 다 돌아다니면서 물어보소. 자기 학교 축구 선수들이 다른 학교 선수들하고 축구 시합을 해서 졌다고, 교장이란 작자가 자기 집에 돌아와 엉엉 소리쳐 울어대는 경우가 있는가!"

안 교장은 문득 울음을 그치고 노모를 향해 퉁명스럽게

"자기 학교 선수들이 시합에서 졌는데도 울지 않는 그런 것들도 교장이랍니까요?" 하고 말한 다음 다시 더 큰 소리로 울었다.

그로부터 3년 뒤 인사이동 때 안 교장은 장흥북중으로 자리를 옮기고, 후배인 장흥북중 교장은 장흥서중학교로 옮겼다. 그해 봄에 두 학교는 전과 마찬가지로 친선 축구 경기를 치렀다. 그 경기에서 안 교장의 장흥북중의 선수들이 2대 1로 이겼다. 안 교장은 학교 교직원들 육성회 임원들과 어울려 승리 축하의 술을 기분 좋게 마셨다.

그날 밤 집에 돌아온 안 교장은 노모에게 다녀왔다는 인사를 하고 당신 방에 들어가자마자 안쪽 구석에 등을 들이밀고 엉엉 울어댔다. 노모가 안 교장의 방으로 가서 빈정거리는 어투로 물었다.

"또 축구 시합에서 자네 학교가 졌는가?"

안 교장은 고개를 저으면서 눈물을 훔치고 말했다.

"아니요. 이겼어요."

"그럼 왜 우는가!"

안 교장은 퉁명스럽게

"우리 모교 후배들이 졌어요." 하고 나서 슬프게 "어흑, 어흑." 하고 울었다.

  노모가 어이없어 하면서 천장을 쳐다보는데, 안 교장은 울음 섞인 목소리로

  "후배 놈들이 얼마나 못하는지……. 내가 대신 들어가서 뛰어주고 싶더라고요." 하고 나서 눈물을 줄줄 흘리며 울었다.

  할머니는 생각하면 할수록 우습다는 듯 하하하하 하고 웃고 나서 말했다.

  "네 할아버지 얼마나 정이 많고 심성이 곱고 감성이 명주실오라기 같고, 오지랖은 또 얼마나 넓은지 말도 못한다. 네 할아버지는 아주 똑똑한 어른이시지만, 한편으로는 내가 이해 할 수 없도록 모자라고 바보스러운 데가 있는 양반이시다."

  할머니는 할아버지가 장학관 시절에 서울 출장을 가서 저지른 일을 이야기했다.

품바

안 교장은 모처럼 서울에 온 김에 대학로 뒷골목에서 '품바'라는 모노드라마 한 편을 보고 나왔다.

'어얼 씨구씨구 들어간다, 저얼 씨구씨구 들어간다'의 애절하게 들썽거리는 감동을 안은 채로 그냥 여관방으로 들어가 잠들기가 서운했다. '보글보글'이라는 푸르고 붉은 네온사인 간판이 마음에 들어 그 술집으로 들어갔다. 까만 질그릇에서 보글보글 끓는 콩비지찌개 안주에 소주 한 병을 들이켰다.

마지막 잔을 비우고 한 병을 더 마실까 어쩔까 망설이는데, 다 해진 청점퍼에 청바지를 입고, 머리 덥수룩하게 기른 거구의 젊은이 한 사람이 앞으로 다가왔다. 청바지 젊은이는 그에게 말했다.

"소박한 미륵님같이 생기신 어르신이 아주 외로워 보이시네예. 지가 어르신 술맛을 나게 좀 해드리고 싶은데예, 그래도 되겠는기요?"

기름한 얼굴인데다, 코밑과 턱밑의 검실검실한 수염과 구레나룻의 털털한 품새와 경상도 사투리가 매력적이어서, 그는 선뜻 고개를 끄덕거리며

"그래! 그러드라고. 얼른 거그 앉어! 같이 한 잔 하드라고." 하고 탁자 너머의 의자를 가리켜주었다.

둘은 마주앉아, 연극 '품바' 이야기를 하면서 대작을 했다.

"저기 전라도 시골의 한 구석에서 올라온 '품바'가 서울 무대에서 만석의 장기 공연을 하고 있다는 것. 이것 신나는 일이여. 안 그려?"

청바지 청년이 맞장구를 쳤다.

"아따 마, 그라지예!"

그는 잔을 들고 말했다.

"자, 주욱 들이키드라고이!"

그는 얼근해지자, 두 팔을 십자로 벌려 흔들고, 엉덩이를 들썩거리면서, 품바 한 소절 불렀다.

"어얼 씨구씨구 들어간다. 저얼 씨구씨구 들어간다. 작년에 왔던 각설이 죽지도 않고 또 왔네……."

"아따 마, 어르신 소리를 너무너무 구성지게 잘하시네예."

그는 젊은이의 칭찬으로 인해 흥분을 감추지 못한 채 술잔을 들어 젊은이의 잔에 찰캉 부딪쳤다. 젊은이가 술잔을 거듭 비우고 나서 말했다.

"저는예, 무대에 가두어놓은 품바 연극보다도, 실제로 활동하고 걸어댕기는, 말하자면 실천하는 품바 연극을 더 좋아하는기라예."

그가 말뜻을 얼른 알아채지 못하고 고개를 쳐들며, 마주 바라보기만 하자 젊은이가 부연했다.

"말하자면예, 실생활 속에서 실천하는 그기 바로 진짜 품바인기라예." 하면서 젊은이는 청점퍼의 안 호주머니 속에서 칫솔과 하얀 스테인리스 숟가락과 포크를 꺼내 보였다.

"이것이 무소유를 표방하는 지 살림살이의 전부인기라예."

젊은이는 그 포크와 숟가락으로 콩비지 안주를 떠먹으면서 소주를 들이켰다.

그는 소박하면서도 털털하고 익살스러운 젊은이의 얼굴을 멀거니 건너다보며 "어허허허……." 하고 너털거렸다.

"지가 누군지 알게 되신다면 어르신께서는 아마 깜짝 놀라실 거로구만예. 지가 사실은 부경물산 회장 외동아들이라예. 대구 가죽업계의 대부인 우리 아버지의 탐욕이 너무너무 가증스러워서 그만 이렇게 독립선언을 했어예. 그리고 이렇게 무소유를 실천하는 기라예."

"멋이라고, 아버지의 탐욕이 너무너무 가증스러워 독립선언을 했다고?"

그는 속이 화끈 뜨거워졌다.

청바지 젊은이가 한동안 침을 튀기면서, 아버지가 가죽 공장 일꾼들을 노예 부리듯 닦달하는 것, 공장 돈을 사적으로 유용하는 것을 욕하고 나서, 말을 돌렸다.

"그런디예, 지 생활, 아주 멋들어지고 그윽합니다예. 주말에는 이 예식장 저 예식장의 피로연장에서 점심을 아주 후하게 대접 받으며 살아예."

'아, 세상에는 이런 기막히게 멋진 젊은이도 있구나.'

그는 고개를 쳐들고 "와하하하……." 하고 웃었다. 흥분으로 인해 온몸의 세포들이 알코올을 기세 좋게 빨아들였으므로 호탕하게 술잔을 비우고 또 비웠다.

"일자 한 자 들고나보니 일선에도 못 간 머저리 밥이나 죽인구더기라……."

취한 그들은 벌떡 일어서서 숟가락으로 냄비를 두들기며 각설이 타령을 불렀다. 다시 술 두 병을 더 청해서 마셨다.

청바지 젊은이가 말했다.

"앞으로 선생님을 헹님이라고 불러도 돼겠는기요?"

그는 흔쾌히 말했다.

"그래, 성님이라고 불러라! 나는 자네를 동생이라고 부를 텐께!"

열두시가 가까워서 주인이 나가달라고 재촉을 해서야, 그는 비틀거리며 일어섰다. 젊은이가 그를 부축해주었다. 통금 시간이 임박해 있었다.

서둘러 가까운 여관의 현관문 안으로 들어섰다.

"동생, 자네 지금 가다가는 통금에 걸릴 터인디?"

그가 묻자 젊은이는 말했다.

"아따 마, 헹님, 그 문제는 염려 놓으시소. 겡찰서 닭장이 바로 지작은 집인기라예."

그는 도리질을 하며

"동생, 그것은 안 돼!" 하고 젊은이의 손을 이끌고 객실 하나를 잡아 들어갔다.

"오늘 우리 멋진 무소유의 젊은 동생하고 맥주 한 잔 좍 더하고 나란히 자드라고잉."

그는 젊은이와 더불어 맥주 두 병을 더 불러 마신 다음 쓰러져 잤다. 자고 일어나보니 젊은이의 모습이 보이지 않았다.

이 멋진 무소유의 친구가 어딜 갔을까.

시계를 보니, 교육부에 들어가야 할 시간이 임박해 있었다. 바삐 나가서 해장국 한 그릇을 먹고 계산을 하려고 호주머니에 손을 넣어 지갑을 찾으니 빈 먼지만 만져졌다. 뒤통수를 한 대 얻어맞은 듯 눈앞이 아찔했다.

한동안 멍해 있던 그는

"어허허허……." 하고 웃으며 허공을 향해 말했다.

"니놈은 무소유의 천사라고 사기 친 도둑놈이 되었지만, 나는 니놈 덕분에 너 같은 저질 사기꾼 도둑을 동생이라고 하면서 잘 멕이고 사랑하고 재워준 부처님이나 예수님 같은 성인이 돼버렸다! 아하하하……."

냉장고

할머니가 말을 이었다.
"어디 그뿐인 줄 아냐? 느그 할아버지 도저히 예측할 수가 없는, 못 말릴 어른이시다."

35년쯤 전의 어느 토요일 해저물녘에, 할머니는 참으로 황당한 일을 당했다. 시장에서 할아버지가 좋아하는 매운탕거리를 사가지고 오니 부엌의 냉장고가 감쪽같이 사라져버렸다. 할머니는 부엌 안쪽 구석의 냉장고가 있던 자리 앞에서 한동안 멍히 서 있었다.
김치 그릇과 달걀 따위가 부엌 바닥에 널려 있었다. 우리 냉장고를 어떤 도둑이 가져가버렸을까. 아직 사랑땜도 제대로 하지 못한 새 냉장고인데.
할머니는 할아버지가 근무하는 중학교 교장실로 전화를 걸었다.

"여보!"

할아버지는 바야흐로 한 연구보고서를 작성하느라고 골몰하고 있었다.

"왜?"

"우리 냉장고!" 하고 나서 할머니는 더 말을 잇지 못하고 흐느껴 울어버렸다. 할아버지가 당황하여 말했다.

"여보, 그 냉장고 내가 우리 오순탁 선생 집으로 실어 보냈어."

그 무렵은 냉장고나 텔레비전이 아주 귀한 시절이었다. 웬만큼 잘 살지 않은 사람들은 냉장고나 텔레비전을 구입하지 못했다. 국산품은 고장이 잘 났으므로 일본제나 독일제나 미제 따위의 수입품을 선호했다. 냉장고나 텔레비전을 들어다놓고 사는 사람은 특권층 대접을 받았고, 서민들이 그들을 부러워했고, 아니꼽게 바라보기도 했다.

할머니가 촛국처럼 시어진 김치를 버리면서 냉장고 노래를 부르곤 했지만, 할아버지는 아직은 그것을 구입해서 살 때가 아니라고 도리질을 했다.

한데 할아버지의 한 중학교 동창 친구가 가전제품 대리점을 시작하면서 냉장고 한 대를 반강제로 할아버지에게 떠맡겼다. 그것을 들어다놓은 다음에도 할아버지는 교직원들에게 냉장고 구입했다는 말을 하지 않았다.

그 무렵 오순탁이라는 젊은 선생의 아내가 첫아기를 낳았다. 7남매 가운데 맏이인 오순탁은 봉급 반 이상을 모두 동생들의 부양과 교육을 위해 쓰느라고, 유행이 한참 지나버린 허름한 옷을 걸친 채 꽁보리밥을 씹어 먹으며 살았다. 그런데다 첫아기가 쌍둥이였다. 가뜩이나 산모의 젖이 잘 나오지 않아 분유를 사다가 먹이고, 밤이면 우는 아기 둘을 달래 재우고 목욕 시키느라고 잠을 거듭 설치곤 한 까닭으로 얼굴이 수척해져갔다.

여선생들과 함께 미역다발을 사들고 갔다가 온 할아버지는 오순탁 선생의 가난한 셋집 살림살이로 인해 심한 가슴앓이를 했다. 돌아오는 길에 한 여선생이 '오 선생 도시락에 들어 있는 김치에서 촛국냄새가 나는 까닭을 알 것 같네요.' 하고 말했다.

"여보 미안해, 오순탁 선생 사는 꼴이 하도 안됐어서, 내가 우리 청부 시켜서 실어다가 주라고 그랬어요."

할아버지의 말을 듣고 난 할머니는 수화기를 붙잡은 채 실성하기라도 한 듯 "하하하하……." 하고 웃었다. 가슴에서 뜨거운 바람이 일어났다. '아, 이렇게도 순박한 사람하고 살아가는 나는 얼마나 행복한 사람이냐!'

향물

안 교장은 검은 양복에 검은 넥타이를 매고, 성희원 목사가 운영하는 자애원의 구석방에서 한 늙은 남자의 시신을 향물로 닦고 있었다.

그가 자애원에 처음 들렀을 때, 홀 안에는 선풍기 두 대가 돌아가면서 바람을 일으키고 있었다. 홀에 노인들이 우글거렸다. 치매가 있는 노인이나 장애인들이었다. 누워 잠을 자는 원생들 가운데, 홀 안을 계속 맴돌고 있는 노파, 구석에서 무엇인가를 열심히 잘근잘근 밟고 있는 노파, 한가운데서 반가부좌를 한 채 목쉰 소리로 연설을 하는 노인이 눈에 띄었다.
성 목사가 말했다.
"우리 자애원 식구들이 모두 서른한 명입니다."
안 교장은 홀 안을 맴돌고 있는, 키 작달막한데다 살집이 좋고 눈두덩이 부석부석한 노파를 호기심 어린 눈으로 보자, 성 목사가 그에게 귀엣말을 했다.

"저 할머니는 지금 친정엘 가고 있는 겁니다. 전남편이 죽어 산 너머 마을로 개가를 했는데, 친정집에 맡겨 놓은 아들이 하나 있었대요. 그 아들이 보고 싶어서 그렇게 사람들 눈을 피해서 가파른 재를 넘어 다니곤 했던 모양입니다."

그는 고개를 끄덕거리고 나서, 무엇인가를 잘근잘근 밟고 있는, 머리털 허옇고, 얼굴에 깊은 주름살과 저승꽃이 지천으로 널려 있는 허리 구부정한 노파에게 눈길을 옮겼다.

성 목사가 말했다.

"저 노인은 보리를 밟고 있는 겁니다. 날마다 저래요."

그는 홀 한가운데에서 반가부좌를 한 채 연설하고 있는 깡마른 노인을 바라보았다. 노인은 침을 튀겨가며 목청 높여 말을 뱉어내고 있었다. 줄곧 많은 말을 목청 높여 하곤 해서인지, 목이 심하게 쉬어 있었다.

"······우리 인간은, 누구든지, 하느님이 평등하게 점지했습니다. 나는 이 땅 이 강토에 살고 있는 모든 하느님의 아들딸들이 다 고루고루 평등하게 잘 살도록 해줄 자신이 있습니다. 부자들한테서 세금을 많이 걷어다가 가난한 사람들에게 나누어 주는 것입니다. 그리고 거리거리에는 꽃을 심고, 모든 노는 땅들을 꽃밭으로 만들겠습니다······. 나는 이 땅 이 강토를 지상의 천국으로 만들어놓겠습니다······. 지금까지는 당선한 모든 사람들이 자기에게 표를 찍어준

61

국민들을 기만하고 배반하고 독재를 하고 국민들 위에 군림하고 자유를 억압하고, 자기 패거리들의 배만 부르게 했지만, 나는 절대로 배반을 모르는 사람입니다. 나에게는 나를 따르는 패거리가 없습니다. 오직 국민들만을 배부르게 하고 즐겁게 해주겠습니다……."

노인의 목소리는 어떤 대목에서는 헛바람이 새었고, 다시 어떤 대목에서는 한 줌 쥔 지푸라기들을 흔들어대는 것처럼 부스럭거렸고, 또 어떤 대목에서는 양철 표면을 쇠붙이로 긁어대는 것처럼 삑삑거려, 그를 진저리치게 했다. 머리칼이 반백이고 얼굴 살갗에 저승꽃이 가득한 노인의 눈은 광기 어린 푸른빛을 발하고 있었다.

성 목사가 귀엣말을 했다.

"대통령 선거에 출마해서 유세를 하고 있는 겁니다."

안 교장이 바야흐로 염을 하고 있는 것은 그 연설하던 노인의 시신이었다. 그 노인은 당뇨와 후두암으로 말미암아 죽었다.

"형제자매님들, 이동식 성도님이 하느님의 품으로 떠나가십니다. 모두 진실한 마음으로 성도님의 천국행을 빌어주시오."

안 교장은 천국이라는 말을 입 속에 머금었다. 이 끝에 놓고 잘근잘근 씹다가 꿀꺽 삼켰다. 그래 천국은 있다. 그 천국은 하느님이 다스린다. 착하게 살다가 죽은 사람들이 그곳엘 간다. 거기에는 행복한 삶을 사는 사람들만 존재한다. 이승에서는 박해와 따돌림을 받고 살았지만 저승에 가서는 좋은 삶을 받아 살아야 한다. 보람되고 향기로운 좋은 일을 한 사람들이 죽으면 별 하나씩을 차지하게 된다는 말도 사실일지 모른다. 아니다. 인간들이 천국을 만들었다. 이 승에서의 아픔과 슬픔으로 인한 불행을 뛰어넘어 행복을 꿈꾸며 살아가려고. 아니, 그것도 아니다. 천국은 우주의 한 순환 율동 속에 들어 있다. 그것은 내 속에도 들어 있다.

거동할 수 있는 노인들이 하나씩 둘씩 구석방 문 앞으로 모여들었다.

살집 좋은 노파는 목사의 말을 아랑곳하지 않고 전과 다름없이 여기저기를 두리번거리면서 홀 안을 천천히 맴돌았고, 허리 구부정한 노파는 구석바닥을 세심하게 잘근잘근 밟고 있었다.

안 교장의 불콰한 얼굴은 땀에 젖은 처 번들거렸다. 염을 시작하기 전에 소주를 반병이나 들이켠 것이었다. 안 교장은 늘 술김에 그 일을 하곤 했다.

실내는 후텁지근했다. 시신의 벌어진 입과 코에서는 썩은 냄새가 흘러나왔다. 홍어 창자 썩은 것보다 더 지독한 냄새였다.

목사는 안쪽 구석에다가 향불을 피웠다. 향내가 방안 가득 퍼져 있었지만, 시신 냄새를 없애 주지 못했다.

그 노인은 새벽녘에 숨을 거두었다. 죽음은 이승에서의 삶의 졸업이다. 향물로 시신을 씻어 주는 것은 졸업의 한 의식이다. 이승에서의 모든 죄악을 씻어주는 것이다. 깨끗한 몸으로 떠나가게 하려는 것이다.

성 목사는 마스크를 쓴 채 안 교장을 도왔다.

안 교장은 향물 묻은 수건으로 시신의 얼굴과 목과 가슴과 배와 다리와 팔들의 살갗을 자상하게 씻고, 몸에 뚫려 있는 모든 구멍들을 솜으로 단단히 막았다.

염할 때 사용할 쑥물을 그는 해마다 가을철에 지성스럽게 만들었다. 우산리와 평화마을 주변의 산기슭과 들판 언덕에 지천으로 피는 쑥국화를 따다가 말리고, 쑥대를 매다가 시래기처럼 엮어 말렸다. 그것들을 솥에 넣고 푹 고아서 짜낸 물을 큰 페트병에 담아 냉동해놓고 한 병씩을 꺼내다가 사용했다.

안 교장은 향물에 헹군 수건에서 퍼지는 향기가 좋았다. 그 향기를 맡으면 막힌 가슴이 트이곤 했다.

마지막으로 발이 성긴 빗으로 헝클어져 있는 반백의 머리칼을 조심스럽게 빗겼다. 주검 옷을 꺼내 펼쳤다. 하얀 주검 옷에는 호주머니가 없다. 시신에게 바지를 입히고 저고리를 입혔다. 버선을 신기고 두건 모양의 자루를 머리에 씌웠다. 주검 옷 입은 시신을 흰 나일론 줄로 동여 묶었다. 안 교장의 이마와 콧등과 볼과 턱에서는 땀방울이 뚝뚝 떨어졌다. 가쁜 숨을 쉬었다.

복지사 두 사람이 관을 들고 왔다. 얇고 가벼운 송판 관이었다. 안 교장이 머리를 들고 오동통한 복지사가 다리를 들어 올리고 얼굴 창백한 키 큰 복지사가 등을 떠받쳤다.

시신은 작고 관은 넓었다. 사방의 빈 공간을 죽은 노인의 헌 옷가지로 채웠다. 뚜껑을 닫았다. 꽈당 꽈당 못질을 했다.

성 목사가 가로로 길게 오려놓은 붉은색 비단 한 자락과 붓을 내놓았다. 안 교장은 검은 간장을 접시에 따르고 붓을 거기에 넣어 적셨다. 붓을 들어 썼다.

'착'이라고 쓴 다음 흰 밀가루를 간장 글씨 위에 뿌렸다. '한'이라고 쓴 다음 밀가루를 또 뿌렸다. '성', '도', '이', '동', '식', '의', '관'을 거듭 쓰고 밀가루를 뿌렸다. 〈착한 성도 이동식의 관〉이라는 흰 글씨가 완성 되었다. 안 교장의 콧등에서 흘러내린 땀방울이 명정에 쓰인 밀가루 글씨 위로 떨어졌다.

관을 안치한 안 교장이 밖으로 나오자 맑은 바람이 그를 감싸고 돌았다. 가슴을 펴고 그 바람을 깊이 들이켰다. 목사가 따라 나와서 봉투 하나를 손에 잡혀 주었다.

"교장 선생님 고생 많으셨습니다."

봉투는 얇고 중량감이 없었다.

"이것 받아도 됩니까? 원 운영하시기도 힘드실 텐데요."

"땀에 비해서 턱없이 적습니다."

안 교장은 봉투를 받아 양복저고리의 안 호주머니에 넣었다. 봉투에 들어 있는 돈이 많건 적건 그것을 받을 때는 늘 부끄럽고 미안했다. 염치없었다. 그는 염치없어하는 자신을 꾸짖었다. 나는 우주의 청소부이다. 어색하게 웃으며, 좋은 데 잘 쓰겠다고 말했다. 그러면서 그는 그를 늘 유쾌하게 하는 도둑을 생각했다.

도둑

 안 교장의 고물 자전거 끄는 소리를 듣고, 상호는 문밖으로 달려 나가 머리와 허리를 깊이 숙여 절했다. 자전거의 뒤에 자그마한 갈색 손가방이 실려 있었다. 손가방의 덜 잠긴 지퍼의 틈으로 노랑 빨강 파랑의 술이 얼굴을 내밀고 있었다. 꽹과리 채의 끝에 달린 술이었다. 그 손가방 속에는 꽹과리가 들어 있었다. 꽹과리는 안 교장의 분신이었다. 집에 있을 때 안 교장은 법구놀이의 교본을 앞에 놓고, 엉덩이를 들썩거리면서 꽹과리를 치곤했다.
 나들이를 할 때는 반드시 꽹과리를 자전거 뒤에 싣고 다녔다. 염해줄 시신이 없으면, 이곳저곳의 노인당들을 돌면서 그것을 두들기며 이야기를 하기도 하고, 함께 어울려 사물놀이를 하기도 했다.
 안 교장은 자전거를 집 모퉁이에 세우고 꽹과리 가방을 풀어내면서 상호의 얼굴을 이리저리 뜯어보았다. 상호의 얼굴 표정의 결과

무늬에서 밝은 기상과 풋풋한 희망을 읽으려고 들었다. 할아버지에게서 많은 것을 도둑질해 가곤 하는 이놈에게는 풋풋한 고집과 희망이 있다. 이놈은 오래지 않아 세상을 깜짝 놀라게 할 것이다. 그는 이놈에게 도둑맞곤 하는 것이 늘 즐겁다.

상호는 자기 마음을 읽으려 하는 할아버지의 마음과 시체를 염하는 자리에서 훌린 구중중하고 시큼한 땀 냄새와 삭은 소주 냄새를, 눈과 귀와 피부와 코로 동시에 읽고 코를 찡긋했다.

맑은 햇살 같은 상호의 감수성이 안 교장의 가슴을 관통했다. 이 짜식, 하며 상호의 등을 툭 쳐주었다. 이 자식은 틀림없이 대단한 무엇인가가 될 것이다. 감수성이 면도날 같은 시인이나 에세이스트나 비평가나 듬직한 소설가가 될 것이다. 까뮈나 카프카 같은 소설가.

"오늘은 일찍 하교했구나."

목소리가 깊이 잠겨 있었다. 안 교장은 더위와 악취와 힘든 노동으로 인해 지쳐 있었다.

상호는 눈살을 찌푸렸다. 안 교장에게서 날아오는 소주 냄새와 땀 냄새와 시체 냄새 속에서 돈 냄새를 맡았다. 그의 내부에서 도심이 고개를 들고 있었다. 잠시 마당을 배회하다가 툇마루에 걸터앉아 억불을 쳐다보았다. 억불이 그의 도심 품은 가슴을 향해 빙그레 웃었다.

안 교장은 꽹과리 가방을 바람벽에 걸어놓고, 웃옷과 아래옷들을 벗어 바람벽에 걸었다. 욕실에서 미지근한 물로 먹을 감은 다음, 안방으로 들어가 꽹과리를 들고, 고개를 끄덕거리며 굿거리를 한바탕

치고 나서, 남쪽 창문 앞에 베개를 놓고 드러누웠다.

상호는 안 교장이 잠들기를 기다렸다. 이 기회를 놓치면 돈을 훔칠 수 없다.

안 교장은 금방 입으로 푸우, 푸우 바람을 뱉었다.

상호는 발소리를 죽이면서 안방으로 들어갔다. 맞은편 바람벽에 걸려 있는 관세음보살님이 눈을 그윽하게 내리깔고 있었다. 그 관세음보살 사진은 안 교장이 일본 여행 시에 구해온 것인데, 고구려 스님 담징이 그린 호류지(法隆寺)의 벽화에서 한 부분을 떼어낸 것이었다.

출입문 옆의 바람벽에 걸려 있는 안 교장의 양복저고리를 벗겨 들고 밖으로 나왔다. 호주머니에서 흰 봉투를 뽑아냈다. 속에 들어 있는 청태 빛깔의 만 원권들을 끄집어냈다. 옆으로 비틀어 젖히면서 헤아렸다. 다섯 장이었다. 안 교장은 어디에서 누구에게 돈을 받든지 장수를 헤아려보지 않았다.

상호는 지폐 다섯 장 가운데서 두 장을 빼내 자기 호주머니에 꾸겨 넣고, 나머지를 봉투에 담아 안 교장의 양복저고리 호주머니에 넣었다. 그 옷을 아까 그 자리에 걸었다.

그의 책상 서랍 속의 돈은 27만 원으로 불어났다. 모두가 안 교장에게서 훔친 것이었다. 그는 암벽등반 장구를 마련하려고 돈을 모으고 있었다. 억불산 위의 억불을 탐색하려는 것이었다.

영수가 말했었다.

"저 산 위에 앉아 있는 억불바위의 얼굴을 한번 가까이에서 보고 싶어."

 그 말을 들은 순간 상호는 아, 그렇다, 나도 억불바위를 가까이에서 한번 보고 싶다, 하고 생각했다.

 영수는 순발력이 뛰어났다. 늘 상호보다 한 걸음 앞장서서 나아가곤 했다. 주위의 사물에 대하여 느끼는 것도 그렇고, 사람들을 대하는 것도 그렇고, 그의 능력을 알아주고, 배려하고 충고를 하곤 하는 것도 그랬다. 그 한 발 앞장 선 대응은 늘 상호의 의식 속에 그림자로 드리워졌다. 진한 공감이었다. 그 공감은 재창조를 위한 뜨거운 바람이었다. 그 바람은 상호의 감수성을 날카롭게 벼리어 주곤 했다.

 안 교장은 상호가 그의 웃옷 호주머니에서 돈을 훔쳐가는 것을 알고 있었다. 푸후푸후 하고 잠을 자는 체하면서 생각했다. 그래, 내 속에 있는 것 다 훔쳐 가거라. 필요하다면 내 영혼 속에 들어 있는 가치 있다 싶은 모든 것을 다 훔쳐다가 네 것을 만들어라. 세상의 모든 할아버지들의 시간은 손자의 우물 속으로 흘러들어가야 하는 것이다.

억불바위

억불산 위의 억불바위는 보는 각도에 따라 여러 가지 형상과 표정을 지니고 있었다.

  수문포 해수욕장에 갔다가 읍내로 들어오며 쳐다보면, 그것은 한 스님이 좌선을 하고 있는 뒷모습이었다. 강진 쪽에서 들어오다가 보면, 거대한 남근이나 대포의 포문이 하늘을 향해 솟구쳐 있는 모양새였다.

  평화마을 앞에서 보면, 고개를 약간 숙이고 있는 한 남자의 형상이었다. 산 위에 걸터앉아 세상을 그윽이 내려다보는 늙은 남자. 자동차 학원이 있는 우산리 쪽에서 보면 미륵부처의 자비로운 얼굴 표정이 확실해졌다. 옛 남도 대학 건물 쪽으로 넘어가는 차도를 따라 가다가, 지석묘들 널려 있는 목탁골의 과수원 앞에 이르러 쳐다보면, 그 억불의 자세와 얼굴 표정이 더욱 확실하게 나타나는 까닭에 '아!' 하고 탄성을 지르면서 발을 멈추지 않을 수 없었다.

순천과 목포 간 고속도로의 안양 나들목 근처에서 쳐다보아도, 자비로운 미륵부처의 모습이 확실했다. 그 자비로운 미륵부처의 형상은 안 교장의 방에 걸려 있는 관세음보살의 얼굴과 비슷했다.

안 교장은 어느 날 상호를 목탁골로 데리고 가서, 산 위의 억불을 가리키며 말했다.

"옛날에 여기에서 늘 목탁 소리가 들려오곤 했기 때문에 사람들이 목탁골이라 불렀단다. 이곳은 예로부터 스님들의 성지 순례 코스였어. 스님들은 저 산 위의 부처님을 경배하기 위하여 이곳에 찾아와 목탁을 치면서 예불을 하곤 했던 거야."

안 교장은 그 골짜기 여기저기에 널려 있는 고인돌(支石墓)들을 가리키며 말했다.

"이곳은 옛날 옛적 선사 시대의 공동묘지였다."

고인돌 무덤은 십여 기였다. 지름이 2미터나 3미터쯤으로 두껍고, 두루뭉술한 고인돌들은 이미 오래 전에 부장품들을 욕심 낸 도굴꾼들에 의해서 이리저리 뒤집힌 것들이었다. 이후에는 예비군 훈련장으로 가는 길을 내는 과정에서 많은 수가 파손되고 소멸되었다.

안 교장은 산 위의 억불을 보며 말했다.

"저 억불이 숭엄하게 보이는 이 자리에 오래 전에 공동묘지가 형성되었다는 것은 우연일까. 아니면, 그때 사람들이 당시의 신앙 때문에 일부러 저 억불이 내려다보는 이 자리에 무덤을 만든 것일까!……불교가 들어오기 이전의 선사시대에는, 이 땅에 오늘날 무당들이 받드는 천신이나 일월성신이나 산신이나 지신에게 제사 지내는 신앙이 있었을 터이니까……. 좌우간 이 자리가, 지나가던 스님들이 무릎 꿇고 염불을 한 곳이라는 사실, 그로 인해서 목탁골이라 불리어지고 있는 것은 무엇이냐!……이 세상에 우연이란 것은 없고, 어떤 커다란 힘에 의한 필연이 있을 뿐이야."

안 교장은 상호의 손 하나를 잡으며 말을 이었다.

"옛날 어느 어머니가 아기 하나를 낳게 해달라고 억불에게 빌고 또 빌었는데, 그 어머니는 마침내 아들을 낳았단다. 이때부터 그 어머니는 저 억불에게 자기 아들을 억불 같이 자비로운 사람이 되게 해달라고 빌었어."

상호가 안 교장의 얼굴과 억불의 모양새를 비교해 보며 물었다.

"그 소원대로 그 아들은 억불 같은 사람이 되었어요?"

안 교장이 말했다.

"그 아들은 어머니의 소원대로, 저 억불 같은 사람이 되려고 노력하고 또 노력했다는데……그 뒷이야기는 모른다."

상호는 안 교장의 의중을 알아챘다. 안 교장은 자기의 어머니와 자기의 이야기를 하고 있는 것이었다.

안 교장이 말했다.

"너는 장차 저 억불 같은 사람이 될 것이다. 돌아가신 네 할머니도 그렇게 빌고 나도 저 억불을 쳐다볼 때마다, 우리 상호의 가슴이 억불님 당신의 가슴을 닮게 해주십시오, 하고 빌거든. 진실로 소망하면서 빌면 그 소망이 이루어지는 법이니까."

자라지 않는 나무

 일요일 아침 일찍이, 문시흠이 안 교장을 찾아왔다. 문시흠과 안 교장은 툇마루에 나란히 앉았다.
 문시흠은 들고 온 부피 얇은 서류 봉투 하나를 옆에 놓았다. 두 손을 등 뒤쪽의 마룻바닥에 짚고 얼굴을 찡그리면서 구부정한 허리를 천천히 폈다. 심한 허리아픔에 시달리고 있었다.
 안 교장이 산 위의 억불을 쳐다보면서 중얼거리듯이 말했다.
 "오늘 아침 저 억불님이 여느 때보다 더 자비로운 얼굴로 내려다보시는구만. 우리 한문 선생의 방문을 환영하시는 거야."
 문시흠이 억불을 흘긋 보고나서 신경질적으로 빈정거리듯이 말했다.
 "말도 안 되는 소리!"
 산 위의 그 바위를 '며느리바위'라고 하지 않고 '억불님'이라고 말한다고 빈정거리는 것이었다.
 안 교장은 억불을 쳐다보고 빙긋 웃으며 중얼거렸다.
 "아이고, 이 고집불통 한문 선생! 제발 자네는 마음을 좀 활짝 열고 세상을 바라보소."
 문시흠이 볼멘소리를 했다.
 "무슨 소리를 하고 있는가? 나는 마음을 닫히고 사는 사람이 아니여. 활짝 열었어."
 안 교장은 고개를 쳐들었다. 하늘은 푸르렀다. 흰 구름장들이 북쪽으로 흘러가고 있었다. 문시흠, 이 사람의 미망에 젖어 있는 마음을 어떻게 하면 환히 열리게 할 수 있을까.

 그는 문시흠의 집을 찾아갔다. 문시흠을 구제하고 싶었다. 늦은 봄에서 초여름으로 넘어가는 어느 저녁 무렵이었다. 바야흐로 아카시아 꽃들이 지고 밤꽃들이 벌어지기 시작하고, 버드나무에는 꾀꼬리들이 쌍을 지어 날고 있었다.
 억불산을 멀리 바라다보는 건산 마을의 남쪽 언덕에 자리 잡은 문시흠의 집 울안에는 분재들이 가득 차 있었다. 마당 가장자리에 철제 진열대를 만들어놓고, 그 위에 분재들을 놓아두었다. 이십 년이나 삼십 년쯤 묵었을 듯싶은 소나무, 모과나무, 은행나무, 사과나무, 귤나무, 유자나무, 사오십 년쯤의 느티나무, 팽나무, 동백나무, 소사나무 분재들.
 문시흠은 자기가 마음먹은 대로 분재나무의 모양새를 만들기 위하여, 구리철사로 줄기와 가지를 감아 비틀어주고, 물을 주고, 농약을 뿌리곤 했다.

문시흠은 자기의 분재 작품들을 신기한 듯 바라보는 안 교장에게 대추 우린 물을 대접하면서 자기만의 분재 만드는 비결을 털어놓았다.

"첫째는 나무에 대한 미적인 감각이 있어야 하고, 둘째는 부지런해야 하고, 셋째는 항산(恒産)과 항심을 가져야 하고, 넷째는 분재로 만들 나무하고 하나가 되어야 해. 흐흠 콜록 콜록……."

문시흠은 가쁜 숨을 쉬고, 기침을 참아가면서 윗몸을 ㄱ자로 구부린 채, 곰삭고 탁한 공간에서 쩽 울려 나오는 가느다란 목소리로 말을 뱉었다. 그는 심한 허리아픔과 천식에 시달리며 살고 있었다.

"산에 다니되 항상 분재를 생각하면서 다녀야 하는 거여……. 만일 분재감이 있으면 괭이로 먼저 이쪽저쪽의 잔뿌리들 삼분의 일쯤을 끊고 한가운데 있는 심근을 잘라놓고 오는 거여. 그러면 그 나무는 나머지 잔뿌리들만으로 생을 유지하기로 길이 드는 거라고……. 그 뒤로 두어 달쯤 지나서 가가지고는 다시 잔뿌리들의 반쯤을 잘라놓고 온다고. 그러면 그 나무는 또 나머지 뿌리로써만 생을 운영하게 되는 거라고……. 그래놨다가 그해 늦은 가을에 가서 캐다가 분에 담는 거여. 그리고 굵은 구리철사를 이용해서 줄기와 가지를 자기 미학에 따라 이리 외틀면서 휘어 감고, 저리 비틀어 젖혀서 감아 키우는 거야. 분재라는 것은 적당한 학대와 기다림의 예술인 거라고."

안 교장이 문시흠을 향해 말했다.

"자네 사는 재미라는 것은 예전에 머리에 담아 놓았던 사서삼경 뒤적거리는 것하고, 그 분재 학대하는 것이네 그려."

"머리에 담아 놓았던 고전을 뒤적거리는 것, 그것은 온고지신이고 법고창신이네, 그리고, 학대라는 것도 사랑의 일종이야, 콜록, 으흠 콜록……."

안 교장이 말했다.

"자네는 조선조 유학자들 가운데서 특이한, 돌연변이의 '조선조의 규격품 한문 선생'일 거야."

그는 조선조 유학자라는 말 대신 '규격품 한문 선생'이란 말을 쓰고 있었다. 문시흠을 '자라지 않는 나무'로 여기고 있었다.

문시흠은 소나무분재의 우듬지 끝에 뿔처럼 자라나는 게밥들을 깡그리 잘라주면서 말했다.

"그래 그 말이 맞을지도 몰라. '규격품'이란 말이 조금 어울리지 않기는 하지만, 으흠!"

안 교장이 물었다.

"그 게밥은 어째서 따주는가?"

문시흠이 말했다.

"이것을 따주어야만 더 이상 자라지를 않고, 멋들어지게 외틀어진 노송의 모양새를 갖추게 되는 거야."

안 교장은 "아하, 일부러 자라지 않게 잘라주는 것이로구나." 하고 고개를 끄덕거리고 나서 말했다.

"그런데……자네가 잔인하게 학대하면서, 더 이상 자라지 못하게 키우는 분재는 우주의 흐름에 역행하는 것인데, 이 분재들처럼 자네 스스로도 자라지 않는 나무라는 사실……자네가 자네 스스로를 과거 속에 가두고 사는 수인(囚人)이라는 사실을 아는가?"

그 말이 아픈 곳을 찌른 듯 문시흠이 즉시 되받아쳤다.

"그럼 자네는 시체를 학대하는 염꾼이겠구만. 콜록 으흠, 향물로 씻는다는 미명하에 시체를 불손하게 만지고 학대하면서, 몇 푼씩을 받아 챙기는 염꾼 말이여, 콜록 코올록……."

안 교장이 정색을 하고 속삭이듯이 말했다.

"그런데 시신을 학대한다는 말은 좀 심하네. 나는 모든 시신을 성스럽게 여기고 정성을 다해 씻기려고 애를 쓰네."

문시흠이 말했다.

"내가 하는 분재를 잔인하게 학대하는 일이라고 폄하한 말을 취소하면, 자네가 시신 학대한다는 말을 취소함세."

문시흠이 봉투 속에서 서류를 꺼내 안 교장에게 들이밀며 말했다.

"나 요즘, 탄원서에 서명을 받으러 다니네."

안 교장은 서류의 첫 장을 보았다. 탄원의 취지가 쓰여 있었다.

……장흥의 신성한 진산의 이름에 석가모니의 그림자와 냄새가 어리어 있는 것은 치욕이라는 것, 그것을 씻어내기 위해서 잘못 불리어지고 있는 '억불산'을 '억부산'으로 개명해야 한다는 것…….

서명한 사람들을 보니 모두가 자기네 마을 사람들뿐이었다. 그도 겨우 십오 명 째였다.

문시흠이 말했다.

"서명한 사람이 2천 명에 이르면 그것을 군의회와 국토해양부에 제출할 생각이야."

안 교장은 어이없어 하며, 한동안 문시흠의 얼굴을 건너다보았다. 저승꽃과 주름살이 널려 있는 얼굴은 깡말라 있었다. 문시흠의 체구는 지난 늦봄에 그가 그의 집으로 찾아갔을 때보다 더 작아져 있는 듯싶었다.

"이 사람, 그 병이 다시 도지고 있구만."

문시흠은 젊은 시절부터 세상과 타협하려 하지 않고, 향교 출입도 하지 않는 고집불통의 꼬장꼬장한 한학자로 알려져 있었다. 안 교장은 장흥서중학교로 부임하자마자 친구인 문시흠을 한문 선생으로 모셨다. 교장 판공비와 육성회비에서 얼마씩을 떼어 문시흠의 월급을 만들어 주었다.

문시흠을 한문 선생으로 모신 것은, 땅에 떨어진 윤리 도덕을 공자 맹자의 가르침(어짊;仁)으로써 일으켜 세우겠다는 것이었다.

문시흠은 부임하자마자, 옹고집의 한학자답게 학생들에게 먼저 예(禮)에 대하여 가르쳤다.

"예라는 것은 성인의 가르침인 어짊(仁)을 올바르게 실천하는 것이다. 어짊을 실천하지 않은 지성인은 참다운 지성인이 아니다. 그러므로 예가 아닌 것은 보지 말고, 예가 아닌 것은 듣지 말고, 예가 아닌 것은 말하지 말고, 예가 아닌 것은 행동하지 말라."
 문시흠이 두 번째로 가르친 것은, 학교 앞산인 억불산(億佛山)의 명칭을 '억부산'으로 바꾸어 불러야 한다는 것이었다.
 "공자와 맹자의 가르침으로 마음을 닦은 장흥 사람들이, 장흥의 한복판에 있는 진산의 이름을 어찌 '억불산'으로 불러야 하느냐! 마땅히 지어미가 지아비를 그리워한다는 뜻의 '억부산(憶夫山)'으로 불러야 한다. 하나의 며느리에 지나지 않는 여자의 존재를 어찌 부처님으로 부를 수 있는 것인가."
 그 일은 학생들의 입을 거쳐 학부모들에게까지 전해졌고, 지역사회에 잔잔한 파동을 일으켰다.
 "선조들이 장흥의 진산을 '억불산'이라고 이름 지어 부른 것은 그만한 이유가 있어서일 터인데, 왜 개명을 해야 한다는 것인가."
 뜻이 있는 몇몇 학부모들은 케케묵은 한학자 문시흠을 개명한 시대의 학교에 한문 선생으로 두어서는 안 된다, 하고 안 교장에게 항의를 했다.
 안 교장은 문시흠을 교장실로 불러서 말했다.
 "억불산 문제는 그냥 덮어두고, 채택된 한문 교과서를 중심으로만 가르쳐 주소."
 문시흠은 오히려 안 교장을 설득하려고 들었다.
 "우산리 근처에 서 있는 옛날 비석들을 보면 모두 억부산(憶夫山)이라고 쓰여 있네."
 안 교장이 말했다.

"유교를 숭상하고 불교를 억누르는 정책을 펴온 조선조 5백년을 거쳐 오는 동안 저 억불바위 전설은 굴절된 것이네."

문시흠이 얼굴을 붉히면서 따졌다.

"어떻게 굴절 되었다는 것인가? 굴절 되었다면 누가 굴절시켰다는 것인가?"

안 교장은 분명하게 따지고 가려 두겠다고 생각하고 말했다.

"그럼 그 전설을 한번 보세."

옛날 옛적에 계속되는 가뭄으로 인해 몇 년 동안 흉년이 들었다. 여기저기에서 사람들이 굶어 죽어갔다. 그때, 관세음보살이 현신한 늙은 스님이 이곳저곳의 부잣집들을 찾아다니면서 구걸을 해다가 굶어 죽어가는 사람들한테 죽을 쒀주곤 했다. 한데, 읍내 마을의 모든 부잣집들은 마음의 문과 집의 대문을 굳게 걸어 잠갔다. 스님이 애타게 '사람들이 굶주려 죽어갑니다. 시주 좀 해주십시오!' 하고 소리치며 문을 두들겨도 부자들은 문을 열어주지 않았다. 스님은 하루 내내 읍내 성 안팎을 쏠고 다녔지만, 단 한 톨의 시주도 얻지 못했다. 그런데 읍성의 동북쪽, 박(朴) 씨와 임(林) 씨들 집성촌의 한 부잣집의 젊은 여인이 시부모 모르게 쌀 한 말을 듬뿍 바랑에 담아주며 얼른 불쌍한 사람들을 구제하라고 말했다. 스님이 젊은 여인에게 말했다. '시방, 이 세상은 말세입니다. 잠시 후에 큰 물난리가 나서 집과 사람들이 다 떠내려가게 될 것입니다. 이 말을 아무에게도 하지 말고, 얼른 저 앞산 위로 올라가 재난을 피하도록 하시오. 산으로 올라가면서 주의할 것이 있습니다. 모든 인색한 부자들이 떠내려가면서 살려달라고 소리쳐댈지라도, 절대로 뒤를 돌아보지 마시오. 뒤를 돌아보면 사람들을 구하고 싶어질 것이고, 그들을 구하려고 하면 그들과 함께 죽어가지 않을 수 없을 것이오.'……스님이 사라진 다음 비가 억수로 퍼부었고 강물이 범람했다. 성경에 나오는 '노아의 홍수'처럼 붉은 물결이 소용돌이치며 집을 쓸고 내려갔다. 사람들과 짐승들은 집과 더불어 떠내려갔다. 물은 점차 산기슭까지 차올랐다. 물에 떠내려가는 사람들이 살려달라고 소리쳐댔다. 젊은 여인의 시어머니와 시아버지와 남편도 물에 떠내려가고 있었다. 산꼭대기 쪽으로 올라가던 젊은 여인은 스님이 뒤돌아보지 말라고 당부를 했음에도 불구하고, '아, 나만 살아 무얼 할 것인가, 우리 가족뿐만 아니라 세상의 모든 죽어가는 사람들을 구제해야 한다,' 하고 생각하며 몸을 돌렸다. 그 순간 하늘에서 새파란 번개가 번쩍하며 뇌성벽력이 쳤고, 그녀는 그 자리에서 거대한 억불바위가 되어버렸는데, 그 바위를 후세 사람들이 '며느리 바위'라고 불렀다.

문시흠이 말했다.

"전설이 그러하니까 당연히 저 산은 '억부산'이라고 불러야 마땅하네……스님의 말대로 산 위로 올라간 한 사람의 젊은 여자가 어떻게 내성벽력을 맞고 부처님이 되었다는 것인가. 내가 알기로는, 불교에서는 여자는 부처님이 될 수가 없네. 당연히 저 바위는 '며느리바위'로 불러야 마땅하고, 산 이름은 억부산으로 불러야 하네. 지

아비를 그리워하는 지어미 바위 말이야.'

안 교장이 말했다.

"자네 여성을 폄하하지 말소. 화엄경에서는 여성도 부처님이 되었다고 설하고 있어. 그런 측면에서 보면, 장흥은 세계 최초의 선진 마을이야. 여권신장이 그 어느 지역보다 앞장서서 이루어지고 있어. 젊은 여인이 저 산으로 올라가서 뇌성벽력을 맞고, 하느님의 조화에 따라 부처님이 된 땅이니까."

문시흠이 흥 하고 콧방귀를 뀌었다.

안 교장이 말했다.

"문시흠 선생, 우리 장흥의 백제 때 이름이 '고마미지(古馬彌知)'였네. '고마'는 신(神)이라는 순 우리말이므로, '고마미지'는 '산 위에 신인(神人)이 앉아 있는 마을'이라는 뜻이여. 그 신은 뒤에 불교가 들어오면서, 억불, 즉, '인민을 구제하는 부처'로 바뀐 거야."

문시흠이 따졌다.

"자네는 전해 내려오는 전설을 바꾸어 놓을 참인가?"

안 교장이 말했다.

"그 전설의 끝부분을 바꾸어 놓은 것은 자네 같은 가슴이 트이지 않은 한문 선생들이었네. 그 전설 끝 부분은 원래 이렇게 되어 있었어. 〈하늘에서 뇌성벽력이 떨어지자 그 젊은 여인의 몸은 거대한 바위가 되었는데, 그 바위의 형상이 '세상을 구제하는 미륵부처님의 모습이므로 억불'이라 부르게 된 것이다.〉 그랬는데, 그 부분을 조선 시대의 억불숭유의 자네 같은 사람들이 그 끝부분을 잘라내고 대신

〈며느리바위라고 부르게 되었단다〉라고 끼워 넣은 것이여. 자네, 눈 똑똑히 뜨고 쳐다보소, 저것이 며느리를 닮았는지, 자비로운 미륵부처님을 닮았는지……. 저것은 어느 모로 보든지 미륵부처의 모습, 즉 억불의 형상이야. 그러니까 우리 선조들이 저 산 이름을 억불산이라고 지은 것 아닌가."

문시흠은 도리질을 하며 단호하게

"나는 그것을 수긍할 수 없어." 하고 말했다.

안 교장이 말했다.

"옥편을 찾아보면, '억(億)'은 숫자로서의 '억'이란 뜻과 '인민(人民)'이란 뜻을 동시에 가지고 있네. 저 바위 이름은 '억불' 즉 '인민부처'란 말일세. 영어로 말한다면 '피플 붓다(people Buddha)'야. 그러니까 억불산이라고 불러야 당연하네. '지아비를 그리워하는 지어미가 있는 산'이라고 불러야 한다는 자네의 주장은 너무나 억지스러운 견강부회야."

문시흠은 화를 벌컥 내며 말했다.

"그렇다면 안 교장, 견강부회를 학생들에게 가르치고 있는 이 한문 선생을 당장 파면시켜주소."

안 교장은 세차게 도리질을 했다.

"파면이라니? 자네하고 나 사이에 있을 수 없는 일이네. '억불산'의 명칭에 대한 것은 덮어두고, 학생들에게 조용히 성인의 가르침만 오롯이 전하도록 하게나."

"나는 그럴 수 없네. 전에 그래 왔듯이, 성인의 가르침과 내 사랑하는 식구(분재)들하고만 조용히 살아갈 참이네. 부디 자네와 나의 우정이 이로 인해서 조금치라도 어긋나지 않기를 비네."
　문시흠은 사직서를 던져놓고 집으로 가버렸다.

　안 교장은 서류를 문시흠에게 돌려주면서 말했다.
　"아이고, 이 사람, 이거 아무짝에도 쓸데없는, 술잔 속의 풍파야. 할 일 없으면 낮잠이나 자소. 쯧쯧."
　문시흠은 서류를 봉투 속에 넣고 돌아가면서 어색하게 말했다.
　"애초에 나는 자네가 여기에 서명을 해주리라고는 생각지 않았네. 나는 다만 앞으로 일이 이러이러한 방향으로 되어 갈 것이니 각오를 하고 있으라는 통보를 하러 온 것일 뿐이네."

억불 가두기

 상호는 동남쪽으로 창문이 나 있는 그의 방에 우두커니 앉아, 창문을 통해 억불을 바라보고 있었다.
 무슨 기척인가가 있어 밖을 내다보니, 스님처럼 머리를 깎고. 턱수염과 콧수염을 긴 남자가 "어흠!" 하면서 집안을 두리번거리고 있었다.
 그 남자는 현관문 위쪽을 쳐다보았다. 거기에는 '태양의 집'이라는 현판이 걸려 있었다.
 할아버지는 상호가 초등학교 6학년이었을 때, 그 현판을 손수 제작해서 달았다. 대패로 편편하고 말끔하게 민 은행나무 판자에 손수 쓴 글씨를 붙이고 조각칼로 팠다. 내리 긋는 획이나 굽이도는 획 중간에 아슬아슬한 비백(飛白)이 있었다.
 현판을 달아놓고 할아버지가 말했었다.

"내가 왜 '태양의 집'이란 현판을 여기에 거는 줄 아느냐? 네 어머니가 너를 잉태했을 때, 이 할아버지가 꿈을 꾸었는데, 억불산 위로 둥실 떠오른 아침 해가 우리 집 마당으로 천천히 굴러왔단 말이다. 그 꿈을 나만 꾼 것이 아니고, 네 할머니도 꾸고 네 어머니도 꾸고 네 아버지도 꾸었더란다. 그러니까 네 속에는 해의 정령이 들어 있어. 그것은 언젠가, 우리 상호가 이 세상을 환하게 밝히는 큰 인물이 될 것이라는 것이다."

 상호는 밖으로 나가 그 남자에게 머리와 허리를 굽실하고 나서 물었다.
 "어떻게 오셨어요?"
 "안 교장 선생님을 뵈려고 왔는데……."
 그때 안 교장이 자전거를 끌고 사립으로 들어섰다. 남자는 마당을 건너가더니 안 교장을 향해 무릎을 꿇고 엎드려 절을 했다. 당황한 안 교장이 서둘러 자전거를 세우고, 윗몸을 낮추고 두 손을 땅에 짚으며 맞절을 했다. 한 번 절을 하고 난 남자가 윗몸을 일으키더니 다시 절을 했다. 안 교장이 두 번째 절을 하는 남자를 향해
 "이게 무슨 짓이오?" 하고 막으려 했다. 살아 있는 사람에게는 한 번 절을 하고, 죽은 사람에게 두 번 절을 하는 것이므로.
 하지만 안 교장은 완강한 남자의 절을 각을 수 없었다. 불쾌하고 어색한 표정을 지으면서, 엉덩이를 땅바닥에 붙이고 코를 찡긋했다. 남자가 두 번 절을 했으므로 이제 그만 몸을 일으키리라 생각하

고 있었다. 한데 남자는 몸을 일으키더니 세 번째의 절을 했다.

당황한 안 교장은 또 한 번 맞절을 했다. 세 번 절을 하는 남자의 가슴에 극 존경의 뜻이 담겨 있는 것이었다. 부처님을 믿는 사람들은 자기보다 먼저 깨달았다고 생각되는 사람(善知識)에게 세 번 절을 한다고 들었다.

절을 하고 난 남자는 자기를 '박정식'이라고 소개했다.

안 교장은 박정식을 안으로 데리고 들어갔다. 툇마루 위로 올라갔다.

박정식은 무릎을 꿇고 머리를 낮춘 채 안 교장을 우러러보면서 간절하게 말했다.

"교장 선생님을 진즉 찾아뵙고 드높은 가르침을 청하려고 했는데, 이 비천한 것이 굼뜨고 게을러서 차일피일 미루다가 이렇게 늦었습니다. 용서해주십시오."

또박또박 쓰는 표준말과 억양 부드러운 말씨로 인해 사람이 근엄하고 분명해 보였다. 장흥 사람이 아니고, 경기도나 서울 어디에서 온 사람인 듯싶었다.

안 교장은 얼굴을 붉히면서 손사래를 치고 말했다.

"가르침을 청하다니, 무슨 그런 당치도 않는 말씀을……. 저는 한 사람의 늙은 염꾼에 지나지 않습니다."

박정식이 간절하게 말했다.

"무슨 그런 섭섭한 말씀을……. 가엾은 사람들의 한스러운 혼령들을 씻기어 천도해주시곤 하는 교장 선생님의 넉넉한 뜻을 빈도는 잘 알고 있습니다. 그러한 교장 선생님의 고매한 인품을 가슴 속으로 흠모해 오면서, 오래 전부터 소인의 누추한 집에 교장 선생님을 한 번 모시고, 또 자주 찾아뵈면서 지도편달을 받고 싶었습니다."

안 교장은 차를 우려내기 위하여, 전기주전자에 물을 붓고 스위치를 넣었다. 뒷산 기슭에 자생하는 차나무에서 이른 봄에 손수 따다가 덖은 차를 도자기로 된 찻주전자에 넣었다.

물이 부글부글 끓자 스위치가 스스로 꺼졌다. 안 교장은 찻주전자에 뜨거운 물을 약간 식혀서 부으며 물었다.

"어디서 사십니까?"

박정식이 한 손으로 창밖의 서남쪽을 가리키면서 말했다.

"얼마 전에, 마을 어귀에 허름한 집 한 채를 구해 살고 있습니다."

"아이고 이 늙은이가 이렇게 앞을 못 가리고 살고 있구만이라우. 나하고 한 마을인데 아직 내가 모르고 살아오다니, 쯧쯧······."

"빈도의 불찰이고 게으름이지요. 시방 교장 선생님께서 많이 피곤하지 않으시면, 잠간 모시고 가서 빈도가 살고 있는 토굴을 보여 드리고, 감히 빈도의 뜻을 말씀드리고 싶은데······. 허락해 주시겠는지······?"

안 교장은 찻잔에 차를 부어 권하면서 말했다.

"엎드리면 코 닿을 데인데 당장 가보지요. 좋은 친구가 청하는데 가지 않을 수 있습니까?"

박정식은 찻잔과 안 교장을 향해 합장을 하고 나서 송구해하며 말했다.

"말씀을 낮추시고 빈도를 편안하게 대해주십시오. 빈도는 세속 나이로 이제 겨우 쉰아홉 살일 뿐입니다."

안 교장은 박정식의 얼굴을 다시 한 번 뜯어보았다. 코가 덩실하고 뱁새눈이인 그의 얼굴 살갗은 팽팽했다. 반백의 수염 때문에 나이가 좀 들어 보일 뿐이었다.

"말에는 값이 들어있지 않습니다."

안 교장은 윗목에 앉아 있는 상호를 향해 박정식에게 인사를 올리라고 말했다. 상호는 황토색의 생활한복을 입은 박정식을 향해 절을 했다. 민망스럽게도 박정식은 두 손을 방바닥에 짚은 채 머리를 숙여 답례를 했다.

박정식이 그의 집을 향해 앞장서갔고 안 교장이 뒤를 따랐다. 상호도 그 뒤를 따라갔다. 박정식의 사는 모습이 궁금했다.

박정식은 들떠 있었다.

"교장 선생님의 손자가 교장 선생님을 여러 가지 면에서 아주 쏙 빼 닮았습니다."

상호는 얼굴이 화끈 뜨거워졌다. 우롱을 당하고 있다 싶었다. 그는 조금도 안 교장을 닮지 않았다. 안 교장은 체구가 크고 얼굴빛이 희지만, 상호의 체구는 왜소하고 얼굴빛이 가무잡잡했다. 확실하게 말한다면 안 교장의 DNA를 받지 않은 것이다.

박정식은 크고 육중한 체구와 반백의 기다란 수염에 걸맞지 않게 수다스럽고 호들갑스럽고, 마음에 없는 거짓부렁이를 뱉어내고 있다고 상호는 생각했다. 안 교장도 상호와 같은 생각을 한 듯 퉁명스럽게 말했다.

"아무렴, 제 아비 어미를 닮았지 이 할애비를 닮았겠소?"

"아니요. 운두가 또렷한 코랑, 훤한 이마랑, 넓고 까만 눈썹밭이랑, 초롱초롱한 눈동자랑, 가무잡잡한 살빛이랑……교장 선생님의 손자님 장차 큰 소리 한 번 내겠습니다."

그의 말이 상호의 가슴 벽을 찔렀다. 상호는 안 교장의 옆얼굴을 흘긋 살폈다.

안 교장은 "으흠, 으흠," 하고 헛목을 가다듬더니 "이놈 태몽이 굉장했소. 내가 해를 보듬었어요." 하고 말했다. 안 교장의 말에 상호는 눈앞이 어질어질했다. 그 해가 내 운명 속에서 장차 어떻게 작용할까.

박정식의 낡은 기와집은 김정순영이네 집의 뒤란 언덕 위쪽의 편편한 밭들 한가운데에 있었다. 집은 별로 넓지 않은 대지에 앉아 있는데, 사방으로 이끼 낀 돌담이 빙 둘려 있었다. 상호가 학교엘 오가는 길에서는, 그 집이 약간 드높다싶은 돌담과 김정순영이네 집에 가려 잘 눈에 띄지 않았다.

집은 예전의 허름한 기둥들을 모두 바꾸고, 억불산 정상 쪽의 벽을 차버리고, 그 자리에 직사각형의 통유리문을 만들고, 모든 바람벽들을 황토로 발랐다. 사방의 바깥쪽 바람벽은 비를 막기 위해 방부 칠을 한 진한 갈색의 죽데기로 덮어 씌웠다. 각질로 몸을 감싼 거대한 동물 같았다.
 안으로 들어가자 방은 널찍했고 텅 비어 있었다. 직사각형의 통유리문 속에, 하늘을 머리에 이고 있는 억불산 정상 부분이 영화의 한 장면처럼 환하게 담겨 있었다. 그 화면 한가운데에, 보랏빛 바위들을 배경으로 앉아 세상을 그윽하게 내려다보고 있는 억불의 상반신이 있었다.
 그 창틀 아래에 원형의 나지막한 탁자가 있었다. 그 탁자 위에는 촛불과 향로가 놓여 있고, 그 밑에는 향 두 상자와 양초 두 곽이 있었다. 탁자에서 세 걸음쯤 떨어진 방바닥에는 황금빛의 커다란 방석이 놓여 있었다.
 상호는 속으로 "하아," 하고 소리쳤다. 산 위의 억불이 커다란 직사각형의 액자 속에 들어 있다 싶었다. 이 집 주인은 산 위의 억불을 액자에 담아, 신앙과 경배의 대상으로 삼고 있는 것이다. 수시로 방석 위에 꿇어앉은 채 산 위의 억불을 바라보거나, 절을 하는 모양이다.
 안 교장이 액자 속에 들어 있는 산 위의 억불을 향해 합장을 하면서 말했다.
 "아하, 자리를 참으로 잘 잡아 억불을 모셨군요!"
 박정식은 향 한 개비를 꺼내 들고, 라이터로 불을 댕겨 붙여 향로에 꽂았다. 향불 연기가 실오라기처럼 피어나면서 유연하게 춤을 추었다. 향내가 코를 통해 허파 속으로 밀려들었다.
 박정식이 감격스러움을 주체하지 못한 채 달뜬 목소리로 말했다.

"저 억불을 모신 저는 이 세상에서 가장 큰 행운을 보듬은 채 살고 있는 것입니다."

안 교장이 말했다.

"이렇게 통유리를 통해 영화의 한 장면처럼 볼 수 있도록 해 놓으니 저 억불이 정말로 숭엄해 보입니다."

방석 앞으로 나아가서, 통유리창 속의 억불을 향해 합장을 했다. 합장하고 머리를 조아리는 안 교장의 표정은, 그러나 어딘지 편안하게 가라앉아 있지 않았다. 당혹스러워하고 있었다.

상호는 할아버지의 눈치를 살피면서 억불을 향해 합장을 한 채 고개를 깊이 숙였다.

박정식이 안 교장에게 말했다.

"저 드높은 분을 모시고 날마다 하루 세 차례에 걸쳐 백팔 배를 하고, 또 마음이 쐴 때마다 절을 하고 고요히 명상을 하곤 하면서부터, 저는 위장병, 심장병, 당뇨, 혈압이 다 좋아졌습니다."

안 교장은 고개를 끄덕거리며 말했다.

"아하, 그렇군요."

박정식이 말했다.

"저는 애초에 남한강변의 한 토굴에 살고 있었는데, 안목이 대단한 한 노스님에게서 장흥의 억불에 대한 이야기를 듣고, 일차 답사를 한 다음에, 부랴부랴 그쪽 살림살이를 모두 정리하고 이리로 이사를 해버렸습니다. 다행히 이 빈 집 한 처가 나와 있어서."

안 교장은 놀라 물었다.

"아니, 저 억불이 그렇게 먼 곳에까지 알려졌습니까?"
박정식이 말했다.
"입소문에 의해서지요……. 알 만한 사람들은 다 한 번씩 저 억불 순례를 하곤 한답니다요."
"아, 그래요?" 하면서 안 교장은 다시 억불을 바라보았다. 자기도 모르는 사이에 고개를 갸웃했다. 액자 속에 담겨 있는 억불의 모습이 어딘지 모르게 생경하게 느껴졌다. 그냥 밖에서 대했을 때의 모습보다 부자연스러웠다. 왜 그럴까. 이후 안 교장은 계속 고개를 떨어뜨리고 있었다. 우울해졌다.

박정식은 옆방으로 안 교장을 모시고 가서 차를 대접했다. 상호는 윗목 구석 쪽에 앉았다.
안 교장은 찻잔을 들어 음미하면서 박정식을 향해 뜻밖의 말을 했다.
"그런데, 박 거사, 저 억불을 박 거사의 도량 속에 가두어 놓기만 하면 안 됩니다. 풀어놓기도 해야 합니다."
"네?"
박정식은 안 교장이 한 말의 뜻을 얼른 이해할 수 없다는 듯 안 교장의 얼굴을 건너다보았다.
안 교장은 입을 굳게 다물고 눈을 내리깔고 있었다.
도량 속의 통유리 액자 속에 억불을 담아 놓는다면 그것은 하나의 우상이 되는 것이다. 억불은 우상이 되어서는 안 된다. 내 속의 그림자나 바람 한 줄기로 들어와 있으면 되는 것이다.

안 교장의 표정을 살피던 박정식이 무언가를 알아차렸다는 듯 말했다.

"아아, 네에!"

그 말 속에는 두려움이 담겨 있었다.

상호는 알 수 없는 이야기를 하고 있는 할아버지의 얼굴을 살폈다.

안 교장은 박 거사를 향해 고개를 깊이 숙였다. 그의 머리에 많은 말들이 만들어지고 있었다.

'박 거사, 저는 규격품처럼 사는 것이 싫습니다. 어떤 신앙의 세계 속으로 들어가 그 신앙을 있게 한 절대자의 품에 안기는 것을 싫어합니다. 죄송합니다. 저 억불은 어느 누구의 소유가 되어서는 안 됩니다. 저는 성자를 싫어합니다. 성자란 무엇입니까. 어떤 신앙과 그 신앙의 율법에 따라 사는 규격품 같은 인간이 결합하면 성자가 되는 것입니다. 성자의 흉내를 내지 마십시오.'

안 교장은 그 말을 뱉어내지 않고 몸을 일으켰다.

집으로 돌아오는 길에 상호는 할아버지에게 묻고 싶은 말이 입에서 뱅뱅 돌았다.

'아까 저 억불을, 박 거사의 도량 속에 가두어 놓기만 하면 안 된다. 풀어놓기도 해야 한다고 한 말씀은 무슨 뜻입니까?'

통유리창을 통해 억불을 바라볼 수 있게 만들어놓은 것이 왜 억불을 가두는 것이란 말인가. 산 위에 있는 억불이 어떻게 통유리창

안에 갇힌다는 것인가. 또 사실은 가두어놓은 것이 아닌데 왜 풀어놓기도 해야 한다고 말한 것인가.

상호는 그 말을 뱉지 않고 참았다. 그 뜻을 어렴풋이 알 듯싶기도 하고, 전혀 감이 잡히지 않기도 했다. 확실하게 알지 못했으면서도 그 궁금한 것을 꿀꺽 삼켜버렸다. 꿀꺽 삼키는 그것이 공부하는 학생의 큰 병통임을 그는 잘 알고 있었다. 그렇지만 어찌하랴. 나는 그렇게 길들여진 놈이다. 상호의 발부리에 채인 돌멩이 하나가 길 가장자리의 도랑으로 굴러 떨어졌다.

안 교장은 상호의 속을 이미 읽은 듯 어험 하고 목을 가다듬고 나서 말했다.

"아까 그 박정식이라는 사람, 저 산 위의 억불을 진심으로 신앙하고 있더구나. 어떤 존재를 신앙한다는 것은, 그 존재의 숭엄한 뜻을 받아들여 살겠다는 것이다. 그런데 그 사람은 산 위의 억불을 액자 같은 통유리창 틀 안에 가두어버렸기 때문에 틀려먹었어. 저 억불의 고귀한 뜻을 신앙하기는 하면서도 그 뜻을 실천하지 않는 것이 틀렸단 말이다. 내가 그 사람에게 '풀어놓기도 해야 한다'고 말한 것은 자비로운 억불의 뜻을 실천하라는 말이다. 말하자면 신앙을 앞세우지 말고 저 자비로운 표정이 말하는 뜻을 실천하라는 것이다."

'아, 실천!……그렇다면 할아버지가 여기저기로 염을 해주러 다니고 혼자 앓고 있는 노인들에게 침놓고 뜸 떠주러 다니는 것도 하나의 실천이란 것인가.'

미녀

늙고 병든, 이 시대의 마지막 기생 송미녀는 동동리 안 골목의 한 퇴락한 고택에 살고 있었다.
  푸른 이끼 낀 육중한 기와가 얹혀 있는 솟을대문 안으로 들어가면, 허름한 사간의 안채가 있었다. 광을 겸한 마루와 안방과 부엌과 욕실을 겸한 화장실. 예전에는 작은 방이던 것을 화장실로 개조했다.
  기와지붕의 고랑에는 바랑이풀 여남은 포기와 개망초 한 포기가 나 있고, 마당에는 명아주풀, 비름풀, 바랑이풀이 무성했다.
  송미녀는 머리칼이 하얬고, 하얀 얼굴 살갗에는 주름살이 깊었고, 자주색 검버섯들이 피어 있었다. 하루 세 차례 의치 청소를 하는데, 그때는 합죽이가 되곤 했다. 그녀는 부정맥이 있는데다 관절통과 요통을 앓고 있었다. 내장은 부실하지 않으므로 음식은 거르지 않고 먹었다. 허리아픔, 무릎 아픔으로 인해 앉은걸음을 치거나 짐승처럼 기어 다니면서 밥을 지어먹었다.

그런 처지에 있으면서도 그녀는 가끔 스스로 소리를 하면서 장구를 쳤다. 그 장구는 안쪽 구석에 놓여 있었다. 광주에 사는 한 장인이 개가죽으로 만들었다는 그 장구는 소리가 가녀리면서도 부드럽고 그윽했다.

안 교장은 그녀의 집을 반드시 오전이나 오후에 차례씩 드나들었다. 그는 마당에 자전거를 세워놓고, 방문을 밀고 들어서면서 그녀에게

"송미녀, 간밤엔 잘 잤는가?" 하고 말했고, 그녀는 수줍어하며 그를 맞았다.

"간밤에는 허리가 덜 아파서 잘 잤네이. 안 교장 뜸이 잘 닿는 모양이여."

그녀는 미리 준비해놓은 찻상을 안 교장 앞으로 당겨놓았다. 그 찻상을 내려다보며 안 교장은 빈정거렸다.

"아이고, 인제 좀 살만 한가 보네잉."

그녀는 전기주전자의 뜨거운 물을 오종종한 백자 다관에 붓고 차를 넣어 우렸다. 차를 하얀 찻잔에 따라주었다. 차향이 콧속으로 배어들었다. 안 교장은 향을 코로 흠흠 들이마시고 나서 차를 마셨다. 고소하면서도 배릿한 향이었다. 안 교장이 가져다준 차였다.

그녀가 투정하듯이 말했다.

"안 교장은 차향을 귀로 듣는지(聞香) 눈으로 보는지(觀香), 향기 좋다는 말을 할 줄 모르더라."

안 교장이 코를 찡긋하면서 말했다.

"아따, 미녀 앞에서 미녀의 체취를 젖혀놓고 차향 좋다는 말을 하면, 미녀가 질투할까 싶어서 그러지잉."

"차향이란 것은, 그 차를 낸 사람의 정성과 마음의 향기라는 것을 모르시네?"

그는 호주머니에서 침통과 뜸 기구를 꺼내면서, 그녀의 서운해하는 얼굴을 건너다보고 코를 찡긋하며 말했다.

"앞으로 마시면서는 향기롭다고 너스리를 좀 떨어주께."

그녀의 눈은 흐릿했다. 여섯 달 전에 백내장 수술을 받았지만, 눈동자를 덮은 희부연 것이 다 걷히지 않았다. 젊은 시절 수 없이 많은 남성들을 뇌쇄시킨 흰자위와 새까만 눈동자가 이젠 무정한 세월의 풍화로 인해 눌눌하게 곰삭았다.

그녀가 엎드리면서 말했다.

"오늘은 뜸만 떠주소. 나한테는 뜸이 더 잘 듣는 모양이여."

흰 모시치마를 걷어 올리자 마포 속곳이 드러났다. 속곳 속에 들어 있는 허리는 굽어 있었다. 뒤통수에서부터 흘러 내려온 척추 양쪽의 오목한 부위는 어두운 자주색깔로 변해 있었다. 꼬리뼈 근처의 판판한 부분은 거뭇거뭇하게 눋고 타 있었다. 허리아픔을 가시게 하려고 지압을 받고, 침을 맞고 쑥뜸을 뜬 흔적들이었다.

그녀는 마포 속곳을 엉덩이 밑으로 내리면서 말했다.

"안 교장, 자네 후배 소설가 선우길이 조끔 데려다 주소!"

안 교장이 그녀의 엉덩이를 내려다보며 볼멘소리를 했다.

"아이고, 주제 파악 좀 해. 이름 있는 미남자들이라면 모두 불러들여 무릎 꿇려버리는 그 버릇……관 속에 들어갈 때까지 버리지 않을 것인가?"

그녀가 엎드린 채 고개를 모로 틀며 앓는 소리를 섞어 말했다.

"……내 이야기 좀 써달라고 했으면 좋겠어."

안 교장이 왼손의 가리키는 손가락 끝으로 족삼리를 짚으면서 말했다.

"자네 앞에 뭇 남자들을 줄줄이 무릎 꿇린 이야기 써주라고?"

그녀는 대꾸하지 않고 눈을 감았다.

족삼리에 쑥뜸을 뜨면서 안 교장은 생각했다.

젊은 시절 그녀의 허리는 버들가지처럼 가늘었다. 그녀와 한 번 잠자리를 함께 한 남성들은 그녀를 거듭 안으려고 들었다. 한데 그녀는 어떤 남성이든지 딱 하룻밤만을 함께 할 뿐 두 번 세 번 거듭하려 하지 않았다.

안 교장도 오직 한 번 그녀와 잠자리를 함께 했을 뿐이었다. 그때의 그녀 몸을 잊을 수 없었다. 우유 색깔의 살결, 한 손아귀에 움켜쥐기로는 약간 벅찬 말랑말랑한 연식 정구공 같은 유방, 자주색의 젖 꽃받침, 진한 팥죽색깔의 오디, 우거진 까만 거웃, 조금 자라다가 성장을 멈추어버린 장미꽃송이 같은 배꼽, 무지개 같은 환혹 속으로 빠져들게 하던 연꽃…….

안 교장이 말했다.

"시간은 참말로 잔인한 것이여. 시간 앞에서 영원한 것은 아무것도 없어. 탄력을 잃고 밭아지고 시들어지고 말라지고 바삭바삭해지고, 가뭇없이 사라져가고, 까마득하게 잊혀지고……."

한동안 입을 다물고 있던 그녀가 말했다.

"이 세상에다가 풀어놓지 않고, 그냥 나 혼자 관 속으로 가지고 들어가기에는 너무 아까운 이야기들이 있어."

"선우길이가 써줄 것 같은가, 자네가 써달라는 대로? 그 사람 무지하게 바쁜 사람인데?……그 사람은, 기구하고 신산하게 삶을 살아왔다는 사람들이 자기 살아온 이야기들을 섬으로 짊어져다가주어도 그것이 별로 가치가 없다 싶으면 쓰레기통에 확 쑤셔 넣어버린다네."

그녀는 한숨을 섞어 말했다.

"그 사람한테 무엇을 얼마나 주면 내 이야기를 써줄까?"

안 교장이 빈정거렸다.

"내가 데려다가 주께 그 사람하고 흥정을 하소……. 돈 같은 것은 필요 없고, 자네 몸뚱이 한번 보듬어 보라고 하면 써줄지 모르네."

그녀가 무정하다는 듯이 말했다.

"이 늙은 몸뚱이를 보듬어보라고 한다고?……안 교장은 잔인한 구석이 있어. 그렇게도 남의 아픈 자리만 골라서 콕콕 찌르고……."

그가 말했다.

"침하고 뜸하고는 원래 그런 아픈 자리에 찌르고 놓아야 약이 되는 법이여."

죽데기 판

짝이 상호를 향해 빈정거렸다.
"느그 할아부지한테 깔따구가 있다더라?"
깔다구는 여자 애인을 말한다.
"헌털뱅이 자전거를 타고, 동동리 긴 골목을 들랑거린다더라. 장학관에다가 이 학교 저 학교 교장 노릇 줄줄이 해먹은 영감탱이가 그 무슨 주책바가지냐!?"
뭉치가 끼어들었다.
"빡빡 늙은 영감탱이하고 반쪽 못 쓰는 할망구하고……. 정말로 꼴값들 한다!"
동동리 안 골목에 사는, 키 호리호리하고 여드름투성이인 주호가 말했다.
"그 할망구가 젊어서는, 전라도 일대에서 제일로 이쁘고, 소리도 제일 잘하고, 춤도 제일 잘 추고, 색도 제일 잘 쓰는 기생이었더란 다. 일제 때 육이오 때 4·19 때, 5·16 때는 판사 검사 경찰서장들, 군수나 교육장이나 장학사나 교장들……. 한다하는 사람들은 다 지나갔단다. 모두들 그 여자를 한번 보듬어 보기만 하면 헤뱉레해지는 거여."

상호는 얼굴이 빨개졌다. 할아버지는 그렇듯 추한 늙은 여자를 왜 만나러 다닐까.

상호는 학교에서 돌아오다가 목재소에 들렀다. 폐목 더미 여기저기를 기웃거리다가, 튼튼하면서도 낭창낭창 휘어지는 소나무 죽데기 판자 하나를 발견했다. 한동안 그것을 들여다보다가 한쪽 끝을 잡아 당겨 들어 올리고, 묻은 흙먼지와 톱밥을 떨어냈다.

흰 남방 차림의 이마 번들거리는 주인이 상호의 얼굴을 흘긋 보면서 물었다.

"무얼 하려고 그러냐?"

상호가 되물었다.

"이거 파실 건가요?"

주인이 말했다.

"어디다 쓸라고 그러냐? 필요하면 그냥 가지고 가거라."

상호는 "고맙습니다," 하며 허리 굽혀 절하고, 그것을 어깨에 메고 나왔다.

소 키우는 집에서 짚 한 줌을 얻어다가 물에 불려 새끼를 꼬았다.

새끼줄의 꼬임이 고르지 않고 울뚝불뚝했다. 서투르지만 네 발쯤을 꼬아놓고 나서, 마당 동북쪽의 가장자리를 삽으로 30센티쯤 팠다. 죽데기 판자를 그의 키에 맞추어 잘라 구덩이에 꽂았다. 그것의 뒤쪽에 대붙여서 말뚝 하나를 박아, 흔들리지 않도록 빨랫줄로 동여묶은 다음 흙으로 덮었다. 죽데기 판자 위쪽 앞면에 짚 여남은 개를 붙여놓고, 새끼줄로 촘촘히 감았다. 도톰하게 감긴 부분을 눌러보았다. 푹신푹신 했다. 그 부분을 주먹 끝으로 쥐어지르기도 하고, 손바닥 아래쪽 면(手刀)으로 치기도 했다.

 왜 내가 진즉 이 수련을 하지 않았을까. 늦었다고 생각한 때가 가장 빠른 때다. 이제부터 하루도 빠짐없이 주먹과 수도와 발을 단련시켜야 한다. 판자와 벽돌을 대번에 격파할 수 있도록 단련해야 한다.

 영수의 말이 떠올랐다.

 '사람도 돼지나 닭들하고 똑같단 말이야. 왕따 당한 사람이 자기를 괄시하는 놈들을 피해 도망을 가면, 왕따 시킨 놈들이 더욱 극성스럽게 뒤쫓아 다니면서 주먹으로 때리고 발길로 걷어차고 즐기는 거야. 희생되지 않으려면 자기를 박해하는 놈들 가운데 어느 한 놈을 점 찍어가지고, 그놈을 사정없이 선빵으로 발라버리는 수밖에 없어. 세상에서 가장 무서운 것이 무엇인지 아냐? 겁 많은 찌질이가 뽑아든 칼이야.'

 상호는 '겁 많은 찌질이가 뽑아든 칼!' 하고 중얼거리며 이를 단단히 물었다.

 오늘치의 단련을 아주 해버리자. 초등학생 시절에 할아버지가 가르쳐준 태권도의 기초 자세, 상단 공격, 하단 공격, 앞차기 옆차기, 뒤로 돌려 차기와 이단 옆차기 수도 치기를 해보았다. 스스로 생각하기에도 어설픈 품새였다.

주먹으로 죽데기 위쪽의 새끼줄 감긴 부분을 쳤다. 주먹 끝이 얼얼하고 아팠다. 그 아픔이 가슴과 정수리로 퍼져갔다. 고통 없이 이룰 수 있는 것은 아무것도 없다. 참아야 한다. 할아버지의 말을 떠올렸다.

'고통을 비틀어 꼬면 빛이 되고, 그 빛은 장차 새가 되어 푸른 하늘로 날아간다.'

두 번 치고, 세 번 치고, 다섯 번 치고, 열두 번 쳤다. 다음은 수도로 쳤다. 마찬 가지로 열두 번씩 쳤다. 주먹 끝과 수도가 쓰라리고 화끈거렸다.

이를 악물었다. 짝, 그놈을 점찍어야 한다. 짝의 이름은 '문작'이다. 문작이 '문짝'으로 발전하고, 거기에서 문이 떨어져 나가고 짝만 남았다. 짝의 면상이나 가슴이나 옆구리를 선빵으로 발라버려야 한다.

그때 골목 아래쪽에서 자동차 엔진 소리가 들려왔다.

싸움닭

얼굴이 구릿빛으로 그은 데다 작달막하면서 오동통하고 다부져 보이는 남자가 마당으로 들어서면서 상호를 향해 물었다.
"여그가 안인호 교장 선생님 집이냐?"
자세히 보니 그 남자의 이마에 칼 맞은 자국인 듯싶은 희미한 흉터가 있었다. 눈빛이 예리했다.
상호가 고개를 끄덕거려주자, 그 남자가 불안해하는 상호를 향해 빙긋 웃으며 "나 나쁜 사람 아니다," 하고 나서 물었다.
"안에 계시냐?"
상호는 도리질을 했다.
"나가셨어요."
남자는 하늘을 쳐다보았다.
아, 이 사람도 난감하면 하늘을 쳐다보는 버릇이 있는 모양이다.

상호는 남자의 입성과 얼굴을 다시 살폈다. 황토 묻은 작업화, 회색 작업복 바지에 줄무늬가 있는 미색의 남방셔츠, 짧게 자른 머리칼, 이마의 칼 맞은 자국인 듯싶은 흉터…… 어린 시절에 싸움질을 많이 한 모양이다.

남자는 툇마루로 가서 엉덩이를 붙이고 앉으려다가, 상호가 만들어 놓은 죽데기 판을 향해 걸어갔다.

"너 태권도 하는구나!" 하며 흥미로워 했다.

상호는 어색해 하며 고개를 떨어뜨렸다. 이제 겨우 그것을 만들어놓고 치기 시작했는데, 태권도 한다는 말을 듣기는 열없는 일이었다.

남자는 어색해 하는 상호의 얼굴을 돌아보며 코를 찡긋하고 나서, 오른 주먹 정관으로 죽데기 판을 힘껏 쳤다. 그것이 뒤로 밀려났다가 강한 반동을 했다. 남자는 반동하는 죽데기 판을 또 한 번 쳤다. 죽데기 판이 부르르 떨었다. 그것을 지탱해주는 말뚝이 근들거렸다.

남자가 안타까워했다.

"야, 금방 결딴나 버리겠다!"

상호는 죽데기 판을 허술하게 만들어 놓은 것이 부끄러웠다.

남자는 마당 가장자리에 있는 도끼자루만한 참나무 막대기 하나를 주워 들더니 낫을 가져오라고 했다. 낫으로 밑 부분을 창끝처럼 깎았다. 그것을 상호가 박아놓은 말뚝 옆에 깊이 단단히 박았다. 빨래줄 끝에 대롱거리는 끈을 잘라다가 죽데기 판자와 말뚝을 단단하게 감았다. 일을 마친 남자는 죽데기 판을 다시 쳤다. 뿌리 쪽이 흔들리지 않았다.

"이제는 얼마든지 쳐도 된다!"

남자의 옆얼굴을 보면서 상호는 짝을 생각했다. 이 남자도 학생 시절에 짝처럼 쌈질을 잘 했을까. 시골에서 온 순한 아이들에게 똥침을 먹이고, 빵이나 자장면을 뺏어먹고, 만만한 아이를 왕따 시키고…….

남자는 죽데기 판을 한 번 더 모질게 치고 나서 말했다.

"이 빽판 치면서 누구를 생각하냐?"

상호는 대꾸하지 않았다. 그 말을 들으면서 상호는 싸움닭이란 말을 떠올렸다.

남자가 말을 이었다.

"매사에는 목표가 있어야 하는 법이야. 나는 빽판을 치면서, 그때 우리 반에서 덩치가 제일 크고 힘이 센 놈을 떠올렸었다. 그놈이 반 아이들을 오무락조무락했거덩. 내가, 나보다 머리 하나는 더 큰 그 자식을 묵사발 만들어버릴라고, 태권도를 여섯 달 동안이나 배웠더니라. 그래 가지고, 그 자식을 한 주먹에 쓰러뜨렸다. 싸움이란 것은 별 것 아니다. 선제공격이 제일인 거야……. 뒷동산으로 가서 둘이 결판을 내기로 했지. 나는 준비를 이미 다하고 있는데, 그 자식은 이제야 신 끈을 매느라고 윗몸을 숙였어. 그때 내가 쫓아가서 얼굴을 여지없이 걷어차 버렸지. 뒤로 뻥 나가떨어진 그 자식의 머리통, 옆구리, 가슴, 엉덩이를 사정없이 죽을힘을 다해서 가격했지. 그 자식,

뭉개진 얼굴이 함박만큼 부어서 한 달 동안 병원엘 다녔제잉. 나는 퇴학을 당하고 나서 빈둥빈둥 하고 있는데, 우리 아버지가 장흥서고 느그 할아부지한테 찾아가서 무릎 꿇고 싹싹 빌어가지고 전학을 시켰어. 느그 할아부지가 어떤 분인지 아냐? 인정 많으면서도 서글서글한 영국 신사이셨다. 그런데 또, 내가 장흥서고로 전학을 막 온 께, 장흥 장바닥 주변 바닥쇠들이 나를 이리저리 끌고 댕김스롬 빵 사내라, 자장면 사내라, 탕수육 사내라…… . 말도 못하게 많이 괴롭혔다. 그래서 내가 그 가운데 제일 키 큰 놈 하나를 점 찍어가지고 한 번 여지없이 봐줘 뿌렀다. 서고 뒷산 임씨네 선산 무덤 있잖으냐? 그 무덤 앞으로 가서 마주 섰는데, 그 자식이 권투 폼을 잡더라. 나는 태권도 품을 잡고 있다가 이단 옆차기로 그놈 앙가슴을 차버렸어. 그 뒤로 내가 바닥쇠들 왕초가 돼 버렸지. 그 소문이 퍼져가지고 교무실에 끌려갔는데, 느그 할아부지가 또 나를 살려주셨다."

정원사

강진 쪽의 지평선에서 치자색깔의 비낀 햇살이 날아왔을 때, 검은색 정장을 한 안 교장이 천천히 자전거를 끌면서 가파른 골목길을 올라왔다. 안 교장의 얼굴은 더위와 술기운으로 불콰했다.

작달막한 남자가 안 교장에게 달려가서

"교장 선생님, 날은 더운데……." 하며 자전거 핸들을 빼앗아 잡았다.

"누구십니까?"

자전거 핸들을 놓친 안 교장이 걸음을 멈춘 채 작달막한 남자에게 묻자, 그 남자가

"죄송합니다. 들어가서 말씀 드리겠습니다." 하고 말하면서 안 교장을 앞장서서 자전거를 끌었다. 자전거 뒤에는 꽹과리 가방이 실려 있었다. 모퉁이 처마 밑에 자전거를 세우고 난 남자가 안 교장에

게 안으로 들어가시자고 말했다.

 안 교장은 여느 때 하곤 하듯이 옷매무시를 가다듬고 잠시 억불을 쳐다보았다. 툇마루에 앉으면서 상호에게 선풍기를 돌리라고 말했다.

 상호는 방에서 하늘색 선풍기를 들고 나와 코드를 꽂고 스위치를 눌렀다. 선풍기가 바람개비를 돌려 바람을 일으켰다.

 남자가 툇마루로 올라와 안 교장을 향해 큰절을 했다. 안 교장은 두 손을 짚고 반절을 하면서 남자의 얼굴을 찬찬히 바라보며 물었다.

 "어디 사는 누구신지요?"

 무릎을 꿇고 앉은 남자는 두 손을 비비던서 말했다.

 "교장 선생님 저 임정철입니다이. 오래 전에, 강진농고에서 전학 와가지고 쌈질만 하고 댕긴……. 제가 장바닥 아이들을 두들겨 패 주고 정학 당했을 때, 교장 선생님께서 하루 동안 변소 청소를 시킨 다음 날 저 산꼭대기 억불바위까지 올라가서 저 바위 꼭대기를 향해 백여덟 번 절을 하고 내려오라고 하고, 그날 저녁 늦게 중국집으로 저를 데리고 가서 자장면 한 그릇을 사준 다음에 용서해주셨지 않습니까?"

 안 교장은 눈을 거슴츠레하게 뜨고 한동안 임정철의 위아래를 뜯어보며 기억을 더듬다가 고개를 끄덕거렸다.

 "어허허허, 그래!……그대가 바로 그 학생이란 말인가?"

 "죄송합니다. 그런 은혜를 입고도 이때껏 찾아와 뵙지 않고……. 벌써 사십년이란 세월이 흘러갔구만이라우."

111

"시방 어디서 무얼 하고 사는가?"

"강진에서 정원사 노릇을 하고 삽니다."

안 교장은 뜨거운 감개를 주체하지 못하고

"정원사 노릇이라! 하아! 우리 사는 세상을 아름답고 예쁘게 꾸미고 가꾸는 일을 하고 살구만!" 하며, 임정철을 건너다보았다.

임정철은 눈물을 글썽거리면서 고개를 깊이 숙였다. 안 교장은 임정철 옆으로 가까이 다가가 그의 손 하나를 끌어다가 두 손으로 감싸며 말했다.

"어디 창조주 다음 가는 일을 하는 자네 손 한 번 잡아보세."

안 교장은 임정철의 두 손을 잠시 쓰다듬으며 얼굴을 건너다보고 말했다.

"나는 자네 같은 제자들 살아가는 모습 보는 재미로 사네. 이 세상에서 제일 큰 부자는 바로 나야."

임정철은 잠시 고개를 떨어뜨리고 있다가 호주머니에서 흰 봉투 하나를 꺼내더니 안 교장의 무릎 앞으로 밀어놓았다. 두 손을 짚고 무릎을 꿇으면서 떨리는 목소리로 말했다.

"교장 선생님, 이 못난 제자가 이번에야 말로 교장 선생님을 슬프게 하고 있는지 모르겠습니다만……하늘같고 바다 같은 아량으로 용서해주시고 받아 주십시오. 저는 기껏 교장 선생님을 위해 이런 생각 밖에는 못했습니다이. 제가 가지고 있는 것은 오직 돈밖에 없응께라우."

작달막하고 오동통한 남자 임정철에게서 상호의 가슴으로 쏘아 날아드는 것이 있었다. 뜨거운 빛살 기운이었다. 우리 할아버지는 젊어서 좋은 일을 많이 하신 분이다. 할아버지에게서 받은 은혜를 갚으려 하는 사람들로 말미암아, 우리 할아버지는 이제 이곳저곳으로 냄새 나는 송장을 염하러 다니는 일을 하지 않아도 될 모양이다.

안 교장은 앞에 놓인 흰 봉투를 집어 들었다. 그 속에 들어 있는 것을 꺼냈다. 통장 하나와 노르스름한 막도장 하나와 명함 한 장이었다.

임정철이 머리를 조아린 채 촉촉하게 젖은 소리로 말했다.

"저희 동창들 사이에, 교장 선생님께서 말년에 불우하게 사신다는 말이 나돌고 있는데, 저는 그것이 슬퍼 견딜 수 없었구만이라우."

상호는 얼굴이 뜨거워졌다. 할아버지를 불행하게 한 것은 아버지이다. 아버지는 할아버지를 빈털터리로 만들어놓고 어디론가 사라져버렸다.

통장과 막도장과 명함을 손에 든 안 교장의 얼굴이 차갑게 돌처럼 굳어졌다. 명함에는 비밀번호가 적혀 있었다.

안 교장이 화를 벌컥 내고 통장을 내팽개칠지도 모른다는 예감에 사로잡힌 임정철이 머리를 더 깊이 조아리면서 말했다.

"교장 선생님, 제가 마음을 상하게 허드렸다면 용서해주십시오……. 넉넉하지는 않지만, 한 달에 한 차례 용돈을 그 통장에 조끔씩 넣어드릴 테니까, 앞으로는 여기저기 들아다니면서 그 궂은일은 하지 마십시오이."

임정철의 두 눈에 물이 괴었다.

"저 돈 많이 벌었는데 마땅하게 쓸 곳이 없구만이라우. 자식들도 다 대학을 졸업했고, 취직도 했고, 그것들 결혼해서 분가시킬 돈 다 준비되어 있습니다이."

상호는 감격으로 인해 가슴이 떨렸다.

안 교장은 통장과 도장과 명함을 손에 든 채 한동안 억불을 쳐다보았다. 말없이 고개를 끄덕거렸다.

임정철은 두 손으로 마룻바닥을 짚은 채 머리를 조아렸다.

"교장 선생님께서 제 성의를 예쁘게 받아주시니 감사합니다."

안 교장은 진정으로 고마워하면서, 그러면서도 당당하게 말했다.

"그래, 이 돈 잘 받음세. 그런데 분명히 말하는데, 내가 여기저기 다니면서, 자네 말마따나 궂긴 일을 손봐주는 것은 절대로 천하고 불쌍한 것이 아니네. 나는 그 일을 하늘의 명령에 따라 하는 것이고, 그것은 내 운명이고, 소명이네."

그 말이 상호의 가슴을 화끈 뜨겁게 했다. 상호는 새삼스럽게 할아버지의 얼굴을 바라보았다. 할아버지의 반백의 머리칼과, 훤한 이마와 넓은 눈썹 밭과 처진 눈뚜껑으로 인해 약간 작아진 두 눈과 내민 광대뼈와 약간 홀쭉해진 볼에 그어진 성긴 주름살들과 몇 개의 저승꽃이 피어 있는 얼굴살갗과 기다란 목과 굳게 다문 입 모양새가 얼핏 슬프게 느껴지면서도, 그러나 든든하고 거룩해보였다.

임정철은 안 교장의 말에서 알 수 없는 위엄과 두려움을 느끼며 안 교장의 얼굴을 쳐다보았다.

안 교장이 말을 이었다.

"물은 아래로 흘러야지 위쪽으로 흘러서는 안 되네……. 자네처럼 이렇게 돈을 주는 사람들이 더러 있네. 그래서 나는 이렇게 모인 돈을 내 돈 쓰듯이 펑펑 쓰면서 사네."

 상호는 의아했다. 많이 모인 돈을 펑펑 쓰면서 사시다니……. 내 학비와 용돈을 대주고, 된장국과 김치에다가 밥을 지어 먹거나 라면을 끓여 먹고, 가끔 돼지고기를 사다가 지져 먹는 것이 돈을 펑펑 쓰는 것인가.

뺑뺑이

　책가방을 등에 지고 학교로 가던 상호는 교문 앞에서 문득 발을 돌렸다. 집으로 돌아갔다.
　임정철의 얼굴이 눈앞을 가로막았다. 그를 통해 무엇인가를 얻고 싶었다. 딱 무엇을 얻을 것인지 확실하게 짚이지는 않았다. 좌우간 만나보면 헤아릴 수 없도록 큰 어떤 것인가를 얻게 될 듯싶었다.
　그 불확실한 것을 보듬고 그는 집으로 되돌아갔다. 할아버지의 자전거가 보이지 않았다. 할아버지가 출타한 것이다. 방 안에 가방을 던져놓고 나왔다.
　담순이의 얼굴이 떠올랐다. 깡마른 말상인 담순이는 나의 당당한 도발, 불확실한 어떤 것을 위한 무단결석 행위에 대하여 한심해할 것이다. 교장과 교감과 교무주임과 학생주임들은 자기들이 마련해놓고 있는 침대를 거부한 행위에 대하여 자존심 상해할 것이다. 아니 아예 대책이 없는, 내놓은 놈으로 치부할 것이다.

　집 사립 앞의 비탈진 골목길을 천천히 내려갔다. 고등학교 졸업장만 있으면 된다. 그는 진즉부터 수능도 논술도 필요 없는 대학엘 가기로 작정했다. 성적 순서대로 줄을 세우는 수능시험이 싫었다.

　사람의 재능과 지혜와 지식과 감수성을 5지선다형의 수능시험 문제지로써 어떻게 잴 수 있다는 것인가. 수능은 겉으로 드러난 현상을 잴 수 있을 뿐 속 알맹이를 잴 수는 없다. 그것은 학생들을, 교육부가 내려준 프로쿠르테스의 침대 위에 눕혀 키 재기를 하기 위한 억압적인 줄 세우기에 지나지 않는다.

　그가 가장 좋아하는 과목은 국어인데, 그 시간은 늘 그의 가슴을 답답하게 했다.

　시험에서 좋은 성적을 얻기 위해서는, 오직 수업 시간에 국어 담당 선생이 설명해주는 대로 교과서 본문에 밑줄을 그어가면서 깨알같이 새까맣게 메모하고, 그것들을 달달 외어야 했다. 시어(詩語)가 상징하는 의미를 외우고, 각 연 별로 주제를 외우고, 표현 기법을 외우고, 무엇이 운율을 형성하며, 역설법, 반어법이 어떻게 활용되고 있는가를 외우고, 수미상관(首尾相關) 객관적 상관물 따위의 용어를 외워야 했다. 학생의 독자적인 상상력에 따라 시를 자유롭게 해석하는 것은 절대로 금물이다. 보편성이라는 미명하에 일반적인 평균치를 알고 있어야 한다. 그들이 올바른 해석이라고 하는 것은 오로지 국어 참고서들에 있다. 선생들은 암암리에 그 참고서 두셋씩을 활용하여 자기 국어책에 메모를 해다가 학생들에게 하나씩 짚어주었다. 학생의 시(詩) 보는 눈을, 융통성 없고 고정관념에만 얽매인 바보 멍청이의 눈으로 만들고 있는 것이 학교의 국어 교육이었다.

더욱 어처구니없는 것은, 딸을 공양미 3백 석에 팔아먹은, 소가지 없는 양반 퇴물인 심봉사가, 인당수로부터 살아 돌아오면서 거대한 연꽃송이를 타고 와서 황후가 된 딸을 보고 눈을 뜬 심청전의 주제를 '효'라고 하는 것이다. 심봉사가 눈이 먼 것은 탐욕으로 인해 미망에 빠져 있는 것을 상징한 것이므로, 심봉사가 딸을 팔아먹은 다음 신산한 참회의 삶을 살다가 환생한 딸로 인해 눈을 떴다는 이야기의 큰 주제는 '깨달음'인 것이고, 효는 부수적인 주제인 것이다.

그는 어른들이 만들어 놓은 수능 구멍을 통과하기 위해서 몸통을 줄이고 날개를 자르고 머리와 허리를 꾸부리는 것이 싫었다. 교과서 속의 영어, 수학, 화학과 물리 따위를 완벽하게 공부하지는 못할지라도, 그것들을 모두 잘하는 평균치의 아이들보다 나는 다른 어떤 것 한 가지를 훨씬 더 잘 할 수 있다고 그는 생각했다.

강진의 성전동 임정철의 집을 찾아갔다. 파마머리에 볼과 몸통이 오동통한 부인이 남편 임정철의 일하는 곳을 가르쳐 주었다.

터미널에서 군내 버스를 탔다.

임정철은 청자 박물관의 신축 기반 공사 현장에 있었다. 바다를 내다보는 분지에 공사 현장은 있었다. 오렌지 색깔의 포클레인이 거대한 바위덩이들을 들어다가 언덕 표면에 쌓고 있었다. 비탈진 언덕의 석축 조경을 하고 있는 것이었다.

암갈색 챙 달린 모자를 쓴 임정철은 당에 서서 손짓만으로 포클레인 기사에게 지시를 하고 있었다. 상호는 한창 일에 열중하고 있는 임정철에게 다가갈 수 없어 멀찍이 떨어져서 구경만 했다.

포클레인은 들어 올린 바위를 임정철의 손짓에 따라 모로 놓거나 세로로 세우고 나서, 꽈당꽈당 박거나, 바위와 바위의 아귀가 맞물리도록 한쪽 것을 밀어 젖히고, 다른 것을 들어다가 쑤셔 넣어 두들겨 박기도 했다.

거대한 바위들을 울뚝불뚝하게 포개쌓는 듯싶지만, 단조롭지 않으면서도 야릇한 비대칭의 미적 구조를 가지고 있었다. 큰 바위 옆에 작은 바위를 끼우고, 납작한 것 옆에 기름한 것을 박아 세우고, 그 옆에 두루뭉술한 것을 배치시켰다. 바위들 하나하나가 생명을 가진 것인 듯싶었다. 저 바위들은 수능시험을 보지 않고 모여든 개성적인 것들이다.

나는 납작한 바위일까. 기름한 바위일까. 세모난 바위일까. 두루뭉술한 바위일까. 나는 장차 이 세상의 어느 자리에 어떤 모양새로 배치되어 박히게 될까.

포클레인이 필요 없는 잡석들을 한쪽으로 치우기 시작하였을 때, 임정철이 상호를 발견하고 소리쳤다.

"어! 너, 상호 아니냐?"

상호는 임정철에게 허리와 고개를 꾸벅 숙여주었다.

임정철이 그에게로 다가오며 물었다.
"할아부지한테 무슨 일이 있으시냐?"
상호는 고개를 저었다. 가슴이 우둔거렸다. 막상 임정철을 대하고나자 내가 이 사람을 왜 만나러왔을까 하는 생각이 들었다. 이 사람에게서 무엇을 얻으려고 여기엘 왔을까. 막연해하고 있는 스스로를 상호는 윽박질렀다. 찌질이, 바보.
임정철은 상호를 소나무 그늘로 안내했다. 검은 비닐봉지 속에서 오렌지 주스 캔을 한 개 꺼내 상호에게 건넸다.
"거기 앉아서 마셔라."
임정철도 한 개 집어 들었다.
상호는 목이 마른 참이었다. 회색의 이끼 낀 바위에 엉덩이를 붙이고 앉아 주스 캔을 텄다. 한 모금 마셨다.
주스를 마시는 임정철의 별로 길지 않은 목울대가 뱀의 몸통처럼 꿈틀거리면서 오르내렸다. 목울대에 금단의 과일이 걸려 있었다.
"고3은 방학도 없다든디? 왜, 학교 안 갔냐, 오늘?"
상호는 임정철의 눈을 피해 눈길을 하늘로 쳐들었다. 흰 구름 몇 장이 산 너머로 날아가고 있었다. 하늘은 부연 비닐자락 색깔이었다. 그 하늘을 보는 순간 억불이 떠올랐다.
"아저씨, 암벽등반하신 적 있어요?"
상호는 전혀 마음의 준비를 하지 않은 것을 묻고 있었다. 암벽등반에 대하여 질문을 하여 무엇을 얻겠다는 것인가. 가슴이 찔끔했다. 그것은 음험한 속을 내보이는 질문이었다.

임정철이 눈을 치켜떴다.

"암벽등반?⋯⋯얼마 전부터 산에는 부지런히 다닌다만 암벽등반은 한 번도 해본 적이 없다. 그것은 위험해⋯⋯. 그런데 왜, 너 암벽등반을 해보고 싶냐?"

상호가 말했다.

"억불바위 얼굴을 한번 가까이서 보고 싶어요. 높이도 재보고 싶고."

임정철이 흥미로워 하며 물었다.

"억불산에 있는 그 큰 바위 말이지?"

임정철은 그의 할아버지 안 교장의 명령에 따라 억불산엘 올라가서 그 바위 꼭대기를 향해 백팔 번 절을 하고 온 기억을 떠올리고 있었다.

상호는 고개를 끄덕거렸다.

임정철이 상호의 얼굴과 그의 부실한 다리를 번갈아 살폈고, 금방 걱정스러운 얼굴이 되어 말했다.

"그 꼿꼿하고 두리두리한 바위 꼭대기를 어떻게 올라가냐? 너 정말 큰일 날 생각을 하고 있다야. 느그 할아부지한테 그 말씀 드렸냐?"

상호는 주스를 꿀꺽꿀꺽 마셔버리고 몸을 일으키며 말했다.

"혹시 제가 여기 다녀갔다는 것 우리 할아버지한테 말하지 마셔요."

임정철은 자기가 상호의 감정을 상하게 했는지 모른다고 생각했다. 상호와 더 오래 말을 주고 받아보아야 할 듯싶었다.

"야, 상호, 너, 가만있어, 내가 저기 가서 닷있는 회 사주께 먹고 가거라. 그리고 내가 차로 강진터미널까지 데려다주마."

상호는 고개를 저었다. 내가 임정철 저 사람을 왜 찾아왔을까. 억불 등반 이야기는 또 왜 했을까. 스스로가 바보스럽게 느껴졌다. 그에게 머리를 깊이 숙여 절하고 몸을 돌렸다. 차도로 나가서 군내 버스를 기다렸다가 타고 갈 참이었다.

임정철이 달려와서 상호의 손을 붙잡았다. 상호가 뿌리치려 했지만 임정철은 놓아주지 않았다. 해는 쨍쨍 내리쬐고 그림자는 발아래 있었다. 찌질이, 바보, 멍청이, 하고 중얼거리며 그림자의 머리통을 짓이기듯이 밟았다. 그림자가 그를 따라 같은 말들을 지껄였다. 찌질이, 바보, 멍청이.

임정철은 상호를 문제아라고 생각했다. 은사인 안 교장을 생각해서라도 잘 타일러 보낼 심산이었다. 상호한테 필요한 것이 무엇일까. 혹시, 등반장구를 사달라고 말하려고 왔다가 무참해서 그냥 가려하는지도 모른다. 원한다면 내가 사줄 수도 있다. 그렇지만, 그것을 사주었다가 그것으로 인해 무슨 사고가 난다면 그 책임을 어떻게 질 것인가. 그것은 신중하게, 안 교장 선생님을 찾아가 그 문제에 대하여 여쭙든지, 전화로 이야기하든지, 좌우간에 의논하여 처리해야 할 문제인 것이다. 저 부실한 다리로 어떻게 억불등반을 한다는 것이냐.

임정철이 빙긋 웃으면서 상호의 얼굴을 돌아보고 말했다.

"나도 너만했을 때 무지무지 반항을 많이 하고, 고집이 셌던 사람이다."

상호는 가슴이 꿈쩍했다. 임정철 아저씨가 나를 반항하는 아이,

고집이 센 아이로 여기고 있다.

임정철이 포클레인 기사를 향해 소리쳐 말했다.

"귀한 손님 오셨은께 오늘은 횟집에 가서 점심 묵자."

세 사람이 횟집으로 갔다.

갯장어 회와 구이가 나왔다.

임정철이 말했다.

"우리 상호 잘 왔다이."

'우리 상호'라는 말이 가슴 한복판에서 뜨겁게 맴을 그렸다. 얼굴이 뜨거워지고, 온몸이 새털처럼 가벼워지고 있었다. 한편으로, 등산장구 사고 싶어 하는 마음을 들킨 듯싶어 부끄러웠다.

임정철이 상호의 등을 철석 때리면서 말했다.

"실컷 먹어라. 된장에 찍어 먹어보기도 하고, 초장에 찍어 먹어보기도 하고, 겨자 장에 버물어 먹어보기도 하고……. 좌우간 네 입맛에 맞는 대로 많이 먹어라. 천천히 꼭꼭 씹어서."

임정철은 소주 석 잔을 거듭 들이켜고 나서 말했다.

"그때 정학 처분을 받고 벌로 변소 청소를 했는데, 저녁때가 된께 얼마나 배가 고픈지……. 그냥 도망을 쳐버릴까 어쩔까 하다가 교무실로 간께 학생주임 선생이 보이지 않더라. 씨발, 학생한테 벌 청소를 시켜놓고 자기만 먼저 퇴근해버리다니, 뭔 놈의 선생이 그래? 하고 투덜거리는데, 교장실 문이 열리더니 느그 할아버지가 나오셔 갖고 '학생주임 선생은 바쁜 일이 있어 먼저 가셨다. 오늘 내가 너하고 이야기를 좀 해야겠다.'고 하면서, 나를 중국집으로 데리고 가 자장면 한 그릇을 사주시더라. 그 자장면이 어떻게나 맛있는지, 눈 깜짝할 사이에 다 먹어버렸지. 그랬더니 빵 한 사발을 더 시켜주더라. 그뿐, 느그 할아버지는 좌우간 다른 아무 말씀도 안하시고……빵 한 사발을 다 먹어치운 나를 데리고 버스 정류소로 가서 강진행 막버스에다 태워주시고 '잘 가거라. 내일 만나자.' 하셨어야. 그런디 참 이상해. 그때 먹은 자장면하고 빵이 다시는 싸움질을 못하게 했어. 이후에는 누가 싸우자고 나서면 그냥 고개 푹 숙이고 맞아주고, 동무들이 서로 싸우려고 하면 뺨을 맞거나 옷을 찢겨가면서 그 싸움을 말리고, 내 주머니 털어 빵을 사주면서 화해시키고……그렇게 살아왔다. 내 가슴 속에는 느그 할아버지 그림자 하나가 커다란 프랭카드처럼 걸려 있어야."

임정철은 자기의 검은 승용차에 상호를 태우고 강진터미널까지 가서, 장흥으로 가는 버스에 태워준 다음 어깨를 툭 치면서 말했다.

"상호 너, 하고 싶어 환장할 것 같은 일이 있으면 하느님한테 빌든지 억불님한테 빌든지 그러면서, 그 일에 대한 연습을 그야말로 이를 갈면서 열심히 해라. 정말로 열심히 하는 사람은 그것을 이루어내고 만다. 하느님이나 부처님이 도와주니까."

그림자

상호의 영혼 속에는 몇 개의 그림자가 들어 있었다. 그것은 형체가 뚜렷하지 않은 은은한 바람 같은 것이고 빛 같은 것이고 향기 같은 것이었다. 억불의 얼굴도 하나의 그림자로 들어 있고, 할아버지 안인호 교장도 그림자로 들어 있었다. 그것은 그의 생각과 행동을 은근하게 간섭했다.

감동 깊게 읽은 책 속의 주인공의 모습도 하나의 그림자로 들어와 있었다. 영수도 그랬다. 영수의 목소리와 손짓과 몸짓과 표정들은 의젓하고 멋졌다.

차례로 돌아가면서 자기 희망을 말하는 시간에, 영수는 자기 차례가 왔을 때 엉뚱한 말을 했다.

"저 산 위에 앉아있는 억불바위 꼭대기를 올라가보고 싶어요."

그의 말을 들은 이후 상호는 억불바위 쪽대기엘 올라가보고 싶어졌다.

영수는 선생님들, 동무들, 그 어느 누구에게도 굴하지 않고 떳떳했고, 확실하게 발언하고 자기 마음가는대로 행동하곤 했다.

영수가 자기 라이벌인 규만을 대하는 태도는 당당했다.

규만은 영수와 일등을 놓고 다투는, 논리적이고 냉정한 새침때기 범생이었다. 공부하는 기계였다.

"저 바위엘 무얼 하려고 올라가냐? 해야 할 일이, 하늘의 별처럼 많은 우리 인생에서, 기껏 빙설이 덮여 있는 히말라야나 안나푸르나 정상 등정 따위에 목숨을 거는 사람들을 나는 이해할 수가 없어. 그런데 내가 저 따위 억불바위 등반하는 것을 희망으로 삼는 너 같은 아이를 탐탁스럽게 생각할 것 같니?"

규만은 영수가 억불바위 등반하겠다고 하는 것을 혹평하고 있었다.

"백두산이나 금강산이나 억불산이나 천관산을 땀 뻘뻘 흘리면서 올라가지 않고, 먼 곳에서 그림 완상하듯 구경하고 즐기는 것도, 산을 직접 올라가는 것 못지않은 훌륭한 산 감상법인 거야."

규만의 말을 영수가 비웃었다.

"야, 그것은 자장면을 실제로 먹어보지 않고, 사발에 담긴 자장면의 냄새나, 그 자장면을 먹는 사람의 표정만 보고 그 맛에 대하여 아는 체하는 것과 무엇이 다르냐?"

규만이 지지 않고 대들었다.

"히말라야 산 정봉을 한 차례 등정했다고 해서 그 산을 정복했다고 말하는 것은, 마치 한 남자가 한 여자를 모텔방으로 데리고 가서 하룻밤 잔 다음에 그 여자를 정복했다고 말하는 것과 다를 바 없어."

영수가 말했다.

"물론, 정상 정복에 목표를 두는 것은 일차원적이고 단세포적인 것이야. 그렇지만, 나는 멀리 떨어진 곳에서 보았을 때 아름답고 자비롭게 보이는 억불바위의 실상과 허상을 모두 알아보겠다는 것이야. 그것은 억불님의 깨끗하고 그윽한 마음, 말하자면 고차원적인 그 어떤 세계의 탐구인 거야. 알아?"

상호는 영수의 주장을 지지했다. 영수의 말을 들은 이후 그는 은밀하게 산 위에 앉아 있는 억불바위 꼭대기까지의 등반을 꿈꾸었다.

만일 영수가 그에게 그 억불바위를 올라가 보자고 제의하면 따를 참이었다. 아니 기회를 보아서 그가 영수에게 그 제의를 할 생각이었다.

영수는 쌈빡하게 멋진 훈남이었다. 훈남은 정이 가는 남자라는 뜻이다. 변소 옆에서 만난 영수는 한 손으로 상호의 손을 잡아 흔들고, 다른 한 손으로 상호의 어깨를 툭 치면서 말했다.

"야, 안상호! 우리 서로, 희망을 가지자. 나는 안상호의 십년 뒤의 모습을 한 사람의 어엿한 시인이나 소설가로 떠올리곤 한다. 알지?"

그가 어색해하며 고개를 떨어뜨리자 영수는 말했다.

"야, 우리는 십장생이야! 알아? 십장생!"

'십'대는 '장'래를 '생'각해야 하는 존재라는 것이었다.

마녀(魔女)

상호가 그의 집 사립으로 들어섰을 때, 안 교장은 키 작달막한 중년 여자와 툇마루에 나란히 걸터앉아 있었다.

중년 여자는 갸름한 얼굴이 눌눌하게 뜬데다 깡마르고, 빗질하지 않고 손으로만 쓸어 넘긴 기다란 머리칼이 부수수했다. 뒤통수로 모아 묶은 머리채의 반쯤이 풀려 너풀너풀했다. 묶이지 않은 그 머리칼 일부가 이마와 볼을 가리고 있었다. 소매가 긴 회색 겨울 스웨터에 홀라 풍의 평퍼짐한 산비둘기색의 치마를 입고 있었다. 마당으로 들어서는 상호를 흘긋 보는 눈에는 검은자위보다 흰자위가 많았다.

안 교장은 안타까워하는 표정으로 그 여자를 향해 말했다.

"약은 계속 먹고 있어요?"

여자는 몸을 웅크리면서 얼굴을 찌푸리고 고개를 저었다. 그 모습이 쓸쓸해보였다.
안 교장이 물었다.
"왜 안 먹어요?"
여자는 허공을 보며 말했다.
"다 나왔어요."
"그럼 복직을 해야지, 여긴 뭐 하러 왔어요?"
여자가 몸을 움츠리며 말했다.
"무서워서요."
흰자위가 확대된 눈동자와 눌눌하게 뜬 얼굴빛과 암울하게 굳어져 있는 표정이 무엇인가를 두려워하고 있음을 말해주고 있었다.
"뭐가 무서워요?"
여자는 혀를 내둘러 바싹 마른 입술에 침을 바르기만 했다.
상호는 발자국소리를 죽이며 마당을 건너갔다.
안 교장은 흘긋 상호를 보았다. 상호는 안 교장에게 말없이 허리와 머리만 굽혀 절을 했다. 안 교장은 상호에게 고개만 끄덕여주고 나서, 여자에게 타이르듯이 말했다.
"사람들은 누구든지 세상이 무서울 수 있어요. 세상은 파도치는 드넓은 바다 같은 것이니까. 그렇지만 그것을 스스로 이겨내면서 헤쳐 나가야 하는 거예요. 세상이 무섭다고 해서, 자기 어머니나 아버지의 품에, 혹은 애인이나 친구의 품에 얼굴을 묻은 채 살아가려 해서는 안 돼요. 어머니, 아버지, 애인, 친구가 있거나 없거나 간에, 오직 자기 혼자 살면서 무서움을 이겨내야지, 누구에게 보호막이 되어 달라고 하면 안 되지요. 누군가가 보호막이 되어주려고 할지라도 되어줄 수도 없는 법이어요. 그게 홀로서기라는 것, 홀로 이겨내야 하는 절대고독이라는 것이잖아요?"

여자는 마당 한 곳을 뚫을 듯이 내려다보고만 있었다. 여자의 누렇게 뜬 이마와 볼에는 주근깨가 많았다. 그녀 옆에는 배 홀쭉한 잉크색의 맹꽁이 배낭이 놓여 있었다.

안 교장은 배낭을 집어 들었다. 멜빵끈 하나를 여자의 오른 팔에 끼워주고, 다시 다른 끈을 왼팔에 끼워주며 말했다.

"어서 가시오! '무섭다, 무섭다' 하지 말고, '무섭지 않다, 무섭지 않다,' 하고 스스로에게 최면을 걸면서, 독한 마음먹고 살아 보시오."

여자가 안 교장의 얼굴을 돌아보며 애원하듯이 말했다.

"저 안 가고, 교장 선생님 집에서 살래요. 교장 선생님 밥도 지어드리고, 차도 끓여드리고, 빨래도 해드리고 청소도 해드리고……."

안 교장은 잠시 고개를 들고 억불을 바라보았다.

여자가 말했다.

"저 살림살이 잘 할 수 있어요."

안 교장이 고개를 저으면서 통사정하듯이 말했다.

"안 돼요. 얼른 가시오."

그녀는 다시 몸을 웅크리며 도리질을 했다.

"싫어요, 무서워요. 순천에서는 살 수가 없어요. 잠을 잘 수 없어요. 눈만 감으면 마녀들이 보이고, 가슴이 두근거리고……."

안 교장이 짜증을 냈다.

"순천에서 보이는 마녀가 여기라고 안 보이겠어요?"

그녀가 애원하듯이 말했다.

"교장 선생님 옆에 있으면 마녀가 나타나지 않을 것 같아요."

안 교장이 도리질을 하며 말했다.

"어서 가요. 오 선생이 잘 방도 없어요. 병원에 가서, 가슴 두근거리지 않고 편안하게 하는 약 지어다 먹으면서, 견디고 또 견디면서 이겨내도록 하시오."

그녀의 어깨에 배낭을 걸쳐주고 나서 사립 쪽으로 떠밀어냈다. 여자가 배낭을 툇마루 위에 뿌리쳐버리고, 몇 걸음 나아가더니 쪼그려 앉았다. 두 손바닥으로 가슴을 붙안고 마당을 내려다보았다. 그녀의 눈길은 땅바닥의 한 점에 박혀 버렸다.

하늘에 검은 구름장들이 밀려들고 있었다. 해는 강진 쪽의 지평선 너머로 기울었다. 장어구름장들 사이로 황혼이 번지고 있었다. 산과 들이 주황색으로 물들었다.

안 교장은 난감했다.

그 여자는 오순옥이었고, 장흥서고에서 함께 근무한 적이 있는 오순탁의 여동생이었다. 그녀는 사범대학 졸업반일 때, 안 교장의 학교로 자원하여 교생실습을 하러 왔다. 그 무렵, 광주의 한 사립학교로 옮겨 간 오순탁 선생은 말기 간암을 앓고 있었다.

교생실습을 마치고 돌아간 오순옥은 임용고시에 합격하자, 안 교장이 근무하는 학교로 자원하여 왔다. 한 달 전에 오빠인 오순탁의 장례를 치렀다고 하면서.

3년이 지나서 다른 학교로 옮겨가더니, 그로부터 3년 뒤에 또 다시 안 교장이 있는 학교로 왔다. 그리고 3년 뒤에 순천으로 발령을 받아 갔다. 이후 오랜 동안 잊고 살아왔는데, 그녀가 두 달 전의 한낮에 육체와 영혼이 황폐해진 모습으로, 안 교장을 찾아왔다.

그 모습이 하도 참담하여, 안 교장은 광주에서 사는 오순탁의 부인에게 전화를 걸었다. 그가 오순옥에 대한 이야기를 꺼내자마자, 오순탁의 부인은 짜증스럽게 말했다.

"아니, 그 가시내가 어쩐다고 교장 선생님한테까지 갔대요? 조금 괜찮다싶어, 순천에서 살게 해주었는데……. 한동안 애들 몇 불러다가 가르치면서 잘 사는 듯싶더니……그새 또 잘못 돼가지고 그렇게 나도는 모양이네요……. 아이고, 교장 선생님, 박복한 이년의 신세가 이렇습니다. 교장 선생님, 그 가시내 이제는 어느 누구도 더 어떻게 해줄 수 없어요. 불쌍하고 가련하기는 하지만……그 가시내 인생 진즉에 끝장났어요. 좋게 선생 노릇하다가, 무단히 정신이상이 되어갖고 학교에서 쫓겨난 뒤로, 이 박복한 년 못할 일 무지무지하게 많이 시켰어요. 저 할 만큼 했어요. 입원도 시켜보고, 요양원에도 보내 보고, 영하다는 한의원한테 침도 맞춰보고……. 그런데 틀렸어요. 안 돼요. 묘하게 돌아버렸어요. 밤이면 잠을 못자고, 자꾸 무섭다고 하면서 몸을 웅크리고 있고……먹으라고 지어다준 비싼 약을 안 먹고 몰래 버리고……. 저도 이제는 지긋지긋합니다. 더는 어떻게 할 수 없습니다. 교장 선생님께서도 붙들고 있으면서 어떻게 해보려고 하지 마시고, 그냥 경찰 불러서 그런 사람들 보호하는 시설로 넘겨버리십시오."

전화를 끊고 멍해져 있는데, 억불이 그를 향해 말했다.

'허튼 소리 외쳐대거나, 머리를 산발하고, 옷 벗어 던지고 흉한 짓을 하지도 않는 양순한 환자를, 왜 제대로 치료해보지도 않고 보호시설에 처넣어?'

그녀를 택시에 태우고 광주의 한 대학병원으로 데리고 가서 정신과에 입원시키려 했지만 받아주지 않았다. 보호자의 동의서가 있어야 한다는 것이었다. 오순탁의 부인에게, 입원하는데 동의를 해달라고 부탁하려고 전화를 걸었지만 받지 않았다.

시내의 다른 개인 신경정신과 병원으로 데리고 갔다. 그 병원에는 입원실이 없었다. 원장이 그녀를 앞에 앉혀놓고 이것저것 질문을 하더니, 약 한 달 치를 처방해주면서 말했다.

"어떤 강박관념인가에 시달리고 있는데, 꾸준하게 이 약을 복용하면서 안정을 취하면 좋아질 겁니다······. 이 약, 평생토록 보약이라고 생각하고 하루도 빠짐없이 복용해야 합니다."

안 교장은 오순옥을 데리고 버스 터미널로 갔다. 그녀의 가방에 약봉지를 넣어주면서 당부했다.

"오 선생, 이 약을 부지런히 복용하셔요. 불안해하지 말고, 가서 마음 굳게 먹고 살아보시오. 다시 건강해져야 복직을 하든지, 학원 강사 노릇을 하든지 할 것 아니겠어요?"

순천행 버스표를 사서 그녀의 손에 잡혀 주었다. 그녀는 세차게 도리질을 하고, 버스를 타지 않겠다고 뻗대었다.
"순천 안 가요. 교장 선생님하고 같이 살고 싶어요. 나, 순천 싫어요."
안 교장은 통사정하는 그녀가 안쓰러워 견딜 수 없었다. 허공을 쳐다보았다. 그의 마음이 흔들렸다.
'이 여자를 데리고 갈까. 함께 살면서, 내가 직접 치료를 해볼까.'

같은 학교에서 근무하던 때에, 그녀는 하루도 빠짐없이 교장실 그의 책상에 꽃을 꽂아주었었다. 스승의 날, 그의 생일, 이런 저런 명절 때에는, 넥타이와 내의와 남방셔츠 따위를 선물하곤 했다. 만년필이나 책이나 손수건이나 머플러를 선물하기도 했다.
한번은 연찬회 때문에 함께 서울엘 갔는데, 그녀가 고속버스 안에서 수줍어하며 흰 종이 한 장을 그의 앞에 내밀었다. 그것을 펼쳐 드는 순간 눈앞이 아찔했다.

갑갑한 여자보다 좀 더 가엾은 것은 쓸쓸한 여자예요. 쓸쓸한 여자보다 좀 더 가엾은 것은 병상에 누운 여자예요. 병들어있는 여자보다 한층 가엾은 것은 버림받은 여자예요. 버림받은 여자보다 더욱 가엾은 것은 의지할 곳 없는 여자예요……. 교장 선생님, 제가 그런 여자예요. 저 좀 붙잡아 주셔요.

오순옥 삼가 올림

그는 당혹감에 빠져들었다. 그보다 스물세 살이나 연하인, 삼십

대 초반의 처녀 오순옥이 접근하려 하고 있었다. 눈을 감고 생각했다. 절대로 냉철해져야 한다고 생각했고, 그 종이쪽을 조심스럽게 돌려주면서 담담한 목소리로 말했다.

"나는 오 선생을 붙잡아줄 수 있는 사람이 아닙니다. 하루속히 좋은 남성을 만나 결혼을 해서 행복하게 살거나, 자기 스스로의 자아를 확실하게 찾아가도록 하시오."

오순옥은 그에게서 넘겨받은 종이를 꼬깃꼬깃 접어 움켜쥐고, 아무런 대꾸도 하지 않은 채 창밖만 내다보았다.

서울에 도착하여 둘이 저녁밥을 먹는 자리에서 그녀는 술을 거듭 마시더니, 고개를 떨어뜨린 채, 오래 전부터 준비했던 듯한 말을 뱉었다.

"제 가슴에는 오직 교장 선생님만 들어 있어요. 제 하루하루의 삶은 교장 선생님에 대한 생각과 더불어 시작돼요. 교장 선생님의 얼굴을 가까이 대하지 않으면 하루도 살 수 없어요. 저 교장 선생님 한쪽 날개 밑으로 들어가면 안 되겠어요? 교장 선생님 절대로 성가시게 하지 않을게요. 사모님한테도 들키지 않게 철저히 할게요. 오직 하늘과 땅만 알게 사랑하면서 살게요. 교장 선생님의 옆에 있는 듯 없고, 없는 듯 있는 그림자 같은 존재로만 머무르다가, 혹시 교장 선생님이 외로워하시면 귀신도 모르게 다가가 드리고, 외로워하시지 않을 때는 멀리 물러나 그냥 바라보며 그리워하면서만 살게요. 저에게는 아무런 욕심도 없어요."

그는 순천행 버스에 오르지 않겠다고 뻗대는 그녀를 기어이 안으로 밀어 넣으며 말했다.

"나한테서 살면 안 돼요. 오 선생이 머물 방도 없고……오 선생은 너무 젊어요. 이 약 빠짐없이 먹고 얼른 건강 회복해 가지고, 복직도 하고, 좋은 남자도 만나서 살아가시오."

그랬는데 그녀가 다시 나타난 것이었다.

이제 어찌할 수 없었다. 정신이상자 보호소로 보내야 할 것 같았다. 파출소로 전화를 걸었다. 수화기 속에서 경찰의 목소리가 흘러나왔다. 그는 사립 쪽으로 나가면서 말했다.

"여기 우산리 안인호입니다. 약간 실성한 여자가 있는데, 도저히 어떻게 할 방도가 없습니다. 좀 조치해주십시오."

전화를 끊고 안으로 들어온 그는 툇마루에 앉았다. 오순옥은 아직도 마당에 쪼그리고 앉아 있기만 했다. 마당 한 곳을 뚫을 듯이 내려다보며.

경찰차가 달려왔다. 차문이 열리고, 순경 두 사람이 나왔다. 한 사람은 여자 순경이고 다른 한 사람은 남자 순경이었다. 그를 향해 거수경례를 했다.

그가 말했다.

"전에 내가 데리고 있던 선생이었는데, 어쩌다가 저렇게 되었는지……. 데리고 가서, 군청 복지과하고 의논해 가지고, 저런 사람들 보호하는 시설로 좀 보내 주십시오."

여자 순경이 앞장서서 오순옥의 팔을 잡아 일으켰다.

"일어서시오! 우리 따라 가게."

남자 순경이 오순옥의 배낭을 집어 들었다. 여자 순경이 그녀의 팔을 이끌었다. 오순옥이 여자 순경의 팔을 뿌리쳤다. 남자 순경이 오순옥의 다른 팔을 힘껏 붙잡아 경찰차로 이끌고 갔다.

오순옥은 더 저항하지 않고 그를 향해 처량한 눈길만 보낼 뿐이었다. 그가 호주머니에서 만 원짜리 다섯 장을 경찰들의 손에 잡혀 주면서

"저녁을 좀 사 먹이십시오." 하고 나서 오순옥에게 말했다.

"따라가서 치료받고, 다 낳으면 절대로 여기 오지 말고 잘 살아가시오."

오순옥은 슬픔 가득 담긴 눈으로 그의 얼굴을 멀거니 바라보았다.

경찰차는 떠나갔다. 그는 경찰차의 뒤에서 깜박거리는 붉은 신호등을 멍히 바라보고 서 있다가 억불을 쳐다보았다. 억불이 말했다.

'집 안에 두고, 병원에서 약을 가져다가 먹이고, 중완이나 백회 등에 뜸을 떠주면 곧 좋아질 수도 있을 터인데.'

안 교장은 혀를 깨물었다.

'정말 그렇게 할 것을, 정말 그렇게 할 것을……. 아이고, 자기 체면만 생각하는 옹졸한 남자…….'

아프게 후회를 하면서 그는 그 자리에 우두커니 서 있기만 했다. 심호흡을 몇 차례 하고 나서 안으로 들어가 냉장고에서 소주 한 병을 꺼내 마셨다.

'지금이라도 파출소로 달려가서 데리고 올까. 만일 제 정신을 차

리게 된다면 아내처럼 누이처럼 딸처럼 데리고 살아버리지 뭐. 아니다. 안 된다. 왜 안 된다는 거야? 너는 그 여자를 감당할 수가 없어.'

소주 한 병을 다 비웠다. 마당 한가운데로 나가 달을 쳐다보았다.

검은 구름장 틈새로 둥근 달이 보였다. 억불의 모습은 검은 산 그림자에 묻혀 보이지 않았다. 달이 먹구름 속으로 들어갔다가 잠시 뒤에 또 나왔다. 달이 구름 밖으로 나오면 가슴이 트이고, 먹구름 속으로 들어가면 답답해졌다.

상호는 창문을 통해 달을 바라보았다. 할아버지가 그 여자 때문에 괴로워한다. 할아버지와 그 여자가 오래 전에 서로 사랑하는 사이였을까.

할아버지가 현관문 위에 상호를 위하여 '태양의 집'이란 현판을 달기는 했지만, 사실은 할아버지도 달을 좋아한다고 상호는 생각했다.

할아버지는 그가 태양 같은 사람이 되기를 바라시지만, 그는 달 같은 사람이 되리라 했다. 밤에 어두운 세상을 밝히는 달. 사랑도 달처럼 할 것이다. 상대가 내 존재를 모르고 쿨쿨 잠들어 있을지라도, 그 사람의 집 마당과 창문을 비춰주는 달.

달빛

할아버지는 고등학생 시절에 취주악대부원이었고 했다.

"이 할애비는 달을 좋아한다. 내 소망은 오래 전부터 달빛 같은 사람이 되는 것이었느니라. 장흥서중 1학년 때 악대부에 들어가서 클라리넷을 불었지. 그 악기에는 소리를 내는 리드라는 것이 붙어 있는데, 그것은 더운 지방의 갈대로 깎아 만든 것이야. 그 리드 때문에 클라리넷 소리는 부드럽고 은은하다. 트럼펫, 트롬본, 일글리쉬 혼 같은 쇠로 된 악기 소리는 견고하고 반짝거린다. 그 금관악기들이 하늘의 소리나 태양 같은 소리를 낸다면, 색소폰이나 클라리넷 따위의 목관악기는 땅의 소리나 달 같은 그윽한 소리를 낸다. 땅은 모든 것을 포용하고 조화롭게 아우르고, 달은 음음하게 감싼다."

할아버지는 초대 악대부장이 졸업을 한 다음 제2대 악대부장이 되었다고 했다.

"금빛 수술을 어깨에 늘어뜨리고, 금태 두른 흰 모자를 쓰고, 하얀 지휘봉을 돌리면서, 호루라기를 휘익 불고, 그러면서 지휘를 했지. 지휘자는 우주를 지휘하는 하느님이나, 우주의 조화로운 삶을 가르치는 부처님하고 똑같다. 지휘자는 만다라를 그리는 사람이다."

할아버지는 한동안 억불을 바라보고 있다가 말을 이었다.

"그런데, 상호 너는 장차 해 같은 사람이 되어야 한다. 세상을 환하게 밝혀주는 해 말이다. 타고 나기를 해의 성질을 품고 태어났어. 너는 태양인의 체질이야."

상호는 도리질을 했다. 나는 예술대학 문예창작학과에 진학해서 장차 시인 소설가가 될 것이다. 시인 소설가는 달 같은 사람일 터이다.

설사 해를 품고 태어났다 할지라도 나는 달이 될 것이다.

김정순영

"지금 몇 신데? 우리 지각한 거 아니야?"

김정순영이가 등 뒤에서 물었다. 콧소리가 약간 섞인 데다 가늘고 높고 쨍 울리는 데가 있는 목소리에 서울말의 세련된 억양. 그 목소리의 울림은 가녀리고 길었다. 그게 가슴을 울렁거리게 하면서, 동시에 정수리와 등줄기에 저릿한 금을 그었다.

상호는 그의 마을 어귀에 사는 그 가시내 김정순영이 좋았다. 아버지가 김 씨이고 어머니가 정 씨이므로, 앞에 두 성을 겹쳐 쓰고 순영이란 이름을 붙인 것이다. 그 넉 자로 된 이름이 장흥 사람 냄새 아닌, 어느 먼 알 수 없는 풍속과 법도 속에서 살다가온 사람의 신기한 냄새를 풍긴다.

그녀는 일 학년이었다. 서울에서 살다가 혼자 애옥하게 사는 외할머니에게 와서 학교에 다니고 있었다. 무용을 하다가 어느 발가락인가가 아파서 포기했다는 그녀는 무용하면서 길렀던 머리를 그대로 길고 다닌다. 교장과 학생주임 선생이 전학 오던 날, 그녀의 과거 무용 활동을 기려주는 의미에서 특별하게 용인해주었다고 했다. 치맛자락 아래로 흘러내린 하얀 무릎과 종아리가 가늘고 길었다.

그녀는 추궁하기라도 하듯 다시 물었다.

"지금 몇 신데?"

손전화를 가지고 있을 터인데 왜 나에게 시간을 물었을까. 상호는 짐짓 뒤돌아보지 않고 걸어가기만 했다.

이삼 학년의 문학 좋아하는 아이들이 김정순영에게 관심을 가지고 있었다. 그녀는 아버지가 교통사고로 죽고 어머니가 다른 남자와 재혼을 하면서 외할머니에게 맡겨졌다고 했다. 조숙한 그녀는 중학교 때부터 백일장에 나가면 최우수상이나 우수상을 받곤 한다 하고, 장차 스카이 대학엘 가서 현대문학을 전공할 거라고 했다. 그 소문을 상호에게 말해준 것은 영수였다.

그녀가 물었다.

"오빠, 무슨 생각을 하면서 가는 거야?"

시간을 말해주기 위해 손전화를 꺼내는데, 눈앞이 어지럽고 몸이 기우뚱거렸다. 걸음걸이가 가락을 잃어버렸다. 얼굴이 빨개졌다. 다리가 떨리고 있었다. 다리와 팔과 몸통에 힘이 풀렸다. 균형감각을 상실했다. 계단을 제대로 올라갈 수 없었다. 호주머니 속에 들어 있는 손전화를 만지작거리며, 까리한 찌질이, 하고 스스로를 꾸짖었다. 두 살이나 어린 가시내 앞에서 이 무슨 창피한 노릇이냐.

상호는 걸음을 멈추어버렸다. 무엇인가를 잊고 오거나 갑자기 낭패스러운 일이 생기기라도 한 것처럼 얼굴을 일그러뜨리며, 뒤를 돌아보다가 하늘로 얼굴을 쳐들었다.

그를 앞장서버린 그녀가 흘긋 돌아보고 물었다.

"왜 무슨 일 있어?"

그는 고개를 저었다.

"아니 그냥!"

그녀는 픽 웃고 나서

"나 먼저 갈게!" 하며 현관 쪽으로 총총 가버렸다.

그녀가 가버린 뒤로 한참 뒤에야 균형감각을 회복하여 교실로 들어갔다.

담순이가 들어서는 그를 모르는 체하고 교무실로 가버렸다. 거듭되는 그의 지각을 한심해 하고 있었다.

짝이 담순이를 대신해서 빈정거렸다.

"이 자식, 니가 대학생이야? 대낮이 되어서야 어슬렁어슬렁 기어나오게?"

교실 안의 많은 눈들이 그를 향해 날아왔다.

그 가시내의 집

그 가시내의 집 사립 앞에 이르렀다. 해는 석대들 저쪽의 산 위에 걸린 채 비낀 노르께한 햇살을 날려 보내고 있었다.

그 가시내의 외할머니는 뚱뚱했다. 몸을 기우뚱거리며 팔자걸음을 걸었다. 제대로 오그라지지 않은 한쪽 다리를 뻗지르고, 다른 한쪽 다리를 앙바틈하게 벌리고 천천히 절름거리며 걸었다. 그의 할아버지에게 날마다 한 차례씩 침을 맞거나 뜸을 뜨곤 하는 것이지만 퇴행성관절염이 좋아지지 않는 것이었다. 그럼에도 불구하고 지을 농사 다 지었다. 농약 통을 짊어지고 고추밭에 약을 치기도 하고, 텃밭에서 스티로폼의 원통 깔판을 엉덩이 밑에 붙이고 앉은 채 콩을 심기도 하고 김을 매기도 했다.

그 집에는 대문도 사립문도 없었다. 골목길을 지나가면서 보면 회색 슬레이트 지붕의 사간집 안이 그대로 들여다보였다. 안방이 하나 있고, 문짝이 떨어져 나간 부엌 옆의 작은방이 하나 있었다. 마당은 휑하니 넓었다. 시멘트 포장을 한 마당 가장자리에는 철따라 영산홍꽃과 치자꽃과 접시꽃과 국화꽃이 피고, 감나무에 감들이 빨갛게 열렸다.

마당에는 빨간 고추가 널려 있었다. 그 옆에는 깨 다발들이 늘어서 있었다. 자그마한 세 묶음의 머리 부분을 한데 동여 삼각으로 세운 깨 다발들.

다리가 불편한 할머니는 스티로폼 앉을 판을 엉덩이에 붙이고 앉아 깨를 떨었다. 가느다란 작대기로 어르고 달래듯이 가만가만 두들겨 떨었다.

그 가시내의 집안을 엿보는 상호를 산 위의 억불이 내려다보고 있었다. 열없어 몸을 돌리는데, 그 가시내가 학교에서 돌아오고 있었다. 가슴이 우둔거리면서 겨드랑이와 정수리로 전류 같은 금이 찌르르 그어지고 얼굴이 화끈거렸다. 까닭 없이 다리에 힘이 풀렸다.

"오빠!"

그녀가 그를 향해 달려왔다.

"오늘도 야자 안 해?"

그는 고개만 끄덕거렸다.

"담탱이가 야단 안쳐?"

"그냥!"

'너는 왜 야자 안하고 오는 거냐?' 하고 묻고 싶은 것을 참았다.

"나, 오빠한테 하고 싶은 말이 있는데 잠깐 내 방에 들어갔다가 가."

'내 방에 들어갔다가 가'라는 말에 가슴이 우둔거렸다. 그녀는 그의 두 눈을 빤히 들여다보았다. 그의 눈을 파고드는 해맑은 눈길이 섬뜩 시렸다. 그녀의 가을 호수처럼 맑고 깊은 눈망울로 인해 아득한 현기증이 일어났다.

그가 따라 들어가겠다고 고개를 끄덕거린 것도 아닌데, 그녀는 그가 당연이 뒤따라 들어올 거라고 생각한 듯 앞장서서 사립으로 들어서면서 말했다.

"이리 들어와! 우리 할머니 멋진 훈녀야."

훈녀는 정이 많은 여자라는 뜻이었다. 자기가 남자 친구하고 어울리는 것을 할머니가 전혀 괘념하지 않는다는 것이었다. 그는 코뚜레 순한 소처럼 그녀에게 이끌려 마당 안으로 들어갔다.

그녀는 할머니를 향해 낭랑한 목소리로 "학교 다녀왔습니다." 하고 나서 "할머니, 교장 선생님 손자, 상호!……우리 잠시 방으로 들어가서 이야기 좀 하려고……." 하고 말했다.

그녀네 할머니가 고개를 돌렸다. 머리가 반백이고, 얼굴 살갗에 어두운 보라색의 검버섯과 굵은 주름살이 널려 있었다.

상호는 돌아가신 할머니를 떠올리면서, 그녀네 할머니를 향해 머리와 허리를 꾸벅 숙여 절했다.

그녀네 할머니의 흐린 눈길이 그의 얼굴을 더듬었다. 앞니가 없는 까닭으로 발음이 새는 목소리로

"즈그 할베보다 조깐 작기는 해도, 이마가 훤하고 눈이 초롱초롱하고 귀티도 나고……. 참말로 좋게 생겼다야!" 하고 말했다.

김정순영은 자기 방으로 먼저 들어가면서 말했다.
"나 옷 갈아입을 테니까 좀만 기다렸다가 들어와!"
상호는 얼굴과 가슴이 동시에 뜨거워졌다. 그녀의 옷 갈아입는 모습이 머리에 그려졌다.
할머니는 깨 다발을 막대기로 달래듯이 가만가만 떨면서, 그녀 들어간 작은방을 향해
"냉장고에 무화과 있다이." 하고 말했다.

이팔 처녀의 방

방안에 들어서는 순간, 치자꽃 향기처럼 새곰한 듯싶기도 하고, 참깨기름처럼 고소한 듯싶기도 하고, 우유처럼 비린 듯싶기도 한 알 수 없는 향기가 코를 자극했다. 그게 이팔 처녀 김정순영의 체취일 거라고 생각했다. 가슴에서인지 정수리에서인지 귀에서인지 겨드랑이에서인지, 끼르르 귀뚜라미 소리가 났다.
　김정순영은 냉장고에서 무화과를 내왔다.
　"집 뒤란에 무화과나무 두 그루가 있어."
　무화과들이 담긴 접시를 그의 앞에 밀어 놓았다. 검푸른 색깔과 약간 검은 자주 색깔이 섞여 있는 껍질이 단단해 보이는 무화과였다.
　"먹어봐. 껍질하고 속살이 약된데."
　상호는 한 개를 집어 들어 입에 넣었다. 단단해보이던 것과는 달리 부드럽고 물렀다. 이빨을 사용하여 씹을 필요도 없었다. 입에 들어오자마자 살살 녹았다. 분홍빛 나는 속살이 약간 쏘는 듯싶으면서도 달았다. 세 개를 거듭 먹었다. 그의 가슴과 의식이 달콤한 무화과 속살처럼 물러지고 있었다.

그녀는 무화과 두 개를 먹고 나서 손을 휴지로 씻으며 말했다.

"무화과는 꽃이 없다고 하는데, 검색해보니까 사실은 꽃이 있다더라고……. 무화과라는 이름은 사실상 잘못된 거야. 꽃이 없는데 어떻게 암술 수술이 서로 사랑을 해서 열개를 맺을 수 있겠어?"

그녀가 내뱉은 '사랑'이라는 말이 가슴에 후끈 뜨거운 바람을 일으켰다. 사발에는 무화과가 두 개 더 남아 있었다.

한 개 더 집어 먹을까 말까 망설이는데 그녀가 말했다.

"더 먹어!"

그녀가 손위 누님 같았다. 그가 한 개 더 먹고 났을 때, 그녀가 한 개를 집어 들고 그의 턱 앞에 내밀었다.

"이거마저 먹어버려. 응?"

그녀가 빈 사발을 치우고 나서 말했다.

"왜 오빠는 늘 고개를 그렇게 숙이고 다녀? 속 모르는 사람들은 그러는 오빠를 까리하게 여긴다고."

그녀의 말이 가슴을 찔렀다. '까리하다'는 말은 어리석고 멍청하다는 말이었다. 차가운 바람이 가슴을 휩쓸었다.

그녀가 말을 이었다.

"사람을 상대할 때 정면으로 당당하게 바라보지 않고, 왜 찌질이처럼 눈길을 피해? 오빠 얼굴 짱인 거 몰라? 목소리도 짱이고, 키도 그만하면 작은 편이 아니고, 눈도 초롱초롱하고, 선팅을 알맞게 한 것처럼 이국적으로 약간 가무잡잡하고……아주 매력적이야."

그녀의 말이 머리와 가슴 속을 가로로 세로로 대각선으로 누비질을 했다. 포물선을 그리며 출렁거렸다. 눈앞에 어뜩한 현훈이 일었다.

"할 말은 하라고! 상대가 누구든지……동무든지 담탱이든지……까댈 것은 까대라고……. 들어보니까 오빠는 어떤 경우, 어떤 감정 상태이든지 아예 말을 하지 않아버리곤 하는가 보더라고……왜 그러는 거야? 하고 싶은 말 하지 않으면 자기만 손해야. 말을 안 하면, 감수성이 둔하고 생각이 없는 바보로 취급을 한다고. 그러면 안 돼. 왕영은따 되기 십상이야."

왕영은따란 '완'전하고 '영'원하고 '은'근한 '왕따'를 말한다.

그녀가 말을 이었다.

"……저 사람이 말은 안 하지만 속으로는 지혜롭고 또렷또렷한 생각들을 할 만큼 다 하고 있다고 생각해주는 사람은 이 세상에 아무도 없어."

달콤한 무화과를 먹고 난 다음인데 입맛이 떫고 썼다. 그녀의 말들이 화살처럼 가슴으로 날아 들어왔고, 그것이 물결 위의 햇빛처럼 반짝거리면서 쓰라리게 했다.

"중학교 때는 공부를 아주 잘 했다던데, 왜 고등학교 올라와서는 학과 공부를 접어버렸어? 혼자서 곰곰이, 남들이 생각지도 못하는, 알 수 없는 이상스러운 세계에 대한 생각들만 하고……그렇지? 그것은 혼자 늘 말 않고 외롭게 살고, 외곬으로 파고 들어가고 늘 우울해 있으니까 그래……. 자칫하면 자폐증이 되는 거야."

그는 창문으로 눈길을 던졌다. 이 가시내가 어쩌면 이렇게 내 속을 속속들이 꿰고 있을까. 창문 틈새로 비낀 햇살이 날아 들어오고 있었다. 그의 귀에 '혼자서 곰곰이, 남들이 생각지도 못하는, 알 수 없는 이상스러운 세계에 대한 생각들만 하고'란 말이 걸렸다.

내가 그렇다는 것을 누가 퍼뜨렸을까. 헐렁한 청바지 차림의 담순이의 얼굴이 떠오른다. 말상인데다 깡마른 담순이는 눈이 퀭하고 엉덩이도 작고 가슴도 절벽이다.

"소라고둥의 나선은 오른쪽으로 돈다. 목욕탕 물이나 개숫물은 다 오른쪽으로 돌면서 빠져 나간다. 태풍의 눈도 그렇게 돌고 사람의 가마도 그렇게 돌고, 손가락 끝의 무늬도 그렇게 돈다. 그와 같은 비슷한 우주 현상을 프랙털이라고 한다."

일 학년 때, 생물 선생인 지금의 담순이가 열강을 했는데, 수업이 끝날 때쯤에 상호가 질문을 했다.

"소라고둥의 나선은 왜 오른쪽으로 돕니까?"

담순이가 대답했다.

"유전자 때문이겠지."

상호가 제쳐 물었다.

"소라고둥의 유전자는 어째서 오른쪽으로 돌게 만들어졌습니까?"

담순이가 대답했다.

"지구가 오른쪽으로 돌기 때문이야······. 개숫물이 오른쪽으로 도는 그 원리에 따라 그렇게 된 것이야."

상호가 다시 제쳐 물었다.

"그럼, 남반부에서는 개숫물이 왼쪽으로 돌면서 흘러 나갈 터인데, 남반부에 살고 있는 소라고둥의 나선은 왼쪽으로 돌겠네요?"

상호의 그 물음에 담순이의 얼굴이 빨개졌고, 두 눈알이 순간적으로 파들거렸고, 손끝과 입술이 바르르 떨었다. 그녀는 당황하고 있었다.

"글쎄 정말! 호주나 뉴질랜드에 서식하는 소라고둥의 나선은 왼쪽으로 도는지······그것은 그쪽의 생물학자에게 한번 알아봐야겠구나." 담순이는 어정쩡한 대답을 하고, 수업 끝날 무렵에 중간고사의 문제들의 힌트를 주겠다고 한 약속을 잊어버리고 교무실로 가버렸다.

짝이 상호에게 무참을 주었다.

"야, 이 좆밥새끼야! 호주 뉴질랜드에 서식하는 소라고둥 나선이 왼쪽으로 돌면 어떻고 오른쪽으로 돌면 어때?"

다른 동무들이 상호에게 추궁하듯 말했다.

"야, 상호 니가 쫓아가서 시험문제 힌트 받아와!"

그는 얼굴이 빨개졌고, 이후 그 어떠한 경우에도 입을 열지 않아 버렸다.

김정순영은 그 사건에 대하여 들어 알고 있었다.

"오빠, 앞으로는, 어떤 기발한 생각이나, 놀라운 상상력으로 인해 생긴 기똥찬 아이디어는 글을 쓸 때나 써먹고, 대중들 앞에서는 함부로 의사표시하지 말도록 해. 사람들은 아주 단순하고 현상적이거든. 아주 기발하거나 깊은 의미를 지닌 말들을 문득 입에 담곤 하는 사람을 마치 외계에서 온 이티처럼 왕따를 시킨다고. 시세판단 상황판단을 못하는 빙충이로, 까리하게 여기기도 한단 말이야."

그녀의 충고는 매서웠다. 상호는 쓴 입맛을 다시며 고개를 떨어뜨렸다.

그녀가 말을 돌렸다.

"수능 안 보겠다고 한 오빠가 갈 대학은 꼭 한 곳뿐이야. 그런데 그 대학 문예창작과 만만치 않다더라. 선배들 말을 들으니까, 여기저기 백일장에 가서 장원 차상차하 우수상 휩쓴 사람들이 좔좔 써낸 것이면 거들떠보지도 않고 낙방을 시킨다더라고. 오히려 좀 서투를지라도 감수성이 좋고 신선한 것을 뽑아준다더라고……. 오빠한테는 아주 '딱'일 거야."

그는 입을 반쯤 벌린 채 고개를 끄덕거렸고, 그녀가 마른 입술에 침을 발랐다. 이후 잠시 어색한 시간이 흘렀다. 그는 아직도 문틈으로 기어들어오는 눌눌한 빛살을 보고 있었다.

그녀가 힐난하듯 말했다.

"오빠는, 누가 말을 하면 그 사람 얼굴을 마주보면서 들어야지, 왜 상대의 눈길을 피하는 거야?"

그는 놀라 고개를 돌려 그녀를 보았다. 동시에 눈살을 찌푸렸다. 그녀의 흰 얼굴과 맑고 깊은 눈망울과 볼록한 젖가슴이 한꺼번에 그에게로 밀려들면서 그의 가슴을 압박했다. 그의 숨이 가빠지고 있었다. 그녀에게 가빠진 숨결을 들키지 않으려고, 가슴을 펴고 콧구멍을 크게 벌리고 천천히 심호흡을 했다.

그녀의 볼록한 젖가슴으로 자꾸 달려가곤 하는 눈길을 아래로 떨어뜨렸다. 그녀의 발이 눈길에 잡혔다. 순간적으로 또 한 번의 현훈을 느꼈다. 그녀가 내포하고 있는 우주적인 비밀을 포착한 것이었다.

발등과 발가락들이 보송보송했다. 굵은 엄지발가락보다 약간 가는 두 번째 발가락이 더 길었다. 두 번째 발가락이 길면 아버지가 먼저 돌아가신다던데 그게 사실인가보다. 새끼발가락이 특이했다. 무령왕릉에서 출토된 왕관에 주렁주렁 달려 있는 곡옥(曲玉)처럼 꼬부라져 있었다. 곡옥은 막 태동하기 시작하는 태아를 닮았고, 태아는 올챙이를 닮았고, 올챙이는 남자의 정자(精子)를 닮았다고 했다. 발톱들은 연한 주황색인데 투명했다. 그녀의 발에서 그는 환장하게 예쁘고 아름다운 우주의 비밀스러운 의미를 읽었다.

그는 안타까웠다. 발가락들 가운데 어느 것이 아파 무용을 접었다는 것일까.

그녀가 갑자기 "호호호……." 하고 웃었다. 웃는 그녀의 오른쪽 송곳니가 발그레한 입술을 젖혔는데, 그게 유달리 희었다.

"오빠, 아직 한 번도 어떤 여자 친구하고도 마주앉아 이야기해본 적 없지, 그렇지?"

그게 사실이었다. 그는 얼굴이 화끈거려서 고개를 떨어뜨렸다. 머리에서 그녀의 곡옥 같은 새끼발가락이 지워지지 않고 있었다.

그녀가 몸을 일으키면서 손위 누님처럼 말했다.

"오빠, 단순한 것하고, 어린 아이처럼 순진무구한 것하고, 바보 같은 것하고, 순수한 것하고, 착한 것하고는 통한다고……. 그것이야말로 사실은 참으로 귀한 것인데, 사람들은 그것을 귀하게 여기지를 않고 까리하게 여긴단 말이야."

그녀는 책꽂이에서 책 한 권을 뽑아 그의 앞에 내밀었다. 연분홍 물감이 분사되어 엷게 번져 나간 표지 아래 부분의 가장자리에 머리칼을 휘날리는 소녀가 성냥개비 만하게 그려져 있고, 〈레인보우걸〉이라는 제목이 진한 주홍 글씨로 쓰여 있었다.

"한 번 읽어봐. 참 슬프고 아름다워! 이것 안 읽은 애들 없어. 제목에는 '걸(girl)'이 들어 있는데 주인공은 소년이야. 이것 읽으니까 자꾸 오빠 생각이 나더라고."

책을 들고 나오는 그의 가슴은 하늘과 땅을 한 아름드리 선물 받기라도 한 것처럼 뿌듯했다. 발이 허공에 솟은 무지개다리를 밟아가고 있는 듯싶었다.

"오빠!"

등 뒤에서 날아오는 그녀의 말에 놀라 돌아보자, 사립에 선 그녀가 하얀 송곳니를 내놓고 애교스럽게 웃음우물을 깊이 파면서 꾸짖듯 퉁명스럽게 말했다.

"고개 숙이지 말고 다니라니까 또 땅만 보면서 가네!"

그는 눈앞이 어질어질했다. 고개를 끄덕거려주고, 몸을 돌려 걸었다. 그녀가 소리쳐 말했다.

"오빠, 자신감을 가지라고. 오빠 얼굴 짱이고, 목소리도 짱이고, 머리 팽팽 잘 돌아가는 것도 짱이고, 수능 안 봐도 되는 대학을 가겠다고 고집부리는 것도 짱인, 진짜 훈남인 것 알아?"

그녀의 말이 그의 뒤통수를 때렸다. 그녀의 말이 거듭 날아왔다.

"'십장생'이라는 것 명심해! '십'대들은 '장'래를 '생'각하면서 씩씩하게 나아가야 한다는 말!"

고물 자전거

안 교장의 고물 자전거가 동동리 안 골목 송미녀의 집 마당 한쪽에 비스듬히 서 있었다. 핸들과 바퀴와 페달에 거뭇거뭇 녹이 슨 자전거.

　마당 가장자리의 바랑이풀 비름풀 실망초 개망초 크로바 명아주 풀들 사이에서 코스모스꽃 맨드라미꽃 칸나꽃 몇 송이가 웃고 있었다. 그 마당으로 저녁 무렵의 노르스름한 햇살이 날아들고 있었고, 쑥불 타는 향기가 맴을 돌고 있었다.

　안 교장은 송미녀의 안방에 들어 있었다.

　그녀는 등과 허리를 하얗게 드러낸 채 엎드려 있고, 그는 척추를 따라 내려간 경혈에 쑥뜸을 뜨고 있었다. 쑥뜸에서 실오리 같은 연기가 피어올랐다. 방안에는 진한 쑥불 향기가 퍼져 있었다. 안쪽 구석으로 얼굴을 두른 청색의 선풍기가 부우부우 소리를 내며 바람을 일으켰고, 구석에서 반사되며 한풀 꺾여 나온 바람이 쑥불 연기를 헝클어뜨렸다.

그녀가 슬픈 목소리로 말했다.

"나, 안 교장한테 한 가지 부탁 좀 할랑께 들어주소."

"말해보소. 들어줄 수 있을 것 같으면 들어줄 텐께."

그녀는 길게 한숨을 쉬기만 했다.

조금 전에 그녀는 훌쩍훌쩍 울었었다. 친정편의 육촌 동생이 와서 그녀의 곤궁하고 참담한 정상을 보고 돌아가면서 했다는 말을 되씹으며.

"누님, 맨살 깎아 먹이면서 키우고 가르쳐 장가보내고 집 사서 살림차려준 수양아들한테 배반당하고, 나라에서 주는 돈 몇 푼 받으면서 적막강산 속에 사는 것……이것이 뭔 팔자라요? 차라리 얼른 죽어버리시오. 이런 추한 세상을 뭐 할라고 꾸역꾸역 살고 있소?"

먼 일가 동생의 말도 하나의 뼈아픈 배반이었다. 어떻게 육촌 누님에게 죽음을 그렇듯 권할 수 있다는 말인가. 젊은 시절에 곤궁하게 살던 그 동생은 늘 그녀에게 찾아와서 곡식 살 돈과 차비를 타가곤 했었다. 그러던 그가 이제 자식들 덕분에 팔자가 늘어지자 거드름을 피우며 그따위 소리를 하고 있는 것이었다.

안 교장은 쑥뜸으로 인해 만들어진 암자주색 자국들 주변의 흰 살갗을 내려다보며 말했다.

"말해 보소 무슨 부탁인지."

그녀가 간드러진 한숨을 섞어 아니리 뱉어내듯 타령조로 말했다.

"안 교장, 이렇게 무정하고도 박정한 놈의 세상……하룻밤 사이에 까맣게 잊어버리고 구름같이 바람같이 저 멀고먼 세상으로 훨훨 날아가 버릴 약 좀 구해다 주소."

송미녀가 자살을 하도록 도와달라는 것이다. 이 여자로 하여금 자살할 마음을 먹지 않게 하려면 어찌해야 할까.

안 교장은 어린 시절에 할아버지가 코를 뚫은 지 겨우 다섯 달쯤이 지났을 뿐인 어린 황소의 남근과 불알을 자꾸 애무해주곤 하던 것을 떠올렸다.

아직 어린 황소의 배 밑에 쪼그리고 앉아, 힘들게 불알과 남근을 쓸어 만져주고 있는 할아버지의 등 뒤에서 철부지인 그가 물었다.

"우리 소 꼬추하고 불알하고를 어쨰서 그렇게 어루만져주고 있어요?"

할아버지가 그를 향해 빙긋 웃으면서 말했다.

"사람이고 짐승이고 사랑을 알아야만 키가 더 잘 자란단다."

안 교장은 송미녀에게 사랑을 일깨워주어야 한다고 생각했다. 이 여자를 구제할 수 있는 것은 사랑이다. 사랑이 불씨이고 희망이다.

그녀가 말을 이었다.

"앞으로 노인들이 점점 많아지는 우리나라에서는, 환자에 따라서 필요한 경우에, 안락사 시켜주는 법을 만들어야 해. 안락사, 그것, 간병해줄 사람도 없이 백년고질병을 앓고 있는 불쌍한 독거노인을 참말로 위해주는 거야."

그가 동문서답을 했다.

"송미녀, 자네 엉덩이하고 젖가슴하고……시방도 실팍하고 탄력이 있네."

그것은 사랑할 수 있는 능력이 있다는 뜻의 말이었다.

그녀가 퉁명스럽게 말했다.

"흰소리 말고!"

그가 말했다.

"나 진정으로 하는 소리여."

그녀가 목 메인 소리로 말했다..

"오늘 밤에라도 깊이, 깊이 잠들었다가 영영 깨어나지 않게 해버리는 약이나 좀 구해다 주소. 더럽고 슬픈 내 신세 해결해줄 사람은 안 교장뿐이네."

그가 말했다.

"송미녀, 자네 뜸뜬다고, 그렇게 줄곧 엎드려 있기만 해서, 예쁜 젖가슴 다 뭉개지겠네."

그녀가 잠시 뜸을 들였다가 입을 열었다.

"나 죽기 전에 자네가 해줄 일이 두 가지가 있어. 한 가지는 자네 후배 선우길이를 데려다주는 일이고, 다른 한 가지는 나 영영 안 깨어나게 하는 약을 구해다 주는 일이여. 나 여든 살 꽉 차도록 살았은께 많이 산 것이여."

그가 말했다.

"송미녀, 자네가 시방 얼마나 무정하고 박절하고 슬픈 말을 무책임하게 뱉어내고 있는지 아는가? 이 홀아비, 하루 한 차례씩 홀로 사는 송미녀 만나러 오는 재미로 사는데……."

쑥뜸이 다 사그라졌다.

그녀가 반듯하게 누우면서 그의 눈을 쳐다보았다. 그녀의 흐린 눈에 물이 고였다.

"자네한테 받은 이 은혜 어떻게 갚을 것인가!"

그가 말했다.

"오늘부터는 내가 자네한테서 치료비를 그때그때 받아가야겠네."

그녀가 고개를 끄덕거리며 말했다.

"그래, 저기 구석에 농협 예금통장 있어! 거기 백 몇 십만 원 들어 있을 것이네. 읍사무소에서 다달이 들어온 것들……. 통장에 담아놓고만 있으면 뭐 할 것인가. 자네가 찾아다가 요긴한 데다 쓰소."

그가 고개를 저으면서 말했다.

"내 치료비, 돈으로는 안 되네."

그녀가 말없이 그의 눈을 쳐다보았다. 그럼 무엇으로 받아 가겠다는 것이냐는 눈빛이었다. 그가 그녀의 젖무덤 둘을 두 손으로 감싸 움켜쥐었다. 세월의 풍화로 인해 짓물러져서 흐느적거리는 젖무덤들이 그의 두 손아귀에 담겼다. 그녀가 서글퍼하면서 고개를 모로 젖혔다.

그가 말했다.

"우리 이제부터 새로이 사랑 시작하세."

그녀가 어처구니없어 하면서

"자네 미쳤네이!" 하고 눈을 흘기더니 천장을 향해 "호호호ㅎㅎㅎㅎ……." 하고 웃었다. 그 웃음에 울음이 들어 있었다.

그가 진정으로 말했다.

"나, 농담이 아니네!"

그의 눈에 어린 진정을 감지한 그녀가 두 손으로 얼굴을 가린 채 울었다.

"어흑……."

그는 울고 있는 그녀의 윗몸을 두 팔로 끌어안았다. 그녀의 두 젖무덤 사이에 얼굴을 묻었다.

"내가 그때, 이 젖가슴을 나 혼자 독차지 하고 싶어 어쨌었는지 아는가? 우리 각시하고 이혼을 하고 나서 홀가분하게 송미녀하고 살아버릴까 어쩔까, 생각을 하고, 또 생각을 하고 그랬었네. 내가 만일 교육자가 아니었으면 참말로 내 각시를 배반했을지도 몰라……. 그런데, 자네 몸이 이제야말로 온전히 내 것이 되었네. 나는 지금 환장하게 좋네. 자네하고 함께 있으면 구름 위를 둥둥 떠 날아가는 것 같아. 먼저 떠나간 우리 각시가 하늘에서 내려다보고 슬퍼할지라도……. 아니, 나하고 자네하고 이러는 것을 우리 각시가 저 높은 곳에서 보고 오히려 좋아하고 있을 것이네."

그의 목을 끌어안은 그녀의 눈에 눈물이 흘렀다.

그는 그녀를 달랬다.

"나라고 안 외로운 줄 아는가!……세상 사람들은 어느 누구든지 무거운 자기 외로움 한 짐씩을 다 짊어지고 살아가는 것이여……. 우리 외로운 사람끼리 남은 생, 서로를 위해주면서 살아가세."

그는 두 손바닥으로 치맛자락에 가려진 배꼽과 허리를 애무하듯이 훑어 내리고 엉덩이를 힘껏 압박해주었다. 이마와 코와 입술과 한쪽 볼로 그녀의 배꼽과 연꽃 부위를 가리고 있는 치맛자락 위를 쏠어내렸다. 죽은 듯이 누워 있는 그녀의 숨결이 빨라지고 있었다.

"성경에 나타난 대로 한다면……." 하고 그가 말했다.

"남자라는 동물은 평생 동안 늘 옆구리가 시리는 것이여. 그게 고독이라는 것이여. 왜냐 하면 남자의 갈비뼈를 떼어다가 여자를 만들었기 때문이지. 남자는 그 고독에 시달리는 한 완전한 존재가 아닌 거라고……. 그런데 갈비뼈로 만든 어떤 한 여자가 옆에 바싹 붙어 있어주면, 옆구리 시린 고독이 가시면서 비로소 완전한 존재가 되는 거라고……. 그러니까 나에게는 이제 송미녀가 나를 완전한 존재로 만드는 역할을 해야 하는 거라고."

그녀가 천장을 쳐다보며 한숨어린 목소리로 말했다.
"이 빡빡 늙은 내가 그런 역할을 할 수 있단 말인가?"
그가 그녀를 끌어안고 두 젖무덤 사이에 얼굴을 처넣고 비비면서
"그래, 정말 그래! 할 수 있어."
하고나서 몸을 일으키면서 말했다.
"우리 손자 놈이 또 라면 한 사발로 저녁을 때울까 싶으니까 가볼

라네. 자네도 뭘 좀 끓여 먹소. 나하고 사랑하면서 살아가려면 끼니를 거르지 말고 제때에 잘 먹어야 돼."

 자전거의 페달을 밟는 그의 가슴에 황혼 빛이 가득 찼다. 사랑이 그녀를 일으켜 세울 것이다. 그녀가 일어나면 휠체어에 태우고 다니면서 소리를 하게 할 생각이었다. 그녀의 소리는 보배다. 노인당 사람들이 그녀의 소리를 들으면 환장하게 좋아할 것이다.
 경찰차가 옆을 스쳐갔다. 문득 가슴이 아렸다. 경찰차에 실려 간 오순옥의 모습이 떠올랐다. 오순옥은 어찌 되었을까. 억불을 바라보았다. 억불이 말했다.
 '상호와 그대가 한 방을 쓰면서, 그 여자를 붙잡아다가 상호의 방에서 살게 하고, 약을 먹이면서, 쑥뜸을 떠주기도 하고 침을 놓아주기도 하고……진정으로 따뜻하게 감싸준다면 오래지 않아 치유가 되었을 것을, 자네가 너무 매정하게 경찰차에 실어 보냈네. 상호도 금방 대학엘 갈 것이니까 장흥을 떠나게 될 터인데…….'

사랑의 힘

상호가 김정순영에게서 빌려온 책을 다 읽었을 때는 꼭두새벽이었다. 잠깐 눈을 붙여야겠다고 생각하며 불을 죽이고 이불을 덮고 누워 눈을 감았고, 까무룩 잠이 들었는가 싶었는데, 할아버지의 목소리가 들렸다.
"그만 일어나 학교에 가거라."
상호는 벌떡 일어나 마당으로 나갔다. 눈이 부셨다. 아침의 치자색 빛살이 찬연한 혼성의 합창처럼 억불산 너머에서 날아들고 있었다. 풀잎에는 이슬이 맺혔다. 그 앙증스러운 영롱함 속에 세상이 담겨 있었다. 햇살이 담기고 산과 집과 그의 얼굴이 담겨 있었다. 가슴이 우둔거렸다. 그의 속 어디에서인가 알 수 없는 힘이 솟고 있었다. 그의 가슴 속에 그에게 힘을 솟아오르게 하는 여신이 살고 있었다.
가슴을 펴고 찬바람을 들이켰다. 새벽이면 일어나 자전거를 타고 우유배달을 하는 주인공 소년의 근면과 의지와 용기와 꿈이 그의 가슴으로 반짝거리면서 출렁출렁 전이되고 있었다.

체조를 하고 나서 심호흡을 한 다음 기를 한데 모으고, 얍, 얍, 하면서 주먹으로 지르기와 수도로 치기를 했다. 앞차기를 하고 옆차기를 하고 이단 옆차기를 했다. 숨이 가빠졌다.

잠시 숨쉬기를 한 다음 죽데기 판을 쳤다. 짝의 얼굴을 머리에 그리면서, 주먹으로 치기도 하고 수도로 치기도 했다. 짝의 얼굴은, 그를 둘러싼 채 구석으로 몰아넣는 모든 것들을 대표하는 표상이었다. 부르쥔 주먹 앞면이 빨갛게 부풀어났다. 수도의 아랫면도 불그죽죽하게 부어 있었다. 날마다 꾸준하게 하면 주먹 앞면과 수도 아랫부분이 차돌처럼 딱딱하게 굳어질 것이다. 그때는 판자 격파하는 연습을 하리라 했다.

하늘은 푸른 비단을 깔아놓은 것처럼 맑았다. 그 하늘에 해가 떠 있었다. 현관 문 위에 걸린 '태양의 집'이란 현판을 흘긋 바라보았다. 그래, 나는 속에 태양을 품은 달이 되어야 한다.

푸푸 얼굴을 씻고, 수건으로 물기를 훔치기 바쁘게 방으로 들어갔다. 할아버지가 밥상 앞에 앉아 기다리고 있었다.

"무슨 책을 그렇게 읽었느냐?"

들킨 것이 부끄러웠다.

"그냥……."

안 교장의 가슴에 환한 햇살이 번지고 있었다. 손자 상호가 밤새워 책을 읽고, 태권도 수련을 통해 몸 단련하는 것이 고마웠다. 이놈의 몸과 마음이 오롯하게 만들어지고 있다. 가슴이 뿌듯했다.
"그래, 사람이 살아가면서 배우고 단련하는 것은 모두가 공부인 것이다."

안 교장은 가리키는 손가락 끝으로 상 바닥에 한 자 한 자 써 가면서 말했다.

"하늘(一)의 뜻과 땅(一)의 섭리를 한데 이어 총괄(丨)한 것이 工(공)이고, 하늘과 땅(二)의 이치와 원리를 꿰뚫어 통달한 사람(人)이 夫(부)인데……이 두 글자를 합쳐서 공부라고 하는 거야."

상호는 대꾸하지 않고 숟가락질만 했다.

"공자님을 '공부자'라고 하기도 하는데, 그럴 때 쓰는 夫(부)자는 그냥 지아비 부가 아니고, 하늘과 땅의 원리를 통달한 사람이란 뜻이다."

상호는 입에 음식이 들어 있었으므로 고개만 끄덕거렸다.

"밥을 실하게 먹어라."

밤새움을 한 까닭으로 상호는 입맛이 떫었다. 그것을 눈치 챈 안 교장이 말했다.

"찌개에다가 말아서 먹어라. 소화 잘 되게 신 김치 국물 마시면서……많이 먹어라. 적게 먹으면 점심때 되기도 전에 배고플 것이니까."

상호는 억지로 밥 한 그릇을 김치 국물에 말아서 다 먹었다. 신 김치 국물은 밥을 소화시키는 약이다.

책가방을 들고 나서는 표정도 싱싱하고 맑았고, 발걸음도 가뿐가

뿐했다. 김정순영이 빌려준 책이 그의 속에 기(氣)를 넣어주었다. 상호의 싱싱한 태도에 안 교장은 안심한다. 우울한 삶에는 사랑과 희망이 보약이다.

합수

　안 교장이 설거지를 하는데 장흥성모병원 영안실장에게서 전화가 걸려왔다. 일감이 생겼다는 것이다. 영안실장은 여느 때와 달리 말끝에 토를 달았다.
　"……상주가 윤충호라는 사람인데, 교장 선생님 몇 년 후배랍니다이. 자기 아버지 염을 반드시 안 교장 선생님한테 부탁해달라고……."
　"고마운 일이지요. 내 곧 가리다."
　영안실장이 30년 연하이지만 안 교장은 또박또박 경어를 썼다. 말에는 돈으로 계산할 수 없는 값이 들어 있다고 그는 생각했다.
　시신을 염하는 문제 때문에 묘한 갈등이 일고 있었다. 한 중년 남자가 안 교장을 젖히고 염을 하려 하는데 영안실장은 자꾸 일을 안 교장에게 밀어주려 하곤 했다. 시신 한 구 염하는데 받는 십만 원이라는 돈은, 장의사에 몸담고 있는 그 중년 남자의 밥줄이기도 했다. 그것을 내가 빼앗고 있지 않는가 싶기도 했지만, 안 교장은 영안실장이 맡기는 대로 맡아 하곤 했다. 영안실장은 솔직하게 안 교장의 염하는 태도와 솜씨에 더 신뢰와 숭엄한 느낌이 있다고 털어놓았다.

서둘러 설거지를 마치고 흰 와이셔츠에 검정양복 바지를 입었다. 검은 넥타이를 맸다. 어떤 시신의 염을 하든지 검은 색 정장을 했다. 밖에서 자동차 엔진소리가 들렸다.

'오늘 밤에라도 깊이 잠들었다가 영영 깨어나지 않게 해버리는 약 좀 구해다 주소.' 하던 송미녀의 말이 떠올랐다. 그녀의 절망을 희망으로 바꾸어주면, 그녀가 스스로 일어나게 될 것이다. 겉장이 너덜거리는 전화번호부를 열쳤다. 소설가인 후배 선우길이 배추씨 문서 같다고 말한 전화번호 메모해 두는 공책.

돋보기를 끼고 ㅅ부에서 선우길의 이름을 찾고 있는데, 문밖에서 인기척이 있었다.

문을 열어보니 선우길이 마당에 서 있었다. 선우길은 택시를 타고 온 것이다. 이 사람은 운전할 줄을 모른다.

"아니, 이렇게 일찍 우리 선우 선생이……?"

머리가 반백인데다 얼굴에 주름살이 깊은 선우길은 코를 찡긋하면서 말했다.

"갑자기 교장 선생님이 보고 싶어서요. 드릴 말씀도 한두 가지 있고……."

안 교장은 난처해하며 말했다.

"그런데 어쩌냐?"

"어디 가시는 길이십니까?"

"후배 부친이······."

"누군데요? 저도 알 만한 사람이면 같이 가지요."

"후배 윤충호라는데 아물아물해······. 자네도 모를 거야."

선우길의 표정으로 보아 무슨 긴한 이야기를 하러 온 듯싶었다.

"여기 잠시 앉아 이야기하고 가세."

그들은 툇마루에 나란히 걸터앉았다. 선우길이 산 위의 억불을 쳐다보면서 입을 열었다.

"이번에 교장 선생님 이야기를 한 번 써브리는데요."

안 교장이 선우길의 두 눈을 들여다보며 물었다.

"내 이야기를? 소설로?"

선우길의 코는 특이하다. 주먹처럼 뭉툭하다. 거짓말을 좀 붙인다면 광대뼈가 세 개인 듯싶다. '코 이것이 제 자존심입니다.' 하고 선우길이 말했었다. '부끄러운 일을 하면 코가 제일 먼저 시럽니다.'

"이번에 물 축제가 있었잖아요?"

"그래, 그랬지! 물 축제는, 누가 고안했는지 모르지만 참 잘 한 거야. 세상만사는 물에서 비롯된 것이니까."

선우길이 말했다.

"문화관광과 직원 하나가 아침 일찍부터 그 축제 개막식의 합수(合水) 프로그램에 참여해주어야 한다고 간곡하게 사정을 하더라고요. 군수님이나 도지사나 국회의원들이 참여 하는데, 제가 그 합수식에 꼭 참여해주셔야 빛이 난다고……. 다른 일이라면 안 가겠는데, 우리 장흥 탐진강 물에다 압록강물, 두만강물, 한강물, 낙동강물을 합수한다고 해서 가기로 작정했어요. 분단되어 있는 북한 물과 합수하고, 지역 갈등 대립각이 첨예한 경상도 물과 합수한다는 것……얼마나 좋은 발상입니까?"

말을 뱉고 있는 선우길의 콧구멍은 커지고 있었고, 그 속에 담겨 있는 까만 어둠 끝자락이 보였다. 언제인가 선우길이 한 말이 떠올랐다.

'제 속에는 새까만 늑대 한 마리와 도깨비 한 놈이 들어 있습니다.'

안 교장은, 언제부터인가, 상대편의 콧구멍 속의 어둠을 보면 그 사람이 품고 다니는 그 사람의 죽음을 생각한다. 병통이다.

선우길의 얼굴 살갗에는 불그죽죽한 열기가 번지고 있었다. 흥분한 어투로 말하고 있었다.

"교장 선생님, 물이 섞인다는 것은 무엇인가요? 그것은 서로 공감한다는 것이고, 역지사지로 처지를 바꾸어 생각하고 이해하고 서로 협력하고 화합하고 통섭(通涉)한다는 것 아닌가요? 통섭은 서로가 영향을 받으며 상승한다는 것입니다. 우리 장흥지방 사람들부터가 합수의 정신을 실천한다는 것은 아주 기분 좋은 일 아닌가요? 거기다가 고향땅에서 벌어지고 있는 축제에 빛을 더해주는 일이라면 기꺼이 참석해야 한다고 생각되어 나갔지라우."

선우길은 잠시 뜸을 들였다가 말을 이었다.

"그런데 그 행사장에서 우리 안 교장 선생님의 얼굴이 떠올랐어요."

억불이 빙그레 웃고 있었다.

선우길이 말을 이었다.

"……그 화려한 합수식이 끝난 다음 알 수없는 쓸쓸함에 빠져 혼자 돌아오는데……안 교장 선생님의 존재가 제 어두워지는 가슴을 환하게 밝혀주었고, 안 교장 선생님의 존재가 제 장편소설 한 편의 주인공이 되고 있었어요. 저는 언제든지 외롭고 쓸쓸해지면 영혼이 맑아지고, 영혼이 맑아지고 냉철해지면, 새로운 소설에 대한 생각이 번쩍 떠오릅니다. 쓸쓸해지는 그 순간에, 억불산 위의 억불바위하고 안 교장 선생님의 모습하고가 딱 겹쳤어요. 그 순간 물 축제의 합수식에 저를 불러낸 사람들이 얼마나 고마웠는지."

안 교장이 억불을 흘긋 보고 나서 코를 찡긋하며 말했다.

"여보게, 억불님이 미소를 짓고 계시네."

선우길은 마른 입술에 침을 바른 다음 말을 이었다.

"만일 저를 그 화사한 축제 현장으로 불러 내지 않았으면 저는 외롭고 쓸쓸한 마음이 들지 않았을 것이고, 쓸쓸해지지 않았더라면 교장 선생님을 떠올리지 않았을 것이고, 그랬다면 그 소설을 생각할 수 없었을 것입니다."

안 교장은 고개를 끄덕거리며 중얼거렸다.

"그래, 섞이면 통섭이 이루어지네."

그때 선우길이 눈살을 찌푸리면서 억불을 바라보고 있다가 안 교장에게 눈길을 돌렸다. 안 교장은 선우길의 호수처럼 깊은, 그러면서 예리한 눈을 마주 바라보았다. 그 눈길이 그의 눈동자 속으로 날아와 쏨벅쏨벅 아프게 박히고 있었다.

선우길이 무엇인가를 단단히 각오한 듯 말했다.

"제가 지금 드리는 이 말씀을 오해 없이 들어주시고 거기에 대하여 솔직한 대답을 해주시기 바랍니다. 오래 전부터 생각해오던 것인데요……. 저는 팔십을 내일 모레 글피로 바라보는 안인호 교장 선생님의 진짜 깊은 마음을 읽을 수가 없어요. 아드님의 사업으로 인해 빈털터리가 되어버린 다음부터, 이 마을 저 마을 돌아다니면서, 고독하게 살다가 죽은 송장이나, 영안실에서 맡겨주는 시신을 땀 뻘뻘 흘리면서 염해준다든지, 독거노인들의 삭신에 침놓고 뜸을 떠준다든지, 또 조손(祖孫) 가정을 돌아다니면서 학비를 은밀하게 보태준다든지, 노인당에 다니면서 노인들하고 어울려 농악 놀이를 한다든지……그러는 교장 선생님의 순수성이랄까, 진실성이랄까, 의지랄까……뭐 그런 것을 확실하게 파악할 수 없다는 것입니다."

안 교장은 픽 하고 웃고 나서 말했다.

"아이고! 나한테는 뭐 순수성이랄까 의지랄까 그런 것 없어. 나는 그냥 한 사람의 늙은 염꾼 노릇을 하면서, 손자 놈 하나 있는 것 키우고 가르치면서 마음 가는 대로 살아가고 있는 것이야."

선우길이 잠시 도리질을 하고 나서, 안 교장의 두 눈 속에 자기의 눈길을 밀어 넣으면서 말했다.

"교장 선생님, 솔직하게 말씀해 주십시오. 교장 선생님, 성자(聖者)로 추앙받고 싶으신 것 아닙니까? 세상이 공적비나 선행비를 세워주기를 바라는 것 아닙니까?"

안 교장은 가슴이 답답해졌다. 새삼스럽게 자기의 내면을 잔인한 눈으로 살폈다. 내 속에 그러한 탐욕이 들어 있었을까. 아, 어떤 사람들의 눈에는 나의 행실이 그렇게 위선자로 보이기도 하는 모양인가.

선우길은 안 교장의 얼굴이 쓸쓸하게 어두워지고 있는 것을 보고 서둘러 말했다.

"교장 선생님, 오해는 하지 마시기 바랍니다. 제가 안 교장 선생님을 모델로 해서 한 인물의 캐릭터를 만들려고 하다보니까 그러한 의문이 생겨서 여쭈어 본 것이니까."

안 교장은 억불을 향해 "어허허허허." 하고 웃다가 선우길을 향해 말했다.

"성자는 신이 만드는 것이야. 그것은 신과 어떤 한 인간의 합작품이야. 성자라면 그야말로 헌신을 해야 하겠지. 그렇지만 나는 그냥 염을 하고 나서 꼬박꼬박 대가를 챙기지 않는가. 나는 천한 염꾼에 지나지 않네……. 그런 이야기를 해서 나를 절망하게 하지 말소. 내가 지금 살아가고 있는 것은 그야말로 싸움이야. 한 구 한 구의 시신을 염할 때마다 지옥에 간 시지포스가 바위덩이를 산으로 굴리고 올라가듯이 하고 있는 거야. 그 일을 하면서 나는 우주를 청소한다는 생각을 하고 있어. 한 사람의 늙은 청소부로서 말이야……. 나도 이제 늙었어. 한 구의 시신을 땀 뻘뻘 흘리면서 염할 때마다, 나는 하느님께 기도를 하네. 이 염을 그야말로 성스럽게 해낼 수 있도록 저에게 힘을 주십시오, 하고."

선우길은 안 교장을 향해 거듭 고개를 주억거리면서 말했다.

"알았습니다. 이제 확인이 되었습니다. 교장 선생님의 순수성이나 진실성이나 의지 말입니다."

안 교장은 고개를 쳐들고 하늘을 바라보았다. 흰 구름장들이 북으로 흘러가고 있었다.

선우길이 으흠 하고 목을 가다듬은 다음 말을 이었다.

"교장 선생님 축하해주십시오. 머지않아 태어나게 될 제 장편소설을 위해서요. 제목을 '억불산'이나 '피플 붓다'라고 할 참입니다."

안 교장은 선우길이 자기의 잔존심이라고 말한 주먹코를 향해 말했다.

"소설가는 시장바닥에서 이러저러한 사람들과 만나야만 소설이 잉태되는 모양이구만!"

선우길이 얼굴 가득하게 웃음을 담은 채 진정으로 말했다.

"연꽃이 진흙 속에서 핀다는 것은 진리입니다."

안 교장이 선우길의 손을 잡으며 말했다.

"고맙네. 오늘 자네가 한 충고를 마음에 깊이 새기겠네……. 인생을 하나의 제스처로 사는 것은 정치인들이나 하는 짓이야."

선우길이 세차게 도리질을 하며 말했다.

"아이고, 제 말씀을 충고로 여기시다니 죄송합니다."

나 아직 짱짱하네

안 교장은 자전거를 밀고 사립을 나섰다. 자전거 뒤에는 꽹과리 가방이 실려 있었다.

선우길이 뒤를 따라가며, 꽹과리 가방 속에서 얼굴을 내민 빨강 파랑 노랑의 삼색 술을 보고 말했다.

"꽹과리는 계속 신고 다니시는군요."

안 교장이 말했다.

"꽹과리의 춤가락처럼 경중경중 살아가려고 애를 쓰네."

해는 억불의 머리 위에서 찬란한 볕을 내리 쏟았다.

선우길이 안타까워하며 말했다.

"교장 선생님, 이 염천에 몸도 생각하셔야지요."

안 교장은 정색을 하고 말했다.

"무슨 소리? 나 아직 늙지 않았어."

선우길이 말했다.

"장흥 바닥에 말이 많습니다. 안 교장 선생님이 염꾼 노릇을 하고 사시도록 그냥 놔둬서 되느냐, 후배나 제자들이 무얼 하고 있느냐, 장흥 사람들의 체면 문제다……."

안 교장은 태연스럽게 말했다.

"나 이렇게 사는 것 제발 모른 척해주고, 상관하지 말았으면 좋겠어. 사람은 자기 마음 가는 대로 사는데서 최고의 행복을 느끼는 것이니까……. 나는 개멋을 좋아해. 꽹과리도 잘 치지는 못하지만 그냥 개멋으로 쳐."

선우길이 진정으로 말했다.

"염하러 다니시지 않으시면, 제가 용돈을 보태 드리겠습니다."

안 교장은 고개를 쳐들고 웃으며 말했다.

"아이고, 보태주면 얼마든지 좋지. 보태준다면 주는 대로 다 받을 거야. 이 늙은이 오래전부터 돈독이 올랐어!"

선우길이 멍해진 채 안 교장의 얼굴을 건너다보았다.

안 교장이 입을 꾹 다물고 도리질을 하고 나서 말했다.

"딴소리 하지 말고, 동동리 송미녀한테나 좀 가보소. 그 미녀가 자네를 한번 만나고 싶다고 하데."

"요즘도 그 여자 만나십니까? 교장 선생님께서 그 여자 만나러 다니시는 것에 대해서도 말이 많습니다."

"왜? 옛날에 몸 팔고 산 기생을 만난다고 해서 말이 많아?"

선우길은 대꾸하지 않았다.

안 교장이 말했다.

"케케묵은 고정관념들을 버려야 하네. 그 여자, 몸을 팔고 살기는 했어도 좋은 일 참으로 많이 한 여자야. 장흥 사람들은 그 여자 공적비라도 세워줘야 할 거여."

선우길은 마른 입술에 침을 발랐다.

안 교장은 청노루 같은 선우길에게 솔직해지고 싶어, 목소리를 낮추어 말했다.

"나, 하루 한 차례씩 동동리 그 여자한테 가네. 사실 말해서, 나도 그 여자도 서로를 좋아하니까. 서로가 서로를 좋아하고 사랑하는 것은 죄가 아니야……. 동동리 송미녀가 시방 자네를 기다리고 있을 거야. 자네한테 해주고 싶은 이야기가 있다고 하드라고. 가서 한번 들어봐. 한이 참 많은 사람이야. 자네가 그 한풀이를 좀 해주어야 할 거야. 영안실에 들렀다가 한두 시간쯤 뒤에 갈 텐께……."

안 교장은 자전거에 올라타며 선우길에게 말했다.

"뒤에 타소, 내가 읍내까지 태우고 가께."

선우길이 손사래를 쳤다.

"아이고, 이 똥돼지 같은 몸뚱이를 어떻게 태우고 갑니까?"

안 교장이 말했다.

"이래봬도 내 심장하고 페달 밟는 두 다리, 아직 짱짱하네."

선우길이 말했다.

"아니요. 저는 천천히 생각하면서 걸어가다가 지치면 제 전용 택시를 부를 테니까 먼저 가십시오."

안 교장은 다시 동동리의 송미녀에게 가보라는 당부를 남기고 페달을 밟았다.

그의 자전거는 경사진 길을 순탄하게 내려갔다. 너무 빠르면 위험하니까 제동장치를 잡으며 천천히 가야 했다. 자전거는 고물이지만 정직한 기계였다. 기울기의 정도에 따라 빠르게 내려갔다. 물론 올라올 때는 당연히 힘들게 밀어야 했다. 평지에서는, 더도 덜도 말고, 발로 페달을 밟는 만큼만 나아갔다.

그 자전거에 불편한 점이 한 가지 있었다. 세모꼴의 안장이 항문과 남근 사이를 자극하여 전립선과 괄약근과 항문 가장자리를 화끈거리게 하는 것이었다. 자전거를 많이 타고나면 오줌을 눌 때 전립선이 쓰리고 아렸고 오줌 누는 시간이 더 길어졌다.

기울기가 다했고, 평지에 이르렀다. 그의 고물 자전거는 삐그덕 삐그덕 비틀거리며 나아갔다. 세모꼴의 안장에 항문과 전립선이 밀착되지 않도록 엉덩이를 살짝 들어 올리면서 페달을 저었다. 고물 자전거처럼 그는 정직하고 고지식하게 살아가고 있었다.

염 한 번 해주고 십만 원씩 받은 돈으로 손자 가르치고, 뜸 기구 사서 팔다리 성치 않은 독거노인들한테 뜸 떠주고 침 놓아주고, 노인들에게 꽹과리, 징, 북, 장구 사다주며 풍물놀이 즐기게 해주고, 요양원에 빵, 요구르트 사가지고 가서 꽹과리 치면서 이야기 해주고……. 여기저기에서 달려온 제자들이, 제발 염꾼 노릇하지 말고 살라고 하며 보태주는 돈은, 하늘과 땅만 아는 은밀한 곳에 썼다.

이 마을 저 마을 찾아다녀보면, 몸 불편한 노인들이 키우고 있는 아이들이 많았다. 도시로 나가서 사업을 하다가 거덜 나거나 이혼한 자식들이 맡긴 어린 아이들. 안 교장은 그 아이들에게 장학증서도 무엇도 없이 귀신도 모르게 학비를 보태주곤 했다.

자전거 페달을 열심히 저었다. 나는 느엽이다. 떨어져 내려, 어린 나무들의 뿌리를 덮어주고 있다가 점차로 썩어 거름이 되어 주어야 한다.

선우길이 하던 말을 떠올리며 홍 하고 코웃음을 쳤다. 성자가 되고 싶으냐고? 공적비나 선행비 세워주기를 바라느냐고? 나는 그냥 늙은 염꾼, 마음 가는 대로 사는 자유로운 우주의 청소부일 뿐이다.

땀을 뻘뻘 흘리면서 염을 마치고 자전거를 끌고 나오는데, 병원장이 달려와서 호주머니에 봉투 하나를 찔러주었다.

"아까 상주한테서 받았는데?" 하면서 봉투를 돌려주려고 하자 병원장이 말했다.

"교장 선생님께서 우리 병원에 와서 수고하실 때마다 제가 이렇게 조금씩 보태드리기로 작정했습니다."

안 교장은 염치없어하며 말했다.

"아따, 이 늙은 놈 미다스 왕 같은 황금벌레가 다 돼 부렀네이. 송장을 만지기만 하면 그 송장이 황금을 뱉어내 주니께 말이여, 허허허허……."

그는 중국집에 들러 자장면 세 그릇을 동동리 송미녀의 집으로 배달해달라고 하고 자전거 페달을 밟았다.
 송미녀의 집에 이르렀다. 푸른 이끼 낀 기와지붕의 골에서 자라고 있는 작은 강아지풀과 바랑이풀과 개망초가 안 교장을 내려다보았다. 잎사귀들이 햇살을 받아 반짝거렸다. 사닥다리를 받쳐 놓고 올라가서 저것을 뽑아내 주어야 한다.
 안방에서 송미녀의 목소리가 흘러 나왔다. 쨍 울리는 데가 있는 목소리였다. 쇳소리 나는 목소리로 보아 아직은 쉬 죽을 목숨이 아니다.
 문을 열고 들어가자, 선우길이 바람벽에 기대앉은 채, 드러누워 있는 송미녀의 이야기를 듣고 있다가 몸을 일으키고 그를 맞았다.
 "어서 오십시오."
 안 교장이 선우길과 송미녀의 얼굴을 번갈아 살폈다.
 이날 송미녀는 한껏 치장을 하고 있었다. 하얀 모시 저고리와 옥색 통치마를 입었고, 반백의 머리칼을 성기게 땋아 늘였다. 그녀에게서 향수 냄새가 났다. 그것들이 모두, 전날 자기가 그녀를 사랑으로 끌어안아준 까닭이라고 안 교장은 생각했다.
 여자가 늘그막에 들어 여자 노릇을 하고 싶어 한다는 것은 축복받을 일이다. 젊은 시절 좋은 일을 많이 한 이 여자는 늙었을지라도 한 사람의 아름다운 성녀이다. 이런 여자를 방치하는 것은 그 사회와 역사의 죄악이다.
 선우길이 코를 찡긋하면서 안 교장을 향해
 "그동안, 우리 사이에 아무런 일도 없었습니다이. 손목 한 번 안

잡아봤어요." 하고 나서 송미녀에게

"그렇지요?" 하고 동의를 구했다.

안 교장은 무뚝뚝하게

"무슨 짓을 했더라도 탐진강 물에 나룻배 지나가기지 뭐!" 하고 나서 송미녀에게

"나 좀 씻어야겠네." 하며 욕실로 들어가 몸에 물을 끼얹었다.

중국집 배달꾼이 배달통을 들고 들어섰다. 안 교장이 부엌에서 상을 가져다놓고 그 위에 자장면 세 그릇을 차렸다. 세 사람은 이마를 마주대고 자장면을 먹었다.

선우길이 말했다.

"오랜만에 먹으니까 그런지 자장면이 아주 맛있습니다."

안 교장이 말했다.

"라면보다는 훨씬 더 고급일세."

안 교장과 선우길이 빈 그릇들을 치웠고, 송미녀가 차를 냈다. 차를 마시면서 선우길이 송미녀에게 말했다.

"그 대목 이야기 오늘 아주 다 들어버립시다."

중단했던 이야기를 계속하라는 주문을 하고 나서 안 교장을 향해 말했다.

"저, 조금 전에 아주 기막힌 대목을 듣고 있던 참이구만이라우."

한데, 송미녀가 선우길을 향해 어색한 표정을 지으면서 말했다.

"잠시 실례를 해야겠소이. 우리 교장 선생한테 치료부터 좀 받아

야 쓰겄응께 선우 선생은 툇마루로 조깐 나가 있어 주실라요?"

선우길이 열없어하며 몸을 일으켰고, 안 교장이 송미녀에게 볼멘소리를 했다.

"다 늙어빠진 육신 후배한테 좀 드러내 보여주면 어쩐다고!"

선우길은 으흠 하고 헛기침을 하며 툇마루로 나갔고, 송미녀는 방문 앞으로 기어가서 발(簾)을 내렸다. 얼멍얼멍 낡은 마직의 발이 문틀 아래로 천천히 내려왔다. 방안에 음음한 그늘이 서렸고, 밖에서 날아온 빛살이 하얗게 느껴졌다.

송미녀는 담요 위에 엎드리면서 겉치마자락을 윗몸 쪽으로 걷어 올렸다. 미색의 모시 속치마가 드러났다. 속에 든 고무줄로 말미암아 걸려 있는 자락을 엉덩이 아래로 끌어내렸다. 분홍색의 팬티에 가려진 사타구니 부위와 허리가 드러났다. 등에서 흘러내려온 척추 양옆과 허리 부분 여기저기에는 뜸뜬 자국들이 거뭇거뭇했다. 송미녀는 그 험한 모습을 선우길에게 보여주지 않으려 한 것이다.

"침보다는 뜸이 더 좋은 것 같어." 하고 그녀가 말했고, 안 교장은 뜸뜰 준비를 했다. 그녀는 고개를 모로 틀고 눈을 감으면서

"선우 선생님, 이 이야기는 참말로 꼭 써주시요이." 하고 문밖의 선우길에게 들리도록 목청을 높여 말했다.

마고할미

"지리산 빨치산들이 다 소탕됐다는 소식을 들은 뒤로 내가 경찰서 장한테 노고단을 가보고 싶다고 했어라우."

송미녀를 경쟁적으로 좋아한 두 남자가 있었다. 한 남자는 여순 반란 사건에 가담했다가 빨치산이 되었는데 지리산 어딘가에서 빨치산 토벌대의 총에 맞아 죽었고, 다른 한 남자는 토벌대에 들어가 출전을 했는데 노고단 전투에서 빨치산의 총에 맞아 죽었다.
　송미녀는 장흥경찰서장에게 그들 두 남자가 죽은 곳엘 한번 가보고 싶다고 졸라댔다. 후텁지근하고 녹음이 무성한 한여름이었다.
　장흥경찰서장은 그녀에게 전투복을 입히고 전투모를 씌운 다음 진한 쑥색의 지프 뒷자리에 태우고 떠났다.
　당시 경찰서장은 유치산골에서 체포된 빨치산들의 생살여탈권을 쥐고 있었다. 그러한 경찰서장이지만, 장흥읍내의 대단한 자궁 권력자인 송미녀의 노고단 가고 싶다는 청을 거절하지 못한 것이었다.

구례경찰서장의 허락을 받은 장흥서장은 그쪽 경찰서 경무과장의 안내에 따라 작전도로를 타고 올라갔다.

산중턱쯤에 올라가는데, 사위가 캄캄해졌다. 몰려든 먹구름이 산을 덮었다. 어지러운 기총소사 같은 빗줄기가 차체를 두들겨댔다. 산의 정상 쪽에서 세찬 바람이 불어왔다. 빗줄기와 바람으로 인해 차창이 덜그럭거렸다. 차체가 흔들거렸다. 빗물지우개가 부지런히 양옆으로 빗방울들을 쓸어냈지만, 금방 앞이 보얘지곤 했다.

작전도로는 가팔랐고, 왼쪽으로 꼬부라졌다가 금방 오른쪽으로 꼬부라지고, 그러기가 무섭게 또 곧 왼쪽으로 꼬부라지곤 했다. 그 가파른 작전도로를 타고 올라가던 지프가, 내리치는 빗줄기와 성난 불 바람 때문에 더 나가지를 못하고 멈칫거렸다. 젊은 운전수가 브레이크를 잡으면서 말했다.

"차가 더 올라가지 않습니다."

검은 구름장들 사이에서 시퍼런 번개가 번쩍한 다음 '꽈당 와르르' 하고 뇌성벽력이 울었다. 멈추어 선 차체가 더욱 심하게 흔들렸고 차창이 깨어질 듯 덜그럭거렸고 동이로 퍼붓는 것처럼 빗줄기가 쏟아졌다.

뒷좌석에 앉은 경무과장이 뒷좌석에 탄 전투복 차림의 송미녀 얼굴을 흘긋 보았다. 미녀는 전투복에 전투모를 씌워 놓아도 역시 고

흑스러웠다. 모자 속으로 다 들어가지 않은 머리카락들이 하얀 이마와 콧등과 볼로 흘러내려 있었다. 그 머리카락들로 인해 까만 눈과 오똑한 코와 얄따란 입술의 윤곽들이 더 뚜렷해졌다. 그녀에게서 풍겨 나온 향긋하고 배릿한 체취가 차 안에 가득 차 있었다.

경무과장이 말했다.

"미녀를 싣고 오면 노고단 마고할미가 이렇게 질투를 한답니다이."

경찰서장이 무뚝뚝하게 말했다.

"그건 미신이야!"

서쪽 하늘의 검은 장어구름장들 사이로 새빨간 노을빛이 날아들었다. 빗줄기와 세찬 불 바람이 노을빛에 젖었다. 노을빛이 사라지면 산골짜기에 숯검정 같은 땅거미가 회오리칠 터였다. 비바람이 멈추지 않는다면 오도 가도 못한 채 밤을 새워야 할 듯싶었다.

그때 송미녀는 어린 시절에 들은 할머니의 말을 생각했다. '산에 오르려 하는 여자에게 질투하는 산신령을 제압하는 것은 여자의 오줌이란다.' 그녀는 서장에게 잠시 밖에 나갔다와야겠다고 말했다.

서장은 송미녀를 돌아보고

"비를 맞을 터인데요?"

하면서, 여자는 남자보다 오줌을 참고 있지 못한다는 것을 생각하고 문을 열어주었다. 열쳐진 문으로 미친 비바람이 쳐들어왔다.

그 비바람을 무릅쓰고 그녀는 땅으로 내려섰다. 비바람이 그녀의 모자를 날려버리고 머리칼을 헝클어뜨렸다. 그녀의 몸은 순식간에 흠뻑 젖어버렸다. 그녀는 그 비바람을 무릅쓰고 골짜기 쪽으로 나아갔다. 비바람이 그녀를 골짜기 아래쪽으로 떠밀었다. 그녀는 나뭇가지를 잡고 한 발씩 한 발씩 내디뎠다.

서장이 차문을 열고, 위험하니까 더 나가지 말고 거기서 용변을 보아버리라고 외쳤다.

그녀는 그 말을 아랑곳하지 않고 여남은 걸음 더 나아가서, 미친 비바람이 빨려 들어가고 있는 골짜기를 향해 쪼그리고 앉았다. 허리띠를 풀고 헐렁한 바지와 팬티를 끌어내리고 엉덩이를 드러낸 다음 아랫배에 힘을 주었다. 요도를 통해 오줌이 흘러나왔다. 그것이 골짜기를 향해 날아갔다. 오줌을 다 눈 다음 옷을 끌어올리고 몸을 일으켰다. 그 순간부터 미친 비바람이 신통스럽게 잠들기 시작했다.

"그때 서장이 허공을 쳐다보면서 그러데요. '히야아! 정말로 알 수 없는 일이다!'"

송미녀의 말에, 안 교장이 침을 꺼내 무릎 관절 사이에 꽂으면서 거들었다.

"우리 송미녀가 지리산 마고할미하고 기(氣) 싸움을 해서 이겼구만 그래!"

송미녀가 진저리를 치며 말했다.

"아따, 그 자리는 시디 시네이!"

안 교장이 말했다.

"신 맛은 새 생명을 싹터나게 하는 법이여······. 여자들이 임신을 하면 신 것이 당긴다지 않던가!"

송미녀가 말했다.

"자네 침하고 뜸 덕분에 일어서서 걸어 다닐 수 있는 날이 있을랑가 모르겠네."

안 교장이 말했다.

"내가 문지방에다가 줄 하나 달아줄게 그것 잡고 열심히 걷는 연습을 하소."

송미녀의 얼굴에 발그레한 빛이 돌았다.

선우길이 안 교장의 자전거를 타고 철물점으로 갔다. 선우길은 이 날 횡재를 했다. 자궁 권력자의 오줌에 고개 숙인 노고단 마고할미의 이야기는 흥미롭다. 그 늙은 자궁 권력자와 억불바위를 닮은 안 교장의 사귐은 또 어떤 의미를 가지고 있는가. 장차 쓰려고 하는 소설 '억불산'의 윤곽이 바야흐로 드러나고 있었다. 선우길은 안인호 교장에게서 조르바의 모습을 읽고 있었다.

장도리와 대못과 굵은 노끈을 사왔다. 안 교장이 바람벽에 대못을 박은 다음 노끈을 매달아주며 말했다.

"이것을 잡고 하루 서너 차례씩 천천히 걸음마 연습을 하소. 생명 연습 말이여."

안 교장은 바람벽의 대못에 묶은 노끈 끝을 동그란 코뚜레 모양의 손잡이로 만들어놓았다. 그것을 본 선우길은 아찔한 생각이 들었다. 사형수들이 사형집행 때 최후에 목에 건다는 넥타이가 생각난 것이다. 만일 늙바탕의 병마에 시달리는 송미녀가 삶에 절망한 나머지 나쁜 마음을 먹고 저기에 목을 건다면 어찌 되는가. 선우길은 진저리를 쳤다. 그러한 극단의 상상을 하고 있는 스스로를 꾸짖으며, 그럴 리는 없을 터이지, 하고 자기를 타일렀다. 미친 비바람 속에서 마고할미를 제압한 생명력을 가지고 있는 여자 아닌가.

그러면서도 선우길은 코뚜레 같은 동그란 손잡이를 힘껏 당겨보고 있는 안 교장에게 속삭이듯 말했다.

"넥타이가 연상되어서 안 좋습니다. 끄트머리를 그냥 주먹처럼 몽툭하게 뭉쳐놓읍시다."

안 교장이 얼른 알아듣고 선우길이 하자는 대로 해놓았다. 그리고 송미녀에게 말했다.

"나 근질근질해서 죽겠네. 우리 한 번 하세."

선우길은 '우리 한 번 하세'라는 말에 깜짝 놀랐다. 그것은 성관계를 연상시키는 말이었다. 한 신인 작가는 한 단편 소설의 첫머리에 '야, 한 번 하자.'라고 쓰고 있었다.

그녀가 고개를 끄덕거렸다.

"그러세. 나도 근질근질하네."

안 교장이 자전거에 실려 있는 꽹과리를 가지고 왔다. 송미녀가 장구를 보듬고, 궁글채와 대쪽으로 된 열채를 손에 들었다. 안 교장이 마주앉아 꽹과리로 법구 놀이 가락을 이끌었다. 밀고 당기고 풀고 당기고 밀고 풀고……. 그것은 남녀의 질펀한 사랑놀이 그것이었다.

선우길은 엉덩이를 들썩거리면서 "얼씨구." 하고 손뼉으로 장단을 맞추었다. 한 여자를 외롭게 방치하는 것은 그 사회와 역사의 책임이다. 송미녀의 고독을 안 교장이 책임지고 있다.

바야흐로 세상에는 독거노인들에게 쓸쓸한 고독과 죽음이 흑사병의 균처럼 닥쳐오고들 있었다. 안 교장은 '흑사병'의 주인공 리외처럼 그 병균을 치유하고 있었다. 각박하고 쓸쓸한 세상을 치유하는 것은 사랑과 희망과 자유이다.

생명연습

상호는 억불바위를 바라보면서 걸었다. 그가 억불바위를 인지하고 서로 말을 주고받으며 살게 된 것은 행운이었다. 억불은 그를 향해 '잘 될 거야.' 하고 말하곤 했다. 그는 '케세라 세라'를 떠올렸다. 자포자기를 한 채 될 대로 되라는 것이 아니고, 어쨌든지 이루어질 것이 이루어지리라는, 예측할 수 없는 미래에 대한 간절한 희망과 기대의 말이었다. 잘 되는 쪽으로 흘러가지 않을 수 없는 운명의 예견.

그는 노래를 불렀다.

When I was just a little girl

I asked my mother

What will I be?

Will I be pretty?

Will I be rich?

Here's what she said to me

Que sera sera

Whatever will be will be

The furture's not ours to see

Que sera sera

What will be will be

내가 어린 소녀였을 때 / 나는 어머니에게 물었네 / 나는 커서 무엇이 될까요 / 나는 예쁠까요 / 나는 부자가 될까요 // 어머니는 이렇게 말했네 / 케세라 세라 / 이뤄질 것이 이뤄질 것이다 / 미래는 우리가 볼 수 있는 것이 아니란다 / 케세라 세라 / 이뤄질 것이 이뤄질 것이다…….

 억불을 탐색하리라 했다. 억불의 모가지 부분으로 기어 올라가서, 젖가슴이 여자들의 그것처럼 불룩한지 남자들의 그것처럼 밋밋한지를 확인하리라고 마음먹었다.
 집에 돌아오니, 얼마 전 인터넷 서점에 주문한 책 한 권이 배달되어 있었다. '거대암벽 등반하기'라는 책이었다. 라면을 끓여먹고 나서 책을 단숨에 읽었다. 책은 암벽 등반의 방법과 요령을 만화로 그려가며 알기 쉽게 설명하고 있었다.
 준비해야 할 장비들을 메모했다.

바위나 단단한 물체에 부딪치는 충격을 완화시켜주는 데 필요한 헬멧과 자일. 그 자일과 슬링의 고리 역할을 하는 카라비너. 자일과 카라비너를 연결해주는 슬링. 안전벨트. 밑창과 앞부리가 탄력 좋은 생고무로 제작되어 미끄러지지 않는 암벽화.

암벽등반에는 몸 단련이 필수적이라고, 책은 말해주었다. 책이 가르쳐주는 대로 몸 단련 계획을 세웠다.

첫째, 발끝과 정강이와 종아리가 직각이 되게 한 채 몸을 지탱할 수 있는 다리 근육 단련하기. 둘째, 손목과 팔과 어깨 근육 단련하기. 셋째, 등과 허리 근육 단련하기와 유연성 기르기.

실제로 낮은 바위를 오르는 연습을 통해 몸 단련하는 법에 대하여 공부했다.

한쪽 손이나 발을 바위틈에 넣고, 다른 발을 돌리고 손을 구부려 몸을 암벽에 고정시키는 재밍이라는 동작. 손으로 갈라진 바위틈(crack)을 당기고 발로 암벽을 미는 레이백(layback)이라는 기술. 고리에 자일을 감아 매는 까베스통 매듭 만들기의 기술.

상호는 가슴이 뜨거워졌다. 산 위에 앉아 있는 억불의 얼굴과 가슴을 탐색한다는 생각을 하자 몸속에 찬란한 무지개가 퍼졌다.

몸 단련

상호는 운동구점에서 아령을 한 벌 사다놓고, 책이 가르쳐주는 대로 몸만들기의 프로젝트를 짰다. 커다란 달력 종이의 하얀 뒷면에다가 매직으로 썼다. 제목을 굵은 고딕체로

'죽기 아니면 까무러치기'

라고 쓰고, 그 밑에 작은 글씨로 썼다.
'이것을 실천하지 않으면 너는 안상호가 아니고 강아지새끼다.'
그 아래에
'보건체조로 몸을 푼 다음 아래 것들을 실천한다.'
라고 쓰고 실천할 항목들을 하나하나 열거했다.

1. 오리걸음 걷기 12번하고, 1분 쉬고 다시 12번하기.

2. 주저앉았다가 일어서기 12번 하고, 1분 쉬고 다시 12번하기.

3. 장롱 밑에 발 끼워 넣고 누운 채로 윗몸 일으키기 12번하고, 1분 쉬고 다시 12번하기.

4. 누운 채 다리 직각으로 들어올리기 12번하고, 1분 쉬고 다시 12번하기.

5. 엎드려 팔굽혀펴기 12번하고, 1분 쉬고 다시 12번하기.

6. 두 팔 십자로 벌리고 오른 다리로 ㄴ자 그리기 12번하고, 1분 쉬고, 다시 왼 다리로 ㄴ자 그리기 12번하기.

7. 아령 하기; 양쪽 팔 12번씩 하고, 1분 쉬고 다시 12번씩 하기.
   *반드시 여유롭게 천천히 유산소 운동을 한다. 세 번 할 때마다 심호흡을 하고 다시 계속한다.

8. 태권도 기본자세, 중단 치기 12번, 상단치기 12번, 하단치기 12번.

9. 태권도 발차기, 앞차기 옆차기 이단 옆차기 뒤로 돌려차기 각각 12번씩하기.

10. 격파 연습. 죽데기 판 정관으로 치기 12번하고, 1분 쉬고 나서 다시 12번 치기, 수도로 치기 12번하고, 1분 쉬고 다시 12번 치기.

맨 끝에다가 작은 글씨로 썼다.

'늦었다고 생각한 때가 가장 빠른 시기이다.'

몸 단련 프로젝트를 바람벽에 붙였다. 새벽에 일어나자마자 한 차례 실시하고 학교에 갔다가 와서 한 차례 시행하기로 작정했다.

그 프로젝트를 철저하게 시행할 것을 각오한 기념으로 먼저 한 차례 시행했다. 쉬운 일이 아니었다. 오리걸음을 걸으면서 그는 절망했다.

눈앞에 검은 숯가루 같은 어둠이 쏟아졌다. 절망하는 스스로를 향해 소리쳤다.

절망하지 말고 기어이 해내라, 못해내면 바보 멍청이고, 찌질이야.

엎드려 팔굽혀펴기, 두 발을 장롱 밑에 끼우고 누운 채 윗몸 일으키기 24회도 장난이 아니었다. 아령 운동도 마찬가지로 힘들었다. 그렇지만, 그는 땀을 뻘뻘 흘리고 숨을 가쁘게 쉬면서 그것들을 모두 해냈다.

마지막으로 그는 마당 가장자리에 박아놓은 죽데기 판을 주먹과 수도로 12번씩을 치면서 이를 갈았다. 주걱과 수도는 벌겋게 부풀어나 있었다. 주먹 앞부분과 수도에 단단한 못이 박히도록 꾸준하게 하리라. 팔과 다리 근육에 알통이 박히도록 아령을 하리라.

이튿날 상호는 몸살이 났다. 모든 근육들이 뻐근하고 아리고 쓰렸다. 계단 오르기가 힘들었다. 아리는 근육들을 주물렀다. 집에 돌아오자마자 영양 보충을 위해 달걀 프라이 두 개를 해먹었다.

역기

학교에서 돌아오니 마당 한가운데 역기가 놓여 있었다. 서쪽의 지평선 쪽에서 날아온 눌눌한 햇살이 역기의 쇠파이프와 쇳덩이 바퀴에서 반짝거렸다.
 하아, 할아버지가 구해다 놓은 것이다. 가슴이 수런거렸다. 다가가서 파이프 양쪽에 끼어 있는 바퀴 모양의 쇳덩이를 살펴보니 무게가 10킬로그램이었다. 합하면 20킬로그램.
 방으로 들어가는 순간 깜짝 놀랐다. 방바닥에 용수철을 이용하여 팔과 가슴의 근육을 단련하는 완강기와 손아귀에 넣고 쥐락펴락하는 악력기가 놓여 있었다.
 할아버지가 내 방의 몸 단련 프로젝트를 읽으신 것이다. 가방을 놓고, 용수철 단련기구를 집어 들었다. 가슴에 보듬었다. 가슴과 눈시울이 뜨거워졌다. 양쪽의 당김 손잡이를 잡고 가로로 늘여보았다. 겨우 반쯤밖엔 늘어뜨릴 수 없었다. 그래 이것도 하루 스물 네 차례씩 늘어뜨려야 한다. 악력기도 손아귀에 넣고 힘을 다해 거듭 눌러 보았다.

몸 단련 프로젝트 아래쪽에다가 역기 운동과 완강기의 운동, 악력기 운동 24회씩 하기를 덧붙여 썼다.

비안개

 보슬비가 내렸다. 억불산은 보얀 비안개를 덮어 쓰고 있었다. 안 교장은 노란 비옷을 입은 채 동동리를 향해 자전거 페달을 밟았다.
 송미녀는 여느 사람들보다 더 비 몸살을 심하게 앓곤 했다. 기압이 낮으면 다리와 허리에 통증이 심해져 운신을 고통스러워했다. 거기다가 기압이 낮으면 부정맥까지 앓았다. 맥박이 열 서너 번 뛰고 한 번씩 쉬곤 하는 부정맥. 그녀는 부정맥이 기승을 부리기 시작하면 가슴이 답답하고 아리면서 수런거리고 전신 무력증이 일어난다고 했다.
 안 교장이 들어서자 송미녀는 맥없는 목소리로 말했다.
 "살고 싶은 생각이 씨도 없네."
 안 교장이 말했다.
 "쓸데없는 소리 말드라고잉!"

그는 침통과 뜸 기구를 꺼냈다. 그녀의 허리와 다리에 뜸을 떠주었다. 방 안에 쑥뜸 향기가 퍼졌다. 요 의에 엎드린 그녀는 소리 없이 울고 있었다. 눈물이 볼을 타고 흘러내렸다.

안 교장이 말했다.

"울지 말고 꽃같이 방긋방긋 웃어주소잉. 자네는 아직 더 오래 살아야 쓰네. 심통 부리는 마고할미 제압하던 그 오기로 말이여."

그녀가 말했다.

"드나들어주는 안 교장 아니었으면 나 벌써 죽었을 것이네."

안 교장이 말했다.

"나도 우리 미녀 이쁜 맨살 더듬고 만지고 몸내 맡고, 가끔 법구 놀이 한 번씩 하는 재미로 사네. 늙어가면서는 반드시 미녀 맨살을 더듬고 만져야 회춘한다네."

그녀가 말했다.

"입술에 침이라도 바르고 그 소리 한가? 구중중한 냄새 풍기는 반송장 다 된 늙은이의 맨살 더듬고 만져서 회춘하다니······."

안 교장이 말했다.

"나 자전거 타고 오면서 내내 생각을 했네. 우리 아직 서로를 사랑할 수 있다고."

그녀가 퉁명스럽게 절망과 사랑을 동시에 뱉어냈다.

"미쳤구만!"

안 교장이 말했다.

"나는 얼마 전부터 살아 있는 모든 것들에 대한 가치라 할까, 존재

이유라 할까, 하는 것을 생각하기 시작했네. 사는 것이 곧 투병인 우리 미녀의 존재이유는 무엇일까. 그것은 우리 미녀가 살아온 젊은 날의 신산하면서도 화려한 삶을 재조명하는 것이여. 그 의미와 가치를 증명하는 것이라고."

그녀가 한숨을 쉬고 나서 말했다.

"흠, 나라는 년이 과연 의미 있고 가치 있게 세상을 살아왔을까!"

그가 말했다.

"아암, 넉넉히 그랬지. 자네는 이 세상에서 하나의 허방이었어. 삶에 지친 무수한 남자들을 자네 허방에 빠지게 하고, 한번 빠지면 거기 빠진 김에 넋을 잃어버리고 한 숨 푹 늘어지게 자고 떠나가게 하는 허방 말이여. 그 허방 속에서 한 숨 푹 자고 떠나간 뒤에는 전혀 새로운 마음으로 제 삶을 신나게 살게 하는, 그 허방 노릇은 여신(女神)이나 하는 일이네. 자네는 색 밝히고 돈이나 옭아내는 그런 여자가 아니었잖은가! 한 번 자네 허방에 빠졌다가, 거기에 빠진 김에 푹 쉬고 떠나간 그 사람에게는, 절대로 두 번 다시는 자네 허방에 빠지지 않게 철책을 둘러 쳐버리는 냉철한 여신이었어."

그녀가 말했다.

"꿈이었네."

그가 말했다.

"자네 아직도 그 허방 노릇을 할 수 있다는 사실……절대로 절망하지 말고 포기하지 말소."

그녀가 말했다.

"자네는 아직도 젊은 시절의 그 몽상에 젖어 있네이."

그가 도리질을 하고 말했다.

"오래 전에, 나, 인도 카즈라호에 가서 재미있는 것을 보고 왔네이. '카마수트라'라는 것……남녀가 사랑하는 행위를 조각해놓은 '사랑 교과서'라는 것 말이여. 남자가 네발짐승하고 교접(獸姦)하는 것도 있고, 둘이서 열열이 합환(合歡)하는 것도 있고, 셋이서 넷이서 혼음하는 것도 있고, 나이 든 사람들끼리 서로를 애무해주는 것도 있고, 혼자서 자위행위 하는 것도 있고……그 가짓수가 무려 67가지나 돼. 인도 사람들이 왜 탑에다가 그 카마수트라(사랑행위 교과서)를 새겨 놓았는지 알아? 합환의 쾌미를 잃어버린 채 건조하게 사는 것을 막아주려는 것이여. 인간이 성적인 쾌미를 잃어버리면 잔악해지는 법이여. 인간이 인간성을 놓치고 동물성만을 가지거나 신성(神性)만을 가지는 것은 무섭고 슬픈 일이라고."

소나기

  비가 개었다. 비 뒤 끝에 무지개가 섰다. 무지개의 뿌리가 평화 마을의 약수터에 박혀 있었다.
  안 교장은 터미널 옆 약국 앞에 자전거를 세워놓고 나오다가 무지개를 보고 "하아!" 하고 경탄하면서 한동안 서 있었다. 하늘 선녀들이 무지개를 타고 물을 길으러 온다고, 어린 시절 어머니가 그랬었다.
  버스를 타고 안양 율산 마을의 선우길을 찾아가는 동안 그는 내내 유쾌했다. 다시 소년이 된 듯 가슴이 울렁거렸다. 선우길의 작가실 '율산 토굴'에 들어서자마자 그는 그가 보고 온 무지개에 대한 이야기부터 하고 나서 말했다.
  "소설가 선생, 자네는 송미녀가 뭇 남성들을 상대로 살아온 삶이 이 사회와 역사 속에서 아주 소중했음을 증명해줄 필요가 있네."

선우길은 창밖을 내다보았다. '율산 토굴'이라 명명한 작가실의 창밖에 묽은 운무 덮인 바다가 ㄷ자로 기다랗게 누워 있었다. 선우길이 그 바다에 대하여 말했었다.

'지도상에서 보면 이 바다는 자궁 모양새입니다. 노자가 말한 곡신(谷神)입니다. 우주 시원의 자궁(뿌리) 말입니다. 기다란 ㄷ자 바다 안쪽의 막힌 구석. 모든 길은 막힌 데서 새로이 열립니다. 모든 말은 끊어졌을 때, 그 자리에서 새로운 말(진리)이 탄생합니다.'

선우길이란 사람은 '우주적인 자궁 전문가'이고, 여성 찬미자라고 안 교장은 생각했다.

선우길이 말을 이었다.

"우리 역사의 굽이굽이에는 저 득량만 바다 같은 창녀들이 있었습니다. 장흥지방의 해방공간에는 송미녀가 있었어요."

안 교장은 '창녀'라는 말이 귀에 걸렸지만, 내색하지 않고 맞장구를 쳤다.

"생살여탈권을 쥐고 있는 판사나 검사 경찰서장 같은 권력자들이 그때 그 여자의 품에 푹 빠져 살았어. 경찰서장의 말 한 마디면 총살당하기도 하고 살아나기도 하던 판에 그 여자가 죽게 된 사람들을 아주 많이 살려냈네. 그 여자를 성녀(聖女)라고 해야 마땅하네."

안 교장은 자리에 누워 있는 동동리 송기녀를 일으켜 세우고 싶었다. 건강을 회복한 다음 소리를 하러 다니게 하고 춤을 추게 하고 싶었다. 그녀와 더불어 꽹과리나 북장구를 치며 즐기고 싶었다. 송미녀를 앞세우고 복지관이나 이 마을 저 마을의 노인당을 돌면서 굿판을 벌이고 싶었다. 그것은 퇴행성의 늙음에 대한 광기어린 저항이었다. '늙었다, 그러나 늙지 않았다'는 저항.
안 교장이 말했다.
"늙바탕에 들어선 사람이 자기 인생은 다 끝났다는 식으로, 자기 존재의미를 부정적으로 생각해버리는 것은 자기를 더 빨리 죽어가게 하는 거야. 자기 삶에 의미와 가치를 부여하고 희망을 가지고, 하하하 하고 웃고 즐기면 엔돌핀이 나와서 건강이 더 빨리 회복되네. 송미녀가 자기 젊은 시절의 삶을 자네에게 말하면서 환희할 수 있도록 자네가 멋진 역할을 좀 해주소. 물론 송미녀 이야기를 소설로 써 보소."

무지개

  소나기가 걷히자마자 상호는 검은 구름 사이로 보이는 하늘을 쳐다보면서 교문을 나섰다.
  이날도 그는 담순이의 눈을 피해 야자를 걷어차 버렸다. 높은 점수를 받기 위하여 이것저것들을 달달 외고, 공식을 대입하여 푸는 동어반복적인 공부가 싫었다. 창조적인 것만을 공부하는 대학에 갈 것이라는 생각이 그를 당당하게 했다.
  교문을 나서다가 무지개를 보았다. 무지개는 목탁골의 손 씨 별장에 뿌리를 박고 있었다. 가슴이 우둔거렸다. 손 씨 별장 마당에 연못이 있었다. 천사들이 그 무지개를 타고 내려올 듯싶었다. 천사의 얼굴이 김정순영의 얼굴을 닮았을 듯싶었다. 그녀의 곡옥 같은 새끼발가락이 떠올랐다. 곡옥은 올챙이 같고 올챙이는 정자 같다. 정자는 태초의 씨앗이다.

집에 돌아오자마자 그는 가방을 내던지고, 엎드려 팔굽혀펴기를 하고, 누워 윗몸일으키기를 했다. 아령 운동을 하고, 역기 들어올리기를 하고, 완강기를 늘이고, 악력기를 거듭 쥐었다가 놓았다 하면서, 그녀가 준 책 속의 주인공 소년처럼 무지개를 떠올렸다. 마당 가장자리에 박힌 죽데기 판을 치면서도 무지개를 생각했다.

그 무지개 속에서 한 여자아이가 그를 지켜보고 있었다. 김정순영의 흰 얼굴의 살갗에는 자잘한 주근깨 몇 개가 검은 참깨가루처럼 박혀 있었다. 그녀의 주근깨는 특이하게도, 생각하는 보석 알맹이들이나 세상을 뚫어보는 눈망울일지도 모른다 싶었다.

대문 나서자 길을 잃은 사람

선우길의 작가실 마당의 늙은 감나무 밑에 삼나무 판자로 만든 평상이 있었다. 안 교장이 그 평상에 앉아 바다를 내려다보고 있는데, 문시흠이 그의 헌털뱅이 꼬마 승용차를 몰고 왔다. 뒤편 유리창에는 '노년 초보 운전'이라고 쓴 흰 종이 한 장이 붙어 있었다.
 문시흠은 오래전부터 앓고 있는 심한 허리아픔 때문에 얼굴이 창백했고, 윗몸을 엉거주춤 숙이고 걸었다.
 "아이고, 이 사람, 세상의 늙은이들 우세는 혼자서 다 시키고 다니고 있네. 그냥 '초보 운전'이라고 써 붙이고 다니면 될 것을 '노년 초보 운전'이라니?"
 선우길이 이렇게 말했지만 문시흠은 아랑곳하지 않고, 들고 온 서류봉투 속에서 두툼한 서명 운동 서류를 꺼냈다.
 안 교장은 얼굴을 일그러뜨리며 볼멘소리를 했다.

"이 사람 참말로 일통 내려고 나섰네!"

문시흠은 안 교장을 거들떠보지도 않고, 볼펜을 선우길 앞에 내밀며 말했다.

"작가 선생, 여기 서명하소!"

소나기 지나간 다음의 대기는 투명했다. 바다 쪽에서 바람이 달려왔고, 작가실의 처마에 달린 찻잔만한 풍경이 춤을 추면서 떙그렁거렸다. 풍경 소리는 편경의 우(羽)음처럼 드높고 가늘면서도 그윽했다. 몰라보게 폭삭 늙어버린 문시흠의 흰 머리칼이 바람에 날리면서 암회색 이마의 깊은 주름살과 저승꽃들을 쓸었다.

선우길이 눈을 거슴츠레하게 뜨고 겉장에 인쇄된 잔글자들을 훑었다.

'……며느리 바위가 있는 산을 억불산(億佛山)으로 부르는 것은 잘못된 일이다. 그 산 이름에서 〈불〉자를 빼고, 지아비 부(夫)자를 넣어, 억부산으로 고쳐야 한다. 지아비를 그리워하는 며느리가 있는 산(憶夫山)이라는 뜻으로.'

취지문을 다 읽고 난 선우길은 어떤 사람들이 몇 사람이나 서명을 했는지 들추어 보았다. 겨우 18명쯤이 서명을 했다. 그가 알 만한 사람의 이름은 하나도 보이지 않았다. 서명한 글씨들로 미루어 보아 문시흠의 마을 사람들인 듯싶었다. 그는 바다를 내려다보며 얼굴을 찌푸렸다.

문시흠이 말했다.

"어느 누구보다도 선우 작가 자네가 여기에 서명을 해주어야 하네!"

선우길이 서류를 문시흠에게 돌려주면서 빈정거리듯 말했다.

"조선조 마지막 한문 선생……요즘 세상이 하도 팍팍하고 따분하니까, 사람들을 웃겨주려고 이것 들고 나선 것이여? 아니, 왜 그 좋은 산 이름을 고쳐?"

문시흠이 정색을 한 채 따지고 들었다.

"금싸라기 같은 쌀밥 묵고 살면서 내가 왜 사람들을 웃겨주려고 다녀? 부처도 없는 산인데, 부처 불(佛)자를 넣어 억불산이라고 부르다니 말이나 되는가?"

안 교장이 끼어들었다.

"이 사람아, 그 산에 부처바위가 왜 없어? 억불산 꼭대기 근처에 우뚝 솟아 있는 바위가 억불바위란 말이여……. 억불바위가 있는 산이니까 당연히 억불산이라고 불러야 하는 것이지."

문시흠이 대들었다.

"이 사람아, 그것은 자고로 자타가 공인하듯이 '며느리 바위' 아닌가? 며느리바위 전설을 잘 알고 있으면서 그런 소리를 하는가?"

안 교장이 한심스러워하면서 탄식하듯이 말했다.

"아이고, 오늘 또 한참 싸워야겠구만잉!"

문시흠이 서명 운동 서류를 다시 선우길에게 내밀며 재촉했다.

"어서 서명하소."

선우길이 몸을 일으키고, 안 교장과 문시흠을 향해 말했다.

"저기 횟집에 가서 퍼덕퍼덕하는 전어회에다가 소주나 한 잔씩 하지요."

안 교장이 문시흠을 향해 빈정거렸다.

"조선시대 선비들 가운데, 대문간을 나서자마자 길을 잃어버린 사람들이 있었다더니, 문시흠 자네도 그 선비들하고 똑같은 것이여."

문시흠이 대들었다.

"내가 '대문간을 나서자마자 길을 잃어버린 사람'이라고?"

안 교장이 말했다.

"조선조의 성리학자들은 서로 '이(理)가 먼저다', '기(氣)가 먼저다'하고 우김질을 하느라고, 성인들의 가르침(仁)을 백성들에게 실천하는 그 길을 잃어버린 것이여. 선비의 올바른 '길'은, 무지몽매한 백성들의 어두운 삶에 빛을 주고 이롭게 해주는 실천 쪽에 있는데, 그 길을 잃어버리고, 도포자락 펄럭거리면서 나귀 등에 올라타고, 종으로 하여금 고삐 끌게 하면서 나귀 방울 소리를 길에 뿌리고 한가로이 강가의 정자나 찾아다니고, 선유를 즐기면서 기생들과 춤추고 음풍농월만 한 것이라고……. 그와 마찬가지로 우리 한문 선생은 바야흐로 '억부산'을 짊어지고 나선 것이라고."

문시흠이 반발했다.

"천만에 나는 사람들이 잃어버린 길을 찾아주려고 나섰어. 억불산을 기어이 억부산으로 부르게 하고 말겠다는 것, 그것이 내가 찾아주려 하는 '길'이네."

안 교장은 한심하다는 듯 문시흠의 깡마르고 수척해진 얼굴을 바라보았다. 그가 알고 있는 문시흠은 모과처럼 빡빡한 고집불통이고, 오만하고 외로운 사람이었다.

문시흠은, 안인호 교장이 장흥서중에 재임하는 3년 동안 한문 선생으로 초빙된 6개월 간의 경력을, 몇 십 년이 지난 지금까지 은근히 자랑스럽게 내세우며 살고 있었다. '한문 선생'으로 불리는 것을 좋아했고, 장흥 안에서는 공자와 맹자에 가장 능통하고 조예가 깊은 사람으로 자처하고 있었다.

자기 혼자서만 성인의 가르침을 가장 깊이 제대로 읽었다면서, 장흥 지방에서 내로라하는 석학들이 드나드는 향교나 유도회를 외면한 채 자기 집에서 분재만 정성스럽게 가꾸며 살고 있었다.

그러던 그가 억불산을 억부산으로 개명해야 한다는 문제를 들고 나서자 대부분의 사람들은 문시흠이 노망을 했다고 수군거리며 외면해버렸다.

그 문시흠을 가엾게 여기고 친구로서 포용해주는 것은 안인호 교장뿐이었다.

안 교장은 동문서답을 하듯이 선우길을 향해 말했다.

"퇴임하는 순간부터 나는 고민이 하나 생겼었네."

선우길이 무슨 뜻의 말인지 몰라 어리둥절해 하는데, 문시흠이 자기의 차를 함께 타고 가자고 말했다.

안 교장은 도리질을 하면서 말했다.

"'대문간을 나서자마자 길을 잃어버린 사람'의 차를 타느니, 차라리 걸어가겠네."

선우길이 여닫이 횟집으로 전화를 걸어 차를 보내달라고 했고, 금방 조그마한 새빨간 승용차가 달려왔다. 운전석에는 젊은 여종업

원이 타고 있었다.

운전석 옆 자리에 선우길이 타고, 안 교장과 문시흠이 뒷좌석에 탔다.

선우길이 안 교장에게 물었다.

"퇴임하는 순간부터 생긴 고민이라니요?"

안 교장은 대답하지 않고 활등처럼 휘움한 연안 바다만 내다보았다.

유한의 갈매기들

활등처럼 둥그스름한 연안 제방 안쪽의 한가운데에서 바다를 향해 앉아 있는 횟집 앞에 이르렀다.

범람할 듯이 밀려들어온 짙푸른 바닷물이 거들먹거들먹 춤을 추고 있었다. 갈매기들이 여닫이 횟집 제방 앞의 융기하는 바닷물 너울 위에 유유히 둥둥 떠다니고 있었다. 그들에게서는 물고기사냥 의지를 찾아볼 수 없었다.

선우길이 차에서 내리면서, 안 교장에게 물었다.

"저 갈매기들이 왜 물고기 사냥을 하지 않고 저렇게 빈둥거리는지 아십니까?"

안 교장이 그 물음에 대한 대답을 젖혀두고, 퇴임 전후에 했다는 자기의 고민에 대하여 말했다.

"평생 해온 선생질을 그만두었으니, 이제 나는 무얼 하며 살아야 할까……. 골프공 엉덩이 뚜들겨 쳐내는 것도 배우지 않았고, 이런 저런 여행 즐길 수 있도록 돈을 넉넉히 모아두지도 않았는데 무엇을 하며 늙은 나날을 보낼 것인가, 그것이 문제였어."

선우길은 유한 갈매기에 대한 말을 이어 했다.

"횟집에서 고기 창자를 던져 주곤 하니까 저것들이 물고기 사냥을 하려 하지 않고, 저렇게 물 위에서 여유롭게 동동 떠다니는 겁니다."

그들 두 사람의 동문서답은 이중주처럼 흐르고 있었다.

안 교장이 말했다.

"나는, '나에게 시간은 있는가' 하고 성난 얼굴로 늘 나한테 물어보곤 하네. 나에게 과거 현재 미래, 이 세 가지가 확실하게 갖추어져야 나는 시간적인 존재일 수 있는데, 과연 나의 미래는 있는 것인가. 시간은 잔인한 것이어서, 미래가 확보되지 않은 모든 존재들을 소멸시키네. 나는 허무하게 소멸되기 싫어서 내 미래의 시간을 만들어야 한다고 생각했어."

선우길이 말했다.

"횟집 아주머니는 자기네 집을 찾아온 손님들에게 서비스를 한다는 생각으로 늘 저 갈매기들을 관리해요."

과연 횟집 주인 여자는 안 교장, 선우길, 문시흠 일행을 즐겁게 해주기 위하여, 바가지에 고기 창자를 들고 제방 가장자리로 가서 갈매기들을 향해 던져주었다. 수면에 유유히 떠다니던 갈매기들이 서둘러 날아올랐다. 횟집 주변의 바다 위를 선회하기도 하고, 물에 떨어진 창자를 경쟁적으로 주워 먹기도 했다.

횟집 손님들은 잠시 그들의 비상을 흥기롭게 바라보았다.

선우길이 말했다.

"대한민국 안에서 퇴임한 모든 공무원들은, 한 달에 받는 이삼백만 원, 삼사백만 원쯤의 연금 때문에 사냥을 해야 할 이유를 잃어버리고, 저 갈매기들처럼 노니는 겁니다. 그런데 안 교장 선생님께서는 그러실 수가 없는 것입니다."

문시흠이 허리 통증 때문에 얼굴을 일그러뜨리고, 불만스럽게 선우길을 쏘아보며 말했다.

"선우 작가, 자네는 왜 나한테는 떡치듯이 '하소'를 하고 안 교장한테는 '하시오'를 하는가?……안 교장은 나보다 두 살이 연상이고, 나는 선우 작가보다 두 살이 연상인데?"

선우길이 말했다.

"나는 상대의 나이를 보고 존댓말을 쓰지 않고, 그 사람의 시간을 보고 존댓말을 쓰네."

문시흠이 빈정거렸다.

"시간?"

선우길이 말했다.

"노니는 경계(境界)의 시간 말이야!"

문시흠이 말했다.

"염꾼에게도 시간이 있는가?"

선우길이 나지막하게 말했다.

"안 교장 선생님을 염꾼이라고 함부로 말하지 말게. 안 교장은 우주의 위대한 청소부이시거나, 가엾은 영혼들에게 향물 목욕을 시켜서 좋은 꽃 세상으로 천도 시켜주는 불보살 같은 분이시네."

문시흠이 말했다.

"더러운 냄새 나는 것을 울긋불긋하게 포장하지 마소! 돈 몇 푼 때문에 궂긴 일을 하며 사는 늙은이는, 이제 폐기처분해야 할 마모된 존재야. 세상 사람들이 다 안 교장을 깔보네……. 우리 둘을 차별하지 마. 이 한문 선생 문시흠이나 안인호 교장이나 다 똑같은…… 길거리에서 차에 치어 죽을지라도 겨우 개 값 정도를 받을 수 있을 뿐인 늙은 것들이야."

선우길이 힐난하듯이 말했다.

"이 사람아, 늙어간다는 것하고 낡아간다는 것하고는 다르네. 낡아간다는 것은 소멸되는 것이지만, 늙어간다는 것은 그 사람 속에 보석 같은 것이 사리로 앙금진다는 것이야. 늙은이가 존재 이유를 잃어버리면 안 돼. 가령 기생출신의 늙은 여자가 다리 아픔으로 인하여 절망하고 죽을 날만 기다린다면, 그것은 매장되어야 할 반송장에 지나지 않지만, 만일 떨치고 일어나서 병든 노인이나 장애자나 교도소 수인들을 찾아다니면서, 노래도 불러주고 춤도 춰주고 그러면서 희망을 일으켜주려고 안간힘을 쓴다면, 그것은 꽃보다 더 아름다운 존재인 거야. 이 사람아, 우리한테 남아 있는 미래의 시간을 가치 있게 활용해야 하네."

안 교장이 담담하게 말했다.

"하늘의 별은 그냥 별이 아니고, 내 눈빛이 별빛을 만드네. 우리들이 살아가는 것은 그냥 살아가는 것이 아니고, 우리의 세상을 살아갈 만한 가치가 있는 세상으로 창조해가는 것이야."

문시흠이 대들듯이 말했다.

"그래서 나는 죽어 사라지기 전에 억불산을 억부산으로 개명하려고 나섰네."

선우길이 말했다.

"문시흠 선생, 자네 헛심만 쓰고 다니는 거야. 그 산을 억불산으로 부르든지 억부산으로 부르든지 그 산은 그 산일뿐이네. 산 위의 바위가 며느리의 화신, 즉 '며느리바위'이므로 '억부산'이라고 불러야 한다고 우기는 것은 별 의미 없는 이념다툼일 뿐이야. 그 며느리는 이미 오래전부터 구세주적인 억불로, 인민부처로, 피플 붓다로 존재하고 있는 것이니까."

문시흠이 말했다.

"우리 인생살이에서 이념 다툼이란 것이 얼마나 중요한 것인가? 사람은 결국 이념 하나에 죽고살고 하네."

선우길이 말했다.

"이념보다 더욱 중요한 것은 그 억불산 위의 억불바위가 얼마나 어질고 자비롭게 세상을 내려다보고 있는가, 그 바위를 바라보는 사람들이 어떻게 그 인자하고 자비로운 모습과 태도를 배워 실천하느냐 하는 것이야."

노망

안 교장, 선우길, 문시흠이 '금자방'이란 표찰이 붙어 있는 방에 자리를 잡고 앉아 있는데, 머리칼 반백인 횟집 주인 남자가 들어와서 정중하게 머리와 허리를 깊이 숙여 절을 하고, 찾아주어 감사하다고 말했다.

창문 쪽에 앉은 문시흠은 횟집 주인을 가까이 오라고 한 다음, 서명운동 서류를 내밀었다.

"자네 여기에 서명을 좀 해주소."

횟집 주인이 물었다.

"이게 뭡니까?"

"억불산을 억부산으로 개명하자는 것이야. 그 취지를 읽어보소."

횟집 주인이 눈을 치켜뜨면서 웃었다.

"아니, ㄹ자가 들어가서 부르기 좋은 그 음악성 있는 이름을 왜 딱

딱하게 억부산으로 고칩니까요?"
 문시흠은 횟집 주인을 설득시키기 위하여 취지를 구구하게 설명했다.
 선우길이 횟집 주인을 향해 말했다.
 "자네 은사 노망했네."
 문시흠이 발끈하여 대들었다.
 "염꾼인 주제에 동동리 반송장인 퇴물 기생 년의 허리를 보듬고 도는 안인호 교장이 노망을 했지, 잘못된 세상일을 확실하게 바로잡겠다는 내가 왜 노망을 했다는 것이여?"
 안 교장이 허공을 향해 허허허허 웃으면서 횟집 주인을 향해, 어서 전어회나 가져다놓은 다음에 자네 한문 선생하고 그 문제를 따지고 가리라고 말했다.
 문시흠은 횟집 주인을 향해 말했다.
 "이것을 의회에 제출하면 개명 안 될 수가 없네. 얼른 서명하소."
 횟집 주인이 진정으로 말했다.
 "은사님, 제발 이 일 그만 두십시오. 저기 억불정사 박정식 거사님이 오셔서, 우리 은사님께서 서명 받으러 다니는 것을 두고, 혹시 노망을 하신 것 아니냐고 그럽디다."
 문시흠은
 "내가 그 자식을 만나기만 하면은 두 눈을 팍 찔러버릴 거야." 하고 나서 움켜잡은 횟집 주인의 옷자락을 잡아당기며 얼른 서명하라고 강요했다.

횟집 주인은 문시흠을 향해
"저에게도 생각할 기회를 좀 주십시오." 하면서 안 교장과 선우 길을 향해 눈과 코를 찡긋하고, 문시흠의 손을 떼어놓고 몸을 일으켰다.
전어회에다가 소주 한 잔을 걸치고 돌아갈 때 문시흠은 단단히 화가 나서 횟집 주인을 닦달했다.
"자네 집 앞에 온 갈매기들한테 고기 창자 인심을 쓰듯이 나한테 서명 좀 해주면 안 되는가?"
횟집 주인은 반백의 머리를 한 차례 쓸어 넘기면서
"아따 선생님, 사람하고 갈매기하고는 다르지라우." 하고 나서 정중하게 머리와 허리를 깊이 숙여 작별의 절을 했다.
안 교장은 가로 누운 채 거들먹거들먹 춤을 추는 짙푸른 바다를 향해 소처럼 웃었다.

할아버지와 손자

안 교장은 술이 얼근해진 채 자전거를 밀고 언덕길을 올라가다가 그의 집 사립 앞에서 멈추어 섰다.

손자 상호가 바야흐로 몸 단련을 하고 있었다. 그는 손자의 운동을 방해하지 않으려고 핸들을 잡고 멈추어 선 채 기다렸다.

상호는 엎드려 팔 굽혀 펴기를 하고나서 태권도 주먹지르기와 발차기를 했다. 한쪽 다리가 약간 부실하므로 자세가 어설펐다. 그럴지라도 상호는 치열하게 같은 동작을 열 두 번씩 거듭했고, 일 분쯤 쉬며 심호흡을 하고는 다시 기어이 열두 번씩을 실행했다.

이어 죽데기 판을 주먹으로 쳤다. 주먹 끝이 얼얼하고 화끈거리지만 거듭 치는 것이었다. 아픔을 참으며 주먹으로 열두 번을 치고 나서 수도 단련을 했다. 손자 상호의 변모가 고마웠다.

열한 살 무렵에 상호는 라이터 불을 켜들고 골목길 풀숲에 피어 있는 달개비 꽃잎, 개망초의 흰 꽃잎, 코스모스 꽃잎 들을 지지곤 했었다. 메뚜기와 방아깨비를 잡아 날개와 다리를 뜯어 죽였다. 잠자리도 잡아 날개를 뜯어 버렸다.

"아이고, 이 이쁜 꽃들! 귀여운 메뚜기, 방아깨비, 잠자리 들을 왜 그렇게 하냐? 아파서 엉엉 우는 소리 안 들리냐? 이것들이 다 이 세상에 살려고 나왔는데, 잘 살도록 도와주어야지 잡아 죽이면 안 돼. 죄 없는 것을 죽이면 죄 받는단다."

할머니가 안타까워하며 꾸짖고 그것들을 사랑해주는 법을 가르치려 들었다.

"꽃도 제 얼굴 예쁜 것을 알아본단다." 하면서 하얀 꽃들을 달고 있는 치자나무 앞에 체경을 세워 주었다.

"꽃들도 우리 사람처럼 생각하고 말도 하고 울기도 하고 웃기도 한단다."

할머니의 말에 상호는 무참해져서 모퉁이로 돌아가 고개를 떨어뜨리고 앉아 훌쩍훌쩍 울고 있었다.

안 교장은 '태양의 집'이란 현판을 만들어 현관 문틀 위에 달고, 상호에게 말했다.

"너는 장차 저 하늘의 태양같이 온 세상을 밝히는 사람이 될 것이다."

그러면서 태권도 동작 하나하나를 가르쳤다.

상호가 운동을 끝냈을 때 안 교장은 마당 안으로 들어섰다. 상호가 체력 단련을 하기 시작한 것은 자기의 길과 정체성을 제대로 찾아가고 있음을 말해주는 것이라고 안 교장은 생각했다.

상호는 땀을 훔치면서, 들어서는 안 교장을 향해 어색하게 웃으며 머리를 깊이 숙여 절을 한 다음 수도에서 푸푸 얼굴을 씻고, 제 방을 향해 발을 돌렸다.

안 교장은 현관 문 위의 현판을 쳐다보았다. 그래 너는 해가 되어야 한다.

저녁을 먹으면서 상호가 말했다.
"할아버지, 저 억불바위 위를 올라가야겠어요."
안 교장은 짐짓 모른 체하고 물었다.
"무얼 하게 거기엘 올라가겠다는 것이냐?"
안 교장의 눈길에 사랑과 걱정이 묻어 있었다.
"억불바위의 가슴과 얼굴을 탐색하고 싶어요."
"……그게 어떤 의미가 있는 일이기는 하냐?……위험하지 않을까?"
상호는 대답을 하지 않았다.
안 교장이 조심스럽게 말했다.
"하긴 나도 억불의 얼굴이 궁금하기는 하다……. 어쨌든지, 그것은 경험이 많은 선배의 지도를 받으면서 해야지……혼자서 하는 것은 위험할 거야!"
상호는 고개를 떨어뜨리면서 자신 있게 말했다.

"혼자서도 넉넉히 할 수 있어요."

안 교장이 말했다.

"저런 바위에 올라가는 데에는 많은 장비가 필요하다고 들었다."

상호가 대답했다.

"자일하고 암벽등반용 신하고 보호대하고……사야 할 것들이 몇 가지 있어요."

안 교장이 말했다.

"그것들 값비쌀 터인데, 나한테서 용돈 몇 푼씩 받은 것으로는 어림도 없을 건데……."

상호가 말했다.

"할아버지께서 도와주시라고 시방 말씀을 드리는 거예요."

위험한 일이니까 하지 말라고 강압함으로써, 이놈의 의지를 꺾어서는 안 된다고 안 교장은 생각했다.

"믿음직스러운 누군가하고 함께 하겠다면 도와주겠다. 같이 할 동무가 없으면 나라도 함께해주마……. 그리고, 광주에서 등산 장비 판매점을 하는 제자가 있으니까, 조금 전에 네가 말한 것들을 마련해주도록 하마."

상호는 한동안 고개를 떨어뜨리고 있다가 말했다.

"그럼……같이 갈 친구를 구해보겠어요."

상호는 김정순영을 떠올렸다. 그녀가 함께 올라가줄까. 만일 그녀가 싫다고 하면 영수에게 적당한 날을 잡아 산 위의 억불을 함께 탐색하자고 말해보고 싶었다. 한데 영수는 수능시험에 매달려 있지 않은가. 모든 동무들이 수능 시험을 볼 때 나 혼자서 보아란 듯이 억불을 탐색할 참인데.

안 교장이 타일렀다.

"준비를 완벽하게 해야 한다. 학교 안에 혹시 암벽등반 경험이 있는 선생님이 계신가 보아서 가르침을 청해라."

상호가 도리질을 하며 말했다.

"우리 학교에는 그런 선생님이 없어요. 만일 제가 그 바위에 오르겠다고 말하면, 도움을 주기는커녕 방해를 할 거에요. 공부는 뒷전인 꼬맹이가 무슨 엉덩이에 뿔난 짓을 하려 하느냐고……. 혹시 사고가 나면 책임을 져야 할 것이므로 펄쩍 뛰며 막을 거예요……. 혹시라도, 우리 학교 선생님들한테 알리지 마셔요."

안 교장은 "알았다." 하고 고개를 끄덕거렸다. 이 아이는 학교 선생들이 그 일을 알고 접근하면, 달팽이처럼 내놓았던 뿔을 오므려 버릴 것이다. 안 교장은 상호의 머리를 쓰다듬었다.

중성

상호는 김정순영이네 사립 앞에서 걸음을 멈추었다. 그녀의 할머니가 한쪽 다리를 절름거리면서 마당에 널려 있는 콩대 앞으로 갔다. 동그란 스티로폼 방석 위에 엉덩이를 붙이고 앉아 몽둥이로 콩대를 두들겼다.
  석양의 비낀 햇살이 할머니에게 날아들어 흰 머리칼들을 눌눌하게 물들였다. 순영이가 돌아왔을까. 아직 안 왔을지도 모른다. 진홍색 흰색 보라색 노란색의 백일홍 꽃 스무 남은 송이들이 눈을 동그랗게 벌려 뜨고 그를 살피고 있었다. 얼굴이 뜨거워졌다. 하늘도 그의 속을 뚫어보고 있었다. 그녀의 집 사립에서 걸음을 멈추고 서있는 스스로의 행동이 어색했다.
  돌멩이 하나를 운동화 앞부리로 걷어찼다. 돌멩이가 비대칭으로 몸을 흔들면서 길가의 풀섶으로 날아갔다. 풀섶의 빨간 코스모스

꽃 몇 송이가 그의 하는 짓들을 살피고 있었다. 어린 시절 라이터불로 꽃송이들을 지진 일이 떠올랐다. 그때도 그것들이 그를 공격적으로 바라본다고 느껴져서 그가 복수를 한 것이었다.

마을 어귀에 순영의 모습이 나타났다. 그녀는 야자를 않고 학원에도 다니지 않지만 성적이 항상 톱이라고 했다. 모두들 그녀의 머리에 컴퓨터 한 대가 들어 있는 모양이라그 했다.

그녀는 대수롭지 않게, 공부, 그게 별 것 아니라는 듯 말했다.

"나, 참고서 둘씩 가지고 공부해. 선생님들이 가르치는 것 모두 거기 들어 있어……. 그것을 어머니가 다 사서 보내줘."

그녀가 웃음우물을 깊이 파고, 송곳니를 내보이면서 가까이 다가왔을 때 그가 말했다.

"할 이야기가 있다."

기어들어가는, 자신 없는 목소리로 말하고 있는 스스로에게 그는 '바보, 찌질이!' 하고 공박했다. 그의 내부에서 '왜 크게 말하지 못하는 거야?' 하는 소리가 들려왔다.

"오늘도 뺑뺑이네?"

그녀의 해맑은 눈길이 그의 눈 속으로 파고 들어왔다. 그 눈길이 화광처럼 따갑게 느껴져 진저리를 쳤다.

이번에는 목청을 한껏 높여 말했다.

"지금부터 내가 한 말 아무한테도 하지 마라."

"무슨 말인데?"

"나 저 억불바위 꼭대기엘 올라가려고 하는데, 네가 따라와서 옆에 있어주면 안 되겠어?"

그녀가 산 위의 억불과 상호를 번갈아 보았다. 그녀의 눈길을 피해 그녀의 발등으로 눈길을 옮겼다. 그녀의 하얀 곡옥 같은 새끼발가락이 떠올랐다. 올챙이 같고 정자 같은 새끼발가락. 그녀의 감색 치맛자락 아래로 길게 뻗어 내린 다리가 늘씬했다. 흰 살결이 눈부셨고 가슴팍이 저릿했다. 재빨리 눈길을 하늘로 옮겼다. 하늘 한가운데에 하얀 비행운이 그어져 있었다.

그녀가 물었다.

"언제 올라갈 건데?"

따라가 주기는 할 모양이다. 가슴이 우둔거리고 숨이 가빠졌다.

"아이들 수능 보는 날."

그녀가 물었다.

"저 바위엔 왜?"

"저 억불이 여자인지 남자인지 탐색을 해야겠어. 아니 부처님인지 아닌지……." 이 말이 만들어졌지만 상호는 그 말을 뱉지 않고

"그냥!" 하고 얼버무렸다.

그녀가 상호의 눈을 빤히 보며 말했다.

"그냥? 그렇다면 맹목적이네? 맹목이 사람 죽인다는 것 몰라?"

그녀의 눈길이 그의 부실한 다리로 날아왔다. 그녀가, 그 부실한 다리로 어떻게 그 바위엘 올라가겠다는 것이냐고 생각한 것이다. 가슴 속에서 버럭 뜨거운 것이 치밀어 올라왔다.

'따라와 주고 싶지 않으면 관둬라.'

이 말을 뱉고 싶었지만 입을 꼭 다물었다. 사내가 금방 삐치면 안 된다.

그녀가 그의 눈을 빤히 건너다보며 말했다.

"언젠가 텔레비전에서 봤는데, 저런 바위에 올라가는 데는 등반 기술이 있어야 하고, 자일이라든지, 바닥이 바위에 착착 들러붙게 제작된 특별한 신이라든지, 머리에 쓰는 헬멧이라든지, 허리와 엉덩이를 감싸는 보호대라든지…… 많은 장비도 있어야 하고, 그리고 몸 단련을 아주 치열하게 해야 하고, 그러는 모양이던데?"

상호가 말했다.

"다 준비 하고 있어!"

그녀의 눈길이 재빨리 그의 부실한 다리와 몸통과 얼굴 살갗과 눈과 입을 훑었다. 그의 자세와 힘과 의지력을 읽으려 하고 있었다.

그는 하늘을 쳐다보았다. 비행운이 서북쪽으로 옮겨 가면서 헝클어지고 있었다.

그녀가 따졌다.

"저기 올라가려 하는 진짜 이유가 뭔데?"

상호는 "너는 세상 살아가는 진짜 이유를 알고 살아가는 거야?" 하고 힐문하고 싶은 것을 참고 도리질을 하면서 말했다.

"그냥!"

그녀가 목소리를 낮추어 타이르듯이 말했다.

"오빠, 맹목적으로 돌진하는 것을 저돌이라고 하는 거야. 저돌(猪突)이라고 말할 때 '저'는 멧돼지라는 뜻을 가진 글자야. 맹목적으로 돌진하는 것은 멧돼지처럼 미련스럽게 사는 짓이야."

그가 반발했다.

"동물왕국에서 멧돼지들이 돌진하는 것을 보았는데, 그것들은 절대 맹목적으로 돌진하는 것이 아니야. 사자나 표범한테 잡혀 먹히지 않으려고, 살아 배기려고 돌진하는 거야."

"오빠를 잡아먹으려고 쫓아오는 맹수들이 있어? 그래서 저 바위 위로 도망치는 거야?"

따지고 보면 그렇다. 푸르크로테스 침대 위에 올라가지 않으려고 그럴지도 모른다. 그가 무뚝뚝하게 말했다.

"따지고 보면, 수능 앞두고 죽을 둥 살 둥 모르고 공부하는 아이들도 사실은 코앞만 보고 돌진하고 있는 거야. 뒤쫓아 오는 낙오자라는 맹수한테 먹히지 않으려고."

그녀는 더 말하려 하지 않고 다시 그의 눈을 빤히 보았다.

그는 그녀의 눈길을 피해 하늘을 보았다. 비행운이 헝클어지고 있는 하늘이 그의 가슴으로 흘러들었다. 비행운처럼 생각이 헝클어지고 있었다. 억불 등반은 의미 있는 일인가. 내가 반드시 그것을 해내야 하는 당위성이 있는가. 억불등반을 하는데 왜 하필 김정순영하고 함께 가려하고 있는가. 그 생각을 정리하려고 그는 심호흡을 했다.

그녀는 다시 그의 부실한 다리를 내려다보았다. 그는 길바닥에 있는 돌멩이 하나를 걷어찼다. 돌멩이는 성한 다리의 발끝에 차여 뱅글뱅글 돌면서 날아가 명아주풀숲에 처박혔다.

그녀가 말했다.

"오빠, 저 바위에 올라갈 생각은 애초에 접고, 저 바위 가까이까지만 한 번 올라갔다가 오는 것으로 목표를 삼으면 안 될까? 그러면 내가 따라가 주기는 할게. 오빠네 반 영수가 그랬다고 그러데? 저 바위가 부처님인지 여성인지 그것을 밝혀내야 한다고……. 여성이라면 유방이 있을 것이라고……. 상호 오빠도 영수가 한 말 때문에 그러는 거야?……그렇다면, 그것은 의미가 없어."

그녀의 말은 단호했다.

'상호 오빠도 영수가 한 말 때문에 그러는 거야?' 이 말이 가슴에 덜컥 얹혔다. 그가 따졌다.

"의미가 없다니?"

그녀가 대답했다.

"절에서 모신 부처님상은 중성(中性)인 거야. 남성이면서도 여성처럼 유방이 약간 볼록하다는 거야. 교회의 예수상도 중성이고…… 이것 미술 선생님한테서 들은 이야기야. 저 바위가 부처님이든지 며느리이든지 볼록한 유방이 있는 것은 당연하지 않겠어?"

"아하," 하며 상호는 혀를 깨물면서 재빨리 생각을 바꾸었다. 저 바위가 며느리인지 부처님인지를 밝히는 것을 목표로 삼지 않아야 한다. 왜 성스럽게 보이는가 하는 것을 탐사하는 것과, 한번 마음먹은 것을 성취할 수 있는가, 없는가에 내기를 걸어야 한다.

한데 저 바위 꼭대기에 올라가는 나의 옆에 왜 김정순영이가 옆에 있어주어야 한다는 것인가. 내가 위험에 처했을 때, 이 가시내가 나를 구해줄 여신이라도 된단 말인가. 이 가시내가 옆에 있어주면 내가 힘이 솟아 스파이더맨처럼 귀신같이 저 바위를 오를 수 있게 된단 말인가.

상호는 발을 돌리며 무뚝뚝하게 말했다.

"함께 가주고 싶지 않으면 이런저런 이유 달지 말고 그만 둬. 나 혼자도 갈 수 있으니까……. 금방 내가 한 말, 절대로 아무한테도 말하지 마라."

그녀가 당황해서 말했다.

"오빠, 내 말에 속상했어?"

그는 고개를 떨어뜨린 채 도리질을 했다. '오빠, 땅 내려다보고 다니지 말고 고개 들고 당당하게 걸어 다녀.' 하던 그녀의 말을 떠올리며 고개를 들었다. 산 위의 억불이 그를 내려다보고 있었다. 부처님은 중성이므로 유방이 볼록하다는 그녀의 말을 떠올렸다. 아닌 게 아니라, 억불의 가슴이 볼록한 듯싶었다.

그녀가 그의 뒤통수를 향해 말했다.

"좌우간에, 나 따라가 주기는 할게. 오빠, 삐치지 마."

미친 코끼리

　김정순영이 따라가 주기는 하겠다고 한 말이 상호의 가슴을 부풀어 오르게 했다. 발걸음이 허공을 디디는 것 같았다.
　그의 집 사립으로 들어서는데, 반백의 구레나룻과 턱수염을 긴 처사 박정식과 수염을 말끔하게 깎은 소설가 선우길이 툇마루에 나란히 걸터앉아 있었다. 박정식이 입은 황토색 생활한복의 긴 소매와 진한 감색의 동정은 고구려벽화 속 인물들의 복장을 연상하게 했다.
　선우길은 둥근 테의 흰 모자를 쓰고, 옥색 생활한복 저고리에 검정 바지를 입고 있었다. 그들은 산 위의 억불을 향해 앉아 있었다.
　마당으로 건너가면서 그들을 향해 꾸벅 절을 하는 상호에게 그들이 인사말 한 마디씩을 건넸다. 상호는 모퉁이 방으로 들어갔다.
　박정식이 선우길에게 말했다.

"신도들에게 설법을 하는 데에는 시와 소설에 못지않은 차원 높은 상징이나 비유가 동원됩니다. 불교의 원시 경전들은 모두 이야기로 되어 있어요. 가령……한 나그네가 길을 가는데 미친 코끼리가 짓밟아 죽이려고 쫓아왔다, 나그네는 황급히 달아나다가 땅에 뚫려 있는 작은 동굴을 발견하고, 그리로 몸을 숨겼다, 땅 밑으로 뚫린 함정 같은 동굴이었다, 칡덩굴이 아래로 늘어뜨려져 있어 그것을 잡고 내려갔다, 아래를 내려다보니 독사들이 우글거렸다, 다시 올라가 밖으로 나가자니, 미친 코끼리가 그를 내려다보고 있다, 하릴없이 죽을힘을 다해 그 칡덩굴을 붙잡고 있는데, 흰 쥐와 검은 쥐가 번갈아 들랑거리면서, 칡덩굴 한 부분을 이빨로 갉아대고 있다, 그게 끊어진다면 동굴 바닥으로 떨어져 독사에게 물려 죽을 수밖에 없다, 나그네는 목이 밭았다, 때마침 위에서 물방울이 하나씩 떨어지고 있어, 입을 벌리고 그것을 받아 삼켰다, 그것은 달콤한 꿀물이다, 동굴 입구에 벌들이 잉잉거리는데, 그 벌집에서 꿀물이 떨어지고 있는 것이다, 덩굴을 붙잡은 손목과 팔뚝이 아리고 저리면서 뼈 드러지려 한다, 그 힘든 고통 때문에 덩굴을 놓는다면 독사들에게 물려 죽게 되는 것이므로 사력을 다해 힘껏 붙잡고 있어야 한다, 꿀물을 즐기면서 고통을 깜빡 잊는다, 문득 쥐들이 갉아대는 덩굴이 가늘어지는 것을 보고 조마조마해 하다가도, 그 꿀물의 달콤함에 사로잡혀 잠시 자기가 처한 위태위태한 운명을 깜박 망각하곤 한다……."

선우길이 말없이 고개를 끄덕거렸다.

박정식이 말했다.

"여기서 '나그네'는 무엇이고, 그 나그네를 쫓아온 '미친 코끼리'는 무엇을 상징할까요?"

선우길은 이미 그 일화를 알고 있었지만 알은 체하지 않고 억불을 바라보기만 했다.

박정식이 말했다.

"나그네는 우리 인간이고, 미친 코끼리는 맹수들이 들끓는 정글 같은 세상입니다. 우리 사는 세상은 권투시합장에 설치한 '사각의 링' 그것입니다. 그 링 안은 맹수가 우글거리는 정글입니다. 강한 자만 살아남는 결투장 말입니다."

자기 방으로 들어간 상호는 '정글'이란 말을 이 끝에 놓고 씹었다. 우리들의 교실이 사각의 정글이다. 창밖에서 미친 코끼리가 들여다보고 있다.

박정식이 말을 이었다.

"흰 쥐와 검은 쥐가 번갈아 들랑거리면서, 나그네가 붙잡고 있는 덩굴을 갉아대는 것은, 흘러가는 밤낮의 시간에 따라 단축 되어가는 인간의 수명을 상징합니다. 동굴 밑바닥에 우글거리는 독사는 죽음을 상징하고, 천장에서 떨어지는 꿀은 인간을 취하게 하는 달콤한 환혹입니다."

인간의 유희

 점심시간이었다. 상호는 창턱에 두 팔을 얹고 창밖을 내다보고 있었다. 멀리 바라다 보이는 보랏빛 산 위의 억불바위와 눈길을 맞추고 있었다. 머리에 박정식이 말하던 이야기가 그려지고 있었다.
 ……나그네는 미친 코끼리를 피해 황급히 달아나다가 땅에 뚫려 있는 작은 동굴을 발견하고, 그리로 몸을 숨겼다. 칡덩굴이 아래로 늘어뜨려져 있어 그것을 잡고 내려갔다. 아래를 내려다보니 독사들이 우글거렸다. 다시 올라가 구멍 밖으로 나가자니, 미친 코끼리가 그를 내려다보고 있다…….
 뭉치가 짝을 향해 주먹을 들어 보이며 눈짓을 했고, 짝이 고개를 끄덕거렸다. 옆의 아이들은 그 가학장이들의 유희를 흥미롭게 지켜보았다.
 둘이는 차돌 같은 주먹 한 개씩을 나란히 상호의 뒤통수 가까이로 가져갔다. 뭉치가 상호의 뒤통수를 힘껏 가격하고 난 주먹을 재빨리 짝의 주먹 옆에 나란히 대붙였다.

뒤통수를 가격당한 상호는 눈에 불이 번쩍해서 뒤를 돌아보았다. 짝과 뭉치의 주먹이 교실 안의 암자주색 허공에 나란히 떠 있었다.

짝이 눌눌한 이빨들을 내놓은 채 말했다.

"누 주먹이 그랬게? 알아맞히면 돈만 '안' 주께."

구경하던 아이들이 우두망찰해 있는 상호의 표정을 보면서 아하하하 하고 웃었다. 상호는 슬픔과 분노와 치욕을 꿀꺽 삼키면서 몸을 돌리고 억불을 바라보았다. 정도 의리도 없는 사악한 짝과 뭉치와 같은 부류의 인간이라는 사실이 슬펐다.

짝이 자기들의 유희에 기꺼이 응하지 않는 상호를 응징하려 들었다. 상호의 목을 끌어안아 모로 꺾을 듯이 젖혀 비틀었다.

'인간은 인간으로서의 삶의 재미를 적극적으로 추구하고자 하는 의지적인 활동을 하는 유희적인 존재이다. 유희는 피로를 풀고 생활에 탄력을 주며, 삶의 기쁨을 표현하는 계기와 생활상의 열등감을 극복하는 기회를 제공하여, 더욱 성숙한 삶을 위한 준비를 가능하게 한다.'

짝과 뭉치는 윤리 교과서를 통해 공부한 대로 유희를 즐기고 있었다. 그런데 그들이 희롱하는 유희의 도구는 상호라는 한 인간이다. 그것은 인권유린이다.

영수는 상호를 운동장 가장자리의 벚나무 밑의 벤치로 데리고 가서 말했다.

"이 세상에는 반드시 거짓말만 일삼으면서 다른 사람을 괴롭히는 사람들이 있고, 그와 반대로 한사코 진실만을 말하고 행동하는 사람이 있다. 만일에, 상호 니가, 짝과 뭉치에게 '내가 어느 누구에게도 괴롭힘을 당하지 않을 수 있는 길이 어느 쪽에 있느냐?' 하고 물으면, 뭉치와 니 짝은 이렇게 대답할 것이다. 〈우리들은 너를 괴롭히려고 그런 유희를 벌인 것이 아니고, 서로의 우의를 다지려고 그러는 것이니까, 우리가 유희를 벌일 때마다 적극적으로 동참하면서 함께 즐겨라. 그것이 괴롭힘을 당하지 않는 길이다.〉 그런데 니가 나에게 '이 세상 어느 누구에게도 괴롭힘을 당하지 않는 길이 무엇이냐' 하고 묻는다면, 나는 이렇게 말해줄 것이다. 〈너를 괴롭히면서 즐기는 그들의 유희에 울며 겨자 먹기로 동참함으로써 참담한 마음으로 그들의 우월감과 재미를 북돋워주면서 속으로 슬퍼하겠느냐, 아니면 그들 둘 가운데서 가장 만만하다 싶은 한 놈을 점찍고, 그놈을 사정없이 발라버리라고 말하는 나의 말을 받아들이겠느냐?〉"

상호가 고개를 떨어뜨리고만 있자 영수가 말했다.

"동물왕국에 그 정답이 있다. 무리 가운데서 가장 만만하다 싶은 영양 한 놈을 점찍고 쫓아가는 사자는, 쫓아가는 과정에서 다른 영양들이 아무리 눈앞에서 얼씬거려도 그것들을 젖혀두고, 진즉에 점찍었던 놈만 쫓아가는 거야."

상호는 이를 뽀득 악문 채 생각했다.

'그들 둘 가운데 한 놈을 사정없이 발라버림으로써 그 유희의 틀을 깨버리는 것이, 나를 그 슬픈 유희의 족쇄에서 해방시키는 것이다. 짝을 선택하는 것이다.'

배꼽

송미녀는 반듯하게 누운 채 옥색 치맛자락을 위로 걷어 올리고, 잠자리 날개 같은 속치마와 고쟁이를 아래쪽으로 끌어내리고 있었다. 안 교장은 그녀의 배꼽 아래에 있는 기해와 간원에 뜸을 뜨고 있었다.

방안의 푸르스름한 공간 속으로 쑥뜸 향기가 퍼져나갔다.

안 교장은 쑥불 향을 흠흠 들이켰다. 그는 쑥불 향을 맡을 때마다 단군신화를 생각하곤 했다. 곰녀는 쑥을 먹기도 했지만 쑥불 향을 맡기도 했으리라.

그녀가 눈을 감은 채 말했다.

"안 교장, 나 소리 한 번 할랑께 들어보실랑가?"

눈을 감으면 망막에 푸른 어둠이 서리고, 아메바 모양새로 엮인 별들이 무리 지어 떠다닌다. 그것은 원초적인 어둠이고, 꿈같은 환영이다. 송미녀는 그 환영을 즐기며 말하고 있었다.

안 교장이 말했다.

"아따, 그래! 어서 해보소!"

그녀가 말했다.

"소리꾼이 반주나 장단 없이 소리를 하는 것은, 마치 옷을 안 걸치고 맨살 맨몸으로 대중 앞에 나서는 것 모양으로 부끄럽고 쑥스러운 법이여. 자네가 장구로 박을 한 번 잡아주소."

"싫으네. 나한테 맨살 맨몸 같은 소리 한 번 들려줘보소."

그녀가 말했다.

"안 교장한테사 다 보여줘 버린 맨 몸뚱인디 뭣이 부끄럽겠는가?"

그래, 이 여자가 쑥뜸 향에 취했다. 그가 흔감하여 말했다.

"어서 해보소. 나 박 없이 하는 소리도 귀명창이네이."

그녀가 목을 가다듬고 소리를 했다. 여전히 눈을 감은 채로.

"꿈이로다, 꿈이로다 모두가 다 꿈이로다,"

그가 "타아!" 하고 나지막한 목소리로 추임새를 넣었다.

그녀가 소리를 계속했다.

"너도나도 꿈속이요, 이것저것이 꿈이로다, 꿈 깨이니 또 꿈이요, 깨인 꿈도 꿈이련만, 꿈에 나서 꿈에 살고, 꿈에 죽어 가는 인생, 부질없다, 깨랴는 꿈, 꿈을 깨어서 무엇을 허리, 아이고 대고 허허 어루 성화가 났네 헤에."

그는 '꿈속에서 꾼 또 하나의 꿈, 몸 밖의 몸(夢中夢 身外身)'이라는 시구를 떠올리며 그녀의 노래를 들었다. 진저리를 쳤다. 소리에 들어 있는 촉기 때문이었다.

청구성으로 힘껏 불러야 할 곳을, 힘이 부친 그녀는 가느다란 가성의 노랑목으로 불렀다. 노랑목으로 부르는 소리일지라도, 거기에는 촉기(觸氣)가 들어 있었다. 국어 담당 오순옥 선생이 그 촉기에 대하여 말했었다. "김영랑의 〈모란이 피기까지는〉이라는 시의 끝부분 '찬란한 슬픔의 봄'이란 표현 속에 들어 있는 것이 '촉기'여요."

경찰차에 실려 가던 실성한 오순옥의 모습이 생각났다. 가슴으로 쏴한 찬 기운이 흘러들었다. 안 교장은 늦은 봄날의 궂은비를 생각했고, 눈물 흘리면서 떨어지는 복사꽃송이들을 생각했다. 피처럼 타오르는 황혼과 그 황혼을 삼키는 거뭇거뭇한 땅거미 속에 떨어져 누운 그 꽃잎들을 떠올렸다. 가슴이 쓰라렸고 코가 시큰했다.

'오순옥에게 약을 지어다가 먹이면서 쑥뜸을 떠주어 볼 터인데, 기해 관원 중완 백회에……침을 놔주어볼 터인데……그러면 온전한 정신으로 돌아왔을지도 모르는데.'

안 교장이 말했다.

"자네가 박 없이 하는 소리를 들은께 더 눈물이 나오네."

송미녀의 눈가에 물기가 어려 있었다. 눈물이 주름살 깊은 볼을 타고 흘러내렸다.

그녀의 눈물을 본 안 교장이 말했다.

"아따, 대한민국 국민 명창 송미녀! 그래도 어디다가 그 아까운 보석 같은 것을 고이 간직하고 있었네이. 그 고귀한 순정의 눈물 같은 소리 말이여. 그것은 신이 지상에 내린 축하 선물이네."

그녀가 말했다.

"나, 몇 번 죽어버릴라고 생각을 했소. 읍사무소에서 매달 넣어주는 돈 몇 푼씩 받아쓰면서 살아가야 하는 이 구질구질한 목숨 부지해서 무얼 할 것이냐고."

그가 말했다.

"뭔 그런 못난 쟁이 같은 소리를 하고 있어? 노고단 마고할미 가랑이에다가 오줌을 갈겨버린 그 오기로 살아가야제잉."

그녀는 휴지로 눈물과 콧물을 훔쳤다.

그가 말했다.

"그래, 얼마든지 울소! 울 수 있는 사람은 그래도 사그라지는 짚불 같은 사랑일지라도 쪼깐 할 수 있는 사람이네. 가슴에 한의 응어리가 있는 사람한테는 눈물이 보약인께 얼마든지 울어버리소. 눈물을 흘리면 피멍 같은 한이 삭는 법이여."

그가 가까이 다가앉으면서, 두 손바닥으로 그녀의 두 개의 젖무덤을 눌렀다. 세월의 풍화로 인해 삭아 흐느적거리는 젖무덤이 손아귀 속에 들어왔다. 그는 탄력 있는 연식 정구공처럼 손아귀에 가득 차던, 그녀의 한창 꽃시절의 젖무덤을 생각했다.

그녀가 고개를 모로 젖혔다. 눈물이 멈추었다. 사랑이 눈물을 멈추게 하고 있다고 그는 생각했다.

그녀가 콧물을 풀어내고 난 코 맹맹한 소리로 말했다.

"미안하네."

무엇이 미안하다는 것인가. 젊었을 적에 인색하게 사랑해 주었음이 미안하다는 것인가. 지금 신세지고 있음이 미안하다는 것인가.

그가 말했다.

"다 울었으면 '사랑가'나 한 자리 하소."

그녀가 맥을 풀면서 말했다.

"가슴이 먹먹해지네."

그가 말했다.

"그 한(恨)을 노래로 풀어야 써. 먼저 심호흡부터 하고!"

그녀가 심호흡을 몇 차례 한 다음 천장을 쳐다보면서 노래했다.

"이리 오너라 업고 놀자, 사랑사랑사랑 내 사랑이야……."

천장에는 눌눌하게 색 바래진 당초 연속무늬가 맴을 돌고 있었다. 그녀는 노래를 끝내고 눈을 감은 채 가쁜 숨을 쉬었다. 얼굴이 창백했다.

그가 말했다.

"오늘 너무 무리를 하는 것 아닌가 모르겠네. 내가 옆에 있어주께 한숨 푹 자버리소."

그녀는 눈을 감고 입을 다문 채 숨을 가녀리게 쉬기만 했다.

그녀의 배꼽이 예뻤다. 약간 자라다가 그 성장이 멈추어버린 아기 장미꽃송이처럼 정교하게 오른쪽으로 말린 배꼽 틈에는 검은 때 한 점이 끼어 있었다. 이 미녀의 생명체를 키워낸 모체의 피가 공급

되었을 저 배꼽은 우주 시원에 맞닿아 있다. 장흥에서 권력을 움켜쥔 남자들, 제법 행세한다하는 남자들치고 이 송미녀에게 무릎을 꿇지 않은 남자가 없었다. 일반적으로 성행위는 일단 남자가 누워있는 여자 앞에 무릎을 꿇어야만 가능해진다. 이 미녀는 자기 몸을 탐하는 남자에게 반드시 자기의 배꼽에 입을 맞추라고 말했다. 하나의 의식이었다. 그도 그녀 배꼽에 입을 맞추었었다. 그 입맞춤에서부터 사랑의 행위는 시작되었었다.

저 배꼽은 육체의 황금비율의 정점이고 우주 성장의 시원이다. 요즘 처녀들이 배꼽을 자랑스럽게 내보이는 것은 원초적인 유혹이다. 남자의 피를 빨아들이고 싶다는 흡혈원혼의 유혹.

등반 장구

상호는 비낀 햇살을 등지고 집으로 돌아가고 있었다. 모두들 수능 준비하느라 정신들이 없는데 상호 혼자만 느긋했다.
그 가시내의 집 사립 앞에서 얼쩡거리며 안을 들여다보았다. 그 집 안에 떠다니는 음음한 분위기가 마음을 편하게 했다. 까맣게 그은 바람벽, 문설주, 서까래, 보꾹, 기둥, 검은 때 묻은 툇마루, 직사각형의 댓돌, 넓지 않은 마당을 둘러싸고 있는 연속무늬의 정교한 돌담.
그녀네 할머니의 모습이 보이지 않고, 콩대와 참깨 다발만 널려 있었다. 그 가시내도 아직 돌아오지 않은 모양이었다. 사립 한쪽의 풀숲에서 고개를 내민 보라색의 쑥부쟁이 꽃들이 그를 향해 웃고 있었다.
산 위의 억불을 바라보며 걸었다. 억불이 그윽한 눈길로 그를 내려다보았다. 할아버지는 혼자 사는 노인들 찾아다니면서 침을 놓거나 뜸을 떠주고 계실까. 아니면, 어디에서 염을 하고 계실까.

모두들 수능 보러 가는 날 그는 산 위의 억불을 탐색하기로 작정했다. 대학에 시험 치르러 가서 작문을 하라고 하면, 산 위의 억불 탐색한 이야기를 써낼 생각이었다.

마당으로 들어서자마자 가방을 던지고 체조를 했다. 엎드려 팔굽혀펴기와 모두발로 뜀뛰기를 하고, 두 팔을 십자로 벌린 채 균형 잡기 운동을 했다. 한쪽의 다리가 부실한 그에게는, 한 발로 곧게 서서 다른 한쪽 발로 ㄴ자를 커다랗게 그리는 것이 아주 어려운 운동이었다.

심호흡을 하고 나서 아령을 하고, 역기 운동을 하고, 완강기와 악력기 운동을 한 다음, 태권도 발차기와 즈먹 지르기를 하고 죽데기 판을 쳤다.

욕실로 들어가 샤워를 하고 나와서 오렌지 주스를 마시고 '레인보우 걸'을 펼쳤다. 한 번 읽은 것이지만 도 읽었다.

……소년은 하루 전날 무지개가 뿌리를 내리던 산기슭으로 갔다. 무지개는 하늘 선녀들이 물동이를 이고 내려와서 물을 길어가지고 올라가는 다리라고 할머니가 말했다. '만일 무지개다리가 놓인 옹달샘에서 물 긷는 처녀를 만나면 그 처녀를 집으로 데리고 와서 결혼을 해야 한단다.' 옹달샘은 무성한 억새풀과 싸리나무 숲 속에 숨어 있었다. 처녀의 모습은 보이지 않았다 소년은 선녀들이 다녀간

흔적을 찾으려고 향 맑은 옹달샘의 물과 주변의 풀숲 여기저기를 기웃거렸다. 옹달샘 시울과 천장에는 검푸른 이끼가 돋아 있었다. 옹달샘 물에 하늘과 흰 구름이 들어 있었다. 그 흰 구름장들 사이에 한 소년의 얼굴이 끼어 있었다…….

자전거 받치는 소리가 들렸다.
나가보니 안 교장이 두툼한 짐을 자전거에서 내리고 있었다. 상호가 달려가서 꾸벅 인사를 하고 그것을 받아들었다. 직사각형의 된장 색 상자로 포장되어 있는 짐.
안 교장이 말했다.
"가지고 가서 풀어보아라."
안 교장의 얼굴은 불콰했다. 술 냄새가 날아왔다.
두꺼운 상자의 덮개 가장자리에는 투명 테이프가 붙어 있었다. 가위로 테이프를 자르고 덮개를 열었다. 거기에 들어 있는 것을 보고 상호는 소스라치게 놀랐다.
붉은 색 푸른 색 노란색의 세 가지 올로 꼰 자일 한 타래, 끈적거리는 생고무 밑바닥인 회청색의 암벽등반용 신 한 켤레, 몸 보호대, 자일과 보호대를 연결하는 고리, 안쪽 표면에 끈끈이가 붙어 있는 가죽 장갑, 면으로 된 두꺼운 양말, 노란 헬멧.
가슴이 벅찼다. 눈시울에 뜨거운 물이 고이고 있었다. 그가 그것들을 한 아름에 보듬었다. 속에서 뜨거운 덩어리가 목구멍으로 올라왔다.

안 교장이 말했다.

"신부터 신어봐라. 안 맞으면 바꾸어달라고 하게. 광주 제자가 오늘 버스 편으로 보낸 것이다. 다 새 것인데, 자일만 헌 것이란다……. 그 제자가 젊었을 적에 쓰던 것이라더라……. 그 사람, 네가 암벽 등반을 하려 한다고 하니까, 모두 그냥 보내준 것이다. 고맙게 생각하고 열심히 무리 가지 않게 몸 단련을 하도록 해라……. 나는 이렇게 주변 사람들 덕으로, 덕으로 살아간다."

안 교장은 화장실로 들어가서 물을 받은 다음 어푸어푸 세수를 하고 몸에 물을 끼얹고 있었다.

상호는 그것들을 보듬고 그의 방으로 들어갔다. 코가 시큰하고, 눈에서 눈물이 흘렀다. 사내가 바보같이 눈물을 흘려? 혀를 아프게 깨물었지만 눈물은 계속 흘러나왔다. 눈물을 훔치고, 양말을 신은 다음 신부터 신고 끈을 꿰고 질끈 조였다. 안성맞춤이었다. 방바닥을 디뎌 보았다. 하늘을 날을 수 있을 것처럼 몸이 가뿐했다.

그날 저녁 밥상 앞에서 안 교장은 상호에게, 대관절 언제 누구와 등반을 할 것인지에 대하여 물었다.

상호는 대답했다.

"수능 보는 날 아침에요……. 다른 사람들이 수능시험장에 들어가는 시간에 맞추어 그 바위에 오를 거예요. 김정순영이가 따라가 준다고 했어요."

안 교장이 물었다.

"억불바위 등반하는 것, 그게 네 수능시혐이란 말이냐?"

251

상호는 말없이 고개만 끄덕거렸다. 안 교장은 으흠 하고 목을 가다듬고 고개를 끄덕거리면서 말했다.
"그래, 그것, 아주 의미심장한 일이구나."

수능시험

 치자색 햇살이 창문 틈으로 기어들고 있었다. 그 햇살이 방바닥에 샛노란 손수건처럼 펼쳐졌다. 반 아이들 모두가 수능시험을 보러 간 날 아침이었다.
 아침 밥상에는 돼지고깃국과 달걀 프라이가 나왔다. 안 교장이 상호를 위해 마련한 것이었다.
 밥을 먹자마자 상호는 배낭을 꾸렸다. 보호대와 고리와 장갑과 헬멧과 물병과 초콜릿과 빵을 배낭에 넣었다. 자일을 배낭 위에 걸쳐 묶었다. 볼펜과 각도기와 줄자와 삼각함수표를 배낭주머니에 넣었다. 청바지를 입고 등반용 신을 신었다.
 안 교장이 모퉁이에 세워놓은 자전거 핸들을 잡은 채, 툇마루에서 바삐 서두르고 있는 상호를 향해 물었다.
 "할아버지가 따라가지 않아도 혼자 해낼 수 있겠지?"

그 말 속에 '이 할아버지는 내 손자 상호를 믿는다.' 는 의미가 담겨 있었다.

상호가 말했다.

"순영이하고 함께 가니까 괜찮아요. 잘 해낼 테니까 염려 마십시오."

안 교장은 자전거 세움 장치를 한쪽 발로 풀면서 헛기침을 했다.

"어흠,"

말하기 전에 헛기침부터 하는 것은 무거운 말을 하려는 것이었다.

"이 세상의 모든 일들은 다 연습할 수 있지만, 죽는 연습을 할 수는 없는 법이다. 한 번 죽으면 끝이니까……한 가지 한 가지 행동을 할 때마다 심사숙고하고 나서 확실하게 그 행동을 해야 한다. 돌다리도 두들겨 보고 건넌다고 했느니라……모든 일에는 무늬가 있고 결이 있다. 한사코 느긋하게 결과 무늬를 따라 순조롭게 풀어나가야 한다. 혹시라도, 익숙하게 잘 해내고 있는 선배들을 만나게 되면 가르쳐 달라고 하고……서푼어치도 안 되는 자존심 앞세우지 말고, 그 선배들이 가르쳐주는 대로 따라 해야 한다. 네가 가는 길, 내가 가는 길……모든 사람들이 가는 길은 결국 한 길이니라."

안 교장은 자전거 페달에 발을 올려놓으면서 뒤를 돌아보지도 않고 말했다.

"잘 다녀오너라. 손전화 가지고 가서 만약의 경우에는 할아버지를 불러라. 할아버지는 우리 상호를 믿는다."

상호는 댓돌로 내려서서 안 교장의 뒤통수를 향해 꾸벅 절을 했다. 뜨거워지는 가슴을 식히기 위해 심호흡을 했다.

툇마루에 걸터앉아 회청색 등반용 신의 끈을 조이고 헬멧을 쓰는데, 김정순영이 마당으로 들어섰다. 빨간색의 챙 있는 모자를 쓰고, 청바지에 소매 긴 흰 점퍼를 걸치고 흰 운동화를 신고, 오렌지색의 맹꽁이 배낭을 짊어지고 있었다. 가슴이 뿌듯했다. 서둘러 배낭을 짊어졌다.

그녀가 볼의 웃음우물을 깊이 파면서 말했다.

"와! 상호 오빠, 암벽등반 전문가 같다!"

대꾸하지 않고 억불산으로 눈길을 옮겼다. 그녀가 그 산을 흘긋 보며 말했다.

"억불산을 영어로 번역하면 '마운틴 피플 붓다'라고 오빠네 할아버지가 그러시더라."

그녀의 얼굴을 새삼스럽게 건너다보았다. 할아버지가 순영에게 가서, 나를 챙겨달라고 부탁을 하신 것일까. 어쨌든 그녀가 함께 가주는 것이 믿음직스러웠다. 장차 이 가시내하고 결혼을 해서 살았으면 좋겠다. 그는 그녀의 초롱초롱한 눈과 깊이 패곤 하는 웃음우물과 볼에 있는 몇 개의 주근깨들이 환장하게 좋았다. 바라보고 있으면 얼굴이 뜨거워지고, 눈앞이 어질어질하고 숨도 가빠지곤 했다. 얼굴에 가 있던 눈길을 그녀의 흰 운동화로 옮기는데, 머리에 그녀의 곡옥 같은 새끼발가락이 그려졌다. 그녀의 몸은 신비로 가득 차있다.

날씨는 포근했다. 산의 숲에는 단풍이 들었다. 억불산 기슭의 질편한 너덜겅에는 빨간색 반점들이 드문드문 찍혀 있었다. 그 너덜겅의 돌들은 화강암일 터이다. 그렇다면 저 억불의 얼굴과 몸도 화강암으로 되어 있을 것이다.

억불산 기슭을 향해 걸었다. 순영이가 그의 뒤를 따라왔다. 그는 가슴이 뻐근했다. 여신이 나를 감싸고 보호해준다. 그렇다. 이 가시내는 지혜의 부엉이를 옆구리에 끼고 다닌다는 미네르바 같은 여신이다.

여신(女神)

 상호는 책 속의 주인공 소년이 무지개가 선 옹달샘 앞에서 떠올린 처녀의 환영을 머리에 그렸다. 그 환영에 김정순영의 얼굴이 겹쳐졌다.
 하늘이 팽팽하게 켕겨 있었다. 돌멩이를 던지면 쨍 소리가 날 듯싶었다. 상수리나무 싸리나무의 잎사귀들은 놀놀해졌고, 개옻나무들은 새빨개졌다. 그가 거짓말처럼 약간씩 절름거리며 앞장서 가고, 그녀가 뒤따랐다. 길 가장자리의 키 차게 자란 억새풀의 묽은 자주색 꽃들이 햇살을 되쏘았다.
 그녀가 말했다.
 "위험한 일을 왜 목숨을 걸고 하려는 거야? 하필 다른 동무들이 모두 수능 보는 날……?"
 상호는 자기가 바야흐로 해내려고 하는 일이 무서워졌다. 내가 정말 저 억불의 가슴과 목과 얼굴을 탐색할 수 있을까. 자일을 어떻게 던져서 묶고, 또 그 자일을 어떻게 당기면서 오를까. 한 번도 해보지 않은 일을 하려고 나서는 것은 무모한 일이 아닌가.

상호는 그녀에게

"프로크루테스 침대에 올라가 눕지 않아야 하니까." 하고 대답하려다가 이를 물었다. 무모한 일일지라도 이제는 두렵다고 포기하고 되돌아갈 수 없다. 내가 그 일에 도전하는 것을 알고 있는 사람은 할아버지와 김정순영이다. 억불 옆으로 다가갔다가 무서워서 그냥 돌아서버리거나, 도전했다가 중도에서 내려와 버린다면, 두 사람의 얼굴을 어떻게 대할 것인가. 그보다 무서운 존재는 그의 그림자이다. 무서워서 뒤돌아서는 그를 그림자가 용납하려 하지 않을 것이다. 죽을 각오로 기어이 올라가야 한다.

그녀가 말했다.

"오빠, 그냥 억불바위 옆에까지만 올라갔다가 점심 까먹고 되돌아 내려오는 거야. 알겠어? 내가 김밥 싸왔으니까. 우리 둘이 소풍을 왔다고 생각하고. 꼭대기에 올라갈 생각은 아예 접어버리고……내 말대로 하는 거다, 응?"

아, 이 가시내의 말은, 내가 하려는 일에 도움이 되지 않는다. 그는 목이 말랐다. 걸음을 멈추었다. 길 가장자리에 배낭을 내려놓고, 물병을 꺼내 마셨다.

그녀가 배낭 속에서 검은 비닐봉지를 꺼냈다. 먹빛 포도송이를 끄집어냈다. 다섯 알을 따서 그에게 내밀었다. 그것을 받아 들고 한

알씩을 입에 넣었다. 포도 특유의 새곰하고 달콤한 향을 음미하면서 그녀의 깊은 웃음우물을 떠올렸다. 물큰한 속살과 단 국물만 빨아 삼키고, 껍질을 버린 다음 씨를 뱉었다. 껍질은 길바닥에 떨어지고 씨는 억새풀숲으로 떨어졌다.

다시 그가 앞장섰다. 그녀가 뒤따르며 킨정거리듯 말했다.

"오빠, 왜 위험을 무릅쓰고 저 억불을 탐색하려고 하느냐고 물으면, 저 억불님이 산 위에 앉아 있기 때문에 탐색한다고 대답을 할 거야? 야, 한심스러운 무모한 맹목."

그는 포도의 단물과 속살을 빨아 삼키며 퉁명스럽게 말했다.

"맹목이 아니야."

프로크루테스 침대에 올라가지 않으려고 억불을 탐색하는 거야. 그렇지만 걱정이 앞섰다. 몸을 균형을 놓치곤 하는 부실한 왼쪽 다리. 바위벽을 기어오르다가 그 다리 때문에 미끄러져 떨어지지 않을까.

그의 머리와 가슴에는 두려움이 수런대고 있었다. 부실한 다리에 신경을 쓰며 한사코 몸이 기우뚱거리지 않게 걸었다. 떡갈나무 잎사귀들 사이로 쪽색 하늘이 그를 내려다보았다.

그녀가 말했다.

"다른 사람들은 다 시험 보고 있는데 억불을 탐색하려고 하는 상호 오빠 참으로 이상한 사람이야. 그보다 더 이상한 사람은 오빠네 할아버지야. 당신의 손자가 위험한 짓을 무모하게 하려고 나서는데 말리려 하지 않고, 등반장비를 모두 마련해주고……."

진짜로 이상한 것은 김정순영이 너다, 너에게는 이해할 수 없는 구석이 있다, 하고 상호는 속으로 말했다. 왜, 수능도 걷어차 버린, 별 볼 일 없는 나에게 관심을 가지고 있는 거야. 왜 책을 빌려주며 읽히려 하고, 이렇게 산엘 따라와 주는 거야. 나를 좋아하는 거야? 아니면 내가 불쌍해서 동정해주는 거야? 거덜 난 아버지의 사업으로 말미암아 빈털터리가 된 할아버지가 시체의 염을 해주고 사는 것, 내가 얼굴이 검고 베트남 사람을 닮았다는 것, 반 동무들에게 무시당하고 왕따 당한 것, 한쪽 다리를 조금씩 절름거리는 것을 불쌍하게 여기는 거야?

 뒤따르는 그녀가 또 포도알 다섯 개를 그의 손에 잡혀주었다. 그녀의 손이 앙증스러운 흰 새 같았다. 손톱이 연한 자주색이었다. 손톱이 반짝 햇빛을 되쏘았다. 손가락들이 정교하게 조각해놓은 것처럼 가늘었다. 포도의 씨와 껍질을 버리고 속살을 오물거려 삼키며 생각했다.

 이 가시내는 사람이 아니다. 위험한 일을 하러 가는 나를 돌보아주도록 하기 위해서, 저 높은 곳에 계신 분이 천사 하나를 이 가시내의 모습으로 만들어 보낸 것이다. 그래, 이 가시내는 천사다. 명랑하고 상냥스럽고 얼굴 예쁘고 몸 늘씬하고 체취가 향기롭다. 그녀에게서 날아오는 새곰하고 달콤한 향기를 맡으면 온몸에 힘이 솟는다.

화장

  안 교장은 억불산에 올라가고 있을 상호의 모습을 떠올리며 페달을 밟았다. 등반 장구를 보내준 제자 박기영이 한 말을 떠올렸다.
  "교장 선생님의 손자가 한쪽 다리가 부실함에도 불구하고, 하필 다른 친구들이 수능을 보는 시각에 맞추어, 한사코 혼자서 억불바위 등반을 해내려 한다면, 그것은 상당이 무모한 일입니다. 제가 반드시 도와주어야겠네요……. 그 날 아침 일찍이 광주에서 동창친구들 한 둘이하고 함께 출발하겠습니다. 저도 진즉부터 억불바위를 실측해보고 싶던 차입니다. 그리고 일의 추이를 보아 전화해 드리겠습니다."
  안 교장은 박기영에게 당부를 했다.
  "자존심이 굉장히 강한 아이니까, 내가 뒤에서 작용한 것을 절대로 눈치 채지 못하도록 하게나."

어흠, 하고 목을 가다듬었다. 박기영이 도움을 준다면, 그 아이가 그 일을 아무 탈 없게 잘 하겠지.

동동리 고택 마당에 들어서는 안 교장의 코에 분 향내가 감지되었다. 그 향을 코로 킁킁 들이켜면서 안 교장은 자전거를 세웠다. 그 향의 분자이동 사이클은 고르지 않고, 에밀레종소리의 이동 사이클처럼 비대칭으로 들쭉날쭉할 듯싶다.

안방의 출입문 앞에 허름한 발(簾)이 쳐져 있었다. 바래지 않은 모시 베로 지은 발 한 가운데에 명함 한 장만한 네모의 얼멍얼멍한 구멍이 뚫리고, 거기에서 두어 뼘 위쪽과 아래쪽에 명함만한 사각의 구멍들 여섯 개가 줄지어 있었다. 향기는 그 발 틈으로 흘러나오고 있었다.

지붕 한복판의 푸른 이끼 낀 기왓골에서 그를 내려다보는 개망초들과 눈이 마주쳤다. 그것들은 바야흐로 날아드는 아침 햇살을 덮어 쓰고 있었다.

그는 갈등을 일으켰다. 그것들의 뿌리가 기왓골을 상하게 할 터이므로 뽑아 없애줄 것인가. 아니면 고귀한 생명체이므로 거기에서라도 살아보라고 놔둘 것인가. 그래 이 집이 존재하면 얼마나 오래 존재하랴. 주인인 송미녀의 존재와 운명을 함께 할 것 아닌가. 앞으로 많아야 5년 아니면 10년일 터이다.

댓돌 앞에 서자 방안에서 송미녀의 목소리가 흘러나왔다.
"웬일로 오늘은 이렇게 일찍 오시는가?"
향 맑고 생생한 목소리였다.

그가 말했다.

"한시라도 더 빨리 우리 송미녀를 보고 싶어서."

발을 젖히고 들어섰다.

마당의 잡풀들 위에 샛노란 햇발 한 줄기가 걸쳐져 있었다. 거기에서 날아드는 보얀 빛살을 그녀의 얼굴이 모두 빨아들이고 있었다. 그녀의 얼굴은 여느 때보다 희고 고왔다. 입술도 발그레했다. 하아, 이 여자가 화장을 했구나. 스스로의 절망적인 운명을 한스러워하고 죽음을 말하던 늙은 여자가 화장을 하다니…….

그녀가 말했다.

"나 상사병 들었네. 간밤 깊은 잠을 한숨도 못 잤어."

그녀는 묽은 꼭두서니 색 저고리와 옥색 치마를 입은 채 흰 요 위에 누워 있었다. 옆으로 퍼진 젖무덤 둘이 저고리 섶을 슬며시 들치고 있었다. 유방이 전보다 더 커진 듯싶었다. 얼굴에 혈색이 돌았다. 늙었어도 여자는 여자다. 그가 물었다.

"아침은 먹었고?"

"성불댁이 다녀갔어."

성불댁은 노인 돌봄이의 일을 하는 중년여자이다. 군에서 일정액의 수당을 받고 수족 불편한 노인들의 집을 방문해서 목욕도 시켜주고 마사지를 해주기도 한다.

"성불댁이 참 착해. 낮에 바쁜 일이 있어 길찍이 다녀가야 한다면서, 목욕을 시켜주고 가길래……악을 쓰고 발발 기어다님서 밥하고, 국 끓여 먹고 설거지하고, 참말로 오랜만에 화장을 한번 해봤네.

나 이쁘제잉?"

"이쁘네, 아주 이뻐!……그래! 그렇다고! 희망이 만병통치약인 것이여!"

그녀가 말했다.

"아픈 것도 덜하고, 두 다리 두 팔에 힘이 나고, 실금(失禁)도 안 했고……."

"아따! 도로 처녀 됐네."

그녀가 말했다.

"나 안 교장한테 시집갈까? 우리 혼례식 치르고 살아버릴까?"

"못할 것도 없네이. 군민회관에서 거들먹하게 우리 혼례식을 치르세."

안 교장은 그녀의 옆에 앉았다. 그녀가 겉치맛자락을 헤쳤다. 잠자리 날개 같은 속치마가 나왔다.

그는 문득 상호에 대한 생각 속으로 빠져 들어갔다. 어흠, 하고 목을 가다듬었다. 박기영이가 먼저 와있을 터이다. 그리하여 자연스럽게 도와주겠지. 아무 탈 없이 잘 되겠지.

그는 "송미녀!" 하고 불러놓고 그녀의 두 눈을 내려다보았다. 그녀가 그를 쳐다보았다. 두 눈길이 마주쳤다. 그녀의 눈 속으로 눈길을 쑤셔 넣으면서 말했다.

"우리 할 수 있을까?"

그녀가 몸을 움츠리면서 "호호호호……." 하고 웃더니 "그래, 그래, 나는 할 수 있네." 하고 말하며 고무줄이 들어 있는 속치마 허리

부분을 아래로 끌어내렸다. 배꼽 위아래의, 중완 기해 관원의 거뭇거뭇한 뜸 자국들이 드러났다.

"그래 하드라고." 하면서 그가 한 팔로 그녀의 가슴을 끌어안고, 다른 한 손으로 그녀의 단전과 배꼽과 젖가슴을 어루만졌다.

그녀는 눈을 감은 채 말했다.

"자네 손이 어쩌면 그렇게도 따뜻하단가?"

그녀는 미세하게 떨었다. 그녀의 가슴이 심하게 두근거리고 있었다. 그가 말했다.

"알았네."

"무얼?"

그가 "자네 일어나 걸어 다니게 하는 방법!" 하고 말하며 뜸 뜰 준비를 했다.

그녀가 말했다.

"일 뜸, 이 침, 삼 약이란 말이 맞는 모양이여."

"아따, 이젠 우리 미녀도 의원이 다 되어버렸네."

그는 뜸뜰 자리에 쑥을 떼어 놓고 불을 붙였다. 삼년 묵은 쑥은 불붙이기가 바쁘게 얼른 타버렸다. 방안에 쑥뜸의 향기가 번졌다. 거기에 미녀의 살 타진 냄새도 약간 섞여 있었다.

안 교장은 쑥에서 피어오르는 실오라기 같은 연기를 보면서 억불바위를 생각했다. 지금 쯤 상호가 억불바위엘 오르고 있을까. 어흠, 하고 목을 가다듬었다. 잘 되겠지. 안 교장은 충장로 한복판에 등산구점을 열고 사는 제자 박기영의 인격을 믿었다. 학생시절부터 착

265

하고 순수하고 자상하고 폭이 넓어 학생회장을 하던 박기영은 산악회장과 동창회장을 하고 있었다.

송미녀는 눈을 감고 있었다. 감은 눈자위는 검푸르지만, 다른 살갗에는 화색이 돌고 있다. 화색은 희망의 색깔이다.

그녀가 물었다.

"안 교장, 내 소원이 뭣인 줄 아는가?"

그는 대답하지 않고 쑥에 불을 붙이기만 했다. 그녀가 말을 이었다.

"단 하루를 살다가 죽을지라도, 훌훌 털고 일어나서 사랑하는 사람 손잡고 돌아다님서 소리도 하고, 춤도 추고, 그러다 한순간에 바람같이 훨훨 날아가 버리는 것이네."

그 목소리에 울음이 들어 있었다. 그가 물었다.

"나하고 사랑도 하고 싶은가?"

"시방 그것이 될까?"

"나는 문제가 없는데?"

"그래, 나한테 문제가 있을지 모르겠네잉? 그것 없어지고 돌지집(石女) 되어버린 지가 몇 십 년이네."

"그것 하고 싶으면, 먼저 날마다 뜸뜨고 침 놓아주러 오는 이 늙은이를 마음으로 뜨겁게 사랑해주고, 송미녀 자신의 몸뚱이도 사랑하고 이 우주 천지도 사랑하고……그래야 써."

이 말을 하는 순간 안 교장은 기왓골에 살고 있는 개망초를 뽑지 않으리라 생각했다. 또 문득 산에 간 상호 생각이 났다. 어흠, 하고 목을 가다듬었다. 잘 해낼 거야, 아무 탈 없을 거야.

실측

　상호와 김정순영이 산 정상 부근에 이르렀을 때, 억불 바위 쪽에서 사람들의 목소리가 들려왔다. 남자들 셋이 바야흐로 억불 바위를 오르고 있었다. 바위벽에 붙어 있는 그들의 모습이 황새들처럼 작아보였다.
　상호의 가슴이 우둔거렸다. 저들은 암벽 등반에 익숙한 사람들인데, 나는 초심자이다. 다만 책을 통해 배웠을 뿐이므로 모든 것이 서투른데, 저들에게 창피해서 어찌할까. 아니 익숙한 선배들을 만나서 오히려 잘 되었다. 저들에게서 요령을 배워서 등반을 해야 한다. 그래야 실수하지 않을 것이다. 죽음에는 연습이 없는 것이다.
　한 남자가 먼저 바위의 정상에 올라가 있었다. 그가 자일을 아래로 내려뜨리고 있었고, 나중 올라가는 사람은 그 자일 끝을 허리의 보호대에 건 채 바위틈을 잡아당기면서 오르고 있었다. 나머지 한 사람은 바위 밑에 서서 차례가 오기를 기다리고 있었다.

　상호와 김정순영은 산정 봉화대쪽에서 억불바위가 앉아 있는 등성이로 내려갔다. 비탈이 심했다. 그녀가 자갈을 밟고 미끄러져 엉덩방아를 찧었다. 등반화를 신은 채 앞장서 내려가는 그가 그녀의 손을 잡고 부축해 주었다. 흰 물새처럼 작고 보드라운 손에서 짜릿 일어난 전류가 그의 가슴으로 날아들었다. 눈앞에 아뜩한 현훈이 일었다.

　억불바위가 앉아 있는 등성이로 내려가자, 자기 차례를 기다리고 있는 세모꼴 얼굴의 키 작달막한 남자가 상호와 순영을 향해 물었다.

　"학생들도 이 바위 올라갈 거야?"

　상호가 그렇다고 대답했다.

　"이름이 무어냐?"

　"안상호요."

　"여학생은?"

　"김정순영이요."

　"반갑다, 나는 박기영이란 사람이다."

　상호와 순영이 박기영을 향해 고개를 숙이고 인사했다. 박기영이 고개를 끄덕거려주고 나서 말했다.

　"그럼 잘 됐다. 자일, 너희들 것은 놔두고, 이 자일을 이용해서 먼저 올라가거라."

　상호는 초면임에도 불구하고 푸진 친절에 도리질을 했다. 박기영이 자기를 어린애로 취급하고 있는 것이 싫었다. 상호가 말했다.

"제 것을 사용하고 싶으니까, 먼저 올라가면서 제 자일을 가지고 가서 좀 걸어 주세요."

박기영이 말했다.

"그렇게 하마."

상호는 배낭을 벗고 자일을 풀었다. 자일 머리를 박기영에게 내밀었다. 박기영이 자일 끄트머리를 그의 허리에 묶었다.

상호는 순영을 향해 말했다.

"이 아저씨 꼭대기에 올라갈 때까지 우리는 얼른 이 바위 높이를 재자."

"어떻게?"

그는 배낭에서 줄자와 각도기와 흰 종이 한 장을 꺼냈다. 먼저 그녀를 바위 밑뿌리에서 멀리 떨어진 곳에 세워 놓고, 줄자로 그녀와 바위 사이의 거리를 쟀다.

순영이 탄성을 질렀다.

"와아, 상호 오빠 수학은 완전히 먹통인 줄 알았는데!"

그는 바위와 그녀의 사이가 정확하게 30미터에 이르도록 그녀를 뒤쪽으로 옮겨가게 했다. 그런 다음 그녀가 서 있는 자리에 서서 바위 꼭대기까지의 각을 각도기로 쟀다. 그는 생각했다. 밑변의 길이를 알고, 바위 꼭대기까지의 각도를 안다면 바위의 높이를 알 수 있다.

바위의 높이를 x라 하고, 밑변의 길이 30미터에 83도의 탄젠트

함수를 곱하면, 그것의 값을 구할 수 있다. 삼각함수표를 펼쳤다. 83도의 탄젠트 함수가 8.1443이었다. 그가 x = 30 곱하기 8.1443이란 식을 만들어, 그녀에게 물었다.

그녀가 암산을 했다.

"약 24.43이야."

그가 말했다.

"그럼 이 바위 높이가 24미터 43센티야!"

그녀가 "화아, 오빠!" 하면서 그를 얼싸안고 펄쩍펄쩍 뛰었다.

화강암

 "그것은 이 언덕에 걸터앉은 억불바위의 상체 길이일 뿐이야. 다음에는 저 머리꼭대기에서 발끝까지를 실측해야 해."
 상호는 허리와 엉덩이에 보호대를 찼다. 바위 꼭대기에 올라간 박기영이 자일을 고정시켜주었다. 상호는 자일을 보호대에 연결시켰다. 그녀가 걱정스러운 듯 물었다.
 "오빠, 잘 할 수 있겠어?"
 그는 자신만만하게 말했다.
 "걱정 마! 자일을 이용해서 오르니까 위험하지 않아!"
 자일이 켕겼다. 자일을 툭툭 튕겨보고, 손과 발을 바위틈에 넣고 잡아당기면서 오르기 시작했다. 그 동안 많은 단련을 했음에도 불구하고, 두 손끝을 ㄱ자로 만들어 바위틈에 넣어 잡아당기는 '재밍(jamming)'은 그의 손을 금방 지치게 했다. 두 손으로 바위틈을 당기고 두 발로 걸어 미는 '레이백(layback)'이라는 기술을 이용하여 올랐다.

바위 꼭대기에서 박기영이 소리쳤다.

"야, 안상호, 무리하지 말고 천천히 올라오너라!"

옆에 있는 다른 남자가 말했다.

"야, 너, 등반 공부 많이 했구나! 지금 너 아주 잘 하고 있으니까 자신감을 가지고 느긋하게 올라오너라!"

상호의 가슴에 뜨거운 바람이 일어났다. 그의 손과 팔에는 새 힘이 생겨났다. 그동안 하여온 엎드려 팔굽혀펴기, 누운 채 거듭한 윗몸일으키기, 꾸준히 하여온 악력기와 완강기 늘이기의 운동, 아령 운동, 역기 운동의 보람이 이제 나타나고 있다고 그는 생각했다.

8미터쯤을 오른 다음 발로만 재밍을 하면서 심호흡을 했다. 속으로 기도했다.

'부처님 도와주십시오. 당신의 얼굴과 가슴을 탐색하려 하는 저에게 힘을 주십시오. 당신께서 한 사람의 여성이 아니고, 이 세상을 자비로운 표정으로 내려다보시는 미래의 부처님이시라는 것을 저에게 확실하게 증명하려고 저는 지금 이렇게 탐색하러 나서고 있습니다.'

바위 꼭대기에서 박기영이 소리쳤다.

"야, 안상호, 지쳐 더 이상 못 올라오겠으면 무리하지 말고 그냥 하강해라."

아래쪽에서 그녀가 그를 쳐다보면서 소리쳤다.

"상호 오빠, 힘들어 안 되겠으면 그냥 내려와 버려!"

그가 소리쳤다.

"아니오, 저, 할 수 있어요!"

박기영이 말했다.

"그럼 천천히 쉬면서 올라와! 우리가 위에서 기다려줄 테니까."

상호는 '죽음에는 연습이 없다'고 한 할아버지의 말을 떠올리며, 한 발씩 조심스럽게, 그러면서도 당차게 오르기 시작했다. 꼭대기까지 올라가고, 저 억불의 가슴과 얼굴을 탐색하고 나서, 그것에 대하여 당당하게 말할 것이다. 그것을 수능시험 치르고 온 영수에게 말할 것이다. 그리고 오래지 않아서 또 하나의 숙제를 해낼 것이다. 짝과 맞장을 뜨는 것……. 세상의 모든 것들과 맞장을 뜨는 것이다.

박기영의 목소리가 들려왔다.

"야아, 안상호! 한 동작 한 동작에 정신을 집중시켜!"

그렇다, 경험 많은 선배의 말은 신의 말이다. 온몸에 땀이 흘렀다. 숨이 가빴다. 손과 발과 팔 다리에 힘이 빠져나갔다. 성한 발로만 재밍을 하면서 쉬었다. 아래를 내려다보니 아득했다. 그를 쳐다보는 순영의 얼굴이 동그란 흰 꽃송이 같았다.

중간을 훨씬 넘어섰다. 그의 자일은 평팽하게 켕겨 있었다. 바위 꼭대기에 있는 남자들이 그를 내려다보고 있었다.

문득 호랑이에게 쫓겨 나무 위로 올라갔다가, 하느님이 내려준 동아줄을 타고 하늘로 올라가 해와 달이 된 남매 이야기가 떠올랐다.

박기영의 목소리가 들려왔다.

"야아, 안상호, 잘하고 있다! 지금까지 해온 대로 쉬어가면서, 팔과 다리에 쥐가 나지 않게!……너 그동안 운동 꾸준하게 했지? 마음의 여유를 가지고 올라와!"

'아버지!' 하고 상호는 오랜만에 아버지를 불렀다. 가슴에 뜨거운 덩어리 하나가 뭉쳐지고 있었다.

'저 지금 해내고 있어요. 어머니, 저 수능 안 봤어도 넉넉하게 대학에 갈 거예요. 시인도 되고 소설가도 될 거예요. 아버지 어머니의 슬픈 이야기를 시와 소설로 쓸 거예요.'

그는 이를 다져 물고 다시 오르기 시작했다. 열 몇 걸음을 더 오르자, 사람이 올라가 앉아 있어도 될 만큼 평평하고 안전한 곳이 나왔다. 그곳으로 올라가서 엉덩이를 붙이고 앉았다. 위에서 내려다보는 사람들이 박수를 쳤다. 박기영이 말했다.

"너 지금 앉은 데가 억불의 모가지다!"

아 그렇다, 하면서 그는 억불의 옆얼굴을 살폈다. 눈도 코도 입도 귀도 없고, 아무런 표정도 없다. 화강암 속에 들어 있는 광물질들이 여기저기에서 반짝거릴 뿐이다. 한데 어찌하여 이 바위는 멀리서 보면 부처님의 자비로운 얼굴로 보이는 것일까. 빛과 그림자의 조화일 터이다. 그게 신비라는 것이다.

억불의 앞가슴을 살폈다. 가슴도 도도록하지 않고 그냥 밋밋할 뿐이었다. 멀리서 보면 가슴이 약간 도도록해 보이는 것도 빛과 그림자의 조화이고 신비이다.

억불 꼭대기

몸을 일으켰다. 부실한 다리에 맥이 풀렸다. 이를 악물고 억불바위 꼭대기로 올라갔다. 박기영이 상호의 손을 잡고 끌어 올려 주었다. 손이 따사로웠다. 밴 땀으로 인해 그의 손바닥과 박기영의 손바닥이 끈끈하게 엉기는 느낌이었다.

박기영이

"아따 이 사람 손이 무척 크다. 손이 크견 정이 많단다." 하면서 그의 등을 한 번 툭 쳤다. 오동통하고 눈이 부리부리한 남자와 키가 호리호리하고 얼굴이 기름한 남자가 번갈아 상호의 등을 두들겨주면서 손을 한 번씩 잡고 흔들어주었다.

꼭대기는 커다란 멍석 한 닢을 펼 수 있을 만큼 넓고 편편했다.

"아따, 이 자식 아주 대단하네!"

"첫 번째 도전에 성공을 하다니!"

"안상호! 그래, 어떤 일이든지, 이 암벽을 오르듯이 하면 못해낼 것이 없다."

상호는 고개를 숙였다. 그의 몸은 땀에 젖어 있었다.

박기영이 순영을 내려다보며 말했다.

"야, 너도 올라오너라."

순영이 손사래를 쳤다.

"싫어요."

박기영이 말했다.

"우리가 도와 주께. 걱정 말고."

그녀는 도리질을 하며 말했다.

"그래도 싫어요."

세 남자는 바위의 높이 실측할 준비를 서둘렀다. 동글납작한 남자가 바위 모서리에 걸쳐져 있는 자일 한 부분을 흰 천으로 묶었다.

상호가 말했다.

"이 바위 웃 부분의 높이는 제가 저 나름대로 실측을 했어요."

"어떻게?"

"삼각함수를 이용해서요."

"그래 몇 미터더냐?"

"상체 높이가 24미터 43센티요."

"이 머리끝에서 저 발끝까지는?"

상호가 말했다.

"저 아래에 가서 잴 참이어요."

눈 부리부리한 남자가 "우리는 여기서 직접 줄자로 한 번 재볼 참이다." 하며 자일을 타고 아래로 내려갔다. 박기영은 억불바위의 어깨 죽지에서 머리끝까지의 길이를 재고, 머리의 둘레도 쟀다.

상호는 꼭대기에 우뚝 선 채 사방을 둘러보았다. 읍내 아파트들이 납작한 성냥갑들을 포개놓은 것 같았다. 탐진강이 유연하게 거대한 ㄹ자를 유연하게 그리며 흐르고 있었다. 평화마을의 앞들과 석대들의 논들이 바둑판처럼 반듯반듯했다. 강진과 보성 간의 고속도로 위로 장난감 같은 차들이 오갔다. 제암산과 사자산과 주변의 자잘한 산들이 억불을 향해 고개를 숙이고 있었다.

박기영이 상호에게 말했다.

"이제 하강하자. 안상호 네가 먼저 하강해라. 내가 맨 나중에 할 테니까."

상호는 자일을 타고 천천히 하강하기 시작했다.

박기영이 말했다.

"올라올 때보다 하강할 때 더 조심해야 한다."

상호는 손으로 자일을 잡고 발끝으로 타위의 수직표면을 디디면서 하강했다. 그의 발이 땅에 닿았을 때 미리 내려와 있던 두 남자가 박수를 쳤다. 순영이 달려와서 그의 가슴을 끌어안았다. 그녀의 볼록한 가슴이 그의 가슴을 압박했다. 가슴이 활활 불타고 있었고, 눈앞이 어질어질했다.

박기영이 상호의 하강 완료한 것을 확인한 다음 하강하기 시작했다. 상호는 억불바위 꼭대기를 쳐다보면서 심호흡을 했다.

얼굴 동글납작한 남자가 자일을 통해 실측한 결과를 말했다.

"상체 높이가 23미터 13센티다."

순영이 말했다.

"하아! 상호 오빠가 실측한 것보다 1미터 30센티가 작다."

박기영이 말했다.

"어디서 오차가 났을까."

얼굴 기름한 남자가 말했다.

"자일과 줄자를 한데 붙이고 훑으면서 잰 자네들이 오차를 범한 것이야."

박기영이 말했다.

"상호가 각도기로 잰 각도에 오차가 생겼을 수 있으니까 우리의 실측이 더 정확할 것이다. 야, 상호가 삼각법으로 잰 것도 상당히 정확하다."

순영이 상호의 한 손을 잡아 흔들었다.

박기영은 바위 밑뿌리까지를 실측하겠다고 하면서, 바위의 엉덩이 부분에 자일을 묶은 다음, 그것을 타고 밑뿌리 쪽으로 하강했다. 얼마쯤 뒤에 바위 밑뿌리 쪽에서 그의 목소리가 들려왔다.

"하강 완료!"

상호는 순영과 더불어 박기영이 내려가 있는 바위 밑뿌리 쪽으로 갔다. 밑뿌리에 도착했을 때, 박기영은 실측한 자일의 길이를 줄자로 재고 있었다. 그가 상호와 순영을 향해 말했다.

"72미터 30센티다!" 하고 나서, 조끼 호주머니에서 손전화를 꺼내들었다. 모퉁이로 돌아가면서, 누구인가하고 통화를 했다. 그가 뱉는 어떤 말은 알아들을 수 있고 어떤 말은 알아들을 수 없었다.

"네, 네, 무사히 해냈습니다……. 네, 네네. 무얼요?……"

상호는 박기영의 목소리를 들으면서, 자기도 얼른 할아버지에게 억불 탐사를 보고하고 싶어, 할아버지 손전화의 번호를 눌렀는데, 통화중이었다.

졸업과 입학

상호의 대학 입학 실기시험을 나흘 앞둔 날 안 교장은 상호에게 말했다.
"나하고 산책 나가지 않을래?"
안 교장을 따라 나섰다. 억불산을 오른쪽에 끼고 목탁골 쪽으로 걸었다.
나목이 되어 있는 늙은 감나무 가지들은 마치 지신(地神)의 산발한 머리카락들처럼 앙상했다. 읍내 쪽에서 찬바람이 달려왔다.
안 교장이 한 손을 뻗어 상호의 손을 잡았다. 안 교장의 손의 따뜻함이 상호의 가슴으로 흘러들었다.
널려있는 지석묘들 앞에 이르렀다. 상호는 두 발을 모은 채 산 위의 억불을 쳐다보았다. 산 위의 억불이 그윽한 눈길로 할아버지와 손자를 내려다보았다.

상호가 안 교장게게 말했다.

"저기에 올라가서 보니까 그냥 밋밋한 바위벽일 뿐이었는데, 이곳에서 보면 왜 자비로운 표정이 나타나는 것일까요?" 안 교장이 빙긋 웃으면서 말했다.

"자비로운 마음을 가진 사람이 보면 더욱 자비롭게 보이는 법이다."

상호는 안 교장의 얼굴을 쳐다보았다. 안 교장은 그윽한 눈길로 억불을 쳐다보면서 말했다.

"누에를 쳐보면 말이다……누에가 몇 차례의 잠을 잔다. 누에는 잠을 반드시 자야만 성장한다. 사람들도 누에처럼 몇 차례의 잠을 자고 깨어나곤 한다. 잠을 자고 깨어난다는 것은 한 단계의 삶에서 졸업을 하고 다음 단계로 나아간다는 것이다. 초등학교를 졸업하면 중학생이 되고, 중학교를 졸업하면 고등학생이 된다. 이제 고등학교 졸업을 한 너는 고등학생으로 남아 있어서는 안 되고, 새로이 대학생이 되어야 하지 않으냐? 그렇듯이 할아버지는 이 세상에서 사라지는 날까지 옛날의 장학관이나 교장으로 남아 있어서는 안 된다. 새로운 공부를 한 다음 전보다 더 보람 있는 새로운 삶을 살아야 한다. 그것은 아름답고 향기로운 죽음, 가장 화려한 졸업을 준비하는 일이다."

안 교장은 잠시 뜸을 들이고 나서 말을 이었다.

"누가 나를 어떻게 보아주느냐 하는 것은 중요하지 않다. 나는 침 놓고 뜸뜨는 것, 죽은 자의 시신 수습하는 법과 염하는 법을 공부해서, 가엾은 노인들을 찾아가 시중을 들어주고, 죽은 사람들을 정중하게 저 세상으로 씻겨 보내드리는 일들을 즐기면서 한다."

즐기면서 한다는 그 말이 훈훈한 바람이 되어 상호의 가슴으로 날아들었다. 상호가 억불을 쳐다보며 물었다.

"동동리 사는 할머니하고의 관계는 어떤 의미를 가지고 있습니까?"

안 교장은 그 물음에서 상호의 만만치 않은 생각의 깊이와 높이를 직감했다. 그는 억불을 쳐다보며 대답했다.

"그냥, 외롭고 가엾은 그 여자한테 동무를 해주는 것이야. 삶의 길동무 말이다."

상호는 생각했다. 나에게 있어 길동무는 김정순영이다. 억불을 탐색하면서 내려다본, 동그란 흰 꽃송이 같은, 어쩌면 미네르바의 여신 같은 그 신비한 어떤 존재일지도 모르는 그 가시내의 얼굴이 떠올랐다. 시인도 되고 소설가도 된 다음에는 그 가시내하고 결혼을 해야 한다.

상호는 문득 자기가 탐색한 억불에 대하여 말했다.

"할아버지, 저 억불바위에 올라가보고 나서, 저는 저것을 며느리바위라고 부르면 안 되고, 반드시 억불바위라고 불러야 한다는 확신을 가졌어요. 억불바위의 가슴에 해당한 부분은 볼록하지 않고 민틋했어요. 그런데 멀리서 볼 때 볼록해 보이는 것은 빛과 그림자의 조화인 것이어요. 순영이가 그러는데, 세상의 모든 부처님은 중성이기 때문에 가슴이 볼록하답니다. 남자라고 할 수도 없고 여자라고 할 수도 없는 것이지요. 억불바위도 마찬 가지이다 싶었어요."

안 교장이 말했다.

"부처님은 모든 것을 너그럽게 포용해주는, 우주적인 모성성(母性性)을 가지고 있는 존재이니까 그럴 터이다."

"우주적인 모성성이 무엇이어요?"

"세상의 모든 것을 잉태했다가 낳고, 또 포용해주는 바다 같은 것이다."

상호가 한동안 고개를 끄덕거리다가 말했다.

"올라가서 보니까 제암산도 사자산도 수인산도 다 억불을 향해 머리를 숙이고 있는 것 같았어요."

안 교장은 억불을 바라보며 말했다.

"저 억불산을 억부산으로 불러야 한다고 고집을 부리는 문시흠 선생, 그분 참 가엾은 어른이다. 자기 옹고집 때문에 평생 앓곤 하는 사람이야. 그가 지금 살아 있는 것은 그 옹고집 때문인데, 그 옹고집을 단박에 꺾어버리면 절망으로 인해 죽을 거야. 그분은 어린 시절부터 버릇들인 것들 가운데 어느 한가지에서도 졸업을 하지 못하고, 그 한 가지 삶만을 이때껏 살아온, 집착이 아주 강한 분이다. 그 어른이 하는 분재들처럼 '자라지 않는 나무' 같은 존재란 말이다. 글로벌 세상 속에서 살고 있으면서도, 자기가 어린 시절에 공부한 한학에서 한 치 한 뼘도 앞으로 나아가지를 못하신 어른이다……. 한번은 그분 집엘 찾아갔더니, 그때가 5월 하순이었는데, 분재하고 있는, 몇 십 년 묵은 소나무의 우듬지에서 자라나는 새끼손가락 같은 개밥들을 일일이 떼어내 주고 있더구나. 왜 그렇게 하느냐고 물었더니, 그것을 안 따주면 한없이 자라버려서 분재를 망친다는 것이야……. 그와 같이 그 사람은 자기 속에서 새롭게 거듭나려 하는 성질을 늘 잘라버리면서 살아온 거야."

안 교장은 잠시 말을 끊고 있다가 말을 이었다.

"상호야, 사람은 반드시 두 가지의 보물을 가지고 살아야 하는데, 그 한 가지는 거울이고, 다른 한 가지는 자기의 칼날을 벼리는 숫돌이다. 살아가면서 늘 자기 옛날의 삶으로부터 졸업을 하고, 새로운 지식과 지혜를 습득하기 위하여 새로운 삶 속에 입학을 하여 살곤 하여 온 성인들, 석가모니, 예수, 공자, 맹자……다산 정약용, 추사 김정희 같은 분들을 거울로 삼아야 한다. 그 거울에 자기 모습을 비추어보면서 부지런히 공부를 해야 한다. 그리고 한문 선생 문시흠처럼 자라지 않는 나무 같은 사람들을 내 녹슨 칼날을 벼리는 숫돌(他山之石)로 이용해야 한다."

상호가 말했다.

"저는 저 억불바위를 거울로 삼을 거예요."

법 구 (法鼓)

읍사무소의 사회복지사인 위성주가 송미녀를 휠체어에 태우는 것을 보면서, 장구를 한쪽 어깨에 걸치고 한 손에 꽹과리 가방을 든 안 교장이 말했다.
"오늘 우리 송미녀 졸업하네. 퀴퀴한 방안에서 옥살이 하듯이 갇혀 사는 가엾은 신세로부터 벗어나는 황홀한 졸업!"
이마 한가운데에 검정 사마귀가 있고 뱁새눈이인 위성주가 말했다.
"정말 빛나는 졸업이네요!"
송미녀는 옥색 저고리에 연한 쪽색 통치마를 입고 하얀 명주 목도리를 하고 있었다. 얼굴에 분을 바르고, 검게 눈썹을 그리고, 입술을 볼그족족하게 칠했다. 머리칼은 반백이었다.
송미녀는 위성주의 한 손을 잡고 어루만지면서 말했다.

"자네는 내 아들이고, 날마다 나 돌봐주는 성불댁은 내 딸이고, 안 교장은 내 애인이여."

위성주가 그녀의 두 눈을 들여다보면서 말했다.

"우리 송미녀 어머님은 안 교장 선생님이 침놓고 뜸 떠 드리면서부터 몰라보게 좋아지셨어요. 현대과학으로도 증명할 길이 없는 놀라운 회춘이어요. 안 교장 선생님 침구기술이 아주 대단하신가 봐요."

안 교장이 확신 어린 목소리로 말했다.

"사실은, 송미녀가 복용하기 시작한 희망이란 것이 약인 것이여. 희망보다 더 확실한 약은 사랑이고."

골목 앞에 위성주의 검정색 승용차가 서 있었다. 그가 승용차에 송미녀를 옮겨 싣고 휠체어를 접어서 트렁크에 실었다. 안 교장이 그녀의 옆자리에 탔다.

복지회관에 노인들 50여 명이 모여 있었다. 위성주가 송미녀를 휠체어에 태우고 회관 문 안으로 들어섰다. 안 교장이 휠체어 뒤를 따랐다. 노인들이 송미녀에게 박수를 보냈다. 실내가 와르릉 와르릉 울렸다.

위성주가 마이크를 잡고 말했다.

"어르신들! 여러분들을 위해서 특별 손님을 초빙했습니다이. 동동리 사는 우리 송미녀 어머니가 장구를 치고, 안 교장이 꽹과리를 치기로 했습니다이. 박수로 맞이해주십시오이."

노인들이 박수를 쳤다.

안 교장이 꽹과리를 들고, 휠체어에 앉은 미녀가 장구를 보듬었다. 위성주가 말했다.

"먼저 안 교장 선생님과 송미녀 어머니께서 한바탕 걸판지게 노는 법구놀이를 구경하시고 나서, 한 대목씩 놀아보도록 하시겠습니다이. 자아, 시작하십시오."

안 교장이 마이크 앞으로 가서 말했다.

"나는 다만 여러 동무들하고 즐겁게 어울리는데는 장흥 법구놀이 이상 좋을 것이 없다는 생각으로, 이렇게 우리 동동리 송미녀를 모시고 나왔소이. 제 솜씨는 부족하니까 제 소리는 듣지 말고, 우리 송미녀의 장구가락과 치는 솜씨만 눈여겨보고 즐기면서 들으십시오이."

안 교장은 왼손에 꽹과리를 들고, 오른 손에 채를 들었다. 휠체어에 앉은 송미녀와 눈을 마주쳤다. 송미녀가 궁글채와 열채를 양손에 들고 고개를 끄덕거렸다.

안 교장이 꽹과리로 장단을 먹였다. 꽹과리채 끝에 달린 빨갛고 노랗고 푸른 술이 요란하게 춤을 추었다.

송미녀가 장구로 응대했다. 안 교장은 장흥의 젊은 문화 동호인들이 발행한 '장흥법구놀이 교본'을 보고 혼자서 연습을 한 것이었다.

일채에서부터 이채로, 또 삼채로 나아갔다. 꽹과리 소리와 장구 소리가 서서히 옷을 벗어 던지기 시작했다. 꽹과리가 혈기왕성한 사내라면 장구는 물 좋은 여자였다. 쾡과리가 한 걸음 다가가면 장구가 얼싸안고 돌고, 쾡과리가 한 걸음 빼면 장구가 바싹 다가서면서 요분질을 쳤다. 그들은 손으로만 가락을 먹이고 받는 것이 아니고, 온몸으로 먹이고 받았다. 두 사람의 이마와 콧등에 땀이 맺혔고, 오르가즘에 젖어들어 오소소 진저리를 치면서 박을 먹이고 받았다.

의자에 앉아 있던 노인들 몇이 일어나 보릿대춤을 추었다. 춤추지 않는 사람들은 박수로 장단을 먹였다. "얼씨구!" 하고, 추임새를 먹이기도 했다.

안 교장은 굿거리가락을 쳤다. 수 가락과 암 가락을 번갈아 쳤다. 수 가락 대신에 '깨' 소리 하나만 내놓고 소리를 죽임으로써, 송미녀의 장구소리만 드러나도록 기회를 주었다. 신명이 난 송미녀는 엉덩이를 들썩거리면서 장구를 쳤다.

안 교장은 다시 '깨' 소리 하나만 내놓고는 뒷부분을 생략한 채, 두 팔을 벌리고 송미녀의 주위를 맴돌았다. 그 모습은, 앉은 채 날갯짓으로 아양을 떨고 있는 암컷 두루미의 주위를 수컷 두루미가 두 날개를 활짝 편 채 어르고 달래며 맴돌고 있는 것 같았다.

좌중의 박수와 추임새가 커졌다. 거의 모든 사람들이 일어서서 보릿대춤을 추었다.

장구를 치는 송미녀의 얼굴이 창백해졌다. 그녀의 얼굴에 땀이 흘렀다. 안 교장은 그녀가 너무 무리를 한다 싶어, '개개개개⋯⋯ 깨!' 하고 법구 가락을 끝마쳤다.

좌중의 노인들이 환호하면서 박수를 쳤다.

위성주가 물 한 잔을 송미녀에게 잡혀주고 나서 말했다.

"이제 모두 사물놀이를 한 가락씩 배우도록 하겠습니다. 소고를 든 어르신들은 장단에 맞추어 너울너울 춤을 추십시오. 먼저 동동리 송미녀가 '덩덩 덩더쿵'을 한 번 쳐 보일 테니까 잘 보시고 따라 쳐 보십시오."

네 사람이 꽹과리를 들었고, 두 사람이 징을 들었고, 다섯 사람이 장구를 안았고, 여덟 사람이 북을 들었고, 나머지는 소고를 들었다.

안 교장이 "자 그럼 한사코 신나게 치십시다이. 시이작!" 하고 나서 꽹과리를 쳤다. 각자가 신나게 사물 악기를 두들겨댔다.

얼마쯤 뒤 안 교장이 사물놀이를 중지시키고, 마이크를 잡고 말했다.

"우리 송미녀는 장구 솜씨도 일품이지만, 소리 솜씨가 그야말로 국창급입니다. 오늘 우리 송미녀의 소리를 안 들어볼 수가 없지라우?"

노인들이 박수를 쳤다.

송미녀는 얼굴의 땀을 훔치고 나서 안 교장이 시키는 대로 소리를 했다. 안 교장이 그녀 앞에 앉아 북을 쳐주었다.

"쑥대머리 귀신형용 적막 옥방의 잠자리는 생각난 것이 임뿐이라."

마이크를 손에 든 송미녀의 짱짱하게 뻗질러 오르는 신들린 가느다란 목소리가 확성기를 통해 실내에 퍼졌다. 북을 치는 안 교장의 가슴과 복지회관 안의 노인들의 가슴을 저릿저릿하게 훑었다.

"……보고지고, 보고지고, 한양낭군 보고지고, 오리정 정별 후 일장 서를 내가 못 봤으니…….”

쑥대머리를 다 부르고나자, 안 교장은 그녀에게 '추억'을 부르라고 주문했다. 명창 임방울이 자기의 요절한 젊은 애인을 위해 즉흥적으로 불렀던, 애절하고 아름다운 곡이었다.

송미녀는 사양하지 않고 불렀다.

“앞산도 첩첩하고 뒷산도 첩첩한디
혼은 어디로 행 하는가,
황천이 어디라고 그리 쉽게 가랬던가…….”

소리를 마치고 났을 때 장내의 노인들이 박수를 쳐댔다. 안 교장은 송미녀를 얼싸안았다. 그녀의 얼굴은 창백해졌다. 그녀는 숨을 가쁘게 쉬면서 마이크에 대고 말했다.

“우리 안 교장한테 열심히 치료 받고 좋아지면, 이 휠체어 던져 버리고 춘향가도 부르고 심청가도 부르고……훨훨 춤도 춰주고 그러께라우. 나 살풀이춤이랑 승무랑 아주 잘 춰라우. 오늘 해본께 영락없이 할 수 있겠구만이라우.”

흥분된 그녀의 목소리에 울음이 섞여 있었다.

열매

위성주가 휠체어를 밀고 복지관을 나왔다. 휠체어에 앉은 송미녀가 가슴을 불안고 기어들어가는 맥없는 소리로 무슨 말인가를 하는데, 안 교장은 그것을 알아들을 수 없었다.

안 교장은 불안스러웠다. 그녀에게 무어라고 말했느냐고 물으며, 그녀의 입 앞에 귀를 가져다댔다. 그녀가 숨을 가쁘게 쉬며 말했다.

"가슴이 아프면서 온몸에 맥이 빠져버리네요."

그녀의 얼굴이 백지장처럼 창백해졌다. 그녀에게서 단내가 났다. 오줌 냄새도 풍겼다. 실금을 한 것이었다. 하아, 큰일이다. 이때껏 바깥출입을 하지 않던 송미녀가 오늘 너무 많은 사람들을 만나고, 흥분한 채 장구치고 소리하며 무리를 한 것이다.

한쪽 어깨에 장구를 걸치고 다른 한 손에 꽹과리를 든 안 교장은 휠체어를 미는 위성주에게 빨리 가자고 재촉했다.

위성주가 얼른 송미녀를 승용차 뒷자리로 옮겨 태우고, 휠체어와 장구와 꽹과리를 트렁크에 실었다. 안 교장이 그녀 옆에 앉았다.

다리를 건너는데 미녀의 고개가 옆으로 기울어졌다. 위성주가 읍사무소 앞 길 가장자리에 차를 세웠다. 안 교장이 말했다.

"송미녀, 눈 감고 심호흡을 하면서 마음을 편안하게 가지소."

위성주가 말했다.

"병원으로 모시고 가는 것이 좋겠구만이라우."

송미녀는 고개를 저었다. 모기만한 소리로 말했다.

"병원은 싫어. 집으로 데려다 주소. 잠시만 누워 눈을 붙이면 곧 좋아질 것이네."

위성주가 물병 마개를 따고 병 주둥이를 미녀의 입에 대주었다.

"가슴 아픈 데는 찬물이 약이라고 합디다."

송미녀가 물을 한 모금 마셨다. 심호흡을 하고 나서 다시 한 모금을 마셨다. 창백해진 얼굴에 점차 화색이 돌았다. 안 교장은 마른 입술에 침을 바르면서 안도의 숨을 내쉬며 생각했다.

'아, 이 여자가 80대 노파이고, 심장병이 있는 환자라는 사실을 잊고 오늘 내가 무리를 하게 한 것이다.'

위성주는 동동리 송미녀의 집 앞에 차를 세웠다. 그녀를 업어다가 방안에 눕혀놓았다. 안 교장은 그녀의 장구와 꽹과리를 들고 송미녀의 뒤를 따라 들어갔다. 위성주가 안 교장과 송미녀에게 말했다.

"안정을 취해보시고 안 되겠다 싶으면 저를 불러주십시오. 병원으로 모시고 가게요. 오늘 보니까 우리 송미녀 어머니가 제일 화사

한 꽃이던데요. 건강하게 오래 사시면서 좋은 일 많이 하셔야지요."
송미녀가 모기만한 소리로 말했다.
"우리 아들 오늘 수고 많이 했네. 어서 가소."
위성주가 돌아간 다음 안 교장은 침을 꺼내 무릎 아래의 족삼리와 팔뚝의 곡지에 꽂았다. 정수리의 백회와 앙가슴의 중완에 꽂았다.
송미녀는 몸을 움츠리면서 춥다고 했다.
안 교장은 그녀의 몸에서 침을 뽑고, 이불을 덮어 주었다. 이불 속으로 두 손을 넣어 팔다리를 주물러 주었다. 몸이 차가워지고 있었다. 체온이 떨어지고 있는 것이었다. 그는 몸을 일으키면서 다짐을 주듯이 말했다.
"뭘 좀 먹어야 기운이 날 터이니까……내가 된장찌개 끓여 줄게. 탈기를 한 것 같은데? 송미녀, 시방 이승 졸업할 때는 아니네잉! 송미녀라는 꽃나무가 이때껏 꽃은 많이 피웠지만 열매를 아직 맺지 못했거든……. 이제 참말로 열매다운 열매를 맺어놓고 졸업을 해야지잉."
안 교장은 냉장고에서 돼지고기를 꺼냈다. 된장찌개를 끓이기 시작했다. 냄비에 물을 부어 가스레인지에 올리고 불을 켰다. 파르스름한 불이 냄비를 싸고돌았다. 그는 혼자 말처럼 중얼거렸다.
"그래 정말, 아직 이승 졸업할 때는 멀었어잉. 열매다운 열매를 맺어야 한다고."

물거미

강줄기 가장자리에 시비가 서 있었다.

이 강에 성스럽고 풋풋한 여자 살고 있네. 언제
춤추고 노래하고 언제 침묵할 것인지, 언제
슬퍼하고 언제
노호할 것인지 아는 그 여자는 어느 밤
우렁이각시 되어 내 침실로 찾아와 질펀한
사랑으로 나를 잠재워놓고 이 강으로 돌아갔네.
상사병이 든 나는 늘 바람 되어 그 여자의 속살을
철벅철벅 밟고, 해오라기 되어 은어사냥에 몰입하고,
먹구름 되어 천둥을 토하며 그 여자의 온몸에 비를 뿌리고,
산그늘 되어 그 여자의 심연에 나를 담그네.

머리 위에 찬란한 햇살이 쏟아졌다. 눈이 부셨다. 드높은 푸른 산봉우리들이 사방을 둘러싸고 있었다. 상호는 웃음우물이 예쁜, 흰 꽃 같은 순영이와 나란히 강의 둑 위에 서 있었다. 그는 그녀를 둑 위에 세워둔 채 보아란 듯이 시퍼런 물너울을 향해 나아갔다. 그녀가 '상호 오빠, 안 돼!' 하고 소리쳤지만 그는 아랑곳하지 않고 물 위로 걸어갔다. 신통하게도 그는 물거미처럼 수면 위에 동동 뜬 채 걸어 다닐 수 있었다. 자랑스러웠다. 바람이 불었고, 연속무늬 같은 물결이 일었다. '야아, 나는 물에 가라앉지 않는다' 하고 소리를 지르려는데, 순영이가 자기도 그렇게 해보겠다면서 물로 들어오고 있었다. '너는 물에 들어오면 안 돼!' 하고 소리치며 그녀에게로 달려갔다. 그녀가 물속에 빠져 허우적거렸다. 그녀의 손을 붙잡자, 그의 몸이 그녀를 따라 물속으로 가라앉았다. 둘이 끌어안은 채 푸른 심연으로 가라앉았다. 아, 숨이 막힌다. 흐흡 하고 숨을 들이키려는데, 물이 목구멍 속으로 들어온다. '어푸! 어푸!' 하고 소리치다가 번득 눈을 떴다. 꿈이었다.

밤이 깊었는데 할아버지가 들어오시지 않는다. 동동리의 송미녀 할머니 집에 계실 것이다. 할아버지와 그 할머니가 서로 사랑을 나누실까. 아니다. 지금 자전거 페달을 밟으며 오고 계실 것이다. 달려온 어떤 차가 할아버지의 자전거를 받아버리지 않았을까. 아니다. 그럴 리 없다.

텔레비전을 켰다.

괴물 트럭

　바야흐로 거무스레한 괴물 같은 거대한 트럭이 물새 같은 흰색 승용차를 쫓고 있었다. 큰 길에는 오직 쫓고 쫓기는 트럭과 승용차만 있었다. 거대한 트럭은, 장난감 같이 작고 연약해 보이는 흰색 승용차를 받아 넘기려는 기세로 거침없이 달렸다.
　승용차 속의 남자는 초조해 하며 곡예 운전을 하고 있었다. 승용차의 차바퀴는 갓길의 흰 선을 자꾸 아슬아슬하게 벗어나곤 했다. 겁을 먹은 승용차 운전자의 앳된 얼굴은 회백색으로 굳어져 있었다. 흰자위 확대된 눈동자가 불안으로 인해 떨고 있었다. 굳게 다문 입술과 볼의 근육이 파들거렸다.
　거대한 트럭의 선팅을 한 차창이 햇살을 반짝 되쏘았다. 날카로운 그 빛줄기에 오색 무지갯살이 어려 있었다. 트럭이 왜 승용차를 쫓고 있을까. 그 트럭의 거대한 바퀴가 거친 소리를 내며 휘돌았다.

트럭의 차체는 견고하고 흉물스러웠다. 트럭 안에는 어떤 사람이 타고 있을까. 운전하는 사람의 얼굴이 보이지 않았다.

승용차 운전자의 해쓱해진 얼굴이 화면 가득 나타났다. 공포와 불안과 초조함으로 인해 안면 근육이 일그러졌다. 볼과 입술이 떨리고 있었다. 숨을 가쁘게 쉬었다.

승용차의 바퀴는 자꾸 차선을 이탈하면서 달렸다. 급커브를 돌 때는 차체가 금방 넘어질 듯 기울어졌다. 갓길 저쪽으로는 무성한 억새 숲이 바람에 출렁거렸다. 억새 숲 너머로는 절벽이고, 절벽 밑은 짙푸른 강이었다. 길을 이탈한 승용차가 금방이라도 절벽 아래로 머리를 들이밀면서 곤두박질칠 것 같았다. 승용차는 그렇듯 위태하게 달리고 또 달렸다.

승용차의 옆 거울에 쫓아오는 괴물 트럭이 나타났다. 승용차 운전자는 밭은 침을 삼키고 옆 거울을 흘긋거리며 가속을 했다. 승용차의 바퀴가 비틀거리면서 차선을 이탈하고 있었다. 그 바퀴 가장자리와 아스팔트와의 마찰로 인해 연기가 피어났다.

카메라가 먼 공중에서, 쫓고 쫓기는 거무스레한 괴물 트럭과 흰 물새 같은 승용차의 모습을 한동안 보여주고 있었다. 길은 산모퉁이를 따라 굽이돌고 있었다.

들판이 나왔다. 승용차가 들판을 건너갔고 그 뒤를 트럭이 추격했다. 다시 깎아지른 듯한 산굽이가 나왔다. 산굽이를 지나자 왼쪽에 질펀한 푸른 호수가 나타났다. 오른쪽으로는 가파른 산기슭이었다.

질주하는 거대한 트럭의 유리창이 햇빛을 되쏘았다. 그 빛살은 살인광선 같은 형광색이었다. 사람을 잡아먹으려고 쫓아가는 흉악한 매머드의 번뜩거리는 눈알이 쏘아 날리는 빛줄기 같고 예리한 긴 칼의 날 같았다.

승용차의 옆 거울에 유리창으로 살인광선을 쏘아대는 거무스레한 트럭이 나타났다. 운전자는 옆 거울 속의 트럭을 보면서, 혀를 내둘러 마른 입술을 축였다. 밭은 침을 삼켰다. 가는 목줄의 울대가 힘겹게 오르내렸다. 공포에 떨며 곡예하듯이 운전을 하고 있었다. 승용차 왼쪽 유리창 너머의 무성한 싸리나무숲 저쪽으로 바다 같은 파란 호수가 보였다.

길이 갑자기 2차선으로 바뀌었다. 승용차는 중앙차선을 무시로 넘나들면서 달렸다. 끼르르르 비명을 지르면서 비틀거렸다. 저러다가 전복 되는 것 아닐까, 호수 속으로 떨어져버리는 것 아닐까. 상호의 손아귀에 땀이 서렸다. 심장이 움츠러들고 있었다.

승용차 앞에, 오른쪽으로 급히 돌아야 하는 커브가 나타났다. 커브 왼쪽에는 새파란 호수가 눈을 빛내고 있었다. 승용차는 왼쪽의 언덕 아래의 호수로 떨어질 것처럼 기우뚱했다. 운전자는 다급하게 오른쪽으로 핸들을 꺾어 틀었다. 승용차는 가까스로 추락의 위험을 모면하고 비틀거리며 나아갔다.

뒤따라 달려온 거대한 트럭이 미처 오른쪽으로 머리를 돌리지 못하고 왼쪽 낭떠러지 아래로 곤두박질쳐 떨어졌다. 추락하는 모습을 슬로우비디오로 보여주고 있었다.

승용차는 트럭이 호수로 추락한 것을 알지 못한 채 달렸다. 얼마쯤 달리던 승용차 운전자는 옆 거울을 통해 트럭이 뒤쫓아 오지 않음을 알았다.

트럭이 바야흐로 호수 속으로 빠지고 있었다. 트럭의 꽁무니가 호수 속에 완전히 잠겼다. 트럭을 삼킨 호수는 흰 거품만 뿜고 있었다.

승용차 운전자는 차를 멈추기가 바쁘게 후진시켰다. 트럭이 떨어진 낭떠러지까지 후진해 간 운전자는 문을 열고 밖으로 나왔다.

왜소한 체구의 여자처럼 예쁘장한 앳된 남성 운전자는 주위를 둘러보았다. 트럭은 흔적도 없었다. 푸른 굴결만 드넓은 청기와지붕처럼 햇살을 되쏘고 있었다. 그 트럭을 운전했던 사람의 모습도 보이지 않았다. 트럭 운전자는 탈출하지 못하고 트럭과 함께 호수 속으로 빠진 것이다.

승용차 운전자는 혹시 트럭 운전자가 가라앉은 트럭에서 탈출하여 헤엄쳐 나오고 있지 않을까 하고 생각하며 트럭을 삼킨 수면을 살폈다. 푸른 수면에는 순은색의 굵고 작은 거품들이 보글보글 올라오고 있을 뿐이었다.

얼굴이 창백한 앳된 운전자는 하늘을 쳐다보았다. 구름 한 점 없는 하늘에 주황색의 황혼이 물들고 있었다. 운전자는 털썩 주저앉아 식은땀을 훔치면서 황혼을 바라보았다. 허탈하여, 온몸에 맥을 풀었다. 풀밭에 大자를 그리고 누워버렸다. 주황색 황혼에 물든 하늘이 화면을 가득 채웠다.

앳된 운전자는 이윽고 몸을 일으키고 자기 승용차에 올랐다. 승용차가 호수를 왼쪽에 낀 길을 천천히 달려가는 화면 위에 자막이 솟아올랐다.

  몸을 일으키면서 상호는 생각했다. 그 영화 속에서 물새 같은 승용차는 무엇이고 괴물 트럭은 무엇일까. 영화는 무엇을 말해주고 있을까. 박 거사가 이야기하던 미친 코끼리와 그것을 피해 달아나는 나그네를 떠올렸다. 영화는 그것과 비슷한 것도 같고, 전혀 다른 뜻을 품고 있는 것도 같았다. 그것에 대하여 김정순영에게 묻고 싶었다. 그녀는 그것을 알고 있을 듯싶었다.

탐진강

 달이 휘영청 밝았다. 산 위의 억불은 보안 안개 같은 어둠으로 인해 보이지 않았다. 쫓긴 승용차는 무엇이고 쫓아가다가 호수에 빠진 괴물 트럭은 무엇일까. 영화는 왜 트럭 운전자의 모습을 끝까지 보여주지 않았을까.
 상호는 사립 밖으로 나갔다. 달을 머리에 이고, 달그림자를 밟으면서 김정순영의 집 앞까지 갔다. 창공에 뜬 달이 그녀의 사립 앞에서 머뭇거리는 그를 살피고 있었다.
 할머니가 거처하는 안방에는 불이 꺼졌고, 김정순영이 쓰는 모퉁이 방에만 불이 켜져 있었다. 그녀의 체취가 그리웠다. 그녀의 어깨나 손이나 가슴에 코를 대보고 싶었다. 흰 물새 같은 손을 잡아보고 싶었다.
 그 트럭은 왜 물새 같은 승용차를 뒤쫓았을까. 덮쳐 뭉개버리려고 그랬을까. 왜 덮쳐 뭉개려고 했을까. 그 영화는 그 폭력의 이유를 알아챌 수 있는 그 어떤 장치도 보여주지 않았었다.

발자국 소리를 죽이며 마당으로 들어가 그녀를 불러내고 싶었다. 잠이 깬 할머니가 나와서, '쪼끄만 것이 깊은 밤에 무슨 짓거리냐', 하고 꾸짖으면 어찌할까. 가성으로 '뻐꾹, 뻐꾹' 하고 소리를 내볼까. 그 소리를 들으면 그녀가 내 목소리임을 알아차리고 나와 줄까. 아니다. 그녀가 공부하는 것을 방해하지 말자. 발을 돌리려는데 그녀의 방문이 사르륵 소리를 내며 열렸다.

그녀의 눈길이 달빛을 뚫고 그의 얼굴로 날아들었고, 그는 침 먹은 지네처럼 그 자리에 박혀 섰다. 그녀가 발소리를 죽이면서 그에게로 다가와서 속삭였다.

"상호 오빠 냄새가 문틈으로 솔솔 들어오더라."

그 속삭임이 가슴의 벽을 뚫었고, 그는 오소소 진저리를 쳤다. 그녀의 손이 그의 왼쪽 손을 잡았다. 그의 왼팔을 두 손으로 잡아 옆구리에 끼고 걸었다.

그녀의 체취가 그의 콧속으로 날아들었다. 무화과 맛처럼 달콤한 듯 새콤하고 새콤한 듯 비린 체취. 가슴 두근대는 소리가 천둥소리처럼 그의 귀청을 울렸다. 겨드랑이에서 귀뚜라미가 울고 있었다.

"달이 너무 밝아서……어떻게 오빠를 좀 불러낼 수 없을까, 궁리하고 있었는데……우리 지금 이심전심을 경험하고 있는 거야, 알아?"

평화마을 앞길을 걸었다. 달이 그들을 따라왔다. 평화마을 앞 방죽에 빠진 달이 그들을 쳐다보았다.

호수에 빠진 달을 건지려다가 빠져 죽었다는 이태백을 생각했다. 이태백은 물에 빠져죽지 않고 물에 빠져 있는 달의 세계 속으로 들어가 버린 것이다. 그가 밭은 침을 삼키며 말했다.

"공부 안하고 딴생각만 하고 있었던 거야?"

그녀가 말했다.

"나도 상호 오빠처럼 수능 안 봐도 되는 대학 갈까 어쩔까 생각을 하고 있었어."

"너는 안 돼."

"왜 안 되는데?"

"그리스 소설가 니코스 카잔차키스가 소설가들에게 뭐라고 했는지 알아?"

"뭐라고 했는데?"

"한심한 영혼아, 너는 돈을 주고 빵과 포도주와 고기를 사서 먹는 것이 아니고, 흰 종이를 꺼내서 거기에다가 '빵', '포도주', '고기'라고 쓰고 그 종이를 먹는구나!"

그녀가 발을 멈추고 그를 정면으로 보면서 말했다.

"되게 멋진 말이다! 흰 종이를 꺼내서, 빵 포도주 고기라고 쓰고 그 종이를 먹는 소설가라는 사람들……. 나도 그런 한심한 영혼이 되고 싶네."

"안 돼, 너는 의사가 되든지, 판사나 검사가 되든지, 요리사가 되든지, 좌우간 밥하고 밀접한 관계가 있는 쪽으로 나가야 돼."

"나는 왜 그런 사람들이 되어야 하는데?"

"배고픈 내가 너 찾아가서 밥 한 끼라도 제대로 얻어먹을 수 있게 되려면……."

그녀가 말했다.

"소설 써도 재벌 된다더라. '해리포터'를 쓴 사람은 삼성 이건희 회장만큼 많은 돈을 벌었다더라. 무라카미 하루키 소설은 일본에서만 6백만 부 이상이 팔렸대. 우리나라에 건너와서도 무지무지하게 팔리고……. 우리나라 신경숙도 소설 써서 재벌 되었다더라."

들판을 두 쪽으로 쪼개고 있는 농로를 걸었다. 탐진강 둑에 이르렀다. 강의 물결 위로 달빛이 쏟아지고 있었다. 물결들이 흰 달빛을 쪼아 먹고 있었다. 유치 쪽에서 찬바람이 불어왔다. 그 바람이 살아 있는 것처럼 철퍽철퍽 은색의 물결을 밟으며 맞은편 언덕으로 건너갔다.

그녀의 머리카락들이 바람에 날렸다. 긴 머리카락 몇 오라기가 그의 얼굴과 목덜미를 휘감으며 간지럽게 했다. 진저리를 치며 말했다.

"나 사랑하는 여자가 있어."

깜짝 놀란 그녀가 호들갑스럽게 말했다.

"어머! 어떤?……아이 싫어, 나 질투난다!"

그가 말했다.

"앞으로 나, 그 여자를 더욱 간절하게 사랑해주는 법을 공부하고, 그 여자한테 밤새워 연애편지를 써 보내고, 답장이 오지 않으면 더욱 미문의 편지를 써 보내고, 만나달라고 통사정을 하고, 그 여자가 다니는 곳을 졸졸 따라다니고, 그 여자 집 문 앞에서 밤을 새우며 세레나데를 부르고, 그러다가 신세를 망치는 한이 있더라도, 그 여자 마음을 온전하게 얻기 위해 목숨을 걸 거야."

"와아, 오빠 훈남이다! 그 여자는 정말 행복하겠다."

그가 도리질을 하며 절망 어린 목소리로 말했다.

"그 여자는 나 같은 놈이 따라붙었다는 것을 재수 없다고 생각하고, 답장도 해주지 않고, 자기 집으로 나를 초청해주지도 않을지도 몰라. 나한테는 약점들이 무지하게 많거든. 얼굴이 가무잡잡하다는 것, 소극적이고 바보 같다는 것, 내 연애편지가 미문이 아니고 밀도가 없다는 것, 머리가 둔하다는 것……."

한동안 말없이 걸으며 달빛에 반짝이는 물너울을 바라보던 그녀가 말했다.

"절망하지 마, 그토록 열정적으로 사랑하는데 마음 열어주지 않을 여자가 어디 있겠어!"

그가 도리질을 하고 나서 말했다.

"그 여자는 사람이 아니야."

"그럼 그게 뭐야?"

"시이기도 하고 소설이기도 해."

우롱당했다고 느낀 그녀가 팔짱을 끼지 않은 손으로 그의 가슴을 꼬집었다. 꼬집힌 살갗이 아릿했다.

"상호 오빠 진짜 핵폭탄이다!"

그는 섣부른 말을 지껄거린 것을 후회했다. 그녀가 그를 호구(바

305

보)로 여길 듯싶었다. 한데 그녀가 금방 태도를 바꾸었다.
 "그래, 상호 오빠, 자기를 과거라는 감옥 속에서 죄인으로 갇혀 살게 하지 않고, 오빠의 모든 것을 건 새로운 삶에다 자기를 가두려 하는 것, 정말 잘 한 일이야."

새내기

다리 앞에 이르러 물에 빠져 있는 달을 내려다보며 그녀가 물었다.
"상호 오빠, 알아맞혀 볼래? 내가 제일 존경하는 사람이 누군지 알아?"
그는 얼굴이 뜨거워졌다. 그 말에 대답할 수 없도록 그는 그녀의 심중을 헤아리지 못하고 있었다.
그녀가 말했다.
"상호 오빠네 할아버지."
그는 할아버지에게 질투심이 일었다. 그녀가 한참동안 말없이 걸어가다가 말했다.
"우리 주변을 자세히 살펴보면, 평생 동안 과거라는 감옥에 갇혀 있는 죄인으로 살고 있는 사람들로 가득 차있어……. 오빠네 할아버지가 그러셨어. 어떤 일인가를 확실하게 해내는 사람이 되려면 그런 죄인으로 살지 않아야 한다고……. 줄곧 하여 오는 그 일에서 졸업을 하고 다른 새로운 세상의 새내기가 되라고 하셨어."

우리 할아버지가 언제 이 가시내에게 그런 이야기를 했다는 것일까. 눈앞이 어두워졌다. 이 가시내는 나를 좋아하는 것이 아니고 우리 할아버지를 좋아한다.

그녀가 말을 이었다.

"나다니엘 호손의 '큰바위 얼굴' 읽어 봤지? 자비로운 얼굴을 하고 있는 큰 바위가 있는 고을에 그 큰 바위 얼굴을 닮은 인자한 인물이 나타날 것이라는 전설이 흘러내려오고 있었는데, 이런 저런 유명한 인물들은 다 큰 바위 얼굴을 닮은 인물이 아니라는 것이 밝혀지고, 큰 바위 얼굴을 닮은 인자한 인물을 만나기 위해서는 착한 삶을 성실하게 살아야 한다고 믿으며 조용히 착함을 실행하여온 그 마을의 한 소년이 훗날 바로 큰 바위 얼굴을 닮은 사람이 되었다는 소설……. 나는 느그 할아버지 얼굴이 저 산 위의 억불을 닮은 것 같아."

갈대숲이 우수수 흔들렸다. 갈대숲 저쪽으로, 순은색의 강 너울이 굽이돌아가고 있었다.

우리 할아버지가 억불을 닮았다고? 억불산은 달 밝은 밤하늘로 우뚝 윤곽을 드러내고 있지만 억불은 보얀 수묵 같은 안개 속에 묻혀 보이지 않았다.

그녀가 말을 이었다.

"……세상 사람들은 다들 몰라도 신은 아마 알 거야."

신은 안다

송미녀의 몸 여기저기에 뜸을 떠주고 있는 안 교장의 손전화가 울었다. 받고 보니 장흥 성모병원 원장이었다. 그가 반가워하며
 "아니, 원장님, 어쩐 일이시요?" 하자, 원장이 말했다.
 "박정식 거사하고 문시흠 선생이 함께 구급차에 실려왔구만이라우."
 "아니, 어째서요?"
 "말씀드리자면 한참 복잡합니다. 위급한 상황은 아니니까 형편 닿는 대로 천천히 한번 와주셔야겠습니다."

 안 교장은 자전거 페달을 밟으며 중앙로로 들어섰다. 광주은행 앞에 이르렀을 때 뒤쪽에서 '뿌웅' 하고 오토바이가 쾌속으로 달려왔다. 고물 자전거를 탄 그는 질주하는 오토바이나 자동차가 괴물

처럼 무서웠다. 재빨리 길 가장자리로 핸들을 틀었다. 자전거가 기우뚱했다. 오른쪽 발로 얼른 땅을 짚고 균형을 잡았다. 오토바이가 쌩 스쳐갔다. 오토바이 위에는 하늘색의 헬멧을 쓴 남자가 앞에 타고, 뒤에는 하얀 초미니 스커트 차림에 빨간 헬멧을 쓴 젊은 여자가 타고 있었다. 젊은 여자는 한 손으로 남자의 허리를 보듬고, 다른 한 손으로 황금색 보자기에 싼 쟁반을 들고 있었다. 빨간 헬멧에 눌린 그 여자의 금발 머리가 깃발처럼 휘날렸다. 저것들 저러다가 전봇대라도 들이받으면 어쩌려고……. 안 교장은 가슴에 아픈 금이 그어졌다.

다시 자전거 페달을 밟는데, 승용차들이 쌩쌩 잇달아 스쳐 지나갔다. 트럭도 한 대 지나갔다. 자동차들이 내 자전거를 받아버리면 나의 모든 것이 구겨져 버릴 터이다. 세상은 흉포하다.

박정식은 305호실, 문시흠은 501호실에 들어 있었다.
오랜 세월 동안 인연을 맺어온 문시흠을 먼저 면회했다. 환자복을 입은 문시흠은 허리 보호대를 차고 누워 있었다. 허리를 삐어 운신을 할 수 없다는 것이었다.
"어쩌다가 이랬어?"
그가 묻자, 얼굴에 깊은 주름살과 저승꽃 가득한 문시흠은 울분을 억누르지 못하고 앙알거렸다.
"그 엉터리 사기꾼이 나를 이렇게 파김치 만들어 놨네이. 그런 나쁜 놈을 어떻게 쳐 죽여야 할까."

엉터리 사기꾼이란 박정식을 말하는 것이다. 안 교장이 언짢아하며 말했다.

"자네가 찾아가서 먼저 시비를 건 모양이구만 그래."

문시흠이 도리질을 하며 말했다.

"아니냐, 그 새파란 놈이 어른을 몰라보고 먼저 시비를 걸었어!"

그들은 또 '억불산이냐', '억부산이냐' 때문에 싸운 것일 터이다. 안 교장이 볼멘소리를 했다.

"박 거사가 모시는 존귀한 대상을 자네가 며느리로 격하시키려 하니께 그랬겠지."

문시흠이 무뚝뚝하게 소리쳐 말했다.

"자네도 똑같은 사람이여!"

증오와 저주가 어린 격렬한 말이 자기의 아픈 허리를 흔들어댄 듯 문시흠은 얼굴을 찡그렸다.

안 교장은 빙긋 웃으면서 문시흠의 깡마른 얼굴을 내려다보았다. 문시흠이 품고 있는 옹고집과 저주와 증오가 주름살과 저승꽃을 한없이 만들어내고 있는 듯싶다.

이들의 싸움을 어떻게 화해시켜야 할까, 하고 생각하며 안 교장이 물었다.

"박 거사는 어떻게 다쳤는데 자네하고 같이 실려 왔다는 것이여?"

문시흠은 오른손의 가리키는 손가락과 가운데 손가락을 젓가락처럼 나란히 편 채, 표독스러운 목소리로 말했다.

"내가 그 자식 두 눈을 손가락으로 푹 찔러 뿌렀어. 그 바위가 부처인지 며느리인지 알아보지도 못하는 그런 눈 달고 다녀서 무얼 할 것이냐고!"

"그 사람 두 눈 고쳐 줄라면은 자네 살림 거덜 나게 생겼네."

"그런 자식은 아주 봉사가 돼 뿌러야 쓰네!"

안 교장은 문시흠의 독기 어린 눈빛을 내려다보았다. 이 조선조 마지막 한문 선생의 견고한 고집불통을 어떻게 치유할까.

문시흠은 오기어린 목소리로 안간힘을 쓰며 말했다.

"이 세상에 귀신이 있다면, 그 귀신만은 저 산 위에 있는 바위가 부처 바위인지, 며느리 바위인지 확실하게 알 것이네."

안 교장은 과거라는 감옥에 영원히 갇혀 사는 불행한 늙은 수인을 가엾어 하며

"그래애! 다 몰라도 귀신은 알 것이네." 하고 문시흠의 손을 잡아 주며 맞장구를 치고 나서 달래듯이 말했다.

"그래도 화 풀고 화해해야지. 박정식은 부처님바위로 생각하고 사는 것이고, 우리 한문 선생은 며느리바위로 생각하고 사는 것이고……그러면 되지 않겠어?"

문시흠은 도리질을 하며 말했다.

"나는 화해 못 해. 내 허리 부러뜨린 그 자식을 나 시방 증오하고 저주하고 있네. 영영 앞 못 보는 봉사가 돼버리라고."

안 교장이 꾸짖듯 말했다.

"늙어가는 사람이 누군가를 저주하고 증오하면, 그 저주하고 증오가 먼저 자기 얼굴에 주름살과 저승꽃을 만들어주는 거여."

안 교장은 3층 입원실로 박정식을 찾아갔다. 박정식은 한쪽 눈에 안대를 한 채 침대에 누워 있었다. 안 교장이 들어서자 박정식은 안 교장을 향해 고개를 떨어뜨리고 열없어하며

"교장 선생님 죄송합니다." 하고 말했다. 그리고 어처구니없어 하며 말했다.

"아이고 참 환장하겠어요! 좋게 마주앉아 조용조용히 억불바위에 대해서 이야기를 하는데, 불현듯이 손가락 둘이 날아와서 제 두 눈을 팍 찔러버리더라고요. 하아 참!"

그러고 보니, 박정식의 안대를 하지 않고 있는 눈알도 빨갰다.

안 교장이 물었다.

"그 사람은 허리를 많이 다쳤다는데 어떻게 된 것이요? 박 거사가 그 비쩍 마른 허깨비 같은 사람을 어떻게 해버린 거요?"

박정식이 세차게 도리질을 하며 "어디가요?" 하고 강하게 부인을 하고 나서 말했다.

"저는 그 양반 몸에 손끝 하나 대지 않았는데, 제가 두 손으로 눈을 가리고 쓰러지면서, 아이고, 하며 고통스러워하니까, 그 양반이 지래 겁을 먹고, 뒤로 뭉그적뭉그적 앉은걸음을 치는 듯싶더니, 갑자기 '아이고, 내 허리!' 하고 소리를 지르면서 뒤로 벌떡 드러누워 버리더라고요."

박정식은 잠시 말을 끊고 있다가 분노어린 소리로 말을 이었다.

"저 노인 가만 둬서는 안 되겠어요. 이렇게 생사람의 두 눈을 다 멀게 해 놓으려고 하다니……. 고소를 허 가지고 기어이 감옥살이

를 시킬 참이요. 입원비나 치료비가 문제 아녀요……. 제가 저 노인 몸에 손가락 하나도 대지 않았는데 저 노인이 일방적으로 제 눈을 찌른 것, 저 산 위의 바위가 부처님 바위라는 것, 다들 몰라도 저 높은 곳에 계시는 그분은 알 것입니다요."

안 교장은 빙긋 웃으면서 말했다.

"그래, 다 몰라도 신은 알 것이요."

마지막 한문 선생의 졸업

안 교장이 허리아픔으로 인해 옴짝달싹도 못하고 있는 문시흠의 처지를 안타까워하면서 원장을 만났는데, 원장이 놀라운 사실을 말해주었다.

"문시흠 어르신, 오래 전부터 척수암을 앓아오고 있었등만이라우. 제 소견으로는 틀림없이 척수암입니다."

척수암이라는 말이 안 교장의 정수리를 아프게 찔렀다. 안 교장은 벌어진 입을 다물지 못한 채 한동안 멍해 있었다. 죽음의 병균을 생각했다. 죽음의 병균은 수많은 독거노인들의 세상에 만연되어 있다. 그것은 모든 생명체를 천천히 먹어 치운다.

"그럼 어찌 되는가요?"

원장이 말했다.

"다시는 운신하지 못하고 저대로 누운 채 삶을 마감해야지라우."

"자식들에게 연락은 했소?"

원장은 쓸쓸한 얼굴로 말했다.

"서울 사는 아들집으로 알렸는데, 심드렁하더라고요. 전화 받은 사람이 며느리였는데, 말하는 것으로 봐서는 금방 달려와 주기나 할지 모르겠어요."

안 교장의 가슴에 얼음처럼 차가운 배반감과 뜨거운 울화가 고였다. 그는 문시흠의 늦둥이 외아들을 알고 있었다. 문시흠은 그 외아들을 끔찍하게 사랑했다. 문시흠은 아들에게 보리밥 한 톨 안 먹였다. 맹장염 될까 싶다고, 포도알도 씨를 추려낸 다음 먹이곤 했었다. 그 아들이 아버지를 배반하고 있는 것이다.

원장은 쓴 입맛을 다시고 나서 말을 이었다.

"우리 문시흠 선생님은 세상 사람들에게 '효(孝)'라는 약을 먹이고 또 먹였지만, 그 약은 효험을 잃은 지 오래입니다. 요즘 도시 사는 자식들, 다 죽어가는 부모를 모셔다가 영양제 놓고 보양식 먹이고 해서 소생시켜 놓으면, 찾아와서 실망을 하고 화를 냅니다. 우리를 마치 늙은 환자를 이용하여 돈이나 챙기려고 하는 파렴치한으로 여겨요."

안 교장은 입 안에 쓴 침이 고였다. '효'라는 약 속에 배반의 씨앗이 담겨 있다가 그것이 헌걸찬 등나무의 덩굴이나 칡덩굴처럼 세상을 친친 휘감아버리고 있는 것인가.

문시흠은 하루가 다르게 급속도로 쇠약해졌다. 얼굴빛이 진한 암갈색으로 변하고, 눈두덩이 거무스레하게 꺼져 내려가고, 눈동자가 흐려지고, 볼이 우묵 들어가고, 팔다리를 움직이지 못했다. 누운 지 한 달 닷새 만에 천식과 폐렴이 악화되어 숨을 거두었다. 그의 자식은 그때서야 달려왔다.

  안 교장이 그의 시신을 염하고 입관을 해주었다. 박정식이 서류 봉투 하나를 가져다주었다. '장흥의 진산인 억불산을 억부산으로 개명해야 합니다'라는 탄원서가 들어 있는 것이었다. 안 교장은 그것을 관 속에 넣어 주었다.

  문시흠이 목숨처럼 아끼던 그의 '자라지 않은 나무(분재)'들은 아들이 한 분재업자에게 값싸게 처분했다.

허무 가르치기

서북풍이 불었다. 간밤엔 첫눈이 내렸다. 예년보다 열흘쯤 일찍 내린 첫눈인데, 그것은 좋은 일을 생기게 하는 하얀 꽃 같은 서설(瑞雪)이라고, 텔레비전은 호들갑을 떨었다.

회갈색으로 마른 명아주풀과 망초와 칸나와 코스모스 들과 그 풀들 속에 서 있는 안 교장의 고물 자전거 위에 눈이 쌓여 있었다. 안 교장은 우산리의 집엘 가지 않고 송미녀 옆에서 잤다.

석유보일러의 온도를 높였으므로 방이 따듯했다. 송미녀의 심장 질환이 더 나빠져 있었다. 송미녀는 무리를 하고 몸살이 난데다 유행하는 계절 독감까지 덮쳤다. 복지회관에서 신명을 다해 사물놀이 하고 소리한 것을 마지막으로, 그녀는 운신하지 못한 채 누워 있었다.

안 교장이 미음을 끓여 권했지만, 송미녀는 도리질을 하며 삼키려 하지 않았다. 산 사람은 먹어야 한다고 생각하며, 그는 라면을 끓이고 거기에 달걀 하나를 풀어 넣어 먹었다.

그가 안타까워하며 말했다.

"미녀를 복지관에 모시고 가지 않았어야 하는데 내가 소가지 없었네."

송미녀가 고개를 저으며 가녀린 소리로 말했다.

"세상을 사는 것처럼 한번 신나게 살아보았은께……나 원이 없네. 우리 교장 선생의 사랑 받을 만큼 넉넉하게 받았고……."

안 교장은 그녀의 정수리 한복판 백회와 앙가슴 밑의 중완 기해 관원 등에 뜸을 거듭 떠주었지만, 그녀의 떨어지는 체온과 활력을 되돌려 놓을 수 없었다.

사회복지사 위성주가 처방 받아온 감기약을 복용시키고, 노인 돌봄이가 온몸을 따뜻한 물수건으로 닦고 마사지를 하고, 보건소 간호사가 심장 깨어나게 하는 약을 주사했지만 회복되지 않았다. 살아날 가망이 없는 것을 안 그들은 모두 돌아갔다.

그녀가 모기만한 소리로 말했다.

"나 한번 보듬어 주소."

안 교장이 그녀의 가슴을 안아주었다.

그녀는 천천히 짚불처럼 사그라져 가며 속삭이듯 말했다.

"다른 사람 손에 맡기지 말고, 안 교장이 염해 가지고 화장해서 날려주소."

그가 사그라져가는 그녀를 향해 간절하게 권유했다.

"삶의 마지막 순간에 참회하고 마음을 비우고, 저 높은 곳에 계시

319

는 그분한테 진실로 빌면서 조용히 심호흡을 거듭하면, 그 순간에 어디선가 잉태되고 있는 어떤 생명의 영혼 속으로 들어가 윤회 환생한다고 들었네. 송미녀도 그렇게 해보소. 고요히 눈 감고 마음을 비우고……."

그녀는 고개를 저으며 모기 소리만한 목소리로 말했다.

"나는 그런 윤회 환생이 싫어. 그냥 바람 되고 연기 되어, 무한 허공 속을 훨훨 날아다니다가, 비하고 함께 뿌려져서 꽃으로도 피어나고, 맑고 고운 사람들 몸과 마음속으로도 스며들어 좋은 삶을 즐기고, 새들 몸속으로도 들어가 세상천지를 두루 날아다니는……그런 윤회 환생을 하고 싶어."

그 말을 남기고, 그녀는 조용히 긴긴 깊은 잠속으로 스미고 배어들었다.

안 교장은 송미녀의 손발을 개어 얹은 다음 하얀 홑이불로 전신을 덮어놓고, 손자 상호에게 전화를 걸어 말했다.

"지금 곧 동동리 할머니 집으로 오너라. 냉장고에서 쑥물 한 병을 꺼내들고 오너라. 찬장에서 알코올도 한 병 가지고 오고."

사회복지사 위성주에게 전화를 걸어, 사망신고를 하고 화장절차를 밟은 다음, 장례비용으로 쓰게, 송미녀의 농협 예금통장의 돈을 인출해오라고 했다.

장롱 속에서 그녀의 수의를 꺼냈다. 오래 전에 그녀가 수의 자랑을 했었다. 하얀 가는 베로 지은 속치마, 속저고리, 속곳, 마포로 지은 치마저고리, 버선, 얼굴에 씌울 자루 도양의 두건.

상호가 왔다. 안 교장은 상호에게서 쑥물과 알코올을 받았다. 쑥물을 솥에 넣고 끓였다. 쑥 향기가 방안에 퍼졌다. 가스레인지 불을 끄고, 시신 앞에 앉아 성모병원 영안실장에게 전화를 걸어, 가장 값이 싼 관 하나를 보내달라고 했다.

상호는 안 교장 옆에서 시신을 향해 무릎을 꿇고 앉았다. 안 교장이 상호에게 말했다.

"너를 오라고 한 것은, 너에게 사람의 죽음에 대하여 가르치려는 것이다. 죽음을 알아야 허무를 알고, 허무를 알아야 오만하지 않고, 탐욕 부리지 않고, 분수에 알맞게 착하게 살아가는 법이다. 사람이 삶에 입학하여 살아간다는 것은 결국 그 삶의 졸업, 즉 죽음을 향해 가는 것이고, 자기 삶을 열심히 착하게 사는 것은 가치 있는 죽음을 잘 맞이하려는 것이다. 살아가는 우리들은 모두 생명력이 왕성해야 하는데, 그 생명력은 허무를 맛보아야만 더 자유롭게 거침없이 헌걸차게 커나가는 것이다."

상호는 고개를 떨어뜨리고만 있었다. 안 교장이 말을 이었다.

"네 할아버지도 언제인가는 죽을 것이다. 이 할아버지는 내 손자 상호가 손수 염을 하고 입관하여 화장장으로 싣고 가서 훨훨 날려주기를 바라면서 산다. 모든 살아 있는 사람은 존귀한 것인데, 시체는 처리하기 골치 아픈 흉물스럽고 더럽고 무서운 폐기물이다. 그렇지만 그 생명체가 살아 있을 동안의 존귀함을 생각하면서, 그 폐기물을 예법에 따라 숭엄하게 처리해주어야 하는 것이다."

상호는 고개를 들지 않았다. 주검이 더럽고 무서웠다. 그것은 어떻게 다가갈 수 없는 드높은 검은 성벽 같은 세계 속에 있었다.

안 교장은 창문 틈으로 날아드는 흰 빛살을 바라보며 말을 이었다.

"이 할머니 젊어서는 참으로 살결도 하얗고, 귀엽고 아름답고 향기로운 여인이었느니라. 소리 잘하고 춤 잘 추고, 육이오 전쟁 때는 경찰서장에게 통사정해서, 죽게 된 목숨들을 많이 살려내고, 요정이 한창 잘 되었을 때는 못 먹고 못 입고 병든 사람들을 남 몰래 도와주고, 공부는 잘하지만 가난해서 진학 못하는 학생들 집에다 은밀하게 학비도 대주고……. 그랬는데 세상이 이 여자를 배반한 것이다."

지나가는 자동차의 뿡 하는 크락숀 소리가 울렸다. 어디선가 수탉 한 마리가 울고 있었다. 기다란 그 울음소리가 꼬리를 사렸을 때 안 교장이 말을 이었다.

"이 할머니, 자존심이 강하고, 콧대도 엄청나게 높았고 오만했다. 이 할머니, 신화적이고 전설적인 사람이다. 가파르고 울퉁불퉁한 작전도로를 따라 경찰서장의 지프차를 타고 지리산 노고단을 올라가다가 마고할미 콧대를 꺾어준 어른이다……."

죽음의 성(城)

얇은 송판관이 도착했다. 안 교장은 그것을 안쪽 바람벽 밑으로 옮겨 놓았다.

사회복지사 위성주는 농협에서 돈을 빼내다가 안 교장에게 주면서 양해를 구했다.

"교장 선생님, 이 달이 제 집사람의 산달이구만이라우. 죄송합니다이." 마당 안의 눈 뒤집어 쓴 무성한 마른 명아주 풀과 개망초 들 사이에 서 있는 안 교장의 자전거 주위를 배회하기만 했다.

안 교장이 당연하다는 듯이 위성주에게

"그래! 죽은 사람은 죽은 사람의 길을 가고, 산 사람은 산 사람 길을 가야 하는 법이네." 하고 나서 상호에게 말했다.

"향, 넉넉하게 대여섯 개비를 피워라."

상호는 조심스럽게 향을 꺼내 라이터로 불을 붙였다. 그것을 향로에 꽂았다. 상호의 손이 미세하게 떨고 있었다. 향내가 방안에 퍼졌다. 향내는 일종의 보이지 않은 부적이고 소리 없는 주술이다. 향나무와 편백나무 잎사귀들을 갈아 만든 그 향은 모기나 파리나 나무 갉아먹는 좀 따위의 벌레들이 싫어한다. 악귀나 잡귀들도 싫어한다.

부엌에서 밍근하게 식은 쑥물 담긴 대야를 방으로 들어다놓고 난 안 교장은 송미녀의 옷을 하나씩 벗겼다. 죽음의 성은 한없이 깜깜하고 차갑고 드높다. 어느 누구도 감히 침범할 수가 없는 새까만 아성이다.

송미녀 시신의 알몸이 드러났다. 상호는 두려워하면서, 숨을 죽인 채 푸릇푸릇한 주검의 맨살을 내려다보았다.

안 교장은 수건을 쑥물에 헹군 다음 힘껏 짰다. 그 수건으로 시신의 얼굴을 닦았다. 먼저 눈을 닦고 귀와 입과 코와 목을 차례로 닦았다. 코와 귀를 솜으로 틀어막았다. "으흠!" 하고 목을 무겁게 가다듬으면서 겨드랑이를 닦았다. 겨드랑이에는 꼬부라진 털들이 성기게 돋아 있었다.

아내(상호의 할머니)가 멀리 떠나갈 때에는 얼떨떨했었다. 그때는 이런저런 시신들의 염을 하러 다니지 않았을 때였다. 시신으로서는 처음 만져보고 처음으로 염을 하는 것이었으므로 두려웠다. 소주 한 병을 마셨음에도 불구하고, 가슴과 손이 부들부들 떨렸다. 하체의 맥이 풀렸다. 슬픔과 두려움이 범벅이 된 채 그는 울면서, 아기를 생산해보지 못하고 한스럽게 살다가 간 아내를 염했다.

　송미녀의 염을 그는 아내를 염했을 때와 전혀 다르게, 하나의 의식처럼 숭엄하게 치르고 있었다.
　송미녀는 젊었을 적에 간지러움을 많이 탔다. 겨드랑이 근처로 손이 가면 몸을 새우처럼 움츠리면서 오소소 떨었다. 겨드랑이에서 옆구리를 거쳐 등으로 돌아가는 부위를 압박하면 "아흐!" 하고 신음소리를 냈다.
　여자의 겨드랑이에서 옆구리를 거쳐 등으로 돌아가는 부위에 왜 성감대가 발달해 있을까. 그 까닭을 한 인류학자의 책에서 읽었다.
　'인간도 원시시대에는 동물처럼 교미를 했다. 교미할 때면, 남성이 두 팔로 여성의 겨드랑이와 옆구리를 등 뒤에서 끌어안곤 했으므로 그곳에 성감대가 발달해 있는 것이다.'
　젖가슴을 닦았다. 젖무덤은 크지 않았고, 납작하게 늘어져 흐느적거렸다. 송미녀는 석녀였다. 많은 남성들과 몸을 섞었지만 한 번도 아기를 가져본 적이 없었다. 물론 유산을 해본 적도 없었다. 아기에게 젖을 물려본 적이 없는 젖꼭지는 암갈색으로 말라비틀어진 오디처럼 자그마했다. 젖꼭지를 둘러싼 동그란 꽃판은 회갈색이었다. 그 꽃판의 오돌토돌한 돌기들과 오디가 꼿꼿하게 발기하던 것을 생각하며, 그것들을 향물 묻힌 수건으로 세세히 닦았다. 꼭지가 살아 있는 사람의 그것처럼 꼿꼿하게 일어섰다. 아기를 키우지 않은 대신 많은 외로워하는 남성들의 영혼을 환혹 속에 빠져들게 한 젖무덤이다.

오목하게 들어간 배꼽을 닦았다. 배꼽은 자라다가 성장을 멈추어 버린 미니장미의 꽃망울처럼 오른쪽으로 말려 있었다. 위쪽 꽃잎 하나가 약간 볼록하게 불거져 있었다. 겹꽃잎 사이에 거무스름한 때가 끼어 있었다.

젊은 시절 이 여인의 몸은 백옥같이 희었고 팔등신이었다. 그 팔등신을 황금분할 하는 지점이 이 배꼽이다. 이곳은 이 여인이 생성될 수 있게 한 탯줄이 달렸던 자리이다. 따지고 보면 이 배꼽은 이 여인의 몸에서 가장 성스러운 곳이다.

남성들은 모두가 극성스러웠다고, 송미녀는 말했다. 그들은 그녀의 배꼽을 보고 싶어 했고, 만지고 싶어 했고, 거기에 입을 맞추고 싶어 했다는 것이었다. 그녀는 히들거리면서 말했다.

"그런데 언제부터인가는 내 쪽에서 내 몸을 탐하는 남성에게 배꼽에 입을 맞추어 달라고 강요하게 되었어요."

그래, 배꼽……. 남자들이 사랑하는 여성의 배꼽에 입을 맞추는 것은 하나의 의식이다. 그것은 성스러운 여성의 원초적인 문을 두드리는 것이다.

쑥물에 수건을 헹구어 짠 다음 칙칙한 거웃을 씻었다. 곱슬머리처럼 꼬부라진 거웃들 가운데 하얗게 샌 것들이 섞여 있었다.

거웃은 식물의 꽃으로 치자면 꽃술이다. 수건에 거웃 몇 개가 묻어났다. 그 곱슬곱슬한 털들을 겨드랑이에서 떨어진 것들과 함께 화장지 위에 모아 놓았다. 화장지에 싼 그것들을 나중에 관에 넣어

줄 참이었다.

 음부를 씻었다. 석가모니가 연꽃이라 부른 성기(性器)이다. 사실은 성기(聖器)이다. 암갈색의 외음부 안쪽은 약간의 보라색이 섞인 진한 갈색이었다. 연한 적갈색인 클리트리스를 씻은 다음 수건을 질 속으로 깊이 넣어 씻었다. 그 속에서 덜 삭은 젓갈냄새 같은 악취가 솟구쳤다. 수건을 다시 쑥물에 헹구어 짠 다음 다시 질을 씻어냈다. 다른 수건에 알코올을 묻혀 질 속을 거듭 훔쳐냈다.

 생산을 해보지 못한 이 연꽃은 다만 사랑을 흡입하기도 하고 배설하기도 하는 환혹의 구멍, 혹은 허방이다. 젊은 시절의 그 허방은 산난초꽃의 적갈색의 음험한 향기를 머금고 있었다.

 한 종교 기하 학자가 말했다. "인간과 식물의 생태 구조는 정반대이다. 인간은 머리털을 하늘로 쳐들고 있는데, 식물은 그 머리털과 비슷한 뿌리를 땅 속에 묻고 있다. 인간은 머리털로써 하늘의 영검함과 신비를 빨아들여 깨닫지만, 식물은 뿌리로써 땅의 정기와 수분과 무기물을 빨아들여 꽃을 피운다. 인간의 꽃(성기)은 땅을 향한 채 지기(地氣)를 빨아들이는데, 식물의 꽃(성기)은 하늘을 향한 채 천기(天氣)를 빨아들인다."

 아, 이 연꽃 앞에서 얼마나 많은 남성들이 무릎을 꿇었을까. 수없이 많은 남성의 정령들이 사멸해간 환혹과 허무의 시공을 그는 씻고 또 씻은 다음 솜으로 틀어막았다. 항문을 쑥물과 알코올로 씻고 나서 그곳도 솜으로 막았다.

 새 수건 하나를 새로 떠온 쑥물에 헹구어 짠 다음, 그 수건으로 반백의 머리칼을 씻었다. 얼레빗으로 머리를 빗겼다. 빠진 머리칼들이 얼레빗의 날에 얽히었다. 그것들을 모두 빼서 화장지에 올려놓았다. 머리를 곱게 빗긴 다음 그것들을 뒤통수에 모아 실로 묶었다.

수건과 쑥물 그릇을 치워놓고 수의를 펴들었다. 먼저 아랫몸에 속곳을 입히고, 그 위에 고쟁이를 입힌 다음 자락치마를 두르고 치맛말로 젖가슴을 동여맸다. 윗몸에 속저고리를 입히고 겉저고리를 입혔다. 고름을 정교하게 매주었다.

잠시 손을 멈추고, 그녀의 자태를 내려다보았다. 고이 잠들어 있는 듯싶었다. 마지막으로 두건을 꺼내서 머리에 씌웠다. 두건이 목까지 내려왔다. 가장자리에 있는 끈으로 목을 동여 묶었다.

그는 숨을 가쁘게 쉬고 있었고, 땀을 흘리고 있었다. 상호는 염하는 것이 무척 힘든 일이라는 것을 알았고, 가슴이 아렸다. 이렇듯 힘든 일을 하여 번 돈 가운데서 나는 늘 얼마씩을 훔치곤 한 것이다.

상호는 마른 수건을 할아버지 앞에 내밀었다. 그 수건이 떨고 있었다. 안 교장은 그것을 받아 들고 이마와 콧등과 목덜미의 땀을 씻었다. 심호흡을 하고, 주검 옷 입은 그녀를 다시 내려다보았다.

그녀의 죽음은 난공불락의 드높은 성이었다. 그 성문은 굳게 닫혀 있었다. 그 성을 그는 포장해주고 있었다. 죽음을 포장하는 포장사로서 그는 이골이 나 있었다. 과녁 앞에 선 궁사가 한 발 한 발의 명중을 즐기듯이, 그는 죽음과 삶 사이의 경계에 음험하게 도사리고 있는 견고한 절대고독을 즐기고 있었다.

그는 노끈으로 시신의 발과 다리에서부터 동여 묶었다. 무릎을 묶고, 엉덩이와 허리를 묶고, 두 팔을 몸통에 바짝 대 붙이고 동여 묶었다. 시신은 하나의 통나무처럼 변했다. 이제야 이 여인은 이승을 확실하게 졸업한 것이다. 죽음 세상의 신입생이 된 것이다.

관을 방 한가운데로 옮기고 뚜껑을 열었다. 그가 시신의 다리를 들었고, 상호가 머리를 들었다. 입관한 다음, 관 속의 빈 공간을 그녀의 헌 치마와 스웨터와 내의로 채웠다. 관 뚜껑을 닫았다. 못질을 했다. 쫘당쫘당하는 못질 소리가 방안을 울렸다. 그녀의 새까만 죽음의 성문을 영원히 열 수 없도록 빗장을 지르고 큰 못을 박아버리는 소리였다. 쫘당 소리가 날 때마다 상호가 몸을 움찔움찔했다.

내 아버지가 할아버지의 관 뚜껑에 못질을 할 때, 나도 상호처럼 몸을 움찔움찔했었다. 장차 내 관 뚜껑에 못질을 할 사람은 상호 이놈이다. 나는 이놈에게 이 세상의 가장 숭엄한 졸업의 의식을 가르치고 있는 것이다.

향불이 다 소진되었다. 상호가 향 몇 개비를 더 꺼내 불을 붙여 향로에 꽂았다. 실오라기처럼 피어난 향불 연기가 허공에서 춤을 추었다. 그것은 살아 있는 주술이었다.

눈송이

성긴 눈송이들이 회색의 마른 들판을 가로질러 하나씩 둘씩 흘러내렸다. 죽은 자의 한스러운 혼령이 눈송이 되어 흘러내리고 있는지도 모른다. 사차선 도로 위를 달려가는 영구차 안에서 안 교장이 상호에게 말했다.

"가엾은 이 할머니도 느그 친 할머니하고 똑같은 할머니이다."

상호는 현기증 나게 스쳐지나가는 가드레일만 보았다. 어지럼증을 느끼고 차창 저쪽의 하늘을 쳐다보았다. 거무스레한 구름 몇 장이 떠 있었다. 그 검은 구름장들이 눈을 뿌리고 있었다.

사람을 허공으로 날려 보낼 듯한 광풍을 뚫고 걸어가는 여인을 생각했다. 여인은 광풍 불어오는 계곡 앞에 쪼그려 앉았다. 계곡을 향해 오줌을 누었다. 오줌이 계곡의 풀숲으로 날아갔다.

초등학생 시절, 학교 화단에서 지네 한 마리가 나왔었다. 아이들은 고추를 내놓고 지네를 향해 오줌을 갈겼다. 인간의 오줌은 독이라고 했다. 그것은 귀신에게도 독일까.

화장장의 화구(火口)는 꺼먼 입을 벌리고 있었다. 안 교장은 저승으로 들어가는 검은 입구를 생각했다. 그것은 하늘로 통하는 블랙홀이다.

흰 가운 입은 화부가 관을 수레에 싣고 가서 화구 속에 밀어 넣었다. 로봇처럼 차가운 화부는 화구의 문을 닫아걸고 스위치를 치켜올렸다. 관 주위로 흘러내린 콜타르에 불이 붙었다. 화구의 문틈으로 빨간 불빛이 새나왔다. 불의 신이 관을 씹어대고 있었다.

안 교장은 상호의 손을 이끌고, 화장장 별채의 매점으로 갔다. 성긴 눈송이들이 천천히 흘러내렸다. 하늘은 짙푸르렀다. 검은 구름장 몇 개가 남으로 가고 있었다.

안 교장은 소주 한 병과 오뎅 한 그릇을 샀다. 소주병을 잔 둘에다가 기울였다. 한 잔을 상호에게 건네고 다른 한 잔을 들고 단숨에 들이켰다. 상호도 마셨다. 상호는 술이 써서 얼굴을 찌푸렸다. 안 교장이 오뎅국물을 상호 앞에 내밀었다. 상호가 플라스틱 숟가락으로 국물을 떠마셨다. 한 잔을 더 건네자 상호는 도리질을 했다. 안 교장만 두 잔을 거듭 마셨다. 오뎅국물을 마시고 나서 입을 열었다.

"네 할아버지 말이다,"

안 교장은 할아버지와 손자 사이에 걸쳐져 있는 침묵이 싫었다. 말을 하고 싶어졌다. 그와 상호 사이에 말로써 다리를 놓고 싶었다.

소통하는 마음의 다리.

"퇴임을 한 다음 장학관이나 교장 출신이라는 사회적인 지위나 체면 따위에 얽매여 사는 것을 사각형적인 삶이라 한다면, 그것들을 싹 무시해버리고 여기저기 다니면서 가엾은 사람들 염을 해주는 행위 따위가 오각형적인 삶이야."

상호는 "사각형과 오각형적인 삶이라니요?" 하고 묻고 싶은 것을 참았다. 상호의 속을 알아차린 듯 안 교장이 말했다.

"사각형적인 삶이란 것은 규격품처럼 갇혀 사는 삶이고, 오각형적인 삶은 구속에서 놓여난 자유자재의 삶이다. 강진에 가면, 다산초당에서 백련사로 올라가는 자드락길에 그것들이 놓여 있다. 그 길 아래쪽에 있는 것이 사각형적인 삶이라면 위쪽에 있는 것이 오각형적인 삶일 터이다. 너도 언제가 한번 가서 그 길을 밟아봐라."

안 교장은 소주 냄새를 풍기면서 유골 가루 든 암황색의 봉투를 받아들었다. 그것을 두 손으로 들고 화장장 뒷산으로 올라갔다. 소나무 밑에 잔설이 남아 있었다. 상호가 뒤를 따랐다. 안 교장이 바람을 등진 채 유골을 뿌렸다. 상호는 유골을 뿌리는 할아버지의 얼굴을 보았다. 반백의 머리칼과 수염들이 반짝거렸다. 표정이 일그러져 있었다. 눈의 뚜껑이 처져 있었다. 입은 굳게 다물려 있었다. 한쪽 눈의 가장자리에 물방울이 흘러 있었다. 소매로 눈시울을 훔쳤다.

"늙으면 바람 한 줄기만 스쳐도 쓸데없는 눈물이 자꾸 헤프게 흐른다. 눈물샘이 늙어 헐거워진 때문일 거야."

밀가루 같은 유골 가루는 바람에 날렸다. 안 교장은 무당이 넋두리하듯이 중얼거렸다.

"사실은 유골 가루, 이것은 아무것도 아니다. 송미녀 할머니는 이미 자기 육체에서 졸업하고 저기 어디 높은 곳으로 날아가고 있을지도 모르고, 바야흐로 태어난 어느 생명체 속으로 들어갔는지도 모른다. 아니, 그냥 죽자마자 영혼이란 것이 없어져버렸을지도 모른다."

자드락길을 내려가던 안 교장이 미끄러져 엉덩방아를 찧었다. 상호가 부축해 일으켰다. 할아버지와 손자의 머리 위로 눈송이들 몇 개가 흘러내렸다.

실성한 여자

송미녀를 장사지낸 다음날, 안 교장은 장흥 성모병원 영안실에서 소주 한 병을 들이켜고 어느 가엾은 시신을 염했다. 온몸에 무력증이 일었다. 아아, 나도 늙었다. 그는 식은땀을 흘리면서 일에 몰두했다.

일을 마친 다음 근처의 중국음식점에서 자장면 한 그릇을 먹은 다음, 오리털 파카를 걸치고, 거기에 달린 모자를 머리에 덮어쓰고, 자전거를 끌고 집으로 돌아갔다. 발도 무겁고 자전거도 무거웠다. 자전거 뒤에는 꽹과리 담긴 가방이 실려 있었다.

마당 안으로 들어가는데, 툇마루에 걸터앉아 있던 오순옥이 안 교장에게로 달려왔다. 집 모퉁이에 자전거를 세우고 나자 그녀가 그를 와락 끌어안았다. 그도 얼떨결에 그녀를 끌어안았다. 그녀는 청바지에 두꺼운 털스웨터를 입고 있었다. 그녀의 머리카락들이 헝클어져 있었다.

그는 그녀의 실성기가 여전하다고 확신했다. 가슴에 안겨 있는 그녀를 밀어내면서 물었다.

"점심은 먹었소?"

그녀는 도리질을 했다.

그는 그녀에게 라면이나 하나 끓여 먹여야겠다고 생각하며 물었다.

"약은 계속 먹고 있어요?"

그녀가 도리질을 하면서 말했다.

"약 끊었어요."

"언제 보호소에서 나왔는데?"

그녀가 또 도리질을 했다.

"저 보호소에 안 갔어요."

"지난번에 여기서 경찰차에 실려 간 다음, 어느 보호소에 들어가지 않았어요?"

그녀는 말없이 도리질만 했다. 그는 그녀의 얼굴을 멀거니 바라보았다. 그러면 어떻게 된 것인가. 파출소로 전화를 걸자, 소장이 받았다.

"저 우산리 안인호입니다."

소장이 반가워하며, 어쩐 일이냐고 물었다.

"지난번에 우리 집에서 데리고 간 여자를 어떻게 조처했던가요?"

소장이 말했다.

"아, 그 여자 말이지요? 그날 제가 출장 중이었는데요, 우리 직원들이 다음날 복지과로 넘겨주려고, 그날 밤에 파출소에 놔두고 보

335

니까, 그 여자가 조랑조랑 말도 잘하고, 그냥 약간 이상한 스토커 수준인 것 같아서, 다시는 찾아와 안 교장 선생 귀찮게 하지 말라고 잘 타일러 가지고, 차표 끊어서 순천행 버스에 태워 보냈다는데요."

그는 그들을 탓할 수 없었다.

서둘러 라면 한 개를 끓였다. 끓은 라면에 달걀 한 개를 깨 넣은 다음 냄비 째 식탁에 올려놓았다. 그녀는 배가 많이 고팠던 듯 젓가락으로 라면 발을 건져다가 후룩 후루룩 먹었다.

그가 달걀을 휘휘 저어 주었다. 그녀는 코를 훌쩍거리면서 달게 먹었다. 그녀가 라면에 빠져 있는 틈에 밖으로 나왔다. 억불을 쳐다 보았다. 억불이 말했다.

'그 여자 보내지 말고, 집에 두고 약을 가져다가 꾸준히 먹이고, 침도 놓고 뜸도 뜨고 그러면 좋아질 것이요.'

전화기 폴더를 열었다. 택시를 불렀다. 그녀를 먼저 태우고 그가 나중에 탔다. 읍내 터미널에 이르렀을 때 바야흐로 광주행 버스가 출발하고 있었다. 그녀의 손을 잡아끌고 그 버스에 올라탔다. 그녀는 안 교장의 팔짱을 끼면서 좋아죽겠다는 듯 "호호호." 하고 웃어대고 발을 동동 굴렀다.

여자의 방

상호는 김정순영이네 집 사립 앞에서 서성거리고 있었다. 날씨가 봄날처럼 따뜻했다. 학교에서는 수능 끝난 3학년생들을 위하여 영화를 보여주었는데, 그는 그것을 박차버리고 돌아다녔다. 김정순영의 하교 시간을 맞추기 위하여 산과 들을 헤매었다. 강변에 앉아 황새와 해오라기와 개개비들을 바라보았고, 잔물결 이는 물너울 위에 이런 생각 저런 생각들을 띄웠다. 그러느라고 지쳤다. 그녀를 만나면, 책을 빌려달라고 하며 그녀의 방엘 들어가 마주앉아 있고 싶었다. 그녀 옆에서 쓰러져 한숨 푹 자버리고 싶었다.

 그녀의 집 안을 살피는데, 빈 택시가 그의 집 쪽으로 달려갔다가 이내 돌아 나왔다. 길 가장자리로 피했다. 택시 뒷좌석에 할아버지와 머리칼 부수수한 여자가 앉아 있었다. 할아버지는 그 여자와 무슨 말인가를 나누느라고 상호를 보지 못했다.

상호의 가슴은 썰물로 인해 드러난 초겨울의 갯벌처럼 진회색으로 변했다. 그 갯벌은 울퉁불퉁하고 예리한 조개껍질이 발바닥에 유리조각처럼 밟히는 진창이었다.

　'이년아, 니 서방 있는 곳을 대!'
　검은 점퍼 차림의 우락부락하고 험상궂은 남자 두 사람은, 그의 어머니를 목 졸라 죽일 듯이 닦달하면서 까만 승용차 속에 구기박질러 데리고 갔다. 체구 작달막하고 얼굴이 가무잡잡하고 눈자위가 검푸른 어머니는, 울상을 지은 채 그 남자들에게 도리질을 하면서 두 손바닥을 마주대고 비볐다. 어머니가 끌려간 뒤 상호는 방에 불도 켜지 않은 채 웅크리고 앉아 있었다. 어머니는 한밤중쯤에 온몸이 땀에 젖은 채 돌아왔다. 퍼머넌트 머리카락들이 헝클어지고, 치마와 블라우스에 쇠무릎풀씨와 도깨비바늘들이 박힌 그녀는 상호를 안은 채 목소리를 죽이며 울어댔다. 상호는 어머니를 따라 울면서, 옷에 붙어 있는 도깨비바늘과 쇠무릎풀씨들을 하나씩 떼어냈다. 그것들이 손가락 끝을 찔렀고 그 아픔으로 인해 진저리를 쳤다. 어머니는 그를 품에 안고 이불 속으로 들어갔다. 새까만 도깨비들에게 쫓기는 꿈을 꾸다가 일어나보니 어머니의 모습이 보이지 않았다.

　"상호 오빠, 영화 보고 오는 거야?"
　등 뒤에서 달려온 김정순영이 물었다. 그녀 목소리가 따스한 바람을 몰고 왔다. 그의 가슴에 알 수 없는 슬픔이 울컥 일어나고 있었다. 그녀에게 예리한 도깨비바늘과 쇠무릎풀씨에 찔린 아픔에 대하여 말해주고 싶었다. 그 아픔과 슬픔을 꿀꺽 삼켰다.
"무슨 영화 봤는데?"
그녀의 웃음우물이 깊게 패였다.
"재미있었어?"
그의 가슴이 웃음우물에 젖었다. 그녀의 눈이 호수처럼 깊었다. 그가 그 호수 속에 깊이 빠지고 있었다. 입술이 앵두처럼 붉었다. 그 붉은 빛 속에 젖어들었다. 그녀의 양쪽 가슴이 도도록하게 솟아 있었다. 도도록한 두 개의 골짜기에 이마를 들이밀고 싶었다. 고개를 떨어뜨렸다. '레인보우 걸'을 생각했다.

무지개를 찾아 숲으로 갔다가 마을로 돌아온 소년은 걸음을 떼어놓을 수 없을 지경으로 지쳐 있었다. 집으로 들어가자마자 어머니를 소리쳐 불렀다. 어머니가 맨발로 달려 나왔다. 소년은 어머니의 젖가슴에 얼굴을 묻고 엉엉 울었다.

상호는 잠긴 목소리로 말했다.
"책 한 권 빌려줄래?"
"무슨 책?"
그는 대꾸하지 않았다. 그녀가 앞장서서 갔고, 방문을 열며 말했다.
"잠간 있다가 들어와. 나 옷 갈아입은 다음에."
그는 허공을 향해 눈을 감은 채 기다렸다. 세상이 검푸른 어둠으로 변했다. 안에서 옷자락 스적거리는 소리가 들려왔다.

이윽고 그녀가 문을 열어주며 말했다. 그녀는 청바지에 스웨터를 걸치고 있었다. 성숙한 처녀로 보였다. 아니, 누님처럼 어머니처럼 보였다.

"나 이불 안 개고 살아."

아랫목에 이불이 펼쳐져 있었다. 아침에 그녀가 빠져나간 흔적이 그대로 있었다. 그는 그녀의 방으로 들어가자마자

"나 좀 누울게." 하며 이불 속으로 들어갔다. 베개를 베고 누우면서 눈을 감았다. 온몸의 맥을 풀었다. 눈꺼풀이 만드는 푸른 어둠 속으로 침잠했다. 아득한 평화가 그를 감쌌다.

그녀가 물었다.

"웬일이야?"

그는 눈을 감은 채 대꾸하지 않았다. 그녀는 한동안 그를 내려다보다가 물었다.

"무슨 일 당한 거야, 누구한테?"

그는 대꾸하지 않았다. 그녀가 한동안 그의 얼굴을 들여다보다가 이불자락을 끌어올려 그의 가슴과 어깨를 덮어 주었다.

세 식구

 상호가 자는 동안 김정순영은 할머니에게 가서 말했다.
 "저 교장 선생님 손자 상호가 제 방에 누워 있는데, 열이 많아. 할아버지가 어디를 가셨는지 어쨌는지……. 밥을 먹여서 보내주어야 할까봐."
 순영이 깨워서야 상호는 일어나 앉았다. 상호가 서둘러 자기네 집으로 가려 하는데, 순영이
 "할머니가 오빠 밥까지 차려놨어. 괜찮아." 하면서 한사코 안방으로 이끌고 갔다. 할머니가 그를 향해 말했다.
 "어서 들어오너라. 같이 한 술 뜨게."
 구중중한 노인 냄새와 밥 냄새, 된장국 냄새, 김치 냄새가 한꺼번에 날아왔다. 밥상 앞에 앉았을 때, 순영이네 할머니가 그의 이마를 만져보고 말했다.

"몸살감기다. 한사코 밥을 실하게 묵어야 얼른 좋아진다."

멸치 넣은 된장국에 밥 한 그릇을 말아서 다 먹었다. 속으로 울면서 먹었다. 이마를 만지는 순영이네 할머니의 거친 손이 알 수 없는 울음을 솟아오르게 했다.

별들 초롱초롱한 깜깜한 밤하늘을 머리에 인 채 집으로 갔다. 그녀가 준 '달 긷는 집'이라는 시집을 옆구리에 끼고.

집에 이르렀다. 할아버지는 부재중이었다. 이불을 덮어 쓴 채 시집을 읽었다. 시는 알 수 없는 세계였다. 시인은 '꽃'을 알 수 없는 말로 노래하고 있었다.

우주를 화려하게 색칠하는 것이 꿈인 나는
피어나는 것이 아니고
혈서처럼 세상 굽이굽이에 시를 쓰는 것입니다, 나는
향기를 뿜는 것이 아니고
사랑의 배앓이 하고나서 달거리를 터뜨리는 것입니다, 나는
칠보 장식한 비천녀의 공후인
시나위 가락으로 출렁거리는 혼령입니다.
별똥 떨어진 숲까지 다리 놓는 무지개로
쨍쨍 갠 날의 음음한 콧소리 합창으로
원시의 늪지대를 달려가는 암컷 사슴의 숨결로
우주를 화려하게 색칠하는 것이 꿈인 나는
피어나는 것이 아니고 혈서처럼 세상 굽이굽이에다

시 같은 웃음을 까르르 까르르 알처럼 낳는 것입니다.
향기를 뿜는 것이 아니고 사랑의 배앓이 하고나서
달거리를 폭죽처럼 터뜨리는 것입니다,
이상(李箱)처럼 객혈하는 것입니다.

 상호는 시집을 가슴에 얹은 채 눈을 감았다. 나라는 식물은 객혈하듯이 꽃을 피울 수 있을까. 이야기 시 같은 달콤한 잠이 밀려들었다.

 안 교장은 열시가 가까웠을 때, 멀리서 날아오는 가로등 불빛을 등에 짊어진 채 오순옥과 함께 마당으로 들어섰다. 오순옥은 애인과 단둘이서 소풍을 다녀온 소녀처럼 두 손으로 안 교장의 한쪽 팔을 붙들어 잡은 채 걸었다.
 그는 두툼한 흰 비닐봉지를 들고 있었다. 정신과병원에서, 그녀가 오랜 동안 계속해서 먹을 약을 지어왔다.
 상호를 그의 방으로 옮기고 그녀를 상호의 방에 재우기로 마음먹었다. 상호 방으로 가서 잠들어 있는 상호를 깨웠다. 선잠이 깬 상호는 눈을 비비며 안 교장을 보았다.
 안 교장이 난처해하며 조심스럽게 말했다.
 "상호야, 끽긴한 사정이 하나 생겼다. 앞으로 내 방에서 함께 생활하자. 멀지 않아 너 대학 가면 여기서 떠나갈 테니까……. 오늘 밤부터 이 방을 오순옥 선생보고 쓰라고 해야겠다."
 상호는 잠결에 고개를 끄덕거렸다. 얼마 전, 실성한 여자를 경찰차에 억지로 실어 보내고 나서, 혼자 소주를 마시며 슬퍼하고 괴로워하던 할아버지의 모습이 떠올랐다.
　상호는 두꺼운 솜 든 점퍼를 걸치고 집을 나가면서 안 교장에게 말했다.
　"친구한테 가서 자고 올게요."
　말은 그렇게 했지만, 막상 찾아가서 재워달라고 할 만한 친구가 없었다. 영수가 유일한 친구이지만, 영수는 수능이 끝난 뒤로 서울의 논술학원으로 가버렸다. 그 알 수 없는 여자와의 밤을 할아버지 혼자 자유롭게 맞이하게 하고 그는 거리를 헤매며 밤을 새울 참이었다.
　안 교장은 당황하여 말을 잃었다. 상호는 안 교장에게 머리를 꾸벅 숙이고 밖으로 나갔다. 안 교장은 마지못해 쑥스럽게 말했다.
　"재워달라고 할 만한 친구가 있냐?"
　"있어요."
　"그럼, 너 알아서 해라."
　상호의 발자국 소리가 사립 밖으로 사라진 다음, 안 교장은 오순옥에게 타이르듯이 말했다.
　"오 선생, 우리 집에서 나하고 함께 살려면 내 말을 잘 들어야 합니다. 첫째 내가 먹으라는 약을 반드시 제 때에 먹어야 하고, 내가 오 선생의 몸 여기저기에 뜨자고 하는 뜸이나, 놓자고 하는 침을 맞아야 하고, 내가 자라는 방에서 조용히 자야하고, 내가 시키는 대로 잘 따라야 합니다. 약속할 수 있어요?"

그녀는 그의 눈을 바라보았다. 그의 눈과 그녀의 눈이 허공에서 마주쳤다. 그녀의 눈길이 그의 눈길 속으로 멈칫멈칫 들어섰다. 그의 눈의 흡인력으로 인해 그녀의 눈길이 깊은 곳으로, 더욱 깊은 곳으로 빨려 들어갔다. 그녀가 고개를 끄덕거렸다.

그는 먼저 전기밥솥에 밥을 안치고 스위치를 넣었다. 돼지고기를 잘게 썰어 프라이팬에 넣은 다음 김치를 숭숭 썰어 넣었다. 김치찌개를 만들었다.

"오 선생, 사람은 한사코 영양가 있는 음식을 실하게 먹어야 하는 거요."

그와 그녀는 식탁에 마주앉아 밥을 먹었다. 숭늉을 떠놓고, 약 한 봉지를 들이밀면서 먹으라고 했다. 그녀를 상호의 방으로 데리고 가서 자리를 펴주며 말했다.

"우리 상호, 친구 집에서 자겠다고 갔으니까, 마음 놓고 여기서 자시오."

그녀가 도리질을 하며 말했다.

"저, 싫어요. 교장 선생님과 함께 잘 거예요."

그가 위압적으로 말했다.

"안 돼요. 여기서 자요."

그 위압이 먹혀들지 않았다. 그녀는 거듭 도리질을 하며 말했다.

"싫어요. 무서워요."

그의 위압보다 더 강한 무서움이 그녀에게 있는 것이었다. 그가 말했다.

"우리 집은 무섭지 않아요."

그녀는 사방을 둘러 살피며 퉁명스럽게 어리광어린 목소리로 말하면서 어깨를 양옆으로 흔들었다.

"싫어요."

그가 성난 목소리로 무뚝뚝하게 말했다.

"그럼 경찰 불러서 데려가라고 하겠어요."

그녀는 그의 옆으로 바싹 다가앉았다. 그의 가슴에 한쪽 어깨를 들이밀었다. 그가 품을 벌려주면 파고들어 안길 태세였다. 그가 그녀를 피하며 냉엄하게 말했다.

"이 방에서 자라면 자요!"

그녀가 몸을 움츠리면서 도리질을 했다.

"무서워요."

그가 말했다.

"뭣이 무서워요? 다 큰 어른이?"

그녀가 말했다.

"마녀들이 쫓아와요!"

그가 근엄하게 말했다.

"우리 집에는 마녀 같은 것 없어요. 안심하고 혼자 자요."

일어나서 문을 열고 나왔다. 그녀가 곧바로 그를 뒤따라 나왔다. 그는 툇마루에 걸터앉았다. 억불은 보이지 않았다. 한동안 억불이 앉아있을 듯싶은 산의 중턱을 쳐다보았다. 그녀가 그의 옆에 붙어앉았다. 찬바람이 사립 쪽에서 달려왔다.

어둠 속에서 억불이 말했다.

'그 여자의 청대로 하시오.'

그는 어찌할 수 없다고 생각했다. 그녀를 그의 방으로 데리고 들어갔다. 이 여자가 무섭다고 한 마녀는 어떤 것일까. 그녀를 실성하게 한 것이 그 마녀인지 모른다.

그녀는 그의 자리를 펴주고 나서, 그 자리 옆의 방바닥에 주저앉았다. 그와 더불어 한 이불 속에서 잘 태세였다. 아, 어찌할까. 그는 난처하고 곤혹스러웠다. 그는 다시 타일렀다.

"오 선생, 우리 집에는 마녀 같은 것 없어요. 어서 저 방으로 건너가서 자요."

그녀는 도리질을 하고 나서 고개를 숙였다. 그는 얼굴이 간지러워지는 막말을 뱉었다.

"나는 오 선생의 남자 노릇을 할 수가 없어요. 아시겠어요? 나는 이제 다 늙어빠졌어요."

그녀는 그의 말을 아랑곳하지 않았다. 그와 그녀는 하릴없이 방 한가운데서 한동안 마주앉아 있었다. 그녀의 눈꺼풀이 풀리고 있었다. 수면제와 신경안정제의 약효 때문에 잠이 밀려드는 것이었다.

그가 몸을 일으키고, "저 방으로 가서 자요." 하고 말하면서 그녀의 손을 잡아끌었다. 그녀는 그의 손을 뿌리치고, 도리질을 하면서 "무서워요!" 하고 잠에 취한 목소리로 말했다. 으쓱 몸을 움츠리면서 진저리를 치고, 거슴츠레하던 눈을 말똥말똥하게 뜨고 그를 보았다. 그 눈빛에 불안과 공포가 어려 있었다. 마녀라는 것에 대한 불안과 공포감이 그녀를 잠들지 못하게 하는 모양이었다. 그 마녀의 정체가 무엇일까.

어찌할 수 없다고 생각했다. 그의 자리 옆에 자리 하나를 더 펴고, 그녀를 이불 속에 눕혔다. 눕히는 대로 순순히 따르던 여자가 그를 향해 돌아눕더니 덥석 끌어안았다. 그녀는 식은땀을 흘리고 있었다.

"무서워요!"

그는 불안해하는 그녀를 달래듯이 끌어안았다. 그녀의 머리칼에서 머리냄새가 나고, 몸에서 시큼하고 구중중한 땀내가 났다. 그녀의 몸 아래쪽에서 잘못 삭은 젓갈에서 나는 듯한 역한 냄새도 날아왔다. 오랜 동안 뒷물을 하지 않은 것이고 속옷도 갈아입지 않은 것이다. 이대로는 한 이불 속에서 잠잘 수 없다. 그가 몸을 일으키면서 말했다.

"오 선생, 욕실에 가서 목욕을 하고 오시오."

그녀가 몸을 웅크리면서 응석받이처럼 떼를 썼다.

"싫어요. 그냥 잘 거예요."

그가 달랬다.

"내 말대로 해요!"

바람벽에 붙어 있는 보일러 센서의 목욕 기능 단추를 눌렀다. 그녀를 강제로 이끌고 욕실로 가서 온수꼭지를 젖혔다. 잠시 후 온수가 쏟아졌다.

그녀는 수면제와 신경안정제의 약효 때문에 눈을 감고 있었다.

욕조에 목욕하기 알맞은 따뜻한 물이 차올랐다. 그녀의 어깨를 잡아 흔들면서 말했다.

"혼자서 목욕하고 나와요."

그녀가 그를 못나가게 막으면서 도리질을 했다.

"싫어요."

그가 신경질적으로 말했다.

"왜 싫어요?"

그녀는 대꾸하려 하지 않았다.

안 교장의 온몸에 무력증이 밀려들었다. 허공을 쳐다보았다. 파리 한 마리가 욕실 천정의 등에 붙어 잉잉거리고 있었다.

"그럼, 내가 목욕 시켜줄게요."

그녀는 눈을 감은 채 고개를 떨어뜨렸다.

그녀의 옷을 하나씩 벗겼다. 그녀는 그가 하는 대로 가만히 있었다. 주글주글하고 꾀죄죄하게 더럽혀진 브래지어를 벗겨내려 했을 때, 그녀가 갑자기 두 손으로 브래지어의 봉싯한 부분을 힘껏 감싸 눌렀다.

그가 퉁명스럽게 말했다.

"브래지어 벗어야 목욕을 하지요!"

그녀가 완강하게 버티었다.

"싫어, 그냥 해요."

그가 물었다.

"브래지어 젖는데요?"

그녀는 팔짱을 끼었다.

안 교장은 꾀 하나를 생각했다.
"나 눈을 딱 감은 채 목욕 시켜 줄게요."
"……"
"나 봐요, 나 지금 눈 딱 감았어요."
안 교장은 정말로 눈을 감은 채 브래지어를 기어이 걷어냈다. 그녀는 몸을 웅크리면서 두 손바닥으로 브래지어 밖으로 드러난 젖무덤 둘을 덮어 눌렀다.
안 교장은 그녀의 팬티까지를 억지로 벗기고 나서, 따뜻한 물을 그녀의 몸에 끼얹기 위하여 바가지를 더듬어 찾았다. 바가지가 손에 잡히지 않았다. 바가지를 찾으려고 눈을 뜨는 순간 소스라쳐 놀랐다.

그녀가 손바닥으로 가린다고 가렸지만, 왼쪽의 탐스럽고 풍성한 젖가슴 하나가 손가락들 사이로 내다보였다. 그런데, 오른쪽의 젖가슴이 보이지 않았다. 아니, 보이지 않는다기보다. 그것은 여성의 풍성한 젖무덤이 아니었다. 여느 남자들의 그것처럼 민틋하고 젖꼭지가 약간 큰 녹두알만 했다. 하아, 이게 웬일일까. 내가 잘 못 보았을까. 다시 자세히 보았다. 오른쪽 젖무덤이 없었다. 분명히, 여느 남자들의 젖꼭지하고 똑같았다.

그의 정수리에 번갯불이 .내리박혔다. 온몸에 전율이 일어났다. 아니, 이 여자의 젖가슴이 왜 이럴까. 왜 하나는 온전한 여자의 젖무덤인데 다른 하나는 남자의 젖가슴 그것일까. 언제 어찌하여 이렇게 되었을까. 지금 내 앞에 있는 이 여자가 옛날 나하고 함께 근무한 적이 있는 그 오순옥 선생이 맞는 것인가. 정수리에 찬물 한 바가지를 끼얹은 듯 진저리가 쳐졌다. 아, 이 여자가 혹시 마녀인지도 모른다.

오순옥이 그의 밑에서 교직생활을 할 때, 그녀에게서는 아무런 흠도 발견할 수 없었다. 양쪽 가슴은 늘 탐스럽고 풍성하게 솟아 있었고, 그녀는 늘 명랑했었다.

아, 이 여자가 사실은 그 오순옥이 아니고, 마녀가 둔갑해서 나를 찾아온 것이 아닌가. 그럴 리가 있는가. 아니다. 그럴 수도 있다. 힘껏 도리질을 하면서, 못된 생각을 하는 스스로를 꾸짖었다.

그는 한동안 멍해져 있었다. 혹시 유방 하나가 없다는, 이것이 이 여자의 정신이상 증세와 무슨 관련이 있지 않을까. 여자에게 유방 하나가 없다는 것은 얼마나 큰 상처이고 치욕일까.

안 교장은 심호흡을 하고 그녀의 몸을 전체적으로, 또 여기저기를 세세히, 새삼스럽게 살폈다. 깡마르기는 했지만 엉덩이는 실팍했다. 하나뿐인 왼쪽 젖가슴은 약간 처진 듯싶지만 풍성하고 예뻤다. 젖꼭지의 동그란 꽃받침은 진한 팥죽색이었고, 오디에는 분홍색과 암갈색이 섞여 있었다.

그녀는 약물로 인해 밀려드는 졸음을 주체하지 못한 채 눈을 감고 있었다. 두 손바닥으로 젖가슴을 덮고 몸을 약간 웅크린 채 고개를 모로 숙였다. 그러다가, 문득 한 손을 뻗어 그가 옆에 있는지를 확인하곤 했다.

그녀를 번쩍 안아 들었다. 깡마른 그녀의 몸은 별로 무겁지 않았다. 따뜻한 물 담긴 욕조 안에 앉혔다. 물을 끼얹어주고 비누칠을 했다. 흰 거품이 일어났다. 얼마나 오랜 동안 목욕을 하지 않았는지, 그녀의 몸 여기저기에서는 흐물흐물 때가 밀렸다. 머리도 감겼다. 머리칼에서는 거품이 잘 일어나지 않았다. 한 번 헹구고 다시 비누칠을 해서 감겼다.

그녀는 철없는 어린애처럼 가만히 앉아 있었고, 그는 어머니처럼 그녀의 몸 여기저기를 속속들이 씻어주었다. 눈, 코, 귀, 입술, 모가지, 겨드랑이, 젖가슴, 오금, 사타구니, 거웃, 연꽃, 항문……. 두루두루 자상하게 비누칠을 하고 하얗게 거품을 일어나게 하면서 닦았다. 잘못 삭은 젓갈처럼 역한 냄새를 일으킨 주범이라고 생각되는 연꽃 속에 비누거품 묻힌 손가락을 밀어 넣어 속속들이 씻었다. 그녀가 몸을 움츠리며 진저리를 쳤다. 그 전율이 그의 몸에서도 일어났다. 샤워기로, 흰 거품 위에 따스한 물을 끼얹었다. 거품이 사라지고, 그 속에 들어 있던, 조각 작품 같은 아름다운 여인의 외짝 유방뿐인 알몸이 드러났다.

그녀는 그에게 몸을 맡긴 채 잠들어 있었다. 물로 넘어지려 하는 그녀의 몸을 안아들고 욕조 밖으로 나갔다. 바람벽에 비스듬히 기대 눕혔다.

그녀는 계속 잤다. 마른 수건으로 온몸의 물기를 훔쳤다. 머리칼을 말려주었다. 방으로 안고 들어간 다음 난감해졌다. 더러운 속옷을 다시 입힐 수 없었다. 홑이불로 아랫몸을 말아 싸서 이불 속으로 밀어 넣었다. 그녀는 이불 속으로 들어가면서 그를 끌어안고 잠꼬대하듯 말했다.

"교장 선생님, 무서워요."

그녀의 새근거리는 숨소리를 들으면서 생각했다. 날이 밝으면 전에 오순옥이 근무했던 학교 교장에게로 전화를 걸어 알아보자. 정신이상이 되어 교직을 물러나게 한 무슨 사건인가가 있었을지도 모른다.

시내에 나가서 그녀의 속옷들과 치마저고리들을 사오기로 했다. 잠에 빠진 그녀를 살그머니 밀어내놓고 몸을 일으켰다.

열한시가 훨씬 지나 있었다. 손전화의 폴더를 열었다. 오십대에 들어선 한 제자의 전화번호를 눌렀다. 중앙로에서 아내의 양품점을 도와주고 사는 제자였다. 제자는 바야흐로 잠자리에 들어 있었다. 그는 화급하고 긴한 사정이 있다고 하면서, 당장에 양품점으로 좀 나와 달라고 청했다.

제자가 화들짝 놀라 물었다.

"아니, 교장 선생님, 이 밤중에 무슨 일이 있으십니까?"

"놀라시지는 말고……. 좌우간, 자세한 것은 자네 가게에 나가서 말씀 드림세."

자전거의 페달을 세차게 밟았다.

제자가 양품점의 불을 환히 밝혀놓고 있었다. 두꺼운 털옷을 걸치고 나온 키 헌칠한 제자는 검은 테의 맑은 안경알로 천장의 형광

353

불빛을 되쏘며 물었다.

"대관절 무슨 일이십니까?"

그는 머쓱해하면서 말했다.

"미안하네. 갑자기 묘한 일이 하나 생겼네. 오해는 하지 말게나."

서둘러 젊은 여자의 팬티 일곱 장, 러닝셔츠 다섯 장, 흰색 원피스 잠옷과 통치마와 얇은 내의 한 벌을 골랐다. 브래지어를 앞에 놓고 잠시 망설이다가 미색을 골라놓고 물었다.

"대 중 소 가운데서 어디에 속하는가?"

제자가 물었다.

"입을 사람이 부인입니까 처녀입니까?"

"노처녀인데, 체구는 깡말랐지만 가슴은 풍성한 편이네."

"그럼, 그 크기면 되겠네요. 잘 고르셨습니다. 이건 순 무명인데, 이 원형 박스가 유방을 한데 오므려서 받쳐 올려주는……여기서는 제일 고급이어라우."

제자가 커다란 검은 봉지에 넣어주는 것을 받아 자전거 뒤에 실으면서 말했다.

"나 노망한 것 아니네. 차차 알려지게 될지 모르지만, 누구에게 말은 내지 말게. 한밤중에 미안하네."

집에 돌아오니 잠에 취한 오순옥이 깨어 일어나 발가벗은 채 "교장 선생님! 교장 선생님!" 하고 불러대면서 이 방 저 방을 뒤지고 있었다. 그가 들어서자, 그녀가 그를 덥석 끌어안은 채 깊이 잠긴 목소리로 "무서워!" 하고 진저리를 쳤다. 그가 그녀를 이부자리 속으로 밀어 넣었다.

팬티를 꺼내 상표를 뜯어냈다. 그녀를 반듯하게 눕히고 그것을 입혀주었다. 그냥 잠옷만 입힐까, 외짝인 젖가슴을 위하여 브래지어를 채워줄까, 망설이다가 브래지어를 채워 주고, 잠옷을 입혀주었다.

까무룩 잠이 들었다가 부풀어 오른 방광 때문에 잠에서 깨었다. 그녀는 그의 가슴에 얼굴을 묻은 채 자고 있었다. 그녀를 조심스럽게 밀어 놓고 몸을 일으키려는데, 그녀가 그를 껴안아버렸다. 그녀는 보호자와의 분리에 대한 공포 속에 빠져 있는 얼뚱아기 같았다.

"……무서워요!"

그가 말했다.

"나 잠깐 화장실에 갔다가 올게."

그녀가 그를 따라 일어나 화장실로 따라 들어왔다. 그는 무뚝뚝하게 말했다.

"나 보지 말고 뒤 돌아서요!"

그녀가 뒤돌아섰을 때 그는 오줌을 누었다. 전립선이 가늘어져 있는 그의 오줌 줄은 자꾸 끊어졌다. 안간힘을 쓰면서 누고, 다시 안간힘을 쓰면서 이어 누었다.

외계

 상호는 내내 살아오던 세상을 떠나 외계에 온 듯싶었다. 세상이 온통 새까만 허허벌판이었고, 그의 몸 하나 담을 마땅한 공간이 없었다.
 초겨울의 밤바람은 차가웠다. 어둠을 헤치면서 걷고 또 걸었다. 그 어떤 것과도 소통할 수 없게 하는 검은 막이 그의 몸뚱이를 각질처럼 둘러싸고 있었다.
 그냥 거리를 헤매면서 밤을 새우기로 작정한 것은 실수였다. 추위로 인해 몸이 덜덜 떨렸다. 추위가 가시게 하려면 운동을 심하게 해야만 했다. 속보로 걸었다.
 가로등들이 저희들끼리 시시덕거리며 몰려드는 얼부푼 어둠을 살라먹는 휘황한 다리를 건너, 경찰서 법원 앞 골목을 지나, 가로등들이 눈을 부릅뜨고 있지만 분위기가 으스스한 남문 고개를 넘어 석대들길을 관통해 가면서, 김정순영을 생각했다. 그녀에게 할머니

방으로 가서 자라고 하고, 내가 그녀의 방에서 혼자 자면 어떨까. 그녀의 할머니가 자기의 외손녀의 방으로 눈치코치 없이 불쑥 들어서곤 하는 나의 무례를 용인할까.

박림소를 거쳐 신흥사 쪽으로 가다가 돌아서면서 손전화를 열어보니 열두시가 지나 있다. 그녀를 불러내 함께 밤을 새우면 어떨까.

도둑처럼 그녀의 집 앞에 이르렀다. 억불산 위로 한쪽 볼 일그러진 달이 떠올랐다. 그녀의 방에서 물씬 풍기던, 새콤달콤하면서 배릿한 그녀의 향내가 생각났다. 그녀의 방에 불이 꺼져 있었다. 할머니 몰래 그녀를 깨울 방법이 없을까. 뻐꾹새 소리를 낼까. 억불산을 쳐다보았다. 억불은 밤안개에 묻혀 보이지 않았다. 한쪽 볼 일그러진 달이 말했다.

'전화를 걸어봐라.'

한동안 그녀의 불 꺼진 창문을 바라보던 그는 손전화를 꺼냈다. 그녀의 번호를 눌렀다. 신호가 갔다. 받지 않았다. 잠시 기다렸다가 재발신 버튼을 눌렀다. 마을 안 골목에서 개가 짖었다. 껑껑 소리가 마을과 산골짝을 울렸다. 메아리가 그에게로 달려들었다. 시내를 향해 돌아섰다. 길섶에 맺힌 이슬이 달빛을 반짝 되쏘았다. 트럭 한 대가 눈을 부릅뜬 채 고속도로를 달려가고 있었다.

학교를 향해 걸었다. 교사는 물론 스카이반 기숙사에도 불이 꺼져 있었다. 그 기숙사에는 이제 2학년 스카이반 학생들이 들어 있다. 운동장의 외등 네 개만이 어둠을 밝히고 있었다. 운동장을 한 바퀴 돌기로 작정했다. 철봉도 하고 평행봉도 하리라 했다. 승용차 한 대가 읍내에서 안양 쪽으로 달려가고 있었다. 승용차 꽁무니의 빨간 불이 어둠 속으로 사라지는 것을 보면서 길을 건넜다.

교문 앞에 이르렀다. 교문이 닫혀 있었다. 교문 바른편 숲에 개구멍이 있었다. 개구멍을 향해 가는데, 손전화가 울렸다. '김정순영'이 떴다. 그가 깊이 잠긴 목소리로 물었다.

"웬일이야, 잠 안 자고?"

그녀가 말했다. 잠에 취한 목소리였다.

"오빠가 먼저 잠 안 자고 걸었잖아?"

"나는 그냥 괜히……!"

"그냥 괜히라니?……오빠한테 무슨 일 있지, 그렇지? 목소리도 깊이 잠겨 있네."

그의 머리에 문득 무전여행에 대한 생각이 떠올랐다. 알 수 없는 세상을 향해 한없이 걸어가고 있는 자기의 모습이 머리에 그려졌다. 자기 고독한 운명의 길을 밟아가는 모습.

그녀를 만나고 싶었다. 아니, 그녀에게 의탁하고 싶었다. 자기의 몸과 마음에 냉랭하고 음습하게 젖어 있는 외로움을 꺼내 그녀와 나누고 싶었다. 그녀로부터 차가워진 몸을 녹일 온기를 받고 싶었다.

"나 하나 물어보려고……."

그의 목소리는 떨고 있었다. 그녀가 물었다.

"무언데?"

"무전여행……나 그거 해도 괜찮겠지?"

말을 해놓고 나서 후회했다. 두 살이나 어린 가시내에게 허락을 받자는 거야 뭐야.

그녀가 누님처럼 꾸짖듯이 말했다.

"무슨 뚱딴지야? 아무래도 수상쩍네. 오빠, 지금 우리 만나자."

그가 발을 멈춘 채 물었다.

"어디서?"

"이리로 와!"

"할머니한테 혼나려고?"

"걱정 말고."

한달음에 달려갔다.

사립에 나와서 기다리고 있던 그녀가 그의 차갑게 얼어 있는 손을 잡아 이끌었다. 방으로 들어간 그녀가 그의 머리끝에서 발끝까지 훑어보고 속삭였다.

"아이고, 겨울바람 냄새!……보니까, 오빠, 병났네! 무슨 병이 난 거야?"

달콤하고 새곰하고 비린 체취와 더불어 무화가 향기인 듯싶은 그녀의 입내가 그의 얼굴 살갗과 콧속으로 밀려들었다. 흐읍, 하고 숨을 들이쉬며 진저리를 치는데, 그녀가 바닥에 깔려 있는 이불자락을 들치고 그의 몸을 밀어 넣었다.

"……꾸중 들었어? 할아버지한테?"

이불에서 그녀의 비린 체취가 풍겼다. 그는 몸을 웅크리며 후두두 떨었다. 그녀가 걱정스레 말했다.

"감기 걸리겠어!"

눈길을 이불 표면의 코스모스 꽃무늬로 떨어뜨리는데, 그녀가 철없는 동생에게 하듯이 말했다.

"꾸중 들었지? 할아버지한테? 그렇지?……그렇다고 집을 나오면 어떻게 해?"

그는 도리질을 하고 나서 한참 있다가 말했다.

"집에 손님이 와서 방을 내주고, 친구 집에서 자겠다고 나왔는데……막상 나와서 보니까 영수는 서울로 가버리고……찾아갈 만한 친구가 없어."

그녀가 베개를 밀어주면서 말했다.

"어려워 말고, 이불 덮고 한 숨 자. 나는 일어나 공부할 시간 됐어."

그녀를 등지고 모로 누웠다. 설레는 심장의 박동이 고막을 거듭 울렸다. 문득 뒤돌아서 그녀를 끌어안은 그의 모습이 머리에 그려졌다. 그녀가 그의 품에 얼굴을 묻는 모습도 그려졌다. 만일 그녀가 내 품에 안기면, 그다음에 어떻게 해야 할까. 젖가슴을 더듬어 만져볼까. 가슴이 두방망이질을 했다. 불순한 생각을 하고 있는 스스로를 꾸짖었다. 혀를 아프게 깨물었다. 눈을 힘주어 감았다. 이때는 내 영혼이 내 몸 밖으로 빠져나가야 한다. 나는 등신이 되어야 한다. 무전여행에 대한 생각을 다시 했다. 두려워하지 않고, 당당하게 거뜬히 강진과 해남을 거쳐 목포에까지 걸어서 가는 무전여행을 해낸 모습을 그녀에게 보여주고 싶었다. 계획을 구체적으로 짜기 시작했다. 걸어서 강진으로 가고, 강진에서 영랑생가를 보고, 사각형의 삶과 오각형의 삶이 걸쳐져 있다는, 다산초당에서 백련사로 올라가는 길을 걸어보고, 해남으로 가고, 해남 대흥사와 일지암을 거쳐 목포로 갔다가 거기에서 차를 타고 돌아오는 것이다.

까무룩 잠이 들었는가 했는데, 그녀가 흔들어 깨웠다. 창문이 환해져 있었다. 그녀가 속삭였다.

"우리 할머니한테 들키지 않게 얼른 살짝 빠져 나가."

잉태

　상호는 안 교장과 눈길을 피하면서 밥을 먹었다. 식탁 맞은편에 오순옥이 앉아 밥을 먹고 있었다.
　그의 방에서는 사람이 잔 흔적이 없었다. 그렇다면 이 여자는 어디에서 잤을까. 할아버지와 함께 안방에서 잔 것 아닐까. 그는 '저 여자도 할머니라고 불러야 하는가요?' 하고 묻고 싶은 것을 참았다.
　안 교장이 어흠 하고 목을 가다듬고 말했다.
　"이 오순옥 선생, 예전에, 나 있던 학교에서 국어를 아주 참 잘 가르치시던 선생이시다."
　오순옥이 히죽 웃었다. 그 여자를 거들떠보지도 않고, 된장국물에 밥을 말아 억지로 훌훌 모두 마셔버리고 난 상호가 말했다.
　"저 오늘부터 무전여행 떠날 거예요."
　안 교장은 잠시 뜸을 들이고 나서 말했다.

"갑자기 웬 무전여행이냐? 요즘 어지러운 세상에도 그런 것 하는 사람이 있느냐?"

"……오래전부터 생각해왔던 거예요."

안 교장은 눈길을 밥상 위로 떨어뜨린 채 말했다.

"그래, 꼭 그래야 할 것 같으면…… 한 번 해봐라. 그것도 의미심장한 인생 공부다."

상호는 검정 교복바지 위에 솜 놓인 검정 점퍼를 걸친 다음 배낭을 꾸려 짊어지고 나섰다. 배낭 속에는 내의들과 치약 칫솔과 수건 한 장만 넣었다.

안 교장이 말했다.

"내가 너만 했을 때, 무전여행을 하는 또래 친구들이 있었다. 나는 해보지 않았다만……."

만 원짜리 지폐 다섯 장을 꺼내 주면서 말을 이었다.

"어디를 가든지 비상금은 있어야 하는 법이다. 갑자기 어디가 아플 수도 있고, 다칠 수도 있고……그럼 차타고 그냥 중도에서 집으로 돌아와야 하니까 돈이 필요할 것이다."

상호는 고개를 저었다.

"돈 두둑하게 넣고 여행하는 것은 무전여행이 아니지 않아요? 정말 무일푼으로 갈 거예요."

안 교장은 만 원짜리 한 장만 내밀었다. 상호는 그것도 받지 않겠다고 도리질을 하며 뒷걸음질을 쳤다.

안 교장은 돈 꺼내든 손이 오히려 부끄러웠다.
"그래, 너 알아서 해보도록 해라."
"도처에 유청산이라 했어요."
'하아 이놈 봐라!'

안 교장은 빙긋 웃으면서 고개를 끄덕거렸다. 상호의 태도가 당당해서 고맙긴 한데 가슴이 쓰라렸다. 이놈이 할아버지의 둥지로부터 멀리 떨어져 나가려고, 바야흐로 날개 치는 연습을 하고 있다. 그는 '으흠!' 하고 목을 가다듬었다. 그래, 습(習)이라는 것이 그것이다.

"아무쪼록, 굶지 말고 아프지 말고……건강한 모습으로 돌아오너라."

상호는 현관 문틀 위에 걸려 있는 '태양의 집'이란 현판을 흘긋 바라보고 사립을 나섰다.

안 교장은 상호의 조금씩 절름거리며 걷는 뒷모습을 보다가 몸을 돌렸다. 그래, 네 운명은 네가 짊어지고 가는 것이다. 어느 누구도 대신 짊어져 줄 수 없다.

송곳니

안 교장은 순천북중 교장실로 전화를 걸었다. 교장의 목소리가 들려왔다. 안 교장이 자기의 전력을 소개하자, 북중 교장은 "아니, 장학관님께서 어쩐 일로 저에게 전화를……." 하고 반색을 했다.

북중 교장은 그의 전력들 가운데서 권력과 관계가 가장 깊은 직함을 불러주고 있었다. 안 교장이 말했다.

"오순옥 선생이 지금 저에게 와 있습니다. 참 착하고 똑똑하던 선생이었는데……슬프게도 영혼이 많이 황폐해져 있네요……. 그 원인이나, 내력을 좀 알 수 없을까, 해서……."

북중 교장은 잠시 망설이다가, 자기 학교에서 일어난 오순옥 선생이 당한 사건에 대하여 말해주었다.

오순옥이 담임한 반에서 한 여학생의 가출 사건이 일어났다. 웃으면 송곳니들이 매혹적으로 드러나는 조숙한 학생이 가출한 지 열흘째 되는 날, 오순옥에게 불행한 일이 닥쳐왔다.
 '북중학교 교무실 안에 마녀 선생 하나가 있는데, 그 마녀 선생이 그 가출사건의 범인'
 이라는 말이 인터넷에 떴다. 그로 인해 학교 안팎이 뒤숭숭해졌다.
 '그 마녀 선생은 가출 여학생의 하얀 송곳니로 마스코트를 만들어 브래지어 속에 넣고 다닌단다. 그것은 마녀 짓이 들통 나지 않게 하기 위한 하나의 방편인데, 그 마녀가 다른 사람 아닌 ㅇ선생이란다.'
 "ㅇ선생이 누구일까."
 이 씨 성 가진 선생이 둘이고, 오 씨 성 가진 선생이 한 사람인데, 이 씨 성 가진 선생들은 모두 남선생이고, 오 선생 혼자가 브래지어를 찬 여선생이었다. 그렇다면 올데갈데없이 오순옥 선생이 마녀인 것이었다.
 인터넷에 기사가 뜬 다음날 아침나절에 오 선생의 반 어머니들 20여 명이 교장실로 몰려왔다. 당장에 오 선생을 불러, 그녀가 마녀인지 아닌지 확인할 수 있게 해달라고 요구했다.
 교장은 어처구니없었고 난감했다. 그렇지만 어머니들의 요구가 걷잡을 수 없도록 거칠어, 오순옥을 그들 앞에 불러 대면시켜주지 않을 수 없었다.
 오순옥이 교장실로 들어서자, 치맛바람이 드센 반장의 어머니가 교장 선생에게 잠시 자리를 비켜달라고 요구했다. 교장은 교무실로 가서, 가장 나이 많은 실과 담당 여선생을 교장실로 보냈다. 혹시 어떤 무례한 일이 일어나지 않는지 지켜보고, 그것을 미연에 방지하라고.

실과 담당 여선생이 교장실로 들어서자, 반장의 어머니가 오순옥을 향해 말했다.

"귀한 딸들을 오 선생에게 맡겨놓고 있는 우리 어머니들은 몇 날 며칠 동안 내내 불안함 속에서 보냈습니다. 오 선생의 브래지어 속에 그 흉측한 마스코트가 들어 있다고 하던데, 사실입니까? 다 같은 여자들만 있는 곳이니까 부끄러워할 것 없이, 당장에 브래지어를 벗고 그 마스코트가 있는지 없는지 보여줌으로써 우리를 불안에서 벗어나게 해주십시오. 오 선생이 만일 마녀가 아니라면 우리 앞에 그까짓 브래지어쯤 못 벗어 줄 이유가 없지 않습니까?"

오순옥은 당황하여 고개를 저으면서 뒷걸음질을 쳤다. 반장의 어머니 아니면, 교장실에 몰려온 어머니들 중의 누구인가가 마녀인지 모른다 싶었다. 그 마녀가 자기의 존재를 감추기 위해 자기를 마녀로 지목하고 있는 것 아닌가. 오순옥은 얼굴이 해쓱해지면서 눈의 흰자위가 확대되었다. 떨리는 목소리로 말을 뱉어냈다.

"허, 헛소문입니다. 저는 마녀가 아녀요. 여러분들하고 똑같은 여자입니다."

어머니들 가운데 누군가가 퉁명스럽게 말했다.

"자기 입으로 자기가 마녀라고 말하는 마녀가 어디 있어요?"

교장실 안에 앉거나 서 있는 어머니의 시선들이 화살처럼 오순옥의 얼굴과 연분홍 스웨터 자락을 들치고 나온 볼록한 젖가슴을 향해 날아왔다. 어머니의 입들이 말을 총알처럼 쏘아댔다.

"오 선생이 정말로 마녀가 아니라면, 자신만만하게 브래지어를 벗어서 털털 털어 보여주시오!"

"당장 벗어보시오!"

"마녀라는 사실이 들통 나지 않게 하기 위해 그 다스코트를 브래지어 속에 지녔다는데, 그게 사실인지 아닌지 당장 보여주십시오."

"여자끼리만 있는데 무엇이 부끄럽다고 뒷걸음질을 칩니까?"

어머니들에게 둘러싸인 오 선생은 어찌할 수 없이 스웨터의 단추를 하나씩 풀었다. 브래지어가 드러났다. 모든 어머니들이 숨을 죽였다. 그녀가 브래지어를 벗어 주기를 기다렸다. 그런데 오순옥은 그것을 벗어주려 하지 않았다. 그녀는 두 손바닥으로 브래지어의 두 봉우리를 가린 채 부들부들 떨었다.

누군가가 말했다.

"수상하구만."

다시 누군가가 확신에 찬 목소리로 말했다.

"무엇을 망설입니까? 빨리 브래지어를 벗어서 탈탈 털어 보시오."

오 선생은 출입문을 향해 뒷걸음질을 치며 도리질을 했다. 부들부들 떨었다. 오 선생으로서는, 어머니들이 입에 올리고 있는 그 마녀라는 존재가 바로 어머니들 속에 들어 있는 어떤 한 여자인 듯싶었다. 그 마녀인 여자가 가출한 여학생을 어디엔가 감추어두고 이 소란을 조장하고 있는 듯싶었다. 아니, 교장실에 모여 있는 모든 어머니들이 다 마녀인 듯싶었다. 오 선생은 마녀들을 피해 문을 열치고 도망쳐야 한다고 생각했다.

오 선생이 도망치려 하는 기미를 알아차린 출입문 쪽의 어머니들이 오 선생의 퇴로를 차단했다. 한 어머니가 문을 잠가버렸다. 그들은 오 선생의 당황해 하는 태도로 보아, 소문대로 브래지어 속에 그 마스코트를 숨기고 있음에 틀림없다고 확신했다. 어머니들은 더욱 강경하게 브래지어를 벗어 털어보라고 요구했다.

"빨리 벗어요."

"도망치려 하지 말고 얼른 자수해라."

퇴로가 막혔다고 생각한 오 선생은 눈물을 줄줄 흘리면서, 두 손바닥으로 브래지어의 볼록한 부분을 덮어 가린 채 쪼그려 앉았다. 세차게 고개를 저어대며 거듭 소리쳤다.

"아녀요! 저는 마녀가 아니라고요!"

어머니들은 확신에 차서 이구동성으로 소리쳤다.

"자기 입으로 자기가 마녀라고 말하는 마녀가 어디 있어?"

"마녀가 틀림없어!"

"가까이 있는 어머니들 뭐하고 있어요? 두려워하지 말고 확 벗겨서 탈탈 털어봐!"

용감하고 적극적인 한 어머니가 오 선생 앞으로 나섰다. 브래지어의 봉을 덮어 누르고 있는 오 선생의 두 손을 잡아 젖혔고, 옆의 다른 한 어머니가 뒤에서 브래지어의 잠금장치를 풀었고, 또 다른 어머니가 브래지어의 한쪽 끝을 잡아채서 털었다.

오 선생은 드러난 자기의 두 유방을 감추려고 몸을 웅크리면서

"안 돼요!" 하고 비명을 질렀다. 동시에 오 선생의 기형인 오른쪽 유방을 본 한 어머니가 "으악! 마녀다!" 하고 소리치면서 실신했다. 그 옆의 다른 많은 어머니들이 오 선생의 기형인 외짝 유방을 보고 소스라쳐 뒷걸음질을 치며 "마녀다!" "마녀다!" 하고 소리쳤다.

그들은, 오 선생의 오른쪽 유방이 남자의 그것처럼 납작하고 유두가 녹두알만큼 작은 것을 보았을 뿐, 브래지어 속에 숨기고 있다는 송곳니 마스코트를 발견하지 못했지만, 제각기 "마녀다!" 라는 말 한 마디씩을 뱉어냈다. 그리고 마녀인 오순옥을 피해 교장실 밖으로 뛰쳐 달아났다. 교무실로 달려 들어가면서, 놀란 닭이나 병아리들처럼 사방을 두리번거리며 소리쳐댔다.

"마녀다!"

오 선생은 브래지어를 찾아 착용하지 못한 채로, 스웨터만을 걸쳐 입고 교무실로 달아났다. 오 선생의 눈동자는 공포에 떨고 있었다. 흰자위가 커져 있고, 검은자위는 작아져 있었다.

실과 담당 여선생이 다가가서 오 선생을 끌어안으려고 하자, 오 선생은 책상 밑으로 몸을 피하면서 "마녀! 마녀!" 하고 중얼거렸다. 몰려든 모든 어머니들의 존재가 다 마녀로 보인 것이었다. 오 선생은 부들부들 떨면서 식은땀을 흘리고 있었다.

북중 교장이 말했다.

"오 선생의 한쪽 유방이 왜 비정상인지 그것을 가족들을 통해 알아냈습니다. 오순탁 선생 미망인에게서 그 이야기를 듣고 저는 어른들의 한 순간의 판단착오가 한 인간의 운명을 얼마나 엄청난 비극으로 바꾸어놓는가 하는 것을 생각했습니다."

북중 교장은 어이없어 하는 말투로 오 선생의 외짝 유방에 대하여 말했다.

"오순옥의 어머니 아버지도 무식하고 아홉 살 된 오순옥을 진단한 의사도 무책임했어요. 오순옥이 아홉 살이던 어느 봄날, 어머니에게 오른쪽 젖꼭지가 아프다고 말을 한 모양이어요. 어머니가 만져 보니까 젖꼭지 밑에 커다란 망울 하나가 잡혔어요. 아직 열 살도 되지 않은 아이가 젖망울이 커지고 있을 리 없다, 이것은 종양이나 암의 일종인 모양이다, 하고 대학병원으로 데리고 갔습니다. 의사가 만져보더니 종양이라고 하면서 수술을 해버렸는데, 그게 사실은 조숙한 아이의 젖망울이었던 모양입니다. 오순옥이 처녀로 성숙했을 때, 수술을 해버린 그 오른쪽 젖가슴은 여성의 그것으로 발달하지를 않고, 남자의 그것처럼 조그마해 있기만 한 겁니다. 그것은 여자로서 어느 누구에게도 내보이고 싶어 하지 않은 치부이기 때문에, 오 선생은 그날 어머니들에게 한사코 감춘 것이었고, 어머니들은 그것을 이상하게 생각하고, 강제로 열쳐 보고나서 오 선생을 마녀라고 판정한 것이고, 그 충격으로 오 선생은 제 정신을 잃어버린 것입니다."

북중 교장의 말을 듣고 안 교장은 한동안 억불을 쳐다보고 있었다. 억불이 말했다.

371

'정신이상이 된 오순옥이 그대에게 찾아온 것은 그대 안인호의 운명입니다. 오순옥을 감당해야 할 책임이 그대에게 있습니다. 그녀를 위하여 신명을 다하십시오.'

찬바람을 짊어지고

상호는 왼쪽에 탐진강을 끼고 강진을 향해 걸었다. 찬바람이 등 뒤쪽에서 강굽이를 따라 달려왔다. 메추리의 새끼들 같이 앙증스러운 갈색 꽃을 치켜든 갈대숲이 출렁출렁 춤을 추었다. 강의 물너울에 쏟아지는 햇살들이 새떼처럼 재잘거렸다.

김정순영의 목소리가 들리는 듯싶었다.

"소설 쓸 거리, 시 쓸 거리 떠오르면 메모하기도 하고……잠자면서는 내 꿈 꾸고! 알았어?"

강물이 찰싹거렸다. 타원형으로 번지는 연속 물결무늬들이 바이올린과 피아노와 클라리넷과 오보에의 합주처럼 깔려 있는 강물은 진한 쪽빛이었다. 검은 구름장이 산을 넘어왔다. 머리 위에서는 찬란한 햇빛이 쏟아지고 있었다. 왕거미 줄 같은 투명한 햇살. 그의 가슴이 환해지고 있었다.

찬바람을 등지고 구름에 달 가듯이 강변길을 걸어갔다. 아주 오래 전, 누구인가가 지금의 자기처럼 텅 빈 호주머니로 터덜터덜 도보여행을 했을 듯싶은 그 길을 그는 가고 있었다. 역사는 반복된다. 정말 누구인가가 괴나리봇짐을 짊어지고 짚새기신 신고 허름한 갓 쓰고 나처럼 텅 빈 주머니인 채로 갔을지도 모른다. 한 발자국 한 발자국에 사념을 남기는 것, 이것이 사실은 철학이라는 것이다. 그의 발걸음은 철학적인 시를 쓰고 있었다.

강진 읍내에 이르렀을 때 배가 고팠다.
별로 크지 않은 한 식당으로 들어갔다. 검누른 직사각형의 판자에 서투른 검정 글씨로 '부부식당'이라고 쓴 간판이 걸려 있었다. 그 간판이 그를 그리로 들어서게 했다.
그는 식탁 앞에 앉아서 시금치를 다듬는 주인 여자에게, 자기는 장흥서고 3학년인 안상호인데, 바야흐로 텅 빈 호주머니로 도보여행을 하고 있다고 말을 한 다음, 설거지라든지, 청소라든지, 무엇이든지 시키는 대로 해드리겠다고 하면서, 밥 한 끼만 좀 먹여달라고 말했다.
배불뚝이인 주인 남자가 얼굴 가득 웃음을 담으면서
"너는 웬 얼굴이 그렇게 가무잡잡하냐? 너 베트남에서 왔냐?" 하고 농담을 했다. '가무잡잡'이란 말과 '베트남'이란 말이 가슴에 얹혀 답답했다. 그 답답함을, 철학적인 시인이 된 터인 만큼 선선히 걸쭉한 농담으로 되받았다.

"맞아요. 저 베트남에서 귀화한 여자의 아들이어요."

오동통하고 볼이 약간 처진 주인 여자는

"그래, 어서 여기 앉아라." 하고 선뜻 김치볶음밥을 만들어주며 자기 남편에게 말했다.

"여보, 이 학생 눈 또록또록 맑고 이쁜 것 좀 봐. 쌍꺼풀에다가 새까만 눈썹에다가 거물거물한 살빛에다가……."

상호는 머리를 꾸벅 숙여 주면서 "고맙습니다. 잘 먹겠습니다." 하고 달게 먹었다.

주인 여자는 옆으로 앙바틈하게 자란 시금치를 다듬으면서 안타까워하는 목소리로 말했다.

"아까 들어설 때 본께 다리가 조금 불편한 것 같구만……어디까지 갈 것이냐?"

상호가 말했다.

"저, 이래봬도 장흥 억불산 억불바위 등반까지 해낸 청년입니다."

스스로를 청년이라고 말한 것이 열없어서 그는 코를 찡긋했다.

주인 여자가 말했다.

"그래, 체구는 약간 작은 것 같아도 아주 똑똑하고 야무지겠다."

그가 밥을 다 먹은 다음, 자기가 사용한 밥그릇과 숟가락들을 씻어놓고 나서, 주인 여자에게 변소 청소라도 해드리겠다고 말했다. 주인 여자는 도리질을 하면서, 어서 갈 길이나 부지런히 가라고 말했다.

그는 고맙다는 인사를 하고 길을 나섰다.

영랑생가에 들렀다. 정원의 모란은 앙상한 가지들만 남아 있었다. 마당 가장자리에 있는 시비를 읽었다.

……5월 어느 날 그 하루 무덥던 날
떨어져 누운 꽃잎마저 시들어버리고
천지에 모란은 자취도 없어지고
뻗쳐오르던 내 보람 서운케 무너졌으니……
나는 기다리고 있을 테요. 찬란한 슬픔의 봄을.

상호는 '찬란한 슬픔' 속에 젖어 들었다. 얼굴색이 잿빛으로 변한 채 오소소 떨던 어머니의 옷에 박혀 있던 도깨비바늘과 쇠무릎풀씨들이 떠올랐다.

넥타이를 매고 안경을 낀 김영랑 선생의 초상을 바라보았다. 창씨개명을 끝까지 반대한 지사 시인이므로, 양복 아닌 한복을 입고 계신 초상이면 더 좋을 것을…….

영랑생가를 등지고 찬란한 슬픔의 겨울 거리를 걸어가면서 생각했다. 나는 장차 영랑 선생보다 더 좋은 시를 쓸 것이다.

읍내를 벗어나 다산초당이 있다는, 해변 마을 귤동을 향해 걸었다. 해는 서쪽으로 기울고 있었다. 뒤에서 달려온 트럭이 먼지바람을 끼얹어주고 쌩 달려가 버렸다.

김정순영의 얼굴을 떠올리면서 영랑의 시를 외며 걸었다.

내 혼자 마음 날같이 아실 이
그래도 어디나 계실 것이면
내 마음에 때때로 어리우는 티끌과
속임 없는 눈물의 간곡한 방울방울
푸른 밤 고이 맺는
이슬 같은 보람을 보낸 듯 감추었다 내어 드리지
아! 그립다
내 혼자 마음 날같이 아실 이
꿈에나 아득히 보이는가
향맑은 옥돌에 불이 닳아 사랑은 타기도 하오런만
불빛에 연긴 듯 희미론 마음은
사랑도 모르리 내 혼자 마음은.

김정순영의 방 책상 앞에 이 시가 붙어 있었다. 그녀의 목소리가 들리는 듯싶었다.
'오빠는 이보다 더 좋은 시 쓸 수 있을 거야.'
상호는 '푸른 밤 고이 맺는 이슬 같은 보람을 보낸 듯 감추었다 내어 드리지'라는 대목이 환장하게 좋았다.

가파른 오솔길

해가 저물어 귤동에 이르렀다. 가파른 오솔길을 걸어 다산초당으로 올라갔다. 다산 정약용 선생의 초상을 대면했다. 진한 쪽색 관복 차림의 강직해 보이는 얼굴. 강진에서 18년 동안 유배 살이를 하며 책 5백여 권을 써내셨다는 선생 앞에 엎드려 절을 하고 나서 오솔길을 따라 올라갔다. 길 주변에 차나무들이 무성했다.

  하아, 나는 지금 몸으로 시를 쓰고 있다.

  할아버지의 말씀을 떠올렸다.

"다산 정약용 선생은 차나무가 많은 다산에서 사셨으므로 스스로를 다산이라 별호를 삼았을지도 모른다. 참 향기로운 아호다."

  할아버지는 억불산 밑에서 살고 계시므로 억불산 선생이라고 불러야 하지 않을까.

  다시 할아버지의 말씀을 떠올리면서 오솔길을 올라갔다.

"너의 할아버지, 안인호 교장 말이다……. 퇴임을 한 다음 장학관이나 교장 출신이라는 사회적인 지위나 체면 따위에 얽매여 사는 것을 사각형적인 삶이라 한다면, 그것들을 싹 무시해버리고 여기저기 다니면서 가엾은 시신들의 염을 해주는 행위 따위가 오각형적인 삶이라 할 수 있을 거야."

이 길의 다산초당 쪽에는 사각형적인 삶이 놓여 있다면 백련사 쪽에는 오각형적인 삶이 놓여 있다고 할아버지가 그랬다. 할아버지의 오각형적인 삶을 체험하기 위해 상호는 이날 밤 백련사에서 잠을 자고 싶었다. 주지스님에게 절 안에서 재워 달라고 조를 참이었다.

절 마당으로 들어섰을 때, 범종이 뎅 뎅 울었다. 종루에서 키가 호리호리한 스님이 종을 치고 있었다. 절에서는 밥 먹을 때가 되었다는 것을 범종 소리로 알린다고 들었다. 종루 앞으로 가서 기다리다가, 범종 치기를 마치고 돌아서는 스님에게 말했다.

"스님 여기서 저녁밥을 좀 얻어먹고 하룻밤 자고 갈 수 없을까요?"

여성처럼 살빛이 희고 앳된 얼굴인 호리호리한 스님이 상호의 위아래를 살폈다.

"여행 중이신가요?"

그렇다고 하자 키 호리호리한 스님은

"저기 대웅전에 가서 부처님께 백팔 배를 하고 나서, 저쪽 공양 간으로 오셔요." 하고 몸을 돌렸다.

상호는 대웅전으로 갔다. 대웅전 안에 서려 있는 어두운 보라색

그늘이 그를 편안하게 해주었다. 향냄새가 가슴 속으로 밀려들었다. 눈을 반쯤 감은 금빛 부처님이 그를 내려다보았다. 부처님 앞에는 촛불이 켜져 있고, 향불이 타고 있었다. 한 수필집에, 석가모니 부처님은 길에서 태어나 길을 걸어 다니며 길에 대하여 가르치다가 길에서 죽었다고 쓰여 있었다. 길은 진리 그것이라는 것이다. 오늘 내가 걸어온 길도 진리일 터이다.

배낭을 벗어놓고 절을 했다. 한 번, 두 번……열 번, 스무 번, 아흔 번, 아흔아홉 번, 백 번, 백여덟 번.

상호는 스스로를 비웃었다. 백팔 번 절을 하는 것은 백팔 번뇌를 버리라는 것이라 했는데, 나는 오직 빨리 절을 하고 가서 저녁밥 얻어먹고 절 안의 어디선가 잠을 좀 자게 해달라고 청할 작정만을 머리에 굴리고 있었다. 넉넉하고 자비로운 부처님 앞에서 나는 너무 이기적이고 옹졸하다.

상호는 스스로 열없어 하면서, 대웅전을 뒤로 하고 공양간을 향해 가다가 '그렇지,' 하고 깨달았다.

'백여덟 가지의 번뇌 속에는 내가 지금 걱정하고 있는 저녁밥이란 것과 잠자리란 것도 들어 있을 터이다. 우리 삶에 있어서, 먹는 것과 잠자는 것이 얼마나 중요한 문제인가.'

풍경

 범종을 치던 호리호리한 스님이 저녁밥을 먹고 난 그를 객실로 안내해 주고 세숫대야에 따뜻한 물을 퍼주었다. 소쇄를 한 다음 발을 씻고 자리끼 한 잔을 마시고 자리에 누워서 잠을 청했다.
 공양간(식당)에서 본, 얼굴에 검버섯과 주름살이 많은데다 눈썹이 허옇고, 등허리가 약간 굽은 듯싶던 늙은 스님의 모습이 의식을 초롱초롱 맑아지게 했다.

 상호가 공양간에 들어섰을 때, 그 늙은 스님은 공양간의 안쪽에서 천천히 밥을 먹고 있었다. 한데 상호가 밥 한 그릇을 다 먹고 났을 때에, 어느 사이엔지, 그 늙은 스님이 그의 옆으로 다가와 쪼그려 앉은 채 속삭이듯이 말했다.
 "학생, 만행을 하러 나섰구나!"

상호는 늙은 스님의 얼굴을 흘긋 쳐다보며 얼른 무릎을 꿇었다. '무전여행'과 '만행'이란 말의 뜻이 비슷한 모양이라고 생각하며, 반듯한 정사각형 같은 목소리로 말했다.

"네."

늙은 스님은 정사각형 같은 상호의 태도가 귀엽다는 듯이 싱긋 웃고, 머리를 쓰다듬어주면서 다정스러운 목소리로 말했다.

"이 사람, 베트남에서 왔구나!"

상호는 얼굴이 화끈했다. 늙은 스님에게서 짜릿하게 건너오는 전류 같은 것이 있었다. 어디선가 본 듯싶은 얼굴이었다. 갸름한 얼굴 윤곽, 쌍꺼풀 진 눈매, 운두가 높은 코⋯⋯.

늙은 스님은 한동안 상호의 얼굴을 바라보고 있다가, 범종을 치던 앳된 호리호리한 스님을 향해, 그를 객실에서 자도록 해주라고 당부했다.

앳된 호리호리한 스님은 그를 객실에다가 안내해주고 나서 말했다.

"아까 그, 우리 방장 스님 말이요, 베트남전쟁에 참전하셨는데, 군복을 벗자마자 출가하셨대요."

잠이 멀리 달아나버렸다. 그 늙은 스님의 갸름한 얼굴 윤곽, 쌍꺼풀 진 눈매, 운두 높은 코가 선명하게 머릿속에 그려졌다. 우수수 바람 소리가 들렸다. 창 밖에서는 바람이 낙엽을 굴리면서 달려가고 있었다. 뎅그렁 뎅그렁 풍경이 울고 있었다. 천장을 쳐다보았다. 어스름 속에서 사각의 연속무늬가 어른거렸다. 키 작달막하고 얼굴이 거무접접하고 눈이 맑은 어머니의 갸름한 얼굴 윤곽과 운두 높은 코와 쌍꺼풀진 눈매가 떠올랐다.

상호 어머니의 어머니(외할머니)는 베트남 전쟁 때 한국 군인을 사랑했다던 것이다. 그 군인은 귀국하는 배에 오르면서 그녀를 곧 데리러 오겠다고 약속을 했는데, 그 약속을 지키지 않았다고 했다. 자기를 버린 한국 청년을 기다리며 홀로 산 어머니의 한스러운 삶을 보고 자란 딸(상호의 어머니)은, 장사하러 들어온 한국 청년과 결혼을 했다.

상호는 가슴과 정수리에서 알 수 없는 떨림이 일어났다. 혹시 그 늙은 스님이 바로 내 외할머니를 버린 그 한국 군인 아니었을까. 그렇다면 그 스님이 내 외할아버지이다. 아 세상은 좁다. 내일 아침에 그 늙은 스님에게 한번 물어보자. 혹시, 노스님께서 제 외할버지 아니신가요?……아니다. 그렇지 않을 것이다. 아니다. 정말 그럴지도 모른다. 도리질을 했다. 그럴 리 없다.

풍경소리가 가슴을 흔들어댔다. 넋이 흔들리고 있었다. 그의 넋이 흔들리면서 또 하나의 알 수 없는 풍경소리를 내고 있었다. 사람들은 사랑하다가 왜 헤어질까. 사랑을 하면서 동시에 가슴에다 배반의 씨앗을 심는 것일까. 사람과 사람 사이의 사랑과 배반은 알 수 없는 역사를 만들어간다. 그는 어지럼을 느끼면서 까무룩 잠이 들었다.

방광이 부풀어 올라 잠에서 깨었다. 방문을 열고 나가 오줌을 누었다. 수런거리는 나뭇가지들 사이로 가지색 하늘이 보였다. 거기에 노란 별 파란 별 빨간 별들이 눈을 깜박거렸다. 풍경소리가 울렸다. 그 소리가 가슴 속에서 끝없이 뎅그렁 뎅그렁 공명하고 있었다. 넋이 그 소리에 흠뻑 젖고 있었다.

"이 사람, 베트남에서 왔구나!"

늙은 스님의 얼굴이 머리에 그려졌다. 갸름한 얼굴 윤곽, 쌍꺼풀진 눈매, 운두 높은 코……. 그 스님의 디엔에이가 내 속에 전해졌을까. 그 늙은 스님은 어떤 방에서 주무실까. 아, 그 늙은 스님이 내 외할아버지일지도 모른다. 내 뿌리가 이곳 백련사에 있다. 도리질을 했다. 그럴 리 없다. 아니다. 그럴지도 모른다. 도리질을 했다. 그럴 리 없다.

날이 밝으면, 무전여행을 그만 두고 집으로 돌아가기로 작정했다. 늙은 스님의 말 한 마디 '이 사람 베트남에서 왔구나.' 란 말로 인해 알 것을 다 알아버렸다. 나의 뿌리를 알고, 나의 줄기와 잎이 뻗어가야 하는 방향을 이미 다잡은 마당에, 여기저기를 헤맬 이유가 없다. 오각형적인 자유자재의 삶이란 것은 여기서부터 시작되는 것 아닐까. 장차 어딘가에 숨어 살고 있는 어머니와 외할머니와 외할아버지의 이야기를 소설로 쓰자. 그 소설 속의 외할아버지를 백련사의 그 늙은 스님으로 설정하자. 그래, 그렇다. 자신감이 가슴을 벅차게 했다. 심호흡을 했다. 모든 세상이, 가느다란 빨대로 빨아들이는 것처럼, 그의 내부로 빨려 들어오고 있었다. 사랑과 배반의 슬프면서도 오묘한 역사.

새벽 예불을 하는 스님들 속에서 늙은 방장스님의 모습을 발견했다. 그 스님에게서 그의 가슴으로 찌르트 전류가 날아들었다. 그는 진저리를 치면서, 그 스님의 등과 부처님을 향해 절을 하고, 또 했다. 텅 빈 호주머니 여행의 졸업을 기념하는 절이었다. 오각형적인 삶을 시작하는 절이었다. 그 절을 마치자마자 절을 뒤로하고 산을 내려갔다. 풍경소리가 그의 가슴을 뎅그렁 뎅그렁 울리고 있었다.

소문

무전여행에서 돌아온 뒤부터 상호는 날마다 아침 일찍이 정남진도서관으로 달려가, 밤에 문을 닫을 때까지 한국문학전집, 괴테, 셰익스피어, 톨스토이, 로렌스, 까뮈, 릴케, 도스토예프스키, 헤밍웨이, 스타인벡, 카잔차스키의 책들을 만났다. 책 속에 한없이 유현하고 관광(寬廣)한 세계가 있었다. 그 세계를 독후감 노트에 한 자락씩 또 한 자락씩 기록해갔다. 나는 억불처럼 의젓한 구원의 시인 소설가가 될 것이다. 오각형적인 삶을 사는 시인 소설가.

몸 단련을 끊임없이 치열하게 하면서, 목재소에서 널빤지를 구해다가 격파 연습을 했다. 널빤지 격파, 꼭 한 번 써 먹을 때가 있다.

안 교장은 오순옥의 치유에 몰입했다.

그녀에게 약을 하루 세 번 먹였다. 그녀를 어르고 달래서, 가슴과 배를 열게 한 다음, 족삼리에서부터 시작하여, 중완과 기해 관원, 정수리의 백회에 뜸을 떠주었다.

그녀의 손을 잡고 목탁골 일대와, 우드랜드 주위의 편백나무숲과 삼나무 숲을 거닐었다. 억불과 이야기를 나누고 합장을 하고 명상을 하라고 시켰다. 시키는 대로 하면 머리를 쓰다듬어 주었다. 귀엽다고 볼을 꼬집어주기도 했다.

욕조에 따뜻한 물을 받아 목욕을 시켜주었다. 그녀는 그에게 알몸을 보여주는 것을 부끄러워하지 않았고, 그의 손길이 이곳저곳의 살갗에 닿는 것을 행복해 하였다. 남자들의 젖꼭지 같은 자기의 비정상인 오른쪽 젖꼭지를 손가락 끝으로 잡아당기며 히히히 웃었다. 수건으로 물기를 닦아주고 나면, 그녀가 그의 가슴에 얼굴을 파묻었다. 쿵쿵하고 그의 체취를 맡으면서 말했다.

"아, 맛있는 냄새 난다. 구운 오징어 냄새, 아니, 북어 냄새……. 흐흐흐흐."

그는 그녀를 끌어안아주고 등을 토닥거려주었다. 이제는 수면제를 끊었다. 신경안정제만 먹고도 깊이 잠을 자곤 했다.

그녀가 잠든 사이에, 시장에 나가 돼지고기를 사왔다. 구워 먹이기도 하고 된장국을 끓여 먹이기도 했다. 그녀는 그의 품에 안긴 채 잠을 자려고 고집을 부리는 것 말고는 말썽을 부리지 않았다. 시키는 대로 따랐고 고분고분 말을 잘 들었다.

안 교장은 확신이 생겼다. 깡마른 오순옥을 잘 먹이고, 약을 꾸준히 복용하게 하고 뜸을 꾸준히 떠주고 마음을 편안하게 해주면, 어느 날 문득 제 정신을 회복하게 될 것이다. 미래는 화려한 미지수이다.

상호가 대학교에 다니기 위해 서울로 가버린 다음에는, 본정신을 잃어버린 가엾은 딸처럼, 혹은 철없는 젊은 아내처럼 여기고 함께 살리라 했다. 그녀의 히히히 하는 웃음을 귀여워하며.

마을 사람들은 지나가는 체하고 몰래 안 교장의 집안을 기웃거리곤 했다. 안 교장이 미친 여자하고 부부처럼 한 방에서 기거한다는 소문이 마을에 퍼졌다.

그가 그녀에게 약을 먹여 잠재워놓고 병원 영안실로 염을 하러 간 다음, 깨어난 그녀는 그를 찾아 집안을 발칵 뒤지고 나서 집 주위를 돌아다녔다. 마을 안의 이 집 안, 저 집 안을 기웃거리며 돌아다니기도 했다.

마을 노파들은 그녀를 노인당으로 데리고 가서 앉혀놓고, 둘러앉아 알밤이나 고구마를 주면서, 안 교장과 그녀가 어떻게 살아가고 있는지를 미주알고주알 캐물었고, 그녀는 모든 것을 시시콜콜 까발렸다.

"우리 교장 선생님이 목욕도 시켜주기도 하고, 나를 보듬고 자기도 하고 그래."

"교장 선생하고 그것도 하냐?"

짓궂은 물음에 그녀는

"응? 그것?" 하고 되물었다.

"그래 그것."

"발가벗은 다음에 보듬고 하는 것 말이여."

노파들은 자기들끼리 어깨나 등을 치면서 까르르 웃어댔다.

그녀는 도리질을 하면서 말했다.

"옷은 안 벗고, 나만 교장 선생님을 보듬고 가슴에다가 코 박고 자는 거야."

그 노파들의 입에서 떨어진 말은 전혀 새로운 말을 만들고, 그 만들어진 말은 또 다른 수상한 말을 만들었다. 수상한 말들의 몸에는 여러 색깔의 털이 나고 손과 발과 꼬리가 나왔다. 그 말들은 마을을 넘어 장흥 관내 여기저기로 음험한 악취처럼 퍼져 나갔다. 그 말을 듣고 제일 먼저 안 교장을 찾아온 것은 박정식이었다.

"어쩌려고 저런 여자를 데리고 사십니까? 당장 내보내십시오. 시방 무슨 소문이 나도는지 아십니까? 안 교장이 미친 여자하고 동침을 하곤 한다는 것입니다. 저 여자가 교장 선생님의 사회적인 명성에 치명적인 손상을 입히고 있습니다. 교장 선생님은 장흥의 최고 원로이지 않습니까?"

안 교장은 허공을 향해 "어허허허" 하고 너털거린 다음 말했다.

"그래요, 저 천사하고 함께 먹고 자고 하는 것이 사실이어요. 아니, 그런데, 그게 어때서요?"

박정식은 안 교장의 태연스러움에 어안이 벙벙했다. 한동안 안 교장의 얼굴을 물끄러미 건너다보던 박정식이 결연히 말했다.

"교장 선생님, 염을 하러 다니시는 것은 그렇다 치더라도, 저 여자

하고의 일은 교장 선생님이나 우리 장흥 사회를 위해서 슬픈 일입니다. 교장 선생님, 정신을 차리십시오."

안 교장은 빙긋 웃으면서 타이르듯이 말했다.

"염려 마십시오. 나 정신 온전합니다. 흘러 다니는 말에 너무 괘념하지 마시오. 박 거사는 저 억불님 잘 모시고, 도 잘 닦으시고, 신도들 관리나 잘 하십시오. 저는 제 마음 가는대로 제 방식대로, 저 산 위의 억불님이 시키는 대로 살아갈 겁니다. 저 여자로 인해 저의 인격에 치명적인 손상이 입혀졌다면, 그냥 입혀진 대로 사는 것이지요 뭐. 그게 저 억불님의 뜻일 테니까."

박정식은 떫은 입맛을 다시며 돌아갔다.

상호는 할아버지가 미친 여자 오순옥과 한 방에서 기거하는 것이 할아버지의 오각형적인 삶이라 여겼다.

상호는 할아버지의 일을 아랑곳하지 않고 자기의 방에서 조용히 자곤 했다. 그리고 아침 일찍이 일어나서 억불을 향해 머리와 허리를 굽혀 세 번 절을 한 다음, 역기와 완강기 등을 이용하여 몸을 단련하고, 태권도 수련을 하고, 주먹과 수도로 죽데기 판을 쳤다.

오순옥은 툇마루에 앉은 채 상호가 몸 단련하는 것을 물끄러미 보고 있곤 했다. 상호는 그녀에게 눈길을 주지 않고 휭 도서관으로 공부를 하러 갔다가 깜깜해져서 돌아오곤 했다. 방학 동안에는 김정순영도 맹꽁이 가방을 짊어지고 상호를 따라 도서관에 다니면서 책을 읽기도 했다.

해가 억불산 머리에 떠올라 있었다.

안 교장이 오순옥에게 약을 먹이고 뜸을 떠준 다음 잠을 재워놓고, 자전거를 타고 나가려는데 강진의 임정철이 검정 승용차를 몰고 달려왔다. 임정철은 안 교장 앞에 무릎을 꿇고 엎드려 절을 하고 나서 말했다.

"동창 하나가 전화를 해서, 이렇게 달려왔습니다. 교장 선생님, 정신 이상한 여자를 아내로 맞아 살고 계신다는 것이 사실이십니까?"

'현기증이 날만큼 빨리빨리 돌아가는 세상이라더니, 과연 놀랍다.'

안 교장은 임정철의 두 눈을 바라보면서 오른손의 검지를 입술에 가져다 댔다. 임정철을 사립 쪽으로 끌고 갔다. 사립 밖으로 끌려 나온 임정철이 안 교장에게 말했다.

"교장 선생님 말년이 이렇게 되시면 안 됩니다. 존경하고 따르던 제자로서 절대로 그냥 두고 볼 수가 없습니다. 저라도 들어서 저 여자를 쫓아내드리겠습니다."

안 교장은 임정철을 골목 밖으로 밀고 간 다음 목소리를 낮추어 말했다.

"무슨 소리를 하고 있는 거야? 저 여자 털끝만치라도 건드리면 안 돼! 저 여자 보통 여자가 아니야, 천사야 천사. 하늘에서 내려온 천사 말이야."

임정철이 반발했다.

"저 여자 때문에 우리 교장 선생님 말년의 생활이 엉망진창이 되고 있습니다요."

안 교장이 말했다.

"말이란 것은 원래 땅에 떨어지자마자 부숭부숭 털이 돋고, 손발이 나오고, 입과 코와 귀가 생기고, 생식기가 생기고, 겨드랑이에서 날개가 나와서 훨훨 날아다니는 것이여. 다들 나를 흉보더라도, 자네는 그 말들을 믿지 말게나. 자네야말로 이 부덕한 나를 진실로 아끼고 사랑하는 제자이니까, 내가 자네한테 내 진실을 말해주겠네. 나 아직 노망하지 않았고, 나만의 확실한 소신에 따라 살고 있으니까 걱정 하지 말게나. 알겠는가? 알았으면 돌아가게나."

임정철은 안 교장의 진정성을 확인하려는 듯 그의 두 눈을 들여다보았다. 안 교장이 하소연하듯이 말했다.

"다 몰라도 저 높은 곳에 계시는 분은 진실을 아시네. 저 여자 머지않아 완치 되면, 내가 살자고 붙잡아도 떠나갈 걸세. 두고 보게나. 나는 그것을 확신하고 있어. 내 말을 믿어주게. 아니, 저 여자가 온전하게 정신을 회복한 다음에, 나하고 같이 이 집에서 함께 살겠다고 할지라도 어찌할 수 없어. 온전해진 다음에, 기어이 나하고 함께 이 집에서 살겠다고 하면, 장흥 읍내에 적당한 일자리 하나를 마련해 줄 것이야. 청소년 수련관에서 학생들을 가르치는 것이라든지, 도서관 사서라든지……. 저 천사 실력이 아주 대단한 국어 선생이었어."

임정철은 다시 땅에 엎드려 거듭 머리를 조아리면서 말했다.

"제발, 제발! 교장 선생님의 말씀이 옳기를 하느님께 빌겠습니다."

임정철은 돌아가면서

"많지는 않지만, 상호 학비에 보탤 수 있도록 한 달에 몇 푼씩이라도, 지난번에 드린 그 통장에 넣어 드릴 테니까 염은 그만 하러 다니십시오." 하고 말했다.

열흘쯤 뒤의 아침나절에 선우길이 택시를 타고 달려왔다.
안 교장이 오순옥에게 아침밥과 약을 먹이고, 백회와 중원에 뜸을 떠준 다음 잠을 재워놓고, 조심스럽게 문밖으로 나와 자전거를 이끌고 집을 나서려는 참이었다. 그는 검은 색의 정장 차림 위에 오리털 파카를 걸치고 쑥물 한 병과 알코올 한 병을 검정 비닐봉지에 담아들고 있었다. 성모병원 영안실에서 한 남자의 시신이 안 교장을 기다리고 있었다.
선우길은 안 교장의 핸들 잡고 있는 장갑 낀 한쪽 손을 두 손으로 붙잡은 채 낮은 목소리로 말했다.
"교장 선생님께서는, 날이 갈수록 소설적인 인물이 되어 가고 계십니다."
안 교장은 당혹해 하면서, 재빨리 핸들을 잡지 않은 손의 검지를 입술에 대보이고, 자전거를 사립 밖으로 밀고 나갔다. 선우길이 뒤를 따랐다.
안 교장이 난처해하며 말했다.
"그런데……나 시방 일 때문에 급하게 나가려는 참인데 어쩌나? 뒤에 타소. 함께 읍내로 나가게."
선우길은 고개를 저으면서 말했다.

"걱정 말고 먼저 가십시오. 저는 잠시 혼자 선생님 댁의 툇마루에 걸터앉아, 조용히 저 억불님한테서, 교장 선생님이 그간에 살아온 이야기나 좀 듣고 갈랍니다. 제가 사실은……가끔씩 교장 선생님 생각이 나면, 혼자 택시 타고 이리로 달려와서, 교장 선생님이 안 계실지라도 저 툇마루에 걸터앉아, 억불님하고 많은 이야기를 나누다가 가곤 하거든요."

안 교장이 선우길을 건너다보며 말했다.

"이 사람 글 쓸 거리가 좀 궁한 모양이구만."

선우길이 말했다.

"저 '억불' 이야기를 쓰고 있습니다."

안 교장이 말했다.

"송미녀 기생 이야기나 쓰면 됐지, 왜 또 억불 이야기까지 욕심을 내고 있어?"

"그 모든 것들을 다 아울러 쓸 생각입니다. 우리 안인호 교장 선생님 하고 상당히 비슷한 인물을 주인공으로 해서요."

안 교장은 선우길의 어깨를 툭 치며

"자네는 하여튼!" 하고 나서 당부를 했다.

"그런데, 자네 오늘은 각별히 신경을 쓰면서 조심할 것이 있네. 뭐냐 하면, 시방 우리 집에 예쁜 천사가 와 있어. 그 천사가 시방 약을 먹고 잠이 깊이 들어 있으니까, 깨지 않도록 발자국 소리를 내지 말고……혹시 나를 찾아 밖으로 나가려고 하면, 내가 금방 돌아올 거라고 하면서 붙잡고 있어주소. 자네 오늘, 내 방에서 자고 있는 우리 천사 보모 노릇을 좀 야무지게 해주소. 우리 그 천사, 철없는 아이 한 가지여……. 우리 그 천사 돌보는 일 보통 힘 드는 것이 아닐 것이네."

선우길은 떫은 입맛을 다셨다. 그는 안 교장이 한 미친 여자를 데리고 산다는, 향기롭지 못한 소문을 듣고 달려왔음을 말하고, 부디 조심하라고 당부할 기회를 놓쳐버렸다. 그는 기껏

"하는 데까지 조심해서 해볼게요." 하고 말했을 뿐이었다.

안 교장이 자전거에 오르면서 덧붙여 말했다.

"우리 천사, 잠 깬 다음에, 말을 시키면 한없이 잘 할 것이네. 자네, 그 소설 쓰는 김에 아주 우리 천사 이야기까지도 다 아울러 쓰도록 하소."

선우길이 안 교장을 향해 꾸벅 절을 하며 말했다.

"저는 복이 아주 많은 사람입니다."

안 교장은 빙긋 웃으며 선우길을 향해 고개를 끄덕거려주고, 두 발을 페달 위에 올려놓았다. 안 교장의 자전거는 비탈진 시멘트 포장길을 살같이 나아갔다. 자전거는 비탈길에서 페달을 밟지 않아도 잘 달려가 준다. 평지에서는 페달을 밟음만큼만 달려가 준다. 나도 이 고물 자전거처럼 살다가 죽을 것이다.

선우길은 오리털 파카를 걸치고, 고물 자전거에 올라탄 안 교장의 뒷모습이 한 사람의 가엾은 보통 사람으로 보였다. 안 교장은 성자일 수 없다. 한 미친 여자와 부부처럼 산다는 것이 그를 보통의 사람으로 되돌려 놓고 있는 것이었다. 선우길은 도리질을 했다. 아니,

사실은 그것이 성자의 모습인지도 모른다. 그게 아니다. 안 교장은 스스로도 알 수 없는 역사를 기술하고 있는 그냥 보통 사람이다.

깸

안 교장은 불쾌해진 얼굴로 자전거를 끌고 집으로 돌아갔다. 자전거 뒤에는 두툼한 검은 봉지 하나가 얹혀 있었다. 철없는 딸이나 아내인 듯싶은 오순옥에게 입힐 옷들이 그 봉지에 들어 있었다. 연한 쪽색 통치마와 진한 귤 색깔의 저고리, 우유빛의 실크 속치마, 하얀 겨울내의 두 벌, 팬티 다섯 장, 검정 브래지어 하나. 그는 사람들이 정신이상인 그녀를 추하게 보지 않도록 예쁘게 치장해주고 싶었다.

아, 오순옥이 문득 거짓말처럼 온전한 의식을 회복하고, 예전의 오순옥 선생이 되어 자기의 오롯한 삶으로 되돌아간다면 얼마나 좋을까. 그가 사다 준 옷들을 입고 수줍어하면서, 그에게 인사를 하고 돌아가는 그녀의 모습을 머리에 그리며, 그는 비탈길을 오르고 있었다.

비탈진 길이 여느 때보다 더 가파른 듯싶고, 자전거가 무겁게 느껴졌다. '나도 이제 많이 늙었나 보다.' 그는 도리질을 했다. '무슨 소리를 하고 있는 거냐, 나는 절대로 아직 늙지 않았다.'

이날은 염을 시작하기 전에 소주 한 병을 마셨다. 시체에서 역한 냄새가 났다. 독거노인의 시신인데, 죽은 줄 모르고 닷새 동안이나 방치한 것이었다.

향을 무려 서른 개비나 피워놓고, 술에 취한 상태에서 비틀거리는 의식으로 염을 했는데, 속에서 자꾸 구역질이 올라왔다. 그것을 참느라고 그는 내내 혀를 깨물며 안간힘을 썼다.

입관하고 관 뚜껑을 닫고 났을 때, '아, 이번에도 해냈구나!' 하고 스스로를 축하했다. 그는 한 건 한 건을 해낼 때마다 스스로를 축하하곤 했다. 나는 쇠똥구리처럼 우주를 청소한다. 어떤 미개 민족은 쇠똥구리가 해를 굴리고 간다고 믿는다고 했다. 나도 해를 하나씩 하나씩 굴리며 서쪽으로, 또 서쪽으로 간다. 평화스러운 영원만 존재하는 극락은 해가 떨어지는 서쪽 어디엔가 있을 터이다.

억불이 빙그레 웃고 있었다. 그 표정은 여느 때의 표정이 아니었다. 안 교장은 억불을 향해 목례를 했다. 억불의 표정으로 보아, 무슨 좋은 일인가가 자기 주변에 일어나고 있다고 생각했다.

선우길이 밝은 표정으로 사립문 앞에 나와서 그를 맞이했다. 선우길의 얼굴을 찬찬히 살폈다. 이 사람에게는 알 수 없는 예지가 들어 있다. 이 사람과 만나면 예측하지 못했던 유쾌한 일이 일어나곤 한다. 그는 코를 찡긋하면서 선우길의 어깨 너머로 마당과 집을 살폈다. 오순옥의 모습이 보이지 않았다. 조용했다. 해는 중천에 떠 있었다. 그녀가 아직도 자고 있을까. 그럴 리 없는데 웬일일까.

선우길이 그의 마음을 읽고 조용히 말했다.

"그 천사 지금 방 안에 있습니다."

정신이상자가 숙면을 한다는 것은 좋은 징후이다. 자전거에 싣고 온 검정 비닐봉지를 들고 잰 걸음으로 댓돌 앞으로 갔다.

방안에서는 아무런 기척이 없었다. 가슴에 후끈 뜨거운 기류가 일어났다. 주먹 같은 것이 뭉쳐졌다. 그것이 목구멍으로 넘어왔다. 울음이었다. 그것을 꿀꺽 삼켰다. 뜨거운 예감이 정수리에 뻗쳐들었다. 가슴이 수런거렸다.

"오 선생!"

그가 부르자 방문이 열렸다. 그녀가 천천히 걸어 나왔다. 두 손으로 얼굴을 가린 채 마당으로 내려섰다. 그의 앞에 무릎을 꿇고 앉으면서 머리를 숙였다. 그녀는 울고 있었다. 두 손으로 얼굴을 가렸다. 손가락 사이로 보이는 콧등과 볼과 턱에 물기가 번들거렸다. 이때껏 울고 있었던 것이다. 그렇다면 깨어난 것이다. 온전한 정신으로 돌아간 것이므로 부끄러워하고 있는 것이다.

"어흑, 으흑 으흐, 으흑 으흑······."

안 교장의 코가 시큰해지고 눈에 뜨거운 물이 어렸다. 그는 쪼그리고 앉으면서 그녀를 끌어안았다. 그의 품에 안긴 그녀가 엉엉 목 놓아 울었다. 그는 그녀의 등을 토닥거렸다.

"그래요. 오 선생은 그동안 악몽을 꾸고 있었어요. 이제 그 꿈에서 깨었으니 됐어요."

"어헉, 교장 선생님, 어흐, 어흐……."

선우길은 죽은 줄 알았던 딸이 돌아와 아버지와 만나고 있는 듯싶은 그들의 모습을 눈물 글썽거리며 내려다보고 있었다.

안 교장은 그녀의 등을 토닥거리며 말했다.

"내가 새 옷 사가지고 왔으니까 갈아입어보시오."

그녀는 그에게서 비닐봉지를 받아 들고 방 안으로 들어갔다. 한동안 방안에서는 울음소리만 들려왔다. 그는 방안을 향해 얼른 옷을 갈아입고 나오라고 재촉하고, 욕실에 가서 소쇄를 하고 나왔다.

이윽고 그녀가 옷을 갈아입고 머리를 단정하게 빗고 나왔다. 연한 쪽색의 생활한복 통치마와 진한 귤 색깔의 저고리를 입은 그녀는 새 사람이 되어 있었다. 오랜 동안 슬피 운 까닭으로 그녀의 눈두덩은 부어 있었고, 눈의 흰자위에는 핏발이 서 있었다. 툇마루로 나온 그녀의 앞에 그가 신을 들이밀었다.

"얼른 돌아가서 중단한 일 부지런히 하면서 사시오. 그리고 약 하루도 빠짐없이 먹고, 그 약이 떨어지려 하면 미리 약봉지에 적힌 광주 그 병원에 가서 약 더 가져오도록 하고."

그녀는 고개를 떨어뜨리고 신을 신었다.

선우길이 말했다.

"교장 선생님의 지극한 정성으로 회복된 것이니까 좀 전에 하신 말씀 명심하고 어서 돌아가 부지런히 살아보시오."

안 교장이 말했다.

"아참, 점심때가 되었네. 선우 선생, 우리 오 선생이랑 나가서 자장면이나 한 그릇씩 먹세."

선우길이 그의 전용 택시를 불렀다.

안 교장은 그녀의 약봉지를 그녀의 배낭 속에 넣어들고 그녀를 이끌었다. 읍내 중국음식점에서 삼선자장면 한 그릇씩을 먹은 다음 안 교장은 그녀에게 순천행 버스표 한 장을 사주고, 용돈 10만원을 배낭에 넣어주며 신신당부했다.

"오 선생, 절대로, 절대로, 그 약 때 놓치지 말고 먹어요. 그 약…… 오 선생은 평생 먹어야 할 운명이라고 생각하고, 보약이라 생각하고 계속해서 먹어야 합니다. 절대로, 절대로!"

한데 그녀가 버스에 오르려다가 돌아서서 안 교장에게 울면서 말했다.

"교장 선생님, 저 순천 안 가고, 교장 선생님 옆에서 살면 안 될까요? 밥도 지어드리고 빨래도 해드리고 차도 끓여드리고 그럴게요."

땅에 쪼그려 앉으면서 두 손으로 얼굴을 가리고 울면서 말을 이었다.

"순천에 가서 저 혼자 사는 것 자신이 없어요. 거기에 가면 어떤 알 수 없는 무서운 세계인가가 저를 기다리고 있다가 한밤에 벼락 치듯이 덮칠 것 같고……정말 자신이 없어요."

안 교장은 가슴이 쓰라렸다. 한동안 하늘을 쳐다보았다. 구름장들이 남으로 가고 있었다. 그는 도리질을 하면서

"안 돼요." 하고 그녀 옆에 쪼그려 앉아 등을 토닥거리면서 말했다.

"이 늙은이 옆에서 살면 안 되고……가야해요. 가서 혼자 꿋꿋하게 살아야 합니다."

선우길이 거들었고, 오순옥은 내키지 않은 걸음으로 버스에 올라탔다.

버스가 고속도로 진입로에 들어섰다. 그 버스의 뒷모습이 안양 나들목 저편으로 사라질 때, 안 교장은 그녀를 따라가 볼 것을 잘 못했다고 자책했다. 어떻게 사는지 보고 돌아올 것을 그랬다. 아니, 보내지 말고, 딸처럼 데리고 살 것을 그랬다. 청소년 수련관이나 새로 생긴 정남진도서관이나 성 목사의 자애원 같은 곳에서 봉사활동을 하게 할 것을……. 그는 혀를 아프게 물며 후회했다.

오순옥은 마녀 사건으로 인한 공포 때문에 학교와 사람들을 두려워 할 것이고, 학교 당국에서는 정신이상이었던 그녀를 다시 받아주지 않을 것이다. 그렇다면 모르는 학생들의 과외지도를 하면서 살아야 할 터인데, 학부모들과의 만남에서 또 그 마녀에 대한 공포증이 도지지 않을까.

조마조마해 견딜 수 없었다. 그녀가 다시 실성을 한 채 되돌아 올 것만 같은 생각이 가슴을 아프게 했다. 그럴 리 없다, 이제 건강하게 잘 살 것이다, 하고 스스로를 타이르면서, 선우길의 택시를 타고 집으로 갔다.

선우길이 돌아간 다음 그는 툇마루에서 억불을 바라보았다. 억불이 빙그레 웃으며 말했다.

'괜찮을 거요……. 그렇지만 그 여자가 만일 다시 오면 그때는 딸처럼 데리고 살아버리시오. 상호의 방을 그 여자한테 주고……상호는 금방 서울로 갈 테니까……그 여자의 건강 상태를 보아가면서, 그 여자한테 마땅한 일자리, 가령 도서관의 사서 같은 것, 학생들의 과외 지도 같은 것을 마련해주고…….'

　안 교장은 피곤이 몰려들었다. 방으로 들어가 자리를 펴고 드러누우려는데, 흰 종이 한 장이 눈에 들어왔다. 집어 펴보았다. 볼펜으로 쓴 깨알 같은 글씨들이 개미처럼 움직거렸다.

　교장 선생님, 저로 인해 교장 선생님께서 당한 불편한 일들에 대하여 선우 선생님으로부터 다 들었습니다. 당장 죽고 싶어요. 그렇지만, 돌아가서 사는 데까지 살아볼게요. 잘 살아가는 것이 교장 선생님에 대한 은혜보답일 거라 생각하고요. 내내 건강하십시오.

오순옥 올림.

　그 편지를 윗목으로 밀어놓는데 밖에 인기척이 있었다. 문을 열치니 오순옥이 마당 한가운데 서 있었다. 머리끝이 하늘로 솟구쳐 올라가는 듯싶었다. 그새 정신이 이상해져서 되돌아왔단 말인가.

　안 교장은 맨 발로 달려 나가 그녀의 손을 잡아끌어 툇마루에 앉혔다. 그녀가 댓돌에 무릎을 꿇고 앉아 울며 말했다.

　"교장 선생님, 저 교장 선생님 옆에서 살게 해주십시오. 무서워서 순천에 못가요, 어흑 어흑…….''

　안 교장은 억불을 쳐다보았다. 억불이 말했다.

'그래, 딸처럼 데리고 살아버리시오.'

안 교장은 오순옥을 끌어안았다. 등을 토닥거리면서 말했다.

"그래, 나하고 살자. 오 선생은 내 딸 노릇하고, 나는 아버지 노릇 하면서……."

상호가 밤늦게 돌아왔을 때 안 교장은 말했다.

"앞으로는 오순옥 선생한테 고모라고 불러라."

오순옥은 부엌에서 수줍어하며 밥상을 차리고 있었다.

상호는 '고모'라는 말을 중얼거려 보았다. 고모, 고모……. 난생 처음 입에 담아 보는 그 말이 가슴을 후끈 뜨겁게 하고 있었다.

할아버지가 말했다.

"대학교 기숙사로 들어갈 때까지만 할아버지 방에서 살자. 새 고모한테 네 방을 주고."

맞장

이튿날 아침 안 교장은 새벽같이 자전거를 타고 시장엘 다녀왔고, 새 고모 오순옥은 부엌에서 아침 준비를 했다. 도마 소리가 났고, 그릇 달그락거리는 소리가 들렸다. 상호는 아침 몸 단련을 하고 얼굴을 씻었다. 새 고모가 차려준 밥과 국과 반찬들은 전에 할아버지가 해준 것들보다 훨씬 깨끗하고 맛깔스러웠다.

2월 21일이었고, 졸업식을 하루 앞두고 반 아이들이 모두 모였다.
짝은 광주의 ㅅ대학 물리치료학과에, 뭉치는 ㅈ대학교 체육학과에, 영수는 서울 ㄱ대 영문과에, 범생이 규만이는 서울 ㅅ대에, 상호는 ㅅ대학 문예창작과에 합격했다.
학교 안에는 누가 퍼뜨렸는지, 상호가 혼자서 억불바위를 등반했다는 소문이 퍼져 있었다. 영수가 상호의 손을 잡아 흔들면서 반가워했다.

"짜식! 언제 도둑운동을 그렇게 해가지고 억불 탐사를 했어, 나한테 말도 없이?"

상호는 어색해하며 말없이 웃기만 했다.

종례하기 직전에 상호는 영수에게 귀엣말을 했다.

"이따가 영수 니가 내 옆에 좀 있어주라. 짝하고 맞장을 뜰 참이다. 뒷동산에서."

영수가 눈을 크게 벌려 떴다. 그 눈길이 상호의 두 눈 속으로 파고들어왔다.

"너 맞장이라고 했니?"

상호가 고개를 끄덕거렸다. 영수는 다시 한 동안 상호의 얼굴을 바라보다가 도리질을 하며 말했다.

"이제 졸업을 해버리는 마당인데, 불쌍한 그것들 그냥 놔둬버려라. 그것들은 오늘도 내일도 모르는 가엾은 좁밥들이야. 우리가 우화등천(羽化登天)하는 나비라면 그것들은 땅을 기는 찌질이 애벌레들이다."

상호는 고개를 저으며 단호하게 말했다.

"아니야, 저것들도 나도 졸업을 확실하게 해야 하니까."

영수가 놀랍다는 듯이 상호의 얼굴을 한동안 바라보다가

"너, 금방 '저것들도 너도 졸업을 확실하게 해야 하니까'라고 말했니?" 하고 나서 오른손으로 상호의 오른손을 잡아 흔들며 "하하하하" 하고 유쾌하게 웃었다. 왼손으로 상호의 등을 툭 쳤다.

종례가 끝나자마자 상호는 짝에게

"야, 나 좀 만나자. 저기 뒷동산에서." 하고 나서 몸을 돌리며, 네모난 것이 들어 있는 감색 가방을 짊어졌다. 아이들 가운데서 가방을 짊어진 것은 상호 혼자뿐이었다. 고개를 깊이 떨어뜨리고 앞장서 가면서 생각했다. 이제부터 나는 내 역사를 새로이 쓴다.

짝이 사방을 둘러 살폈다. 상호의 말을 들은 사람은 자기뿐이었다. 모두 제 갈 길을 가고들 있었다. 짝은 '이 새끼가?' 하는 도끼눈으로 상호의 뒤통수를 찍고 있다가, 뭉치에게 자기를 좀 따라가 달라는 귀엣말을 하고 나서 상호의 뒤를 따라갔다. 짝의 뒤를 뭉치가 따라 붙었다. 뭉치의 뒤를 영수가 밟았다.

학교 뒷동산 한복판에 무덤 둘이 있었다. 상석 앞에 편편한 마른 잔디 깔린 공간이 있었다. 거기에 이르러 상호가 발을 멈추었다.

이른 봄의 잔디는 잿빛이었다. 해는 중천에 떠 있고, 햇살은 투명했다. 상호의 거무스레한 그림자가 잔디에 묻힌 그의 발을 감싸고 있었다. 그의 실존을 새삼스럽게 인식하게 하는 작은 그림자.

상호는 가슴이 후들후들 떨렸다. 다리도 떨렸다. 겁이 났다. 나는 지금 정말 잘하고 있는 것인가. 그래 잘 하고 있다. 나에게도 주먹과 완력이 있음을 보여주어야 한다. 가슴을 펴고 심호흡을 하면서 짝에게 말했다.

"우리 인제 확실하게 졸업하기로 하자."

짝이 그의 앞에 버티고 서면서 빈정거렸다.

"아쭈! 이 냄새나는 찌질이 좁밥새끼! 그래, 확실하게 졸업하자!"

짝 뒤에 뭉치가 서고 상호 뒤에 영수가 섰다.

뭉치가 상호를 향해 빈정거렸다.

"야, 까리한 염꾼 손자새끼, 너 그 동안 많이 컸다이!"

상호는 속으로 소리쳤다. 그래, 나는 자라지 않는 나무가 아니니까 많이 컸을 수밖에 없다.

짝이 비뚤어진 코를 찡긋하면서 상호에게 말했다.

"헤어지는 마당에 너 코뼈 뭉개지고 갈비 부러지고 싶으냐?"

상호는 스스로를 향해 속으로 소리쳤다. 겁내지 마. 다섯 번 맞더라도 한 번 때려 보는 거야. 해보는 데까지 최선을 다해보는 거야. 솜 든 점퍼를 벗어 던졌다. 짝도 가죽으로 된 웃옷을 벗어 팽개쳤다.

상호는 가방 속에 넣어온 것을 꺼냈다. 신문지로 둘둘 말아 싼 네모난 판자였다. 신문지를 벗겨내고, 그것을 영수에게 주면서 들고 있어달라고 했다.

짝은 의아해 하며 상호가 하는 짓을 지켜보았다. 뭉치는 상호의 뜻을 알아차리고

"야, 까리한 새끼, 웃기지 마라!" 하고 빈정거렸다.

상호는 아랑곳하지 않고, 영수가 두 손으로 잡고 수직으로 내밀어주는 판자를 향해 공격 자세를 취했다. "얏!" 하고 기합을 주면서, 오른 주먹의 정관으로 쥐어질렀다. 판자가 두 쪽으로 갈라졌다.

영수가 오른 손바닥을 치켜들면서 "야, 안상호 파이팅!" 하고 말했고, 상호가 그 손바닥을 그의 오른 손바닥으로 힘껏 쳤다.

짝이 불안해하며 뭉치의 얼굴을 바라보았다. 뭉치가 짝에게 말했다.

"야, 짝, 겁먹지 마. 저 좁밥, 아무것도 아니야!"

상호는 가방에서 다른 판자 한 개를 꺼내 영수에게 건네며 들고 있어 달라고 했다.

영수는 수평으로 판자를 받쳐 들었다. 상호는 격파 자세를 취한 다음 "얍!" 하고 기합을 주고 나서, 바른손 수도로 그것을 쳤다. 판자가 두 동강이 났다. 영수가 격파된 파자들을 내던지고, "오카이!" 하면서 아까처럼 오른손바닥을 치켜들었다. 상호가 오른손바닥으로 영수의 손바닥을 쳤다. 짝 앞으로 당당하게 나서며, 두 주먹을 들어 올리고 공격 자세를 취했다.

영수가 뭉치와 짝을 향해 말했다.

"야, 너희들 상호 깔보지 마라이. 옛날 상호가 아닌께. 우리가 수능시험장에 들어가 있을 때 상호는 어디에 있었는지 아냐? 혼자서 저 억불바위를 탐사했단다. 너희들 암벽등반을 하려면 얼마나 몸단련을 해야 하는지 아냐? 저 판자 하나를 격파하려면 얼마나 빽판을 쳐야 하는지 너희들 잘 알지 않니? 야, 짝, 너 묵사발 되고 싶지 않으면, 상호한테 얼른 무릎 꿇고 빌어. 이때껏 삼 년 동안 내내 못살게 굴어서 미안하다고 빌고 화해를 청해라! 안 그러면 너 오늘 갈비나 목뼈가 다 부서진다."

뭉치가 짝을 향해 말했다.

"야, 짝, 겁먹지 말고, 절뚝거리는 찌질이 좁밥 새끼, 그냥 한 방에

409

발라버려라."

짝은 얼굴이 하얗게 굳어졌다. 눈알이 흐려졌고 입 주위의 근육이 풀렸고, 볼과 입술이 실룩거렸다. 부르쥔 주먹이 미세하게 떨고 있었다.

상호는 재빨리 자세를 바꾸었다. 왼 주먹과 왼 발을 앞으로 내밀었다. 짝을 향해 오른발을 날리려는 것이었다. 짝이 한 발 물러섰다.

그때 영수가 뭉치를 향해 말했다.

"야 뭉치, 절대로 말리지 마! 어떤 식으로든지 결판이 날 때까지."

상호가 짝 쪽으로 날렵하게 한 걸음 나아갔다. 짝이 먼저 발차기로 공격을 했다. 상호가 피하며 한쪽 팔로 방어를 한다고 했지만, 짝의 다른 발이 상호의 허벅다리를 가격했다. 하필 그 다리는 소아마비를 앓은 부실한 다리였고, 상호는 비틀거렸다.

뭉치가 박수를 쳤다. 짝이 재차 공격을 했다. 이번에는 상호가 피하면서 옆차기를 했다. 그 발이 짝의 옆구리를 가격했고, 짝이 엉덩방아를 찧었다. 영수가 박수를 쳤다.

짝이 곧바로 일어났다.

어떻게 알았는지 반 아이들이 달려왔다. 순식간에 이십여 명으로 불어났다. 아이들이 울을 짜고 구경을 했다. 멀찍이서 여학생들 여남은 명이 그들의 싸움 구경을 하고 있었다. 그들 속에 김정순영이 들어 있었다. 그녀는 손에 땀을 쥐고 발을 구르면서 소리쳤다.

"안 돼! 영수 오빠, 싸우지 못하게 말려!"

그녀는 '성한 사람이, 한쪽 다리에 장애가 있는 사람을 상대로 싸우는 것은 비굴하고 나쁜 일'이라고 소리치고 싶었다. 그렇지만 그녀는 차마 '한쪽 다리에 장애가 있는 사람'이란 말을 하지 못했다. 영수의 등 뒤로 달려가서 울면서 소리쳐 말했다.

"영수 오빠, 얼른 말리지 않고 뭘 하는 거야!"

영수는 뒤도 돌아보지 않고 손사래를 쳤다. 두 팔을 십자로 벌려, 그녀가 앞으로 나서지 못하게 했다.

상호가 다시 공격할 기회를 포착하기 위하여 전후좌우로 기민하게 움직거렸다. 재빨리 왼발 공격을 하는 체하다가 오른발 공격을 했다. 그것이 헛발질이었고, 짝이 옆차기를 했다. 그 발이 상호의 얼굴을 때렸고, 상호는 거꾸러졌다. 상호의 코와 입에서 피가 흘렀다.

김정순영이 소리쳤다.

"영수오빠, 말리란 말이야!"

영수가 싸우는 두 사람에게서 눈길을 떼지 않은 채, 두 팔을 벌리고 뒷걸음질을 치며 그녀를 뒤쪽으로 멀리 밀어냈다.

상호는 피를 훔치면서 일어나, 공격할 기회를 노렸다. 짝은 승기를 잡았다고 생각하고, 더 적극적으로 공격을 했다. 짝의 발이 거듭 상호의 옆구리와 엉덩이와 허벅다리로 날아왔다. 짝은 이어 상호의 부실한 다리를 집중적으로 거듭 공격했다.

뭉치가 소리쳤다.

"야, 이쯤 해서 끝내라, 119 불러 병원으로 실려 가기 전에."

김정순영이 영수의 등을 떠밀면서, 어서 말리라고 소리쳤다. 영수는 그녀의 말을 아랑곳하지 않고 소리쳐 응원했다.

"야, 상호, 힘내!"

상호는 평양박치기한테 얻어맞고 코와 입술이 뭉개진 장흥 무득이의 이야기를 떠올리며 이를 악물었다. 그는 주먹으로 공격하는 체하다가 순간적으로 덤벼들어 짝의 허리를 보듬었다. 짝의 한쪽 다리를 걸어 넘어뜨리고 뒹굴면서, 이때껏 악력기와 완강기를 이용하여 단련한 손아귀와 팔로 짝의 목을 조였다.

뭉치가 말했다.

"야, 비굴하게 붙잡지 말고, 깨끗하게, 정정당당하게 놓고 일어나서 싸워!"

영수가 박수를 치면서 소리쳤다.

"야! 까불지 마, 이것은 정정당당하고 깨끗한 유도식이야……. 그래, 상호, 힘껏 졸라라!"

김정순영은 눈물을 훔치며

"그래, 힘껏 졸라!" 하고 소리쳤다.

상호의 귀에 그녀의 목소리가 들려왔다. 그의 온몸에 힘이 솟았다. 짝은 목을 자라처럼 움츠리며, 상호의 손과 팔을 떼어내려고 안간힘을 썼다. 짝이 밀리고 있다고 생각한 뭉치가 두 사람을 떼어놓으려고 들었다. 영수가 뭉치의 어깨를 잡아 젖히며 "야, 말리지 마!" 하고 소리쳤다. 뭉치가 떠밀려 뒷걸음질을 쳤다.

상호는 두 다리로, 모로 넘어져 있는 짝의 허리를 감아 비틀면서, 왼쪽 팔을 짝의 턱 밑으로 밀어 넣는데 성공했다. 오른손으로 그의 왼 손목을 잡아 당겨 조였다.

짝의 두 손이 상호의 손을 떼어내려고 들었지만 허사였다. 완강기와 악력기와 역기와 아령 운동을 거듭하여온 상호의 팔뚝과 손목이 점차 짝의 목줄 안쪽으로 깊이 파고 들어가고 있었다. 짝이 캑캑거렸다. 상호는 더욱 힘껏 짝의 목을 조였다. 마침내 짝이 숨을 쉬지 못하고 고통스러워했다. 낌새를 알아챈 영수가 짝에게 소리쳤다.

"야, 항복하려면 손으로 얼른 상호 등이나 어깨를 두드려!"

짝은 목 졸림을 당한 유도 선수들이 항복을 표시하듯이 손바닥으로 상호의 어깨를 두들겼다. 둘러싸고 있는 구경꾼들이 "와아!" 하고 아우성을 쳤다. 상호가 짝을 풀어주고 몸을 일으켰다. 영수가 달려들어 상호를 얼싸안으며 소리쳤다.

"야아! 안상호, 만세! 안상호 만세!"

김정순영이 손수건을 꺼내 상호의 코와 입술에서 흐르는 피를 닦아 주었다. 짝은 일어나지 못하고 드러누운 채 숨을 가쁘게 몰아쉬었다. 뭉치가 짝에게 소리쳐 말했다.

"이건 무효야! 촌스럽게 붙잡고 뒹굴지 말고 신사적으로 다시 해! 야, 얼른 일어나 다시 해!"

짝은 일어나려 하지 않았다. 뭉치는 울분을 참지 못하고, 주먹을 부르쥐고 상호를 노려보았다. 짝 대신 자기가 상호에게 공격을 가할 태세였다. 영수가 상호를 가로막고 서서 뭉치에게 말했다.

"야, 뭉치, 이젠 모든 게 끝났어!"

뭉치가 갑자기 짝의 등을 냅다 걷어차고 소리쳤다.

"야, 까리한 자식, 이제부터는 너하고 안 놀아!"

영수가 뭉치의 손을 잡아당기면서 말했다.

"야, 우리 이젠 졸업이야!"

뭉치가 영수를 향해 소리쳤다.

"야, 졸업하는 마당에 왜 싸움을 붙이는 거야?"

상호가 당당하게

"까닭이 있어." 하고 소리쳤다.

뭉치가 따졌다.

"까닭은 무슨 까닭이야?"

학생주임과 체육 선생과 교내지도 교외지도 선생들이 달려왔다. 구경하던 아이들이 뒷걸음질을 쳤다. 싸움판에는 상호와 김정순영과 영수와 뭉치와 짝, 다섯 사람만 남아 있었다. 그들은 교무실로 이끌려갔다.

교무실 문 앞에 이르렀을 때 교내지도 선생이 김정순영을 향해

"너는 뭐야, 저리 가!" 하고 등을 떠밀어버렸다.

학생주임이

"졸업을 하루 앞두고 이게 뭐야? 이 시점에서 퇴학 맞을래?" 하면서 네 학생을 나란히 무릎을 꿇리려고 들었다. 짝과 상호와 영수는 순순히 무릎을 꿇는데, 뭉치는 무릎을 꿇으려 하지 않고 대들듯이 말했다.

"선생님, 이 아이들하고 함께 무릎 꿇는 것 억울합니다. 저는 죄 없어요. 상호가 맞장을 뜨자고 짝을 끌고 가길래, 말리려고 따라갔

을 뿐이어요."

"그 말은 맞습니다." 하고 영수가 뭉치를 변호해주었다.

학생주임이 영수를 내려다보며 따졌다.

"사실이야? 상호가 먼저 맞장을 뜨려고 나섰다는 게?"

선생들은 늘 두들겨 맞기만 하고 왕따를 당하던 상호가 맞장을 뜨려고 나섰다는 것이 곧이들리지 않았다.

"그렇습니다."

학생주임이 영수에게 명령했다.

"네가 객관적으로 이 사건에 대해서 말해봐."

영수가 말했다.

"우리가 일 학년 막 들어왔을 때부터 짝하고 뭉치가 상호를 무지무지 많이 괴롭혔습니다. 뒤통수 때리고, 똥침 먹이고, 똥킥하고, 왕따 시키고……. 그랬는데, 오늘 상호가 짝하고 단 둘이 맞장을 뜨고 싶다고 해서, 제가 깨끗하게 맞장을 뜨도록 도와주려고 갔습니다. 그런데 뭉치가 따라왔습니다."

"야아, 이 자식들 봐라. 상호 뒤는 영수가 봐주고, 문작(짝)이 뒤는 문치(뭉치)가 봐주는 패싸움이었네?"

학생주임이 상호를 향해 말했다.

"야 상호! 느그 할아버지가 우리 학교를 20여 년 동안 키워온 교장 선생님이라는 것 알지? 늘 당하면서도 잘 참아내고 탈 없이 졸업을 하는가 했는데, 상호, 너 이게 무슨 짓이야? 니 속에도 불이 들어 있었다는 거야? 뭐야?"

415

상호가 학생주임을 향해 말했다.

"제가 이렇게 한 것, 우리 할아버지한테서 배운 것입니다. 이제 우리는 고등학교의 졸업을 확실하게 해야 합니다……. 짝하고 뭉치하고는 삼 년 동안 내내 저를 왕따시키고 핍박한 그 못된 행동들에서 졸업해야 하고, 저는 그 핍박과 왕따에서 확실하게 졸업을 해야 하는 겁니다. 이제 우리는 모두 대학생이거든요. 고등학교 시절의 못된 짓으로부터 분명하게 졸업을 하고, 이젠 새 길을 가야 하거든요."

학생주임이 물었다.

"그래서! 인제 모든 것에서 다 확실하게 졸업을 했냐?"

상호가 두 손으로 얼굴을 가리면서 어헉 하고 울기 시작했다.

학생주임이 상호를 일으켜 세우고 얼싸안았다. 뭉치의 손과 짝의 손과 영수의 손을 이끌어다가 한데 합쳤다. 상호의 손을 이끌어다가 세 사람의 손 위에 얹어 잡게 했다. 두 손바닥으로, 그들 네 사람의 손들이 한 데 엉기도록 힘껏 압착해주었다.

옆에 선 체육 선생이 말했다.

"그래! 그 말 맞다, 확실하게 졸업을 해야 한다!"

교내지도 선생이 박수를 쳤다. 깡마른데다 말상인 상호네 담순이가 상호를 안아주었다. 교무실 출입문 안으로 들어와 있던 김정순영이 두 손으로 얼굴을 가리면서 흐느껴 울었다. 창문에서 날아온 흰 빛살이 그들의 머리 위로 쏟아지고 있었다.

학교 운동장 남쪽 가장자리의 헌걸차고 우람한 느티나무 우듬지

위로 억불산이 솟아 있었고, 그 산 중턱에 앉아 있는 거대한 할아버지가 상호를 향해 웃고 있었다.

청소년 비속어, 은어, 인터넷 용어
(이것은 광주 지방의 것으로, 소설가
이자 국제고등학교 국어 교사인 김희
균 선생이 제공한 것임)

ㄱ

ㄱㄱㄱ : 고고고.
간지나다 : 폼나다, 뽀대나다와 동의어. 어원은 일본말 '간지(感)'.
간지뻴(간지-feel) : '뽀대'와 같은 뜻.
갈구다 : 쳐다보다, 괴롭히다.
갈비 : 볼수록 싫어짐. '갈수록 비호감'의 준말.
강간 : 게임에서 상대가 너무 약한 일방적인 게임. 주로 강간(관광)당하다로 사용됨. 캐(개)관광(강간)이라고도 함.
강추 : 강력추천의 줄임말.
갠소 : 개인소장.
갱고 : 그냥 하자. 어원은 '그냥 go 하자.'
건수 올리다 : 여자 사귀다.
건지다 : 손에 넣다. 이성 친구를 사귀다.
걸조 : 걸어 다니는 조각상. 즉, 꽃미남.
격친 : 격렬하게 친하게 지냄. 비슷한 어휘로 짱친, 절친 등이 있음.
고고싱 : 어디어디로 가자. 출발.
  예) 집으로 고고싱. 16강 고고싱.

고딩, 고삐리 : 고등학생.
고친 : 고민을 해결해주는 친구.
곤휴 : 고추, 성기를 가리킴.
골 때린다 : 골치 아프다. 황당하다. 난처하다.
공주병 : 자기가 공주인 줄 착각하는 여자(여학생). 잘난 척하는 여학생.
관광시키다 : 일방적으로 당하다를 '강간(强姦)당하다'로 표현. 인터넷에서 강간과 발음이 비슷한 '관광'을 사용. 어떤 경쟁이나 게임에서 상대가 너무 약해서 갖고 놀다.
광클 : 狂+클릭. 미치도록 마우스를 클릭함. 데이플스토리라는 게임에서 미치도록 클릭하는 것. 혹은 조회수를 높이기 위해 반복해서 클릭하는 일.
구래(까다) : 거짓말(하다).
구름과자 : 담배. (=야리)
귀사 : 귀여운 척 사기 치다.
귀차니스트 : 모든 걸 귀찮아하는 사람.
글설리 : 글쓴이를 설레게 하는 좋은 리플.
금따 : 금세기 최고의 왕따.
금사빠 : 금방 사랑에 빠지는 사람.
기포 : '기말고사를 포기하다'의 줄임말.
길막 : 길을 막다.
까대다 : 대들다.
까리하다 : 어수룩하다, 멍청하다, 잘 모르다 등 상황에 따라 그 의미가 다양하게 쓰임.
깔 : 여자 애인. = 깔다구.
깔식 : 애인을 친구들에게 소개하는 신고식.
깔치 : 여자 애인.
깜지 : 시험공부 등으로 종이에 빽빽할 정도로 글자를 써놓는 것.

깝치다 : 까불다. 잘난 체 하며 나서다.
깡다구 : 배짱.
꺽다 : 술 마신다.
꼬댕이 : 공부도 못하고 놀지도 못하는 아이.
꼬봉 : 일종의 하인, 심부름꾼.
꼬불치다 : 감추다.
꼬장(부리다) : 화내다.
꼰대 : 선생님, 아버지. 주로 윗사람의 의미로 쓰임.
꼴값 : 분수에 어긋난 행동. 황당한 짓. 말도 안 되는 소리.
꼴다 : 내기 등에서 돈을 잃다. (성적인 의미로) 발기되다.
꼽냐 : 불만 있냐는 의미.
꼽사리 : 새치기. 참견. 끼어들다.
꼽주다 : 창피하게 하다.
꽈배기 : 남의 말을 잘 비꼬는 사람.
꾸벅 : 인터넷에서 인사를 할 때 쓰는 말.
꿀리다 : (힘이나 조건 따위가) 모자라다, 부족하다.
끝빨 : 영향력(힘). 노름판에선 마지막 실력, 운이란 뜻.
ㄱㅅ : 인터넷에서 자음만 써서 감사를 의미함.

ㄴ

나대지 마 : 잘난 척 하지 마라, 나서지 마라의 의미로 사용됨.

나발 불다 : 술 마실 때 쓰이면 '병째로 마신다'는 의미.
낚다 : 다른 사람을 속임. 어떤 게시물에(그리 중요한 내용도 아닌데) 제목만 보고 호기심으로 보게 하는 경우.
낚시글 : 자신의 글이나 홈피 등에 사람들을 유인하기 위한 내용의 제목으로 올린 글.
낚이다 : '낚다'의 피동형. 인터넷 사이트에 들어갔는데, 예상했던 것과 달리 별로 볼 것이 없는 게시물일 때 쓰는 말. 속았다, 라는 의미로 널리 사용됨.
날나리 : 놀기도 잘 놀고 공부도 잘하는 아이.
날밤까다 : 밤새다.
乃 : 인터넷에서 엄지손가락을 들어 올린 모습. 최고, Good의 의미.
냉무 : 인터넷 게시물의 내용이 없음. 답변글을 올릴 때 할 말을 제목에 모두 쓰고 내용이 없을 을 때 씀.
  예) 감사합니다 (냉무)
네가지 : 싸가지
넷심 : 인터넷+심(心) 인터넷 상의 다수의 여론.
노땅 : 노인, 상대적으로 나이가 많은 사람.
노상까다 : 길거리에서 돈을 갈취하다.
노상당하다 : 돈을 갈취당하다.
놀토 : 학교를 가지 않는 토요일. 토요 휴무제를 적용하는 2, 4주째 토요일.
  = 쉴토
눈팅 : 눈-Meeting에서 온 말로 게시글에 대해 댓글은 달지 않고 보기만 함. 채팅에서 아무 말 하지 않는 경우.
님선 : 당신이 먼저. 어떤 일을 하기가 난감할 때 상대에게 먼저 하라고 권하는 말.
님하 : 다른 사람을 부를 때 쓰는 말.

ㄷ

ㄷㄷㄷ : 덜덜덜. 놀라거나 당황스럽거나 어처구니 없을 때.
단무지 : 단무지는 '단순, 무식, 지랄'의 줄임말로 상대방을 비방하거나 욕할 때 쓰는 단어.
닭질 : 불필요한 일 또는 행위를 가리키는 말. 멍청한 행동.
담샘 : 담임선생님의 준말.
담순이 : 여자 담임교사.
담탱 : 담임선생님.
당돌하다/당근이다 : 당연하다.
당빠 : 당연하다.
대따(디따) : 매우 혹은 엄청, 최고.
대략난감 : 난감하고 민망한 상황일 때 쓰는 단어.
도끼병 : 누군가 자기를 찍었다고 착각하는 병. 다른 이성에게 늘 호감을 표현하는 병.
돌거 : 메신저에서 돌림 쪽지 거부.
돌림빵 : 한사람을 여러 사람이 돌아가며 때리는 것. 혹은 윤간(輪姦).
돌탱이/또라이/돌탱크 : 머리가 나쁜 사람. 혹은 엉뚱한 사람.
뒤땅 : 뒤에서 욕을 하거나 모함을 함.
뒷간 : 앞에서는 잘해주는 척하다가 뒤에 가서 험담을 함.
뒷담(화) : 몰래 욕함. = 뒷다마.
득템 : 게임에서 좋은 아이템을 얻음. 공짜로 얻은 좋은 아이템.
등수놀이 : 1빠, 2빠 등 리플(댓글)을 다는 순서로 놀이를 함.
등시 : 등신.

디비 : 원래 데이터베이스의 의미지만, DB(담배)를 의미하기도 함.
디큐스럽다 : 디지털큐브(전자회사)의 늦장과 불성실한 AS 처리와 고객을 무시하는 처신을 비꼬는 말로, 뜻이 보편화 되어 남에게 피해를 주고 기분을 나쁘게 한다는 뜻.
-딩 : 학생(직업)이란 접미사.
　　　　예) 초딩 = 초등학생, 중딩 = 중학생, 고딩 = 고등학생, 직딩 = 직장인
따가리 : 라이타.
딱새 : 성냥.
딸랑이 : 군대의 비속어로 바로 밑에 부하(전속)를 이르는 말.
딸치다 : 자위하다.
때리다 : 걸다, 먹다 등 어떤 행위를 나타내는 은어.
　　　　예)전화 한 통 때리고 갈게. 라면 한 그릇 때리다.
땡값 : 치료비.
땡땡이 : 수업을 빼먹는 일.
똘만이 : 수하.
똥킥, 히로뽕 : 무릎으로 상대방 엉덩이를 꽉 올려 찍는 기술.
띠껍다 : 하는 짓이 몹시 건방지고 마음에 들지 않다.

ㄹ

럭셔리하다 : (luxury)고급스럽다.
렙업 : 게임에서 등급이 오름. 레벨(Level) + 업(Up) = 레벨업(Level-up)의

425

줄임말.
려차 : 인터넷에서 욕설 (영어 fuck를 한글 자판으로 옮긴 것)
로긴 : 로그인. 인터넷 게시판이나 메일에서 아이디와 비번을 치고 들어감.

ㅁ

마마보이(마마걸) : 모든 일을 결정할 때 엄마에게 의견에 묻고 따르는 사람.
마셜 : 설마. (음의 도치)
　예)마셜 그랬을까?
말밥이지 : 당연하지 (당근이지의 변화. 말의 밥 = 당근)
망치까다 : 어떠한 사물을 훔치거나, 음식을 먹고 돈을 안냈을 때 쓰는 말.
맞삭 : 블로그나 미니홈피에서 서로 친구 관계를 삭제.
맞짱 : 결투. 싸우는 것. 승부, 대결 등을 의미.
메롱스럽다 : 뻘쭘하다, 난감하다, 어색하다, 우울하다.
명록이 : 인터넷 게시판 중 방명록을 뜻함.
몰컴 : 몰래 컴퓨터를 함.
무지개 매너 : '무지+개+매너'라는 뜻. 즉, '매우 매너가 없다'는 뜻.
무플 : 어떤 글에 아무 덧글도 없는 것. (무관심을 의미함.)
문상 : 문화상품권.
문식답 : 문제, 식, 답을 줄여서 쓰는 말. 주로 수학 선생님들이 사용함.
물고기방 : 피시방. 어원 fish - P.C 동음에 착안함.
물총 : 남자의 성기.

뭥미? : 인터넷에서 "뭐임?"의 오타를 그대로 사용함.
므흣 : 흐뭇하다는 뜻. 오타를 그대로 사용한 예.

ㅂ

박, 대가리 : 머리.
반삭 : 삭발보다는 길고 스포츠형보다는 짧은 머리 모양.
반팅 : 원래 반땅, 절반의 의미로 보임. 내 홈피에 와 달라는 뜻.
  예) 니 홈피 들르게 반팅해라.
발냄새나다 : 당신이 싫다.
  예) 아저씨 발 냄새 나요.
발라버린다 : 죽도록 때리다. 패다.
방따 : 온란인 게임을 할 때 '방에서 쫓겨나다'란 뜻.
배때기 : 배.
배-째 : 돈을 못 갚을 때 쓰는 말. 혹은 버틸 때 쓰는 말.
버닝 : 영어 burning을 그대로 씀. 열정적으로, 열렬히, 엄청나게 빠져있는.
버정 : 버스 정류장.
번개(팅) : 채팅 중 급하게 약속을 하고 만나는 것.
범(뱀)생이 : 공부만 잘하는 학생. 모범생.
베프 : 좋은 친구. Best Friend, 줄여서 BF. 또는 비엡.
본좌 : 본인의 높임말. 무협지에서 유래.
  예) 본좌는 동생과 함께 학교에 갔습니다.

볼때기: 볼, 뺨.

볼매: 볼수록 매력있다는 뜻.

볼펜: 영어의 boy friend와 발음이 비슷해서 생긴 말. 남자친구란 뜻.

불펌: 올린이의 허락 없이 게시물을 불법적으로 옮김.

붕신: 병신.

비추: 인터넷 게시물이나 댓글 등을 추천하지 않음.

비친: 비밀을 지켜주는 친구.

빌빌대다: 몸이 아프거나 허약해 힘들어 하다.

빠삭(하다): 너무나 잘 안다. 통달(하다).

빵: 청소년들 사이에서 어떠한 기념식을 일컫는 말.
　　예) 생일빵

빽: 배경. 자신의 뒤를 봐주는 사람.

빽갈이: 백댄서.

빽빽이: A4용지 등에 영어 단어 등을 빽빽하게 쓰라고 내주는 숙제.

뻥끼: 속임수. 거짓말.

뺑뺑이: 아주 힘든 일이나 기합.

뻑(퍽)치기: 흔히 학생들이 책상에 동전을 놓고 넘기면 먹는 도박의 일종. 동전치기.

뻘쭘(하다): 민망한 상태.

뽀대: 센스 있다. 빛이 난다. 폼 나다. 간지(感)와 동의어.

뽀대-작살: 아주 멋있음.

뽀록: 영어 fluke에서 온 말로 '엉터리'라는 뜻이며, '뽀록나다'라고 하면 들통나다는 뜻으로 쓰임. 뽀로꾸, 후루꾸 등의 낱말도 있음.

뽀르노: 포르노그라피(pornography)의 줄인 말. X등급 이상의 성인영화. = 야동(야한 동영상)

뽀작(내다): 끝장(내다), 작살(내다)

뽐뿌(질) : 더 좋은 물건을 사고 싶은 욕구. = 지름신.
뽕카 : 빠른 속도로 달리는 오토바이. 폭주족과 함께 나타난 은어.
삐꾸 : 멍청한 사람 또는 장애인을 낮추어 이르는 말.
삐순이 : 잘 삐치는 여자.
삑살(-사리) : 실수.
삥뜯다 : 상대를 협박하여 돈을 뺏는 행위.
ㅂㅅ : 병신.

ㅅ

ㅅㄱ : 수고, 사과.
사신계 : 4강 신화는 계속 된다.
~삼, ~셴, ~셈 : 안녕하삼, 안녕하셴, 안녕하셈 등의 종결어미.
삽질하다 : 일이나 게임 따위를 망치다, 못하다.
생(쌩)얼 : 화장을 하지 않은 얼굴.
생파 : 생일파티.
샤방 : 눈에 띄게 아름답고 우아해서 반짝거림. 우아하고 아름다운 미소.
선리후감 : 인터넷 게시물에 대해 먼저 리플을 달고, 뒤에 감상을 함.
선빵 : 싸움에서 먼저 치는 행위.
설왕설래 : 진한 키스(舌往舌來).
센타까다 : 가방이나 몸을 뒤지는 것. 먼저 때리다.
솔대 : 아주 훌륭하다. '솔직이 말해서 대박이다'의 준말.

수겹 : 메신저를 사용할 때 수신거부.
수류탄 : 말 그대로 인명살상용 얼굴을 의미.
수발이 : 심부름꾼.
슈주 : 우량아. 가수 "슈퍼주니어"의 줄임말.
슈퍼 썬데이[super sunday] : 고등학교에서, 특히 고등학교 3학년 학생이 한 달에 한번 쉬는 일요일을 일컫는 말.
스겜 : 스피드게임, 얼른 끝내는 게임.
예) 스겜합시다.
스샷 : 인터넷에서 스크린을 그대로 올리는 샷(사진).
시댕 : 욕설. 시(씨)발이라는 뜻.
십장생 : "십대(부터)도 장래를 생각해야 한다."는 뜻의 줄임말.
싱하 : 이소룡. 싱하형, 싱하홍이라고도 함. 액션 영화 주인공의 대명사인 이소룡의 모습을 괴기스럽게 캡쳐한 장면에서 유래되었다고 함. 일반적으로 무서운 사람의 의미.
싸물다 : 닥치다
예) 아가리 싸물어.
쌈빡하다 : 최고(이다). 화끈(하다).
쌉쳐 : 닥쳐의 의미.
쌕근(끈)하다 : 멋지다. 섹시하다.
쌩(생)까다 : 완전히 헤어지다. 외면하다. 애정을 완전히 정리하다. 거짓말하다. 절교하다의 의미로 널리 쓰임.
쌩아 : 성경험이 없는 여자.
쌩얼 : 생(生)+얼굴. 화장을 안 한 얼굴이나, 안경을 벗은 얼굴이라는 용어.
썩소 : 썩은 미소. 재수 없는 사람, 기분 나쁜 사람. '완소(완전 소중)'의 상대어.
씨발라마 : 씨발놈아의 인터넷용어. 혹은 ㅅㅂㄹㅁ 자음 형태로도 쓰임.
씹다 : 흉보다, 남을 욕하다, 말을 무시하다.

ㅇ

ㅇㅇ : '응'이라는 말. 채팅 상에서 대답할 때 씀.

아사 : 모르면서도 아는 척 사기 치다.

아사바리 : 다리 걸다.

IBM : 이미(I) 버린(B) 몸(M) 의 약자로서 술이나 담배 등에 절어 폐인 생활을 하는 사람.

아햏햏 : 인터넷에서 그냥 이상하게 웃는 소리. 상황에 따라 다양하게 쓰임.

악셀 : 악세사리의 줄임말.

    예) 손폰 악세사리 = 폰악셀, 노트북 악세사리 = 놋북 악셀

악플러 : 다른 사람이 올린 글에 대하여 비방하거나 험담하는 내용의 댓글을 즐겨 올리는 사람. '악플러'는 상대방의 의견에 비방하는 사람을 일컫는다. '악'은 나쁘다는 '악(惡)'의 한자어다. '플'은 영어로 '답변하다(reply)'의 리플라이의 두 번째 글자를, '러'는 영어에서 사람격으로 표현되는 'er'로 이 세 가지 단어가 결합된 단어다.

악플족 : 악플러와 같은 의미.

안구 웰빙 : 잘생긴 사람들을 보는 눈요기.

안물 : 상대방이 기분 상하는 말을 했을 때 '안 물어 봤어.' 라는 의미로 쏘아 주는 말.

안습 : 안구에 습기가 차다. 슬프다, 눈물나다 등의 의미.

안쓰 : 안구에 쓰나미치다. 안습보다 더 눈물이 밀려올 때 쓰는 말.

안여멸 : 안경+여드름+멸치란 말을 줄여서 쓰는 말. 안경 쓰고 여드름 나고 마른 사람에게 빗대어 쓰는 신조어 사람을 놀리는 말로 싸울 때 자주 들을 수 있다.

애자 : 장애자의 줄임말. 상대방을 비하할 때 쓰임.
야려보다 : 노려보다, 반항하다.
야리(까다) : 담배(피우다)
야리다 : 째려보다.
야사 : 야한 사진.
    (참고 : 야설은 야한 소설, 야방은 야한 대화방, 야녀는 야한 여자, 야화는 야한 그림 등을 의미)
야자 : 야간 자율 학습.
양끗 : 매우 엄청 많이. 긍정을 나타내는 수식어.
    예)그녀가 양끗 예쁘다.
양아치 : 잘 노는 아이. 못된 짓이나 더러운 짓을 하는 사람.
얼 : 얼라리, 얼라리요의 줄임말로 놀랐을 때 쓰는 감탄사.
얼빵 : 못생긴 사람. 얼굴이 빵점이다.
얼짱 : 대부분은 얼굴이 예쁜 사람, 혹은 얼굴이 짱 큰 사람.
얼큰이 : 얼굴 큰 아이.
엄창 : 맹세.(만약 거짓말이면 '엄마가 창녀'라는 의미.)
에이스 : 엉뚱한 행동을 하는 사람을 비꼬아 일컫는 말.
엑박 : 엑스박스(X box). 인터넷에 있는 사진 동영상 등의 자료가 삭제되었거나 경로를 알 수 없어 보이지 않을 때 쓰는 말.
엠창 : 니네 엄마 창녀.
여병추 : "여기 병신 하나 추가요." 라는 말을 줄임.
열공 : 열심히 공부함.
열활 : '열심히 활동하다.' 라는 말의 축약어.
오나전 : '완전'의 오타. 컴퓨터 자판에서 '완전'을 잘못 쳐서 된 말.
오떡순 : 오뎅, 떡볶이, 순대의 줄임말.
오래방 : 오락실이 있는 노래방

오링 : 영어 올인(All-in)이 변한 말.

오발탄갈기다 : 따귀 때리다.

오타신 강림 : 컴퓨터에서 오타가 계속 일어날 때 쓰는 말.

와방 : 매우.

완소 : 완전히 소중함. 완벽하게 소중한 사람.

왕·영·은 따 : 완전히, 영원히, 은근히 따돌림.

왕자병 : 잘난 척 하는 남자. 자기가 왕자인 줄 착각하는 남자.

욜라 : 졸라와 같음. 엄청, 굉장히, 몹시.

우사모 : 우리 것을 사랑하는 사람들의 모임이라는 뜻.

원빵 : 한번에.

원츄 : 영어 want you. 원하다.

융단폭격/무기고 : 미팅할 때 나온 사람 모두가 폭탄일 경우.

익게 : 익명 게시판.

인강: (Internet +講義) 인터넷 동영상 강의.

인터넷 폐인 : 인터넷에 미친 사람.

임마이 : 매우 좁(좆)밥이라는 뜻, 친구사이에 인기가 없는 아이.

잇힝 : 기분 좋은 상태라는 의성어.

ㅈ

ㅈㅅㅈㅅ : 죄송 죄송.

자뻑 : 잘난 척이 심한 인간들 보고 하는 말.

자삭 : 자신 삭제. 게시판에 올린 글을 (문제가 생기기 전에 스스로) 지움.

자여, 자남 : 여자친구, 남자친구.

자음남발 : 인터넷에게 자음을 연이어 씀.
  예) ㅋㅋㅋㅋㅋ, ㅎㅎㅎㅎㅎㅎ 등.

장미단추 : 추녀. 멀리(장거리)서 보면 괜찮은데, 가까이(단거리)에서 보면 못생겼음.

재접하다 : 인터넷에 다시 접속하다.

잼 : 재미.

전거 : 메신저에서 전체 쪽지 거부.

전쪽 : 메신저에서 전체에게 보내는 쪽지. 준말로 'ㅈㅉ' 이라고도 함.

제물포 : '재(선생님) 때문에 물리 포기했어.'의 준말.

조낸 : 매우. 어원은 비속어 '좆나게'에서 온 말.

조폭 : 조직 폭력배.

좁(좆)밥 : 자신과 비교하여 어떤 면에서 상대가 안 되는 약자를 일컫는 말, 혹은 친구사이에 인기가 없는 아이.

졸라(리), 존나, 조낸 : 엄청. 굉장히. 몹시.

좆뺑이까다 : 할일 없이 빈둥거리면서 시간을 때우다. 엄청 고생하다.

죽순이, 죽돌이 : 한곳에 오래 죽치고 있는 사람.

중딩 : 중학생.

즐감 : 즐겁게 감상함.

즐겜 : 즐거운 게임. 보통 게임 중 인사말로 쓰임.
  예) 즐겜여.

지대 : 제대로. 매우 많이.

지름신 : 지르다 + 신. 충동구매를 부추기는 가상의 신(神).

지못미 : "지켜주지 못해서 미안해." 라는 말을 줄인 말.

지지 : GG(good game 의 약자). 좋은 게임.

지지치다 : 승부에 졌음을 의미함.

직찍 : 직접 찍은 사진을 말함.

진퉁, 진탱 : 진짜.

짝퉁, 짜댕, 짜가 : 가짜.

짤방 : 짤림 방지용 게시물. 재미없는 글만 쓰면 게시판 운영자가 삭제할지 모르니 흥미 있는 사진 등을 올리는 것.

짬밥 : 식사(밥).

짭새 : 경찰.

짱 : 최고, 으뜸, 굉장하다, 집단의 우두머리.

짱박(히)다 : 감추다. 한곳에 오래 머무르다.

짱보다 : 누가 오나 망을 보다.

째다 : 도망치다.

쩔어 : 주로 놀랍다는 의미로 쓰임. 긍정과 부정의 의미로 모두 사용됨. 한마디로 지존.

쪼개다 : 웃다. 비웃다.

쪼다 : 바보. 멍청하고 어딘가 모자르는 사람.

쪽 당하다 : 망신당하다. 창피당하다.

쪽 팔리다 : 창피하다. 망신스럽다. 얼굴(=쪽) 팔리다.

쫄따구 : 부하를 이르는 말.

찌질 : 공부도 못하고 힘도 없는 아이. 또는 남들이 다 아는 것을 모르는 멍청이.

찐빠(찐따) : 바보, 약간 모자라는 사람.

      예) 찐빠 같은 놈 = 바보

ㅊ

착한가격 : 서민적이고 저렴한 가격. 또는 적당히 싼 가격.

채금 : 채팅 금지.

초글링 : 유치한 행동. 초딩+저글링(스타크래프트에 나오는 캐릭터의 하나)의 합성어. 초등학생들이 피시방에 떼를 지어 오는 모습이 저글링과 비슷하다는 뜻.

초딩 : 초등학생.

출첵 : 출석 체크.

친등 : 메신저, 미니홈피 등에서 친구로 등록. '친추'와 유의어.

친삭 : 메신저, 미니홈피 등에 친구로 등록했던 아이디 삭제.

친추 : 친구로 추가. '친등'과 유의어.

ㅋ

-캐 : 접두사 '개'의 의미로 다양하게 파생함.

캐관광 : 무슨 일을 매우 못해 창피를 당했다는 뜻. = 캐발리다.

컴싸 : OMR 카드로 시험을 볼 때 쓰는 컴퓨터용 사인펜.

콩알탄 : 그런대로 견딜 만함.

큰집 : 교도소.

키보드워리어 : 인터넷 상에서는 거침없는 내용의 게시물을 올리는 등 활발하게 활동을 하면서도 막상 실제 생활, 오프라인 상에서는 전혀 힘을 쓰지 못하는 소심한 성격을 가진 이들을 지칭하는 표현. 특히 인터넷 공간에선 악성 리플, 욕설, 타인사칭 등 무모하고 예의 없는 행동을 하면서도 막상 실생활에서는 파리 한 마리도 제대로 죽이지 못하는 이들을 풍자할 때 사용하는 단어.

킹왕짱 : 킹+왕+짱의 의미. 최고.

ㅌ

털(리)다 : 선생이나 선배, 혹은 양아치에게 두드려 맞다.

투투 : 남자친구 또는 여자친구와 만난 지 22일 되는 날 친한 사람에게 2200원씩 받음.

튀다(토끼다) : 눈에 띈다 또는 도망치다.

특공대 : 특별하게 공부도 못하면서 대가리만 큰 사람.

팀킬 : 게임에서 자기편을 죽임. 축구에서 자살골과 비슷한 개념.

ㅍ

파문놀이 : 기사문의 '가수 ○○○, 음주운전으로 파문', 이란 기사 제목에서 따온 말로 스스로를 홍보하기 위해 사건을 조작하는 경우를 이름.
팩이 : 메이저리그에서 뛰는 박찬호 선수의 애칭.
퍽치기 : 주로 취객을 대상으로 갑자기 한 대 '퍽'치고 지갑 등을 훔쳐 달아나는 것.
포(뽀)샵질 : 포토샵＋질, 포토샵은 사진을 편집하는 프로그램으로 인터넷에서 사진을 교묘하게 수정하는 경우를 이름.
폭주족 : 오토바이를 타고 거리를 폭주하며 어울려 다니는 무리 또는 사람.
폭탄 : 미팅 장소에서 만난 못생긴 상대.
폭탄제거(반) : 폭탄 맞을 사람을 상대하기 위해 참석하는 사람.
피보다(개피보다) : 손해보다, 망하다.

ㅎ

ㅎㅇ : 하이, 안녕.
ㅎㅎ, ㅋㅋ, ㅋㄷㅋㄷ : 인터넷 상에서 주로 웃을 때 쓰임.
하악하악 : 신음 소리.
하이루 : 채팅 시 만났을 때 하는 간단한 인사.

핵폭탄 : 전체 분위기까지 망칠 정도인 사람.
헬자 : (디씨 인사이드라는 사이트에서 나온 갈로)사람, 본인, 주인공.
허벌나게 : 열심히, 죽기 살기로.
허접 : 어떤 일에 대해 전혀 모르거나 미숙한 사람을 뜻함. 또는 그런 사람들의 행동을 가리킴.
헐 : 놀라거나 황당할 때 쓰는 감탄사.
헐랭(이) : 기운이 빠졌을 때 하는 말, 혹은 그런 사람.
현질 : 현금으로 사이버 머니를 사는 일. 어윌은 '현금을 지른다.'
호구 : 바보. 속이기 좋은 사람이거나 만만해 보이는 사람.
훤님 : 회원님. 인터넷 카페나 동호회에서 회원에 대한 존칭어.
후까시(먹이다) : 겁주다. 속이다.
후달리다 : 힘에 부치다. 실력이 모자라다.
후득 : 게임에서 죽어서 아이템을 잃는 것.
후라리다 : 쳐다보다.
훈남 : 잘생긴 남자. 잘생겨서(못생겨도) 훈훈하게 정이 가는 남자.
훈녀 : 예쁘고 훈훈하여 정이 가는 여자.

기타

KIN : 옆부분에서 보이는 것과 같이 흔하게 쓰이는 '즐'이라는 뜻. 부정적인 의미로 사용되는 경우가 많음.
OTL : 알파벳 O.T.L 을 연결시켜 사람이 엎드려 우는 모양을 표현, 좌절하다라는 뜻.

피플붓다

1판 1쇄 인쇄 2010년 9월 24일
1판 1쇄 발행 2010년 10월 04일

지은이 한승원

발행인 양원석
편집장 백지선
책임편집 차여진
전산편집 김미선
교정교열 김하나
영업마케팅 김성룡, 백창민, 윤석진, 김승헌, 주상우

펴낸 곳 랜덤하우스코리아(주)
주소 서울시 금천구 가산동 345-90 한라시그마밸리 20층
편집문의 02-6443-8854 구입문의 02-6443-8838
홈페이지 www.randombooks.co.kr
등록 2004년 1월 15일 제2-3726호

ISBN 978-89-255-4001-6 (03800)

※ 이 책은 랜덤하우스코리아(주)가 저작권자와의 계약에 따라 발행한 것이므로
본사의 서면 허락 없이는 어떠한 형태나 수단으로도 이 책의 내용을 이용하지 못합니다.

※ 잘못된 책은 구입하신 서점에서 바꾸어 드립니다.

※ 책값은 뒤표지에 있습니다.